사라진
것들

WHAT WAS LOST
by Catherine O'Flynn

이 도서의 국립중앙도서관 출판시도서목록(CIP)은
서지정보유통지원시스템 홈페이지(http://soeji.nl.go.kr)와
국가자료공동목록시스템(http://www.nl.go.kr/kolisnet)에서 이용하실 수 있습니다.
(CIP제어번호: CIP2014013909)

사라진 것들

What Was Lost

캐서린
오플린
장편소설

CATHERINE O'FLYNN

정숙영 옮김

문학동네

피터를 위해 쓰고,

힐스트리트의 도널과

오일게이트의 엘런과의 추억에 바친다

What
Was
Lost

차례

1984, 펠컨 탐정사무소

1

범죄는 그런 곳에 존재하는 법이다. 은밀하고 눈에 띄지 않는 곳. 그녀는 자신이 너무 늦지 않기를 바랐다. 버스기사는 아주 착실하게 시속 십오 마일로 버스를 몰았고, 보행신호가 빨강에서 파랑으로 바뀌려는 듯하면 어김없이 브레이크를 밟았다. 그녀는 조용히 눈을 감고 머릿속으로 앞으로의 여정을 되도록 천천히 밟아가보았다. 그러나 눈을 떠보니 버스는 그녀가 예상한 최악의 지점보다도 한참 못 미쳐 있었다. 보행자들은 속속 차를 앞질러갔고 버스기사는 휘파람을 불어댔다.

그녀는 다른 승객들을 바라보며 그들의 오늘 일과가 어떠했을지 추리해보았다. 대부분은 초로의 연금생활자 같아 보였다. 네 사람은 똑같은 크고 푸른 체크무늬 쇼핑백을 들고 있었다. 그녀는 수첩에 이 관찰 결과를 기록했다. 물론 우연의 일치라고 생각하는 편이 낫다는 것은 잘 알고 있었다.

그녀는 버스 광고판들을 읽어보았다. 대부분은 광고주를 위한 광고였다. '당신이 이것을 읽고 있다면, 당신 고객들도 읽을 수 있습니다.' 그녀는 자못 궁금해졌다. 이 버스의 승객 중 누군가가 만일 지금 버스에 광고할 자리를 얻는다면 과연 어떤 내용을 내걸지 말이다.

'자, 어서 제 커다랗고 푸른 체크무늬 쇼핑백과 함께 즐거운 시간을 보내세요! 고양이 먹이가 잔뜩 들었답니다!'

'저는 그 누구와도, 그 어떤 얘기라도 할 수 있어요. 전 비스킷도 잘 먹어요.'

'세계에서 가장 멋진 공식 지정 홍차 제조인 로버츠 부부. 마지막 한 방울까지 짜냅니다.'

'어디선가 낯선 냄새가! 하지만 왠지 나쁘지 않은걸?'

케이트는 자기라면 사무소의 광고를 낼 거라고 생각했다. 돋보기 안에 자신과 미키의 실루엣이 들어간 그림을 넣고, 그 아래 이런 문구를 적는 것이다.

팰컨 탐정사무소
단서 확보. 용의자 추적. 범죄 수사.
저희 사무실을 방문해주세요.
최신 감시 장비가 마련되어 있습니다!

그녀는 수첩을 펼쳐 광고회사의 전화번호를 적었다. 나중에 사무소가 제대로 갖춰지면 연락할 생각이었다.

마침내 버스가 잘 손질된 잔디밭과 '경공업단지'라고 적힌 깃발이 외로이 펄럭이는 곳에 도착했다. 가운데에는 새로 문을 연 그린옥스 쇼핑센터가 자리잡고 있었다. 그녀는 랭스데일 단지의 15동 건물을 각별히 주시했다. 예전에 그곳에서 두 남자가 싸우는 듯한 모습을 목격한 적이 있었다. 한 사람은 콧수염을 길게 길렀고, 다른 한 사람은 선글라스를 쓰고 있었고 날씨가 꽤 추웠는데도 겉옷을 입고 있지 않았다. 그녀의 눈에는 둘 다 범죄자형으로 보였다. 잠깐 고민하다가 크고 흰 밴이 건물 앞에 서 있는 것을 보고 그들이 다이아몬드 밀매를 하고 있다는 결론을 내렸다. 그러나 오늘 15동은 한없이 조용하기만 했다.

그녀는 수첩을 열어 맨 위에 '15동 감시'라고 적은 페이지를 펼쳤다. 먼저 날짜를 쓰고 버스가 덜컹거렸던 일을 가볍게 언급한 뒤, 한 면이 꽉 찰 정도로 크게 다음 문구를 적었다. '목격 정보 없음. 네덜란드에서 들어오는 물건을 가지러 간 걸까?'*

십오 분 뒤 케이트는 그린 옥스 쇼핑센터 안 마켓 플레이스의 인공적으로 조절된 공기 속을 거닐고 있었다. '마켓 플레이스'라고 해서 이름 그대로 광장에 마련된 시장은 아니었다. 버스 종점 바로 옆에 자리한 쇼핑센터의 지하상가로, 저급한 싸구려 상점들이 몰려 있었다. 이를테면 팬시상품점이나 약품 할인점, 모조 향수 가게, 악취 나는 정육점, 쉽게 불붙을 것 같은 옷을 파는 상점 들 말이다. 온갖 가게의 냄새들이 문 바깥에 설치된 히터의 먼지 타는

* 네덜란드는 다이아몬드 가공지로 유명하다.

냄새와 뒤섞여 케이트는 속이 불편해졌다. 함께 버스를 탔던 승객들의 대부분은 이곳에 들어올 엄두를 내지 않을 것이다. 이 쇼핑센터는 낡고 지저분한 하이 스트리트와 아주 가까웠는데, 그 거리는 쇼핑센터가 문을 열면서 급격한 몰락의 길을 걸었다. 버스가 하이 스트리트를 달리노라면 창문 밖으로 잔뜩 쌓인 패스트푸드 찌꺼기와 낙엽으로 거의 가로막혀 있는 문들이 나타났고, 그 풍경을 본 사람들은 하나같이 고개를 돌렸다.

갑자기 케이트의 머릿속을 스치는 것이 있었다. 오늘은 수요일, 단골 신문 가게에서 이번주 『비노』*를 사야 하는데 깜박 잊은 것이다. 지금 이곳에서 사려면 쇼핑센터의 지저분한 매점에 가는 수밖에 없었다. 잠시 후 그녀는 매점 앞에 서서 선반에 놓인 『진짜 탐정』**을 바라보고 있었다. 표지에 나온 여자는 아무리 봐도 탐정 같지 않았다. 중절모를 쓰고 비옷을 입었을 뿐이었다. 〈투 로니즈〉***의 등장인물로나 나올 법한 모양새였다. 케이트는 〈투 로니즈〉를 별로 좋아하지 않았다.

에스컬레이터를 타고 1층으로 올라갔다. 그럴싸한 상점들과 분수, 플라스틱 야자수가 보이기 시작했다. 방학이긴 했지만 북적거리기에는 아직 이른 시간이었다. 같은 반 친구들 가운데 부모 없이 쇼핑센터를 혼자 돌아다닐 수 있는 아이는 단 한 명도 없었다. 가끔은 가족과 함께 나들이 온 반 친구와 우연히 마주쳐 어색한 인사

---

* 영국의 어린이용 주간 만화 잡지.

** 사건 사고 및 범죄 실화를 다루는 영국 잡지.

*** 1970~80년대 BBC 방송국에서 방영한 코미디쇼.

를 나눌 때도 있었다. 자신이 혼자 돌아다니는 모습을 어른들이 꽤 불편하게 여긴다는 것을, 그녀는 진작 눈치채고 있었다. 그러므로 점원이나 경비, 또는 친구의 부모가 물어볼라치면 아무 어른이나 가리키며 "보호자는 다른 가게에서 쇼핑중이에요"라고 얼버무릴 준비가 되어 있었다. 그러나 보통 그런 것을 묻는 사람은 없었다. 사실은 그녀를 보는 사람조차 없었다. 가끔 케이트는 자신이 투명인간이 된 기분이 들었다.

오전 아홉시 삼십분이었다. 그녀는 뒷주머니에서 공들여 타자기로 친 일과표를 꺼냈다.

09:30~10:45	탠디 : 무전기와 마이크 조사
10:45~12:00	쇼핑센터 감시
12:00~12:45	버네지스에서 점심식사
12:45~13:30	미들랜드 에듀케이셔널 : 지문 채취를 위한 스탬프 잉크 구입 여부 고려
13:30~15:30	은행 감시
15:30	버스로 귀가

그녀는 서둘러 탠디로 걸음을 옮겼다.

케이트는 허겁지겁 버네지스 레스토랑에 도착했다. 열두시에서 이십 분이 지나 있었다. 이건 프로의 자세가 아니었다. 허술함은 절대 안 된다. 그녀는 자리 안내를 받기 위해 문 앞에 서서 잠시 기다렸다. 흘끔 보니 늘 앉는 자리는 다행히 비어 있었다. 늘 보던 여자가 와서 늘 앉는 자리로 안내했다. 케이트는 쇼핑센터의 중앙 아트리움이 환히 보이는 오렌지색 플라스틱 칸막이 좌석으로 들어갔다.

"오늘의 추천 메뉴를 보시겠어요?" 웨이트리스가 물었다.

"아뇨, 괜찮아요. 어린이 스페셜이랑 바나나 플로트 주실래요? 비프버거에서 오이는 빼주시고요."

"오이가 아니라 거킨*이 들었답니다. 귀여운 아가씨."

케이트는 수첩에 적었다. '거킨/오이—같은 게 아니라고 함. 차이를 조사해볼 것.' 중요한 임무수행 중에 이따위 작은 실수로 정체가 탄로 나서는 안 되었다.

케이트는 테이블 위에 놓인 토마토 소스 거치대를 바라보았다. 플라스틱으로 만든 커다란 토마토 모양인 이 거치대는 그녀가 좋아하는 것 가운데 하나였다. 아주 그럴듯한 아이디어였다.

지난 학기에 폴 로버츠가 「내 생애 최고의 생일」이라는 제목의 작문을 발표한 적이 있었다. 글의 절정에서 폴은 조부모님과 부모님이 버네지스 레스토랑에 데려가준 것을 감격스럽게 묘사했다. 그가 미트볼 스파게티를 먹은 이야기를 늘어놓았고 그를 포함한 반 친구들 모두 즐거워했다. 이야기가 아이스크림 플로트를 마시고 니커보커 글로리**를 주문하는 대목으로 들어가며 그의 흥분은

* 식초에 절여 먹는 작은 오이 품종.

** 선데 아이스크림을 사용한 파르페류 디저트.

최고조에 달했다. 그는 그 디저트를 두고 심지어 '찬란하다'는 표현까지 썼다.

케이트는 이해할 수 없었다. 그렇게 좋으면 왜 토요일 점심시간에 혼자서라도 와보지 않는 걸까. 그녀라면 얼마든지 그를 데리고 와서 가장 좋은 자리를 알려줄 수 있었다. 벽 위에 붙은 계기판을 조작하면 더러운 그릇을 운반하는 컨베이어가 거꾸로 움직여서 그릇이 모두 도로 튀어나온다는 것도 알려줄 수 있었다. 언젠가 컨베이어 위에 자동촬영 기능이 있는 카메라를 설치해놓고 싶다고, 그러면 카메라가 스스로 알아서 레스토랑 내부를 빙빙 돌며 이런저런 증거 사진들을 찍어놓지 않겠느냐는 이야기도 해줄 수 있었다. 케이트가 살인범으로 찍어놓은 설거지 담당 점원을 가리켜 보여줄 수도 있었다. 아마 폴은 그의 뒤를 밟는 것을 도와줄 것이다. 어쩌면 폴에게 탐정사무소에 들어오라고 권할 수도 있다. (물론 미키가 허락한다면.) 하지만 케이트는 아무 말도 하지 못했다. 그냥 궁금해하기만 했을 뿐.

케이트는 혹시 누가 보지는 않는지 확인하기 위해 주위를 둘러보았다. 그리고 가방 안에 손을 넣어 미키를 꺼낸 다음, 옆자리 창가에 앉혔다. 웨이트리스에게는 보이지 않으면서도 미키가 아래쪽에 지나다니는 사람들을 잘 관찰할 수 있는 자리였다. 케이트는 미키를 쓸 만한 파트너로 만들기 위해 오랫동안 훈련시켰다. 미키는 주로 감시 업무를 맡고 있었다. 그는 옷차림이 희한한 편인데도 몸집이 작아 남의 눈에 띄지 않았다. 케이트는 그다지 어울리지 않는다고 생각하면서도 미키의 옷차림을 꽤 좋아했다. 미키는 가는 세로줄무늬의 갱스터 슈트를 입고 있었다. 스패츠*를 차는 바람에 샘 스페이드**가 되려다 말았지만 케이트는 어쨌든 다 마음에 들었다. 커플룩으로 한 벌 갖고 싶을 정도였다.

미키는 예전에 케이트가 친척 아주머니에게 선물 받은 '나만의 갱스터, 침팬지 찰리를 만들어보아요'라는 바느질 장난감 세트에서 태어났다. 케이트가 꼬마일 때 '침팬지 찰리'는 대부분의 나날을 다른 장난감들과 뒤섞여 따분하게 보냈으나, 지난해 그녀가 탐정사무소를 열면서 자신에게 가장 잘 어울리는 역할을 맡았다. '침팬지 찰리'란 이름은 케이트의 마음에 들지 않았다. 그래서 그는 찰리 대신 '원숭이 미키'가 되었다. 케이트는 매일 아침 그와 함께 새로운 일과표를 만들었다. 그리고 하루종일 미키는 그녀의 캔버스 가방에 담겨 함께 이곳저곳을 돌아다녔다.

웨이트리스가 주문한 음식을 가져다주었다. 케이트는 햄버거를 먹으며 새해 첫 『비노』를 정독했다. 그동안 미키는 저 아래의 수상쩍은 십대 청소년들을 우직하게 감시했다.

* 구두 위에 차는 짧은 행전.

** 미국 하드보일드 소설 『몰타의 매』에 등장하는 유명한 탐정.

2

케이트는 그린 옥스에서 버스로 가도 꽤 먼 곳에 살았다. 그녀의 집은 그 지역에서 유일하게 빅토리아식 건물들이 남아 있는 구역에 있었다. 3층짜리 붉은 벽돌 건물은 회색과 흰색 페인트를 칠한 정육면체 공설 건물들 틈바구니에서 어색하게 자리잡고 있었다. 그녀의 집은 한쪽에 신문 가게, 다른 쪽에 정육점과 청과물상을 두고 샌드위치처럼 끼어 있었다. 케이트의 집 또한 누가 봐도 예전에는 가게였다는 것을 쉽게 알 수 있었다. 하지만 지금은 전면 쇼윈도에 레이스 커튼을 드리워놓았고, 가게 자리였던 곳은 케이트의 외할머니가 오후 내내 죽치고 앉아 텔레비전 퀴즈쇼를 보는 장소가 되었다.

그 집은 그 구역에서 유일하게 상가가 아니었다. (케이트의 탐정사무소는 일단 예외로 하고 말이다.) 그리고 유일한 살림집이었다. 이웃의 가게 주인들 가운데 근처에 사는 사람은 아무도 없었다. 매일 저녁 여섯시 언저리면 사람들은 가게 문을 닫아걸고 교외에 있는 자기들 집으로 바삐 돌아갔고, 케이트네 집은 적막과 공허에 휩싸였다.

케이트는 동네 가게 주인들과 친한 편이었다. 옆집 청과물상의 주인은 에릭 씨와 메이비스 부인이었다. 그 부부에게는 아이가 없었지만 언제나 케이트에게는 잘해주었고, 크리스마스마다 깜짝 놀랄 만큼 케이트에게 안성맞춤인 것을 선물해주곤 했다. 지난해의 선물은 스피로그래프*였다. 그 덕분에 케이트는 명함에 제법 그럴듯한 로고를 그려넣을 수 있었다. 요즘은 탐정사무소 일에 푹 빠져 있는데다 정기적으로 감시 활동을 하게 된 바람에 두 사람을 찾는 일이 좀 뜸해지긴 했지만, 그래도 케이트는 여전히 일주일에 한 번은 느닷없이 들러 차를 얻어 마셨다. 그럴 때면 케이트는 카운터 뒤 높은 스툴에 앉아 다리를 연신 흔들거리며 귀로는 라디오의 BBC 2채널을 듣고 눈으로는 손님들이 산더미 같은 감자를 사 가는 것을 보았다.

에릭과 메이비스 부부 옆집에는 왓킨 씨의 정육점이 있었다. 왓킨 씨는 노인이었다. 케이트는 그의 나이를 일흔여덟쯤으로 추측했다. 그는 물론이고 부인 또한 친절했다. 하지만 고기를 사는 손님은 거의 없었다. 왓킨 씨가 연신 큼직한 칼로 고기에 앉은 파리를 철썩철썩 때려잡기 때문일 거라고 케이트는 생각했다. 그런 괴이한 행동이 거듭되면서 몇 안 되는 손님들마저 떨어져나갔고, 물

* 톱니바퀴 끝에 볼펜을 걸어 다양한 기하학적 무늬를 그리는 완구.

건도 덜 들여놓게 되었으며, 냉장고 안의 고기도 점점 줄어, 이제 왓킨 씨는 정육점 주인은커녕 그저 가게 진열장에 고깃덩어리를 쬐끔 모아둔 미친 노인네처럼 보일 뿐이었다. 지난주에 케이트가 가게 앞을 지나며 보니 진열장 안에는 달랑 토끼 한 마리(케이트는 요즘 세상에 토끼 고기를 먹는 사람은 왓킨 씨밖에 없을 거라고 확신했다)와 콩팥 조금, 닭 한 마리, 돼지 옆구리 살 한 덩이와 소시지 한 줄뿐이었다. 그 자체만으로는 왓킨 씨의 정육점에서 그다지 특이한 일이 아니었다. 그런데도 케이트의 눈과 발이 진열장 앞에 묶여 움직이지 않았던 것은 이 정육점이 새로 시작한 기상천외한 판매 전략 때문이었다. 주인도 진열장 안의 작은 세계를 어떻게 구성해야 할지 무척 고민스러웠던 게 분명했다. 어떻게든 조금이라도 덜 이상하게 보이고 싶었던 모양인지 (케이트에게는 오히려 제일 이상하게 보였지만) 진열장 안의 상품들로 유쾌한 풍경화를 그린 것이었다. 그리하여 진열장 안에는 닭이 토끼를 데리고 소시지로 만들어진 길을 따라 돼지고기 언덕을 넘어 산책을 가고 하늘에는 검붉은 콩팥 태양이 빛나는 정경이 나타났다. 이 경악스런 풍경을 바라보던 케이트가 눈을 들어 가게 안의 왓킨 씨를 보자 그는 깜짝 놀라더니 이내 고개를 끄덕여 알은체했다. 그리고 마치 스스로도 자신의 재능에 놀랐다는 듯 엄지손가락을 세워 보였다.

케이트네 다른 쪽 옆집은 파머 씨의 신문 가게였다. 파머 씨는 아들 에이드리언과 함께 가게를 운영하는데, 에이드리언은 케이트의 가장 친한 친구이자, 최초의 그리고 지금까지는 유일무이한 팰컨 탐정사무소의 의뢰인이었다. 에이드리언은 스물두 살로 한때는 대학에도 다녔다. 파머 씨는 에이드리언이 졸업 후 뭔가 '번듯한 직업'을 갖기를 바랐지만, 에이드리언에게는 그런 야심이 없었다. 그는 그저 카운터 뒤에서 책이나 읽으며 빈둥빈둥 조그만 가게를 돕는 것을 행복으로 여겼다. 파머 가족은 교외의 신축 연립주택에 살았다. 어머니와 여동생은 거의 가게에 들르지 않았고 장사는 철저히 남자들의 몫이었다. 에이드리언은 케이트가 어엿한 어른인 듯 대해주었지만 사실 그가 세상 사람을 대하는 태도는 다 똑같았다. 그에게는 자기 아버지처럼 손님에 따라 표정을 바꾸는 능력이 없었다. 파머 씨는 단 몇 초 사이에 표정을 자상함 만점의 '이보게, 젊은이?'에서 진지함 만점의 '아니 세상에 이렇게 충격적인 뉴스가 어딨답니까, 스티븐스 부인!'으로 바꿀 수 있었다.

에이드리언은 달랐다. 그는 자기가 열광하는 것은 다른 사람도 다 좋아하는 줄 알거나, 적어도 자기가 나서서 알리면 그렇게 될 거라고 생각했다. 그는 오후 내내 『NME』* 더미에 묻혀 있거나 아니면 뮤지션에 관련된 책을 읽었다. 손님들에게도 이런저런 음반을 아주 진지하게 추천하곤 했는데, 도처티 부인이 최근 포스터 앤드 앨런**에서 MC5***로 급작스럽게 취향을 바꾼 일 따위는 알 바 없다는 듯 떠들어대거나 또는 데비 케이시와 왁자지껄한 십대 친구들에게 레너드 코헨의 심오함을 한번 탐구해보라며 권하는 식이었다.

* 영국의 대중음악 잡지.

** 아일랜드의 컨트리음악 밴드.

*** 1960~70년대 미국에서 활동한 하드록 밴드.

파머 씨가 가게를 비우고 에이드리언 혼자 남을라치면 그는 신속히 지미 영*의 라디오방송을 끄고 작은 카세트 플레이어에 테이프를 집어넣곤 했다. 길을 지나는 사람들이 노래 제목을 묻지 않는 건 쑥스러워하기 때문이라고 생각한 그는 언제나 카운터 위에 손으로 갈겨쓴 안내문 하나를 올려두었다. '지금 흘러나오는 곡은 캡틴 비프하트의 〈Lick My Decals Off, Baby〉입니다. 자세한 정보를 원하시면 점원에게 직접 문의해주세요.'

그러나 케이트와 함께 있을 때 에이드리언은 범죄 수사 이야기나 고전 탐정 영화 이야기, 아니면 어떤 손님은 아무래도 어딘가에 시체를 숨기고 있는 살인자 같다는 이야기 등을 즐겁게 떠들곤 했다. 에이드리언의 시체 은닉 아이디어는 세계에서 가장 독창적이었다. 종종 케이트는 그와 함께 도매상에 가기도 했다. 케이트는 그에게 요즘 어떤 과자나 사탕이 잘 나가는지 알려주었고, 우락부락한 도매상인들을 보며 누구에게 전과가 있을지 짐작해보곤 했다.

에이드리언은 팰컨 탐정사무소에 대해 잘 알았다. 물론 미키의 존재는 전혀 몰랐지만. 미키의 존재는 그만큼 중대한 일급비밀이었다. 아이들이 계속 과자나 사탕을 좀도둑질해가는 바람에 파머 씨의 분노가 점점 커지자 에이드리언은 팰컨 탐정사무소에 점포의 보안 평가를 의뢰했다. 케이트는 이용 요금이 하루에 일 파운드이고 경비는 별도로 청구된다는 사실을 알려주었다. 조사 과정은 최대 반나절 정도 소요될 것이며 옆집에 살기 때문에 경비는 따로 부

* 1960~70년대에 영국에서 활동한 유명한 DJ.

과하지 않겠다고 함께 고지했고, 요금 오십 펜스에 관한 청구서를 작성했다. 케이트는 이 똑 부러지는 요금 청구가 못내 자랑스러웠다. 심지어 밖에 나가 뒷장에 먹지가 붙은 진짜 청구서 용지까지 사 왔다. 덕분에 칠십오 펜스나 적자가 났지만 미래를 위한 투자라며 스스로를 다독였다. 케이트는 에이드리언에게 평소처럼 가게에서 일을 하라고 한 뒤 자신이 직접 물건을 훔쳐보았다. 취약점을 정확히 집어내기 위해서는 꼭 그렇게 해봐야 한다는 것이 케이트의 설명이었다. 이십 분 뒤 케이트는 가게를 떠나 사무실로 돌아와서 보고서를 작성했다. 두어 시간 뒤 그녀는 에이드리언에게 보고서와 함께 그녀가 훔쳐낸 삼십칠 펜스어치의 과자를 제출했다. 보고서는 두 부분으로 구성되었다. 첫째는 그녀가 가게에서 보낸 일과의 상세 보고였고 둘째 부분은 '범죄 박멸'에 관한 제안서였다. 제안서에는 몇몇 방치된 사탕류의 재배치와 과자 진열대의 전면 재정비, 그리고 핵심 장소 두 곳에 거울 설치를 권하는 내용이 들어 있었다. 에이드리언은 보고서를 아주 신중하게 검토한 뒤 케이트의 제안을 성실하게 수행했다. 파머 씨는 결과에 아주 기뻐했고 그뒤 가게에서 좀도둑질은 눈에 띄게 사라졌다. 케이트는 파머 씨에게 서비스 이용 후기를 써달라고 부탁했다. 사업 선전에 이런 식으로 개인적인 추천문이나 소감을 이용하는 것을 종종 봤기 때문이었다. 그녀는 근사한 찬사가 적힌 사무소의 광고가 버스에 붙어 있는 모습을 상상했다.

'우리는 아주 신속하고 전문적인 서비스를 받았습니다. 게다가

가격도 합리적이더군요!'

'비밀 엄수에, 전략적이고, 무엇보다 효과적입니다!'

'팰컨 탐정사무소에 의뢰한 다음 범죄율이 뚝 떨어졌어요!'

그러나 기대와 달리 파머 씨가 적어준 것이란 '우리 케이트 최고! 넌 정말 깜찍한 아이야!' 따위였다. 케이트는 살짝 실망했다.

3

그린 옥스에 갈 때마다 케이트는 반드시 대형 문구점인 미들랜드 에듀케이셔널에 들렀다. 오늘의 명목상 방문 사유는 스탬프 잉크 조사였지만, 케이트에게 그곳에서 시간을 보낼 이유란 늘 수백 가지는 되었고, 그 어느 걸로도 시간은 쏜살같이 흘러갔다.

비록 『몰타의 매』에 샘 스페이드가 문구점을 들락거렸다는 이야기는 전혀 나오지 않았지만 케이트는 질 좋은 사무용품이 효과적인 수사에 얼마나 중요한지 잘 알았다. 사실 최근 문구류는 케이트의 골치를 썩이는 것 중 하나였다. 지난 학기가 시작될 무렵, 그녀는 처음으로 학교 문구 보관장에 불려갔다. 피니건 선생은 케이트에게 '문구 부장'이라는 직책을 주며 앞으로 그녀가 맡을 의무와 책임을 시시콜콜 설명했다. 이야기 도중에 평소 침착하고 신중한 케이트가 갑자기 혼자만의 세계로 떠나버린 듯 멍해졌다. 피니건 선생은 조금 당황했다.

피니건 선생: 자, 아주 중요한 거니까 잘 들어요. 새 연습장은 말이죠, 다 쓴 연습장에서 이렇게 표시된 부분을 오려내서 가지고 오면 내주는 거예요. 다 쓴 연습장 표지는 이 타파웨어 통에 모아 두세요. 그리고 매주 주말에는 이 통에 들어 있는 표지 수와 케이트의 기록장에 적힌 새 연습장 줄어든 분량이 정확히 맞아떨어져야 하고요. 잘 알아들었죠, 케이트?

케이트: ……

피니건 선생: 케이트?

문구 보관장의 풍요로움이란 케이트가 감당할 수 있는 것이 아니었다. 마음의 준비가 너무도 부족했다. 첫째, 말이 '장'이었지 그곳은 엄연한 방이었다. 둘째, 케이트와 반 친구들이 평소 사용하는 문구 종류를 전부 다 합쳐도 그곳의 거대한 문구 바다에 비하면 아주 작고 단조로운 물방울 하나에 지나지 않았다. 보관장에는 고급스러운 문구가 가득했다. 다색 볼펜, 철제 연필깎이, 모든 색깔이 갖추어진 사인펜 세트는 물론 한구석에는 아코디언처럼 펼쳐지는 파일이나 대형 스테이플러처럼 지나치게 최신식인 문구들도 놓여 있었다. 피니건 선생의 말은 케이트의 귀에 들어오지도 않았다. 몸과 마음이 모두 충격에 휩싸여 있었다.

그날 오후부터 케이트의 마음은 온통 그 보관장에 가 있었다. 그녀는 범죄자의 마음을 파악하는 것이 탐정에게 얼마나 중요한지 잘 알았다. 하지만 지금 머릿속에서 기록장 위조 방법을 끊임없이 고안해내는 이유가 과연 순수하게 범죄자의 마음을 파악하기 위한 것인지는 스스로도 의심스러웠다. 점점 마음이 타락 쪽으로 기우는 것 같아 두렵기까지 했다.

오늘은 미들랜드 에듀케이셔널에서 삼십 분쯤 머물렀다. 당장 스탬프 잉크가 꼭 필요한 이유를 찾으려 애써보았지만 실패했다. 지금 케이트는 은행과 주택조합 앞에서 정해진 일과를 수행하고 있었다. 그녀는 이곳에서 한 시간 넘게 사람들을 지켜보았다. 두 개의 은행과 세 개의 주택조합이 쇼핑센터 2층 어린이놀이방 옆에 나란히 자리했다. 그 사이에 인조식물로 장식된 인공 오아시스가 있었고, 오렌지색 의자가 빙 둘러 놓여 있었다. 케이트는 그곳에 앉아 가방 안에서 조심스레 미키를 꺼내 옆에 앉혔다.

케이트는 만일 이 쇼핑센터에서 심각한 범죄가 일어난다면 바로 여기에서일 거라고 늘 생각해왔다. 이것은 거의 확신이었다. 경비원들은 좀도둑이나 무단결석하고 놀러온 학생들을 감시하느라 바빴다. 그러나 케이트가 생각하는 사건은 그보다는 좀더 스케일이 컸고, 언젠가 사건이 터지면 손수 멋지게 해결해주리라 벼르고 있었다. 때때로 그녀는 자신의 첫 강도 사건을 훌륭하게 해결하고 시의 축하 파티에 초대받는 상상을 하곤 했다. 『비노』를 보면 좋은 일을 했을 때 언제나 '근사한 식사'가 포상으로 딸려왔는데, 하나같이 산더미 같은 매시트포테이토에 소시지가 비죽이 비어져나온 것이었다. 케이트는 그보다는 메달이나 배지 또는 어른 형사들과 당당히 함께 일할 수 있는 직책 같은 것을 받고 싶었다.

멀리서 들려오는 그린 옥스의 라디오방송을 들으며 케이트는 은행을 드나드는 무표정한 사람들을 하나하나 지켜보았다. 사람들은 멍한 얼굴로 은행에서 몇백 파운드씩 인출해갔다. 어느 젊은 커플은 옷가게 쇼핑백을 각자 대여섯 개씩 들고도 각각 백 파운드씩 인출하더니 다시 쪼르르 옷가게로 돌아가기도 했다. 그들의 무표정한 얼굴은 쇼핑센터에 널리 퍼진 비현실적인 느낌에 한몫했다. 이곳의 어느 누구도 목적을 가진 것처럼 보이지 않았다. 아무 생각 없이 걷다가 케이트의 앞으로 불쑥 끼어들며 시야를 방해할 뿐이었다. 그래서 케이트는 가끔 무섭기도 했다. 자신이 그런 옥스에서 살아 있는 단 하나의 생명체 같다는 생각이 들었다. 또 어떤 때는 반대로 자신이 통로나 에스컬레이터에 출몰하는 귀신 같다는 생각도 했다.

언젠가는 전혀 다른 표정을 한 사람과 은행에서 마주치게 되리라. 불안, 교활, 증오 또는 욕망. 얼굴에 그런 빛을 띤 자가 바로 용의자일 것이다. 그래서 케이트는 지나는 사람들의 얼굴을 꼼꼼히 들여다보며 범죄의 징후가 없나 살폈다. 그녀의 시선이 어린이놀이방에서 심드렁하게 노는 또래의 아이들로 옮아갔다. 정글 판타지나 볼풀에서 놀기에는 지나치게 큰 애들이었지만 케이트처럼 이 센터 전체를 거대한 놀이터로 이용해볼 생각은 하지 못하는 듯했다. 뱃속 깊숙한 곳에서 아련한 외로움이 솟아올랐지만, 머릿속에 담아두지는 않았다. 익숙해진 지 오래였다.

케이트가 좋아하는 책 『탐정이 되는 법』에는 발로 뛰는 수고와 범죄자를 기다릴 때 따르는 권태가 범죄 박멸에 꼭 필요한 요소라고 분명하게 나와 있다. 훌륭한 탐정이라면 매일 매 순간을 그런 몸가짐과 마음가짐으로 살아야 한다고 했다.

심지어 한밤중에도 훌륭한 탐정은 기꺼이 움직일 준비가 되어 있어야 한다. 언제나 범죄를 수사하고 용의자를 추격할 몸과 마음의 준비를 확실히 해야 하는 것이다. 범죄자는 무척이나 교활하며 어둠의 장막을 사랑하니까.

이것은 일급비밀인데, 케이트는 하룻밤을 꼬박 그런 옥스에서 보낸 적도 있다. 학교에서 식품공장 견학여행을 떠난다는 통신문을 타자기로 위조해 집에 남겨두고 케이트는 미키와 보온병, 수첩을 챙겨들고 집을 나섰다. 센터가 문을 닫기 직전에 간신히 도착한 케이트는 어린이놀이방 한가운데 있는 플라스틱 집으로 들어가 몸을 숨겼다. 상점에서 일하는 사람들이 모두 집으로 돌아가고 실내 방송과 음악이 모두 꺼질 때까지 숨을 죽이고 기다렸다. 그리고 되도록 잠을 자지 않으려고 애쓰며 좁은 집 안에서 열심히 은행을 감시했다. 가끔은 좀더 가까이에서 감시도 할 겸 굳은 다리도 펼 겸 집 밖으로 나오기도 했다. 그러나 결국 새벽이 오기 전 곯아떨어지고 말았다. 잠에서 깼을 때는 이미 은행 문이 열려 첫 손님이 거래를 하고 있었다. 다행히 미키가 언제나처럼 프로답게 경계를 게을리하지 않은 덕에 아무 일도 일어나지 않았고 잃어버린 물건도 없었다. 그녀는 체력이 따라주지 않는 게 무척 아쉬웠다. 다음번에 또 한 번 시도해야지. 그때는 절대 안 자고 버틸 거야. 그녀는 굳게 맹세했다.

케이트에게서 한 자리 건너 앉아 있던 남자가 일어나더니 멀리 가버렸다. 그 남자가 그 자리에 꽤 긴 시간을 앉아 있었는데도 남자의 얼굴을 미처 확인하지 못했음을 깨달았다. 불쾌했다. 아마 남자는 로이즈 은행을 조사하고 있었을 것이다. 잔뜩 집중하고 있는 것이 남자의 얼굴에 고스란히 드러났을 것이다. 케이트는 남자를 따라가려고 일어섰지만 이내 마음을 바꿨다. 집에 돌아가야 할 시간이었다. 케이트는 수첩을 펼쳐 감시 목록에 한 가지를 추가하고 미키를 집어 가방에 넣은 후 버스를 타러 갔다.

4

일급비밀. 탐정 수첩.

이 기록의 소유권은 케이트 미니 요원에게 있음.

4월 19일 목요일

선탠을 하고 체크무늬 스포츠 재킷을 입은 남자가 버네지스 레스토랑에 다시 출현. 전에는 보지 못했던 철테 색안경을 쓰고 있음. 미국인 같음. 〈형사 콜롬보〉에 나오는 악당처럼 생겼음. 어떤 대상을 감시하기 위해 자객으로 고용된 게 아닐까 추측중. 대상은 이 레스토랑의 목 없는 웨이트리스가 아닐까 생각하고 있음. 그 남자가 그 여자를 너무 자주 쳐다보기 때문. 아직 남자가 웨이트리스를 죽일 동기는 발견하지 못했으므로 내일은 그 여자와 좀더 일상적인 대화를 많이 나누어볼 예정. 필요하다면 그 여자에게 살짝 경고를 하겠지만, 그보다는 '선탠 남자'에 대한 증거를 더 많이 확보

하는 것이 우선임.

선탠 남자가 자리에서 뜰 때 내 옆을 스쳐가며 라이터를 하나 떨어뜨림. 아무래도 내 수첩을 훔쳐보려다가 그런 것 같음. 난 재빨리 수첩을 메뉴판 아래로 숨겼음. 남자는 실망했지만 얼굴에는 드러내지 않으려 애쓰는 것 같았음. 날 만만치 않은 적수로 인정하기 시작한 듯.

4월 20일 금요일

오늘은 '선탠 남자'를 보지 못함. 대신 의심스러울 만큼 이상한 가발을 쓴 여자를 발견. 혹시 둘 사이에 무슨 관계라도? 여자는 아주 침착했고, 블랙 포레스트 개토*를 먹는 모습에서 불안 같은 건 보이지 않았음.

목 없는 웨이트리스는 어디서도 보이지 않음. 음식을 가져다준 웨이트리스에게 물어보니 '쉬는 날'이라고 함. 어쩐지 수상함.

4월 21일 토요일

오늘 그 남자가 버네지스 레스토랑으로 돌아옴. '선탠 남자'는 늘 앉던 구석자리에 앉아 있음. '가발 여자'도 나타났지만 아직은 선탠 남자와 가발 여자 사이에 어떤 관련이 있다는 혐의는 발견되지 않음. 가발 여자는 알약이 잔뜩 든 병 여러 개를 갖고 있음. 아무래도 범죄보다는 의학적인 이유로 가발을 쓰는 것 같음. 파란 비

* 초콜릿 생크림 케이크.

옷을 입은 여자가 마더케어 매장 바깥 벤치에 한 번 모습을 보임. 오늘도 유모차를 끌고 나왔음. 그러나 여전히 아기는 보이지 않음.

4월 24일 화요일

특이 사항 없음. 갈색 종이봉투에서 오렌지 껍질을 꺼내 먹는 남자를 보고 40분쯤 뒤쫓았지만 그 이상 눈에 띄게 이상한 행동을 하지는 않음.

2시간쯤 은행 바깥에서 감시. 나쁜 사람은 눈에 띄지 않음.

4월 25일 수요일

후줄근한 코트를 입은 중년 남성 한 명이 쓰레기통 속에 물건을 빠뜨린 듯 팔을 넣고 휘저어 안에 든 것을 꺼내는 것을 봄. 경비들이 다가오기에 도와주려는 줄 알았더니 그를 상가 밖으로 내쫓기만 함. 좀 정신없는 사람처럼 보이긴 했음. 게다가 누가 먹다 버린 햄버거를 주머니에 넣고 있었음. 더는 조사할 가치가 없다고 판단.

4월 26일 목요일

키가 큰 백인 남자가 중앙 아트리움에 있는 열대 관목 숲에 숨어 있는 걸 발견. 잎을 따려고 했던 것 같음. 범죄의 움직임이 딱히 보이지 않아 나와 미키는 즉각 자리를 이동.

4월 27일 금요일

은행을 감시하고 있는데 한 남자가 빠른 걸음으로 바클레이스 은행에 갑자기 들어감. 의심의 여지가 없을 정도로 분명한 은행 강도라고 판단. 카메라를 들고 남자를 뒤쫓았지만 그가 은행 창구 앞에서 수수료 때문에 버럭버럭 소리지르는 모습밖에는 볼 수 없었음. 남자는 입이 거칠긴 했지만 무기를 소지하지 않은데다 은행 강도질에 흥미가 있는 듯 보이지는 않음. 그 사람에게 잠복하고 있는 모습을 들켰지만, 꽤 쓸모 있는 훈련이었음.

5

피니건 선생은 초등부 3학년*의 자리 배치에 아주 기발한 방법을 도입했다. 깁스 선생이 사용하는 알파벳순은 아니었다. 크레스 선생의 '빨간 책상 파란 책상' 방법도 아니었다. 아이들이 그토록 바라는, 그러나 꿈에 지나지 않는 '친구와 함께 앉기'는 더더욱 아니었다. (크레스 선생은 아이들의 이런 제안에 '헛소리'라고 말했다.)

어찌 보면 피니건 선생의 방법은 그 어떤 것보다 완벽하게 학급의 균형을 이뤄낼 수 있는 묘안이었다. 두 아이의 학업 성취도, 장난치는 정도, 냄새나는 정도, 시끄러운 정도 등등을 합산한 값이 반 평균값과 비슷해지도록 짝을 배정하는 것, 이것이 피니건 선생

* 영국의 공립초등학교 학제는 유아부(Infant)와 초등부(Junior)로 나뉘며 각각 3학년씩으로 구성되어 있다. 유아부는 만 5세에 입학하여 7세까지, 초등부는 7~8세부터 9~10세까지이다. 각 학년당 3학기제를 채택하며 9월부터 12월까지가 1학기, 1월부터 3월 말까지가 2학기, 3월 말부터 7월까지가 3학기이다.

의 방법이었다. 이를테면 시끄러운 아이는 조용한 아이와, 장난꾸러기는 고자질쟁이와 함께 짝을 지우는 것이었다.

피니건 선생은 학급에 불신과 회의를 심고 싶은 모양이었다. 밀고자와 싸움꾼으로 가득한 학급으로 만들고 싶은 것이 분명했다. 그러나 다행히 대부분의 학생들은 피니건 선생의 방법 안에서도 친한 친구와 짝이 될 수 있었다. 행복한 대다수의 아이들은 도드라지는 외모나 성격을 갖지 못한 덕분에 자기와 비슷비슷하게 눈에 안 띄는 아이들과 짝이 되었다. 그렇지 않았다면 학급 전체가 불안정하게 삐걱댔을 것이다.

나머지 소수의 학생들에게 이 방법은 날벼락과 다름없었다. 케이트는 밝고 예의바르고 조용하고 깔끔한 학생으로 간주된 죄로 테리사 스탠턴과 짝이 되는 벌을 받고 말았다.

짝이 된 첫날 테리사는 케이트를 보며 말했다. "이거 봐라!" 케이트가 쳐다보자 테리사는 냉큼 오 펜스짜리 동전을 입에 넣더니 조금 후 삼켰다는 증거로 혀를 길게 빼어 보여주었다. 케이트는 비명을 지르며 연습장에 얼굴을 파묻었다. 테리사는 자신의 축축한 목구멍에서 오 펜스 동전이 흘러내려 케이트의 연습장에 툭 떨어질 때까지 속이 뒤집어질 듯한 트림 소리를 계속 냈다.

테리사는 봄 학기가 시작될 무렵 이 학급에 들어왔다. 전에 다니던 학교에서 퇴학당했다는 이야기가 돌았다. 그녀의 등장은 착실하게 자리잡아가던 학급의 질서며 친구 관계에 일대 파란을 일으켰고, 급기야 교실은 유아부 못지않은 난장판으로 뒤바뀌고 말았다. 물론 전에도 케이트네 반에는 개구쟁이로 정평 난 여자아이와 그보다 한술 더 뜨는 말썽쟁이 남자아이가 있었다. 제일 더러운 아이도, 제일 이상한 아이도 있었다. 제일 별난 아이도, 제일 시끄러운 아이도, 제일 폭력적인 아이도 물론 있었다. 남자아이들은 모두 최소 한 부문쯤에는 후보로 제 이름을 내걸고 있었다.

지금, 과거의 메달리스트들은 모두 저기 변방으로 밀려났다. 그들은 어리둥절 우왕좌왕 하며 테리사 스탠턴이 모든 부문에서 그들을 앞질러 결승점에 도달하는 모습을 지켜만 보고 있었다. 모든 것의 정의는 새롭게 바뀌었다. 다섯 살 때부터 이먼 모건이 세상 최고의 말썽쟁이인 줄 알고 살아온 서른 명의 반 아이들은 그 방면에서 한층 성장했다. 이런 일이 있었다. 모두가 무서워하는 피니건 선생이 교구를 꺼내러 문구 보관장에 가느라 잠시 교실을 비웠다. 이먼은 이 틈을 놓칠세라 냉큼 교실 맨 앞 교단에 뛰어올라갔다. 그리고 별로 비슷하지는 않지만 믿을 수 없이 대담하게 피니건 선생의 흉내를 냈다. 다음 순간 나머지 스물아홉 명의 아이들은 숨소리도 내지 못할 정도로 경악하고 말았다. 이먼이 칠판에 분필로 커다랗게 '망할 년'이라고 쓴 것이었다. 케이트는 피니건 선생이 돌아와서 보일 분노를 떠올리며 새하얗게 질렸다. 지금도 케이트네 반 아이들은 절대 잊지 못한다. 공포와 심문과 협박으로 얼룩졌던 기나긴 오후를. 결국 이먼이 반 아이들을 살리기 위해 모두 실토하는 것으로 끝났던 참담한 결말을. 그리고 마침내 이먼이 자백했을 때 피니건 선생의 얼굴에 떠오른 살벌한 미소를 말이다.

테리사가 전학 온 첫날이었다. 피니건 선생의 지독하게 지루한 웨일스 공국 역사 수업 중간에 갑자기 테리사가 요란하게 하품을 했다. 교실에 있는 모든 사람의 눈동자가 테리사에게 향했고 그녀는 책을 책상 안으로 소리나게 던져넣고 뚜껑을 쾅 닫더니 표표히 교실 밖으로 나가버렸다. 반은 일순 혼돈의 나락으로 떨어졌다. 난데없이 하늘에서 떨어진 콘플레이크 상자 때문에 그동안 간직해온 우주에 대한 믿음이 깨져버린 어느 부족의 작은 마을처럼, 눈앞의 사태를 이 세상의 일로 도저히 받아들이지 못했다. 학교 밖으로 나간다고? 아침에 등교하면 얌전히 있다 저녁에 하교하면서 비로소 학교 밖으로 나가는 것이다. 중간중간 화장실에 가고, 허락된 시간에는 운동장에서 놀고, 사람이 많으면 줄을 서고, 언제나 좌측통행을 하는 곳이 학교였다. 무릇 학교란 눈에 보이지 않는 자기장과 울타리로 가득한 복잡한 거미줄 같은 곳이었다. 그런데 도대체 저 여자애는 어떻게 저 눈에 안 보이는 울타리를 제멋대로 넘어다닐 수 있느냐는 말이다. 그렇게 시작된 테리사의 기행 폭격으로 초등부 3학년 교실은 나날이 초토화되어갔다. 그동안 테리사는 중요한 것 하나를 완전히 무시하고 있었다. 바로 피니건 선생의 분노였다.

피니건 선생의 수업을 처음 들은 날, 케이트는 한 가지 어려운 결단을 내렸다. 수업 도중에 선생님에게 화장실 갔다 와도 되는지 물어보느니 차라리 속옷을 적시고 말겠다고. 지난 오 년 동안 아래층 복도까지 쩌렁쩌렁 울리는 피니건 선생의 분노에 찬 고함을 들었던 경험이 이 결정에 한몫했다. 그리고 피니건 선생을 담임으로 맞아 정신병자 못지않은 성격을 확인한 후 그 생각을 더욱 굳혔다. 수업도 영 알아듣기 힘들뿐더러 그녀는 모든 학생을 싫어하는 것처럼 보였다. 말 한마디 한마디가 강산성 액체에 담갔다 뺀 듯 독하고 어둡기 짝이 없었다. 매일 듣는 '좋은 아침이에요, 여러분'처럼 단순한 인사말조차 그녀의 입에서 나오면 그 아래 조소와 비아냥이 겹겹이 쌓인 것처럼 들려 케이트는 속이 울렁거리곤 했다.

케이트네 반은 거의 매일 피니건 선생의 잔인한 유머를 들어야 했다. 그녀가 이성을 잃은 날에는 다른 것으로 대체되었다. 그녀의 엄청난 성량만으로도 학생들의 입맛을 싹 달아나게 만들기 충분했다. 막말은 기본이고 폭력 행사도 종종 있었다. 피니건 선생이 머리를 잡아당기는 것이 싫었던 존 피츠패트릭이 어느 날 머리를 박박 밀고 오자, 그녀는 서슴없이 존을 두들겨팼다.

그러나 테리사는 이 모든 것에 끄떡도 안 했다. 피니건 선생에게 따귀를 맞고 억지로 능글능글 웃어대던 노엘 브레넌의 오기는 이에 댈 것이 아니었다. 뭐랄까, 아주 해맑은 무관심이었다. 피니건 선생은 물론 반 아이들 모두가 테리사의 관심 밖에 있는 듯했다. 피니건 선생이 소리를 지르든, 음절마다 강세를 넣어 야단을 치든 말든, 테리사는 소리를 줄여놓은 옛날 만화영화를 보는 양 멍하니 바라볼 뿐이었다. 그러던 어느 날 피니건 선생은 마침내 목소리를 높이지 않아도 되는 법을 터득했다. 그날도 테리사는 멍하니 창밖만 바라보았고, 피니건 선생은 그녀가 교과서의 모든 페이지에 괴상망측한 그림을 그려놓은 것을 두고 악을 쓰며 야단을 치던 중이었다. 한동안 독설의 물결이 넘실댄 끝에 피니건 선생은 전에 없던 패배자의 태도로 조용히 말했다. "조만간 넌 또다시 퇴학당할 거야. 다음번에는 그 어떤 학교도 널 받아주지 않을 거고, 그럼 넌 종일 집에만 처박혀 있게 될 거다."

피니건 선생이 채 말을 마치기도 전이었다. 처음으로 테리사가 피니건 선생을 제대로 쳐다보았다. 눈에 그렁그렁 눈물이 맺혀 있었다. 그리고 테리사는 삼십 분 동안 흑흑거리며 울어댔다. 피니건 선생은 놀라서 이 광경을 지켜보기만 했고, 반 아이들도 마찬가지였다.

쉬는 시간이 되자 아이들은 모두 테리사의 항복에 대해 떠들어댔다. 예전에 테리사에게 최고의 지위를 뺏겼던 말썽쟁이 남자애들은 "나는 집에서 놀라고 하면 안 울 건데. 막 웃을 건데" 하고 큰 소리치며 잃었던 명예를 회복하기 위해 노력했다. 피니건 선생의 집에 처박혀 있으라는 이야기는 솔직히 별 소용 없는 위협임에 틀림없었다. '빵을 껍질까지 먹지 않으면 절대 예쁜 곱슬머리는 나지 않을 거야' 같은, 너무 자주 써서 이제는 먹히지 않는 협박이었다.

그러나 테리사 옆에 앉은 케이트만은 그녀의 눈물을 이해했다. 케이트는 테리사의 팔과 다리에서 멍 자국과 화상 흉터를 보았기 때문이다. 케이트는 그런 걸 난생처음 보았다. 그녀는 왜 테리사가 학교에 있기를 바라는지 알 것 같았다. 가끔 오후에 테리사가 멍하니 창밖을 바라볼 때면 케이트는 테리사의 소매 아래로 비죽이 드러난 검푸른 구름의 가장자리를 열중해 쳐다보곤 했으니까.

6

날씨가 눅눅한 목요일이었다. 학교를 마치고 집으로 돌아온 케이트는 거실 탁자 앞에 앉아 바이킹에 대한 숙제에 쓸 흥미로운 자료를 열심히 찾고 있었다. 눈은 교과서에 실린 녹슨 쇳조각이며 도자기 파편의 우중충한 사진을 보고 있었지만, 마음은 다른 곳에 가 있었다. 케이트의 머릿속에는 예전 기억 하나가 맴돌고 있었다. 바로 여기서 있었던, 아주 소중했던 순간. 그때 등 뒤에서는 엘라 피츠제럴드가 부르는 떠돌이 여인에 대한 노래가 흐르고 있었다. 케이트는 자와 연필로 반듯한 격자무늬를 그리고 있었다. 케이트의 아빠는 주방에서 노래를 따라 부르며 오후의 티타임을 위해 생선과 감자를 튀기고 있었다.

"게 게임이 뭐야, 아빠?" 케이트는 주방 쪽으로 목소리를 높여 물었다. 꽤 오랫동안 궁금했던 것이었다.

"뭐라고?"

"게 게임 말이야. 선생님이 '남작이나 공작 같은 귀족들과는 게 게임을 하지 마라'고 얘기했거든." 케이트의 머릿속에는 외알 안경을 끼고 긴 예복을 입은 남자들이 앉아 카드를 돌리는 모습이 그려졌다. "게Crab 게임이 아니라 크랩Crap 게임이야, 바보야." 아빠가 목소리를 높여 대답했다.

케이트는 살짝 충격을 받았다.

"그러니까 주사위로 하는 게임이야. 그 인간들은 만날 주사위 던지는 얘기만 하거든. 그치들은 잘빠진 계집애들 쫓아다닐 때 빼곤 만날 그 게임만 한단 말이야. 알겠냐, 우리 딸?" 케이트의 아빠는 지독한 브루클린 억양으로 말을 쏟아놓았다.

"뉴욕 사람들은 다 그렇게 오리같이 말해, 아빠?" 대답 대신 케이트의 얼굴로 행주 한 장이 주방 입구에서 세차게 날아왔다.

"그래, 이 딸내미야. 오리처럼 말하고 게처럼 걷는다. 어쩔래. 그래서 결과는 어떻게 잘 나오고 있는 거야?"

"아직 안 나왔어. 아직 도표 그리는 중이야." 케이트는 자를 대서 넓이가 일정한 격자를 그려나갔다. 케이트와 아빠는 가장 최근의 연구 과제를 끝낸 참이었다. 이번주에는 페어 드롭스*에 대해 잡지 『위치?』** 스타일로 광범위한 조사를 했다. 두 사람은 각자 자기의 선호도에 따라 열다섯 곳씩 가게를 나눠 맡은 후 크기, 설탕 코팅, 사분의 일 파운드당 가격, 신맛의 정도 등을 조사했다. 케이

---

* 영국식 눈깔사탕.

** 소비자 조사 및 제품 후기, 생활 상식 등을 다룬 영국 잡지.

트의 아빠 프랭크는 은퇴한 통계 전문가였다. 그와 케이트는 함께 지내는 시간의 대부분을 깔끔한 보고서와 도표를 만드는 것으로 보냈다. 조사 목록은 다양했다. 워릭셔에서 가장 훌륭한 차 가게, 가장 맛있는 짭짤한 식초맛 감자칩, 가장 성질 나쁜 웨이트리스 등등. 십 페이지에 이르는 보고서를 작성하여 합친 다음 최종 결론에서 다음달의 연구 과제를 도출하곤 했다.

프랭크는 예순한 살로 케이트네 반 학부모 중 제일 나이가 많았다. 하지만 케이트는 전혀 개의치 않았다. 아빠와 함께 있으면 세상 누구와 있을 때보다도 즐거웠다. 케이트는 아빠가 지금까지 본 다른 애들의 부모들보다 최소 백배는 재미있고 똑똑하다고 생각했다. 같은 반에 엄마만 있고 아빠는 없는 애들은 몇 명 있었지만, 엄마가 없고 아빠만 있는 아이는 케이트 하나였다. 엄마는 케이트가 젖먹이 때 사라졌다. 그래서 엄마에 대한 기억이 없었다. 사람이 살아가며 타인에게 얼마나 마음의 자리를 내어줄 수 있을까, 케이트는 가끔 궁금했다. 하지만 한 가지는 확실했다. 그녀의 마음에는 엄마라는 존재가 들어올 자리는 없었다. 두 사람은 주말이나 방학 때 무엇을 할지 미리 계획을 세워두곤 했다. 공동묘지, 천연가스 제조공장, 공장들, 도시의 잊혀진 지역 등을 흥미롭게 탐험했다. 프랭크는 웃기는 이름과 말도 안 되는 이력을 지닌 인물들을 멋대로 만들어내 그 장소들의 역사에 채워 넣었다. 케이트는 주중 저녁에는 아빠 무릎에 앉아 함께 텔레비전을 보며 BBC 2채널에서 옛날 미국 흑백영화를 틀어주기를 고대했다. 갱스터와 형사, 범죄자, 악녀, 스파이와 살인 청부업자가 등장하는 영화들 말이다. 두 사람 모두 험프리 보가트를 무척 좋아했다. 그가 엘리샤 쿡 주니어나 피터 로어를 처치하는 장면이 나오면 매번 좋아라 깔깔댔다. 프랭크는 끔찍한 연기로 배우들을 흉내냈고, 케이트는 그 옆에서 하드보일드 스타일의 미국 말투를 흉내내며 떠들어댔다.

"서둘러, 아빠. 조금 있으면 〈록퍼드 파일〉* 시작해."

"서둘러? 서두르라고? 너는 들쭉날쭉 튀겨진 생선 튀김이 먹고 싶은 게냐? 튀김 하나하나를 똑같이 예쁜 오렌지색으로 튀겨내는 게 쉬운 일 같아? 거뭇거뭇 태우지 않고 튀기는 게 얼마나 힘든데. 일류 레스토랑에서도 간신히 해내는 일이라고. 이 아빠가 주방에 있을 때만큼은 좀 자유를 베풀어달란 말이다, 딸아."

"어, 시작한다. 사무실의 전화 자동응답기가 울리고 있어. 에이, 아빠, 놓쳤네."

"위대한 예술가라면 그 정도 희생은 당연한 거야. 미켈란젤로도 시스티나성당의 천장화 작업 막판엔 〈형사 콜롬보〉 에피소드 몇 개쯤은 그냥 안 보고 건너뛰었을걸. 피카소는 〈퀸시〉**라고는 들어보지도 못했을 거고. 어쨌든 그런 게 예술가의 숙명이지."

드디어 프랭크가 두 개의 접시를 들고 나왔고, 둘은 탁자 앞에 앉아 짐 록퍼드가 낚시 여행 도중 예상보다 더 많은 것을 찾아내는 모습을 지켜보았다.

드라마가 끝나자 프랭크는 케이트에게 건넛방에 가서 서랍을 열

---

* 1970~80년대 방영된 미국 형사물 드라마.

** 1970~80년대 법의학자를 주인공으로 한 미국 범죄 수사 드라마.

어보라고 말했다. 그녀는 줄무늬 종이로 포장된 작은 꾸러미를 들고 돌아왔다.

"뭐야, 이게?"

"선물."

"누가 주는 거야?"

"당연히 나지. 누구라고 생각한 거야?"

"왜 주는데?"

"페어 드롭스 프로젝트가 끝나면 뭔가 주겠다고 했잖아."

케이트는 씨익 웃었다. 그녀도 당연히 그 약속을 기억하고 있었지만, 선물을 기대할 만한 일은 아니라고 생각했다. 포장을 풀자 책 한 권이 나타났다. 『탐정이 되는 법』이라는 제목의 책이었다. 케이트는 다시 한번 히죽 웃었다. 책의 표지가 정말이지 마음에 쏘옥 들었다.

"음, 나는 말이다, 우리 둘이 사건을 해결할 수 있을 것 같거든. 나는 샘 스페이드가 되고, 너는 조수가 되는 거지. 이름이 뭐더라…… 그래, 마일스 아처."

"그 사람, 영화 시작 부분에 죽잖아."

"그랬던가? 뭐 어쨌든. 아마 그 사람한테는 이 책이 없었을걸. 너는 그 사람보다 훨씬 똑똑해질 거야. 우리 그것부터 시작하자. 우유배달부는 금요일마다 갖다놓는다는데 정작 우리는 구경도 못한 그놈의 요구르트, 도대체 어떤 놈이 훔쳐가는지 한번 찾아보지 않을래?"

그러나 케이트는 그저 눈을 커다랗게 뜨고 책을 뚫어지게 쳐다볼 뿐이었다. 그녀는 눈앞에 활짝 열린 새로운 가능성에 놀라고 있었다.

"아빠. 우리 그것보다 더 근사한 일을 할 수 있을 거야. 엄청난 악당도 잡을 수 있을 것 같지 않아? 은행 강도나 유괴범이나…… 여기 봐. 어떻게 하면 완벽하게 위장해서 용의자에게 더 가까이 갈 수 있는지 나와 있어. 여기도 봐봐. 관광객이 최고래. 아무도 당신이 지금 범죄 용의자의 사진을 찍고 있을 거라고 의심하지 못할 거라는데."

"내 생각에는 이 동네에서 관광객 꼴을 하고 있으면 그게 오히려 의심스러워 보일 것 같은데. 여긴 버밍엄*이라고."

"아니면 창문 청소부도 괜찮고…… 아빠, 이 책 정말 굉장해. 우리, 이 마을에서 범죄와 대결할 수 있을 거야!"

그러나 일은 생각대로 되지 않았다. 몇 달 후 어느 날 아침, 케이트가 잠에서 깨어났을 때, 방에는 밝은 햇살이 퍼지고 있었다. 그녀는 평소 아침에 혼자 잘 일어나지 못했다. 이렇게 한 번에 벌떡 일어난 것은 놀라운 일이었다. 그러니 아빠가 차를 가져왔을 때 케이트가 침대에 앉아 태연히 책을 읽고 있다면 아마 조금 놀랄 것이다. 그녀는 침대에 앉아 귀를 쫑긋 세웠다. 아빠가 늘 틀어놓는 라디오 2채널의 컨트리음악, 그리고 아빠가 주방에서 이리저리 움직이는 소리를 듣기 위해서였다. 하지만 아무 소리도 들리지 않았다. 그녀는 『탐정이 되는 법』에서 알리바이 확인 방법에 관한 페이지

---

* 영국 중부의 공업 도시.

를 되풀이해서 읽었다. 아무래도 이번 아침 이벤트는 그른 것 같다는 생각이 자꾸만 들었다. 기분이 약간 상한 케이트는 벌떡 일어나 주방으로 내려갔다. 냉장고가 활짝 열려 있었다. 안을 보니 아빠의 부츠 한 짝이 마가린 위에 놓여 있었다. 케이트는 아빠를 불렀다. 대답이 없었다. 개수대 안에는 반쯤 타다 남은 종이 뭉치 하나가 물에 던져져 있었다. 아빠의 버스 승차권과 낡은 공책, 광고 우편물 몇 개와 통계에 관련된 신문 기사 따위였다. 주방을 나와 거실로 들어가자 제자리를 벗어난 물건들과 평소와 다른 점들이 점점 많이 눈에 띄었다. 이런 게임은 처음이었다. 낯설고 두려웠다.

케이트는 아빠가 침실 바닥에 누워 있는 것을 발견했다. 문을 열고 보니 그는 딸을 다급하게 부르려고 했던 것처럼 보였다. 케이트는 달려가 아빠 옆에 무릎을 꿇었지만 아빠는 그녀를 전혀 알아보지 못하는 듯했다. 그는 알아들을 수 없는 소리를 반복해서 중얼거리며 무언가를 잡으려는 듯 계속 허공에 대고 손을 쥐었다 폈다 했다. "아빠 일어나, 아빠 일어나!" 케이트는 울부짖으며 그의 몸을 마구 흔들었다. 그가 잠든 게 아니라는 것쯤은 알았다. 지금까지 알던 아빠가 아니었다. 얼굴에는 노기가 어려 있었고, 마치 한 대 때리기라도 할 듯 그녀를 뚫어지게 쳐다보았다. 누군가에게 전화를 해야 한다는 생각이 머릿속을 맴돌았지만, 전화기를 들 엄두조차 나지 않았다. 도대체 아빠가 이렇다는 것을 누구에게 어떻게 이야기해야 하는 거지.

결국 구급차와 외할머니가 집으로 왔다. 아빠는 구급차 기사의 넥타이를 보고 심하게 동요했다. 그는 넥타이를 잡아채려고 안간

힘을 쓰며 '해리'처럼 들리는 이상한 단어를 외쳤다. 그것이 케이트가 들은 아빠의 마지막 말이었다. 아빠는 네 시간 후 병원에서 세상을 떠났다. 외할머니는 아빠가 '뇌졸중stroke'으로 쓰러졌다고 했다. 케이트는 이해할 수 없었다. 케이트가 아는 그 단어의 의미는 '쓰다듬다stroke'였다. 그것은 무척이나 부드럽고 다정한 행동이었다. 케이트가 잠들지 못할 때면 아빠는 언제나 부드럽게 쓰다듬어줬다. 그녀는 병원 복도에 앉아 사람들이 아빠를 데리고 들어간 방의 문을 하염없이 쳐다보며 그 부드러운 손길을 다시 한번 느낄 수 있기를 기다렸다.

그후 케이트의 삶은 달라졌다. 외할머니가 함께 살기 위해 온 것이다. 아이비라는 이름의 이 미망인은 자신의 외동딸이 팔 년 전 프랭크와 케이트를 버리고 새 삶을 찾겠다며 오스트레일리아로 가버렸음에도 카드를 보내거나 이따금 방문하며 꾸준히 프랭크와 연락을 취해왔다. 그러나 케이트에겐 거의 남이나 다름없었다.

아이비는 자신을 케이트에게 소개하며 말했다. "나는 너에게 그다지 신경쓰지 않을 셈이다. 이사는 온다만 그렇다고 네게 간섭하거나 잔소리할 일은 없을 거야. 난 다른 사람한테 강요하고 살아본 적이 없거든. 나는 너한테 밥도 해줄 거고, 너와 같이 살 거야. 그렇다고 크게 달라지는 건 없을 거다. 네 아빠 일은 참 안됐구나. 참으로 안됐어. 네 잘못이 아니지. 네 아빠 나이가 좀 많았니. 난 네 엄마가 되어줄 생각은 없다. 나는 그런 사람이 못 돼. 한번 엄마 노릇 좀 해보려다가 늘그막에 이런 꼴이 되어버렸잖니. 네 엄마는 참 미련하기 짝이 없구나. 이런 소리 해서 미안하다만 사실인데 어쩌겠니. 제 나이보다 두 배는 더 먹은 남자와 결혼하는가싶더니 너를 낳고는 도망가버리고, 지금 이렇게 또다시 나에게 뒤치다꺼리를 시키는구나. 네가 무척 똑똑하고 밝은 아이인 건 잘 알아. 착한 아이라는 것도. 그러니 우리는 잘 지낼 수 있을 게다. 네가 나에 대해서 알아둘 건, 내가 텔레비전 퀴즈쇼 보는 걸 무척 좋아한다는 것과 종종 빙고 하러 나가는 걸 즐긴다는 것, 이게 전부란다."

케이트는 고개를 끄떡이고 속으로만 어깻짓을 하며 이 정보를 반겼다.

케이트는 처음으로 알게 되었다. 저녁 시간이 얼마나 길고 공허한지, 그리고 밤이 되면 그것이 얼마나 더 심해지는지. 주말이 두려워졌다. 그날 밤의 아빠에게 어떤 일이 일어났던 건지 머릿속에 그려보면 안 된다는 것 또한 알게 되었다. 혈압이 높아져 뇌를 다친 아빠가 혼란에 빠진 채 홀로 집 안을 어지럽히던 모습을 말이다. 아빠 생각을 하면 할수록 상처가 커진다는 것을, 위험하다는 것을 케이트는 점점 뼈저리게 깨달았다.

케이트는 벽장 안에 넣어두고 까맣게 잊었던 침팬지 장난감을 찾아냈다. 그리고 팰컨 탐정사무소를 열었다. 그녀는 목록 작성, 감시, 조사 보고, 과제 등에 온 마음을 쏟았다. 학교에서는 열심히 공부만 했다. 말수도 줄었다. 에이드리언과 함께 옆집 신문 가판대에 우두커니 앉아 있곤 했다. 그리고 이제는 너무도 커져버린 집 안의 이 방 저 방을 하염없이 오갔다.

7

케이트는 길이 잘 닦인 동산을 달려 넘어가고 있었다. 등뒤로 펼쳐진 하늘은 온통 보랏빛이었다. 사나운 바람이 이상한 모양으로 꼬인 나무 위로 몰아쳐 가지들을 휘어놓다가 이내 투두둑 꺾었다. 관목 더미에서 떨어져나온 잔가지들이 작은 회오리바람에 휘말려 아파트 현관을 스쳐갔다. 세찬 바람과 뇌우가 다가오고 있었다. 달리면서도 공기중의 습기와 번쩍하는 섬광을 느낄 수 있었다. 내리막길에선 바람이 등을 밀어 더욱 속도를 높여주었다. 케이트는 달리고 또 달렸다. 유리가 산산이 깨져 널브러진 버스정류장을 지나치며 그녀는 자신이 부서지지 않는 존재라 다행이라고 생각했다. 울퉁불퉁한 잔디밭도 지나고 인적 드문 어느 건물의 안뜰도 지났다. 안뜰에 매여 있는 빨랫줄에서 빨래들이 미친듯이 나부끼고 있었다. 케이트는 그 안으로 무턱대고 뛰어들었다. 시트 한 장이 얼굴을 감쌌고, 케이트는 빨래에서 풍기는 세제의 꽃향기를 한껏 들이마셨다. 케이트는 씨익 웃으며 또다시 내달렸다. 학교를 지나치고, 초라한 조립식 건물의 감리교 교회도 지나치고, 가끔은 펄쩍펄쩍 뛰기도 했다. 그렇게 미친듯이 달렸다. 바람이 그녀를 어딘가로 데려가주었으면 좋겠다고 생각했다. 커다란 빗방울들이 포장된 지면을 거세게 때리기 시작하자 그녀는 집으로 향했다. 얼른 자기 방으로 올라가 번개가 송전탑의 고압선 사이로 사정없이 내리치는 모습을 보고 싶었다.

십오 분 뒤 그녀는 방 창가에 우두커니 앉아 창밖의 젖은 거리를 바라보고 있었다.

하늘은 보랏빛에서 잿빛으로 변해갔고, 폭풍의 열기가 가신 자리에는 눅눅한 오후의 칙칙한 현실감이 재빠르게 찾아들었다. 케이트는 창유리를 따라 흘러내리며 창문 너머의 풍경을 부옇게 만들어버리는 빗방울을 바라보았다. 늘 겪는 메스꺼움이 조금 가라앉는 것이 느껴졌다. 만일 날씨가 좋아 밖이 환했다면 케이트는 창밖을 보며 들떠 있었을 것이다.

케이트는 동네 아이들과 친하지 않았다. 신경조차 쓰지 않았다. 그 아이들은 모두 치텀 스트리트 스쿨에 다녔고, 겉모습도 바보나 깡패들 같았다. 그냥 사무소에서 미키와 사건 파일과 함께 있는 편이 훨씬 행복했다. 그러나 여름날 저녁이면 아이들이 삼사십 명쯤 떼로 몰려 노는 모습을 가끔 구경하기도 했다. 꽤 오래 지켜봤기에 아이들이 무슨 놀이를 하는지도 대충 알았다. 그중에는 브리티시 불독*이나 라운더스**처럼 케이트가 학교에서 해본 것도 있었다. 그러나 가장 흥미를 끈 것은 아이들이 '교도관'이라고 부르는 놀이였다. 색다른 규칙을 더하고 범위를 넓게 잡은 일종의 숨바꼭질로, 깡통을 걷어찬 다음 죄수들이 제한구역 없이 돌아다니며 숨는 놀이였다. 케이트는 언젠가 창가에 못 박힌 듯 앉아 아이들이 동네를 여기저기 돌아다니며 그때까지도 숨어 있던 마지막 한 명을 찾아 헤매는 것을 지켜보았다. 그 소년은 무려 두 시간이나 발견되지 않았으나, 케이트는 그가 내내 어느 연립주택의 옥상에 숨어 있는 모습을 확실하게 볼 수 있었다. 날은 점점 어두워지고 소년의 이름을 불러대며 찾던 아이들의 인내심도 점점 바닥나고 있었다. 숨어 있던 소년은 기회다 싶었는지 지붕에서 펄쩍 뛰어 믿을 수 없을 정도로 사뿐하게 어린 나무 위에 몸을 실었다. 그의 몸무게 때문에 나무가 휘어지더니 그를 깡통 바로 옆의 땅에 내려놓았다. 그는 가뿐히 깡통을 차서 죄수들을 풀어주었다. 케이트는 기쁨과 즐거움에 차서 소리를 질렀다. 심지어는 코트까지 챙겨 입고 달려나가 그들 틈에 끼려고 했지만 막상 문 앞에 서니 기가 죽었다.

오늘은 비 때문에 모든 이들이 유리창 너머에 갇혀 있었다. 케이트는 창가에서 몸을 뗐다. 해야 할 일이 있었다.

케이트는 자기 방을 무척 사랑했다. 아빠가 돌아가신 후 외할머니는 케이트가 방을 새롭게 꾸미도록 허락했다. 케이트는 바닥에서 카펫을 치우고 검정과 흰색의 체크무늬 리놀륨을 깔았다. 낡은 멜라민 옷장과 화장대, 서랍장은 모두 사라졌고 그 자리에 네 개의

---

* 영국 문화권의 아이들 놀이로 일종의 술래잡기.

** 야구와 비슷한 경기로 주로 영국의 학원 스포츠로 애용된다.

중고 서류 캐비닛이 벽 하나를 그득 채우며 들어섰다. 시시한 어린이 책상도 큼직한 중고 원목 책상으로 교체되었다. 한쪽에는 서랍도 달려 있었다. 무엇보다 좋았던 건 책상을 사고도 회전의자 살 돈이 남았다는 것이었다. 케이트는 창문을 등지고 출입문을 바라볼 수 있는 자리에 책상을 놓았다. 『탐정이 되는 법』에 나온 대로 출입문 위에는 네모난 감시 거울을 달았다. 덕분에 그녀는 책상에 앉아서도 거리를 지나가는 모든 것을 똑똑히 볼 수 있었다. 특히 이 거울이 있으면 누군가가 유리창 청소부로 가장해서 그녀의 수첩을 몰래 훔쳐보는 것도 제대로 경계할 수 있었다. 회전의자를 타고 리놀륨 바닥을 쌩쌩 가로질러 다니고 싶은 충동을 참는 건 여간 어려운 일이 아니었다. 그러나 회전의자를 타고 노느라 아무것도 하지 못한 어느 날 오후 이후로, 케이트는 이짓을 하지 말아야겠다고 스스로를 다잡게 되었다. 그녀는 하루 중 정해진 시간에 딱 십 분만 의자 놀이를 즐기기로, 그 시간 외에는 의자를 순수한 원래 목적으로만 사용하기로 했다. 가끔 서랍에서 펜을 꺼내기 위해 의자를 돌리다 필요 이상으로 많이 돌릴 때도 있었다. 이런 식의 작은 속임수를 쓰지 않기란 너무 힘들었다. 그러나 보통은 지나치게 의자를 돌리거나 정해놓은 자리를 벗어나 타고 놀지는 않았다.

책상 위에는 일곱 살 때 크리스마스 선물로 받은 타자기가 놓여 있었다. 비록 어린이용 플라스틱 제품이었지만 케이트의 눈에는 꽤 쓸 만했고, 고객도 별 불만을 갖지 않을 것이었다. 그러나 선물을 받았던 해 크리스마스에 이 타자기로 스티커를 잔뜩 만들어 개나 조랑말의 몸에 붙이고 다닌 것은 조금 후회되었다. 샘 스페이드라면 절대 하지 않았을 짓이니까. 책상 한쪽에는 작은 명함첩도 하나 놓여 있었다. 사람 이름과 상세 연락처를 모으기 위해서였다. 총 이백 장이 들어갈 수 있지만 케이트가 지금까지 모은 건 달랑 세 장이었다. 하나는 옆집 에이드리언 것, 하나는 동네 파출소 명함, 나머지 하나는 운전면허국 것이었다. 수많은 미국 형사물 영화에서 사람들의 운전면허증과 인증 번호판을 확인하는 것을 봐온 탓이었다. 영국에서도 통하는 이야기인지는 확실치 않았지만, 어쨌든 만일을 위해 케이트는 전화번호부를 뒤져 스완지에 있는 운전면허국의 주소를 적은 후 명함첩에 넣어두었다.

오늘 오후 그녀는 새로운 '몽타주 조합 책'을 만드느라 바빴다. 이미 팔 개월 전에 『탐정이 되는 법』의 지시를 충실히 따라 그녀만의 몽타주 조합 책을 만들었다. 책은 총 삼십 페이지로 구성되었으며, 각 페이지는 네 개의 가로줄로 나뉘어 있었다. 첫째 줄에는 다양한 머리 모양을, 둘째 줄에는 눈썹과 눈 그리고 콧대, 셋째 줄에는 코, 그리고 맨 아래 줄에는 턱과 입을 그려넣었다. 케이트는 이 결과물이 꽤 만족스러웠다. 실제로 만들어보니 절반 정도가 거의 비슷비슷한 얼굴들이었지만. 하나같이 아서 멀러드*의 형제나 아들 같은 얼굴들이었다. 하지만 이제 케이트의 계획은 예전보다 더 원대해졌다. 버스에 광고를 걸겠다는 포부를 갖게 되면서, 그녀는 비판적인 시선으로 자신의 사무실과 장비를 재평가해보았다. 아무래도 지금 상태로는 잠재적인 고객에게 좋은 인상을 주기 힘들다

* 영국의 코미디언.

는 판단이 들었다. 제대로 된 몽타주 조합 책이 한 권 있으면 사무실이 더 그럴듯해 보일 것이며, 고객이 용의자에 대해 설명하기도 한결 수월할 터였다. 손으로 그린 책은 아무리 생각해도 프로다워 보이는 물건이 아니었다. 그래서 오늘은 책을 다시 만들 작정이었다. 잡지에서 사진들을 오려내어 몽타주를 구성할 생각이었다. 케이트는 손재주가 상당히 좋은 편이었다. 그녀는 에이드리언이 모아준 잡지를 한 무더기 책상 위에 쌓아두고 신중하게 한 장 한 장 살펴보며 얼굴이 제대로 나오고 크기가 적당한 것을 골라 오려내기 시작했다.

오후가 저물어가며 비도 잦아들었다. 아이들은 다시 동네를 쏘다니며 소리를 질러댔고 케이트는 낯선 이들의 얼굴에 정신을 집중했다.

8

초등부 3학년 교실에 숨소리조차 없이 고요한 오후가 찾아왔다. 케이트는 창문 밖으로 보이는 건너편의 연립주택단지에서 미친 개 세 마리가 잔디밭이나 쓰레기통을 지나치는 사람들에게 으르렁거리는 모습을 멍하니 보고 있었다. 케이트는 개가 무서웠다. 불합리한 공포는 아니라고 생각했다. 지금까지 무려 열한 번이나 개에게 물렸으니까. 동네는 개 천지였다. 사람들은 안전하게 살겠다고 개를 사는 듯했지만 생각처럼 되지는 않는 모양이었다. 모든 개에게는 정신적인 문제가 있었다. 어린이 혐오증이며 자전거 혐오증, 신문배달부 혐오증, 흑인 아이 혐오증에 백인 아이 혐오증, 빨리 달리는 것 혐오증 등등. 어떤 녀석은 심지어 하늘 혐오증이 있어 온종일 펄쩍펄쩍 뛰어오르며 짖어댔다. 개들에게 행복을 주는 것이라곤 오로지 함께 미친 짓을 하며 깡패처럼 몰려다닐 수 있는 견공 동지들뿐이었다. 이런 견공 테러 부대가 사방에 오줌똥을 갈기며 인도나 남의 집 앞마당을 어슬렁거렸다. 케이트는 개들과 마주칠 때마다 그들의 축 늘어진 혀와 사악하게 생긴 입을 노려보며 되도록 숨을 죽이고 조용조용 지나쳤다. 침을 흘리고 호전적이며 흉폭한 짐승들로부터 도망가기 위해 그녀가 뛸 태세를 취하면 개 주인들은 이렇게 소리 질렀다. "너무 무서워하지 마라. 얘들은 사람이 무서워하는 거 냄새로 다 알아!" 얼핏 듣기엔 유용한 충고 같았지만 정작 케이트는 무슨 소리인지 도통 이해할 수 없었다. 그녀가 개에 대해 이해하지 못하는 또 한 가지는 '장난으로 물기'와 '나쁜 뜻으로 물기'의 차이였다. 아니 그걸 사람이 무슨 수로 구분한단 말인가. 그녀가 개에게 물렸던 열한 번의 경험 중 여섯 번이나 개 주인이 현장에 함께 있었다. 그들은 개가 케이트를 공격하는 꼴을 보면서도 한결같이 이렇게 말했다. "그냥 놀자고 무는 거야. 나쁜 뜻이 있는 게 아니란다."

지금 케이트는 지구 최고의 말라깽이 번 부인을 보고 있었다. 번 부인은 쇼핑백을 주렁주렁 든 채 이인용 유모차를 밀며 개들 앞을 무사히 지나가기 위해 고군분투하고 있었다. 어딘가 잘못된 풍경이었다. 안쓰럽고 슬프기까지 했다. 번 부인의 희박한 존재감 때문이었다. 사실 개들은 전혀 그녀를 괴롭히고 있지 않았다. 그녀가 그 자리에 없는 듯 무심한 눈으로 보고 있을 뿐이었다. 번 부인의 딸 캐런은 케이트와 같은 반이었고, 집에 차 마시러 오라고 케이트를 초대한 적도 있었다. 케이트는 그때 딸조차 자기 엄마의 존재감을 잘 느끼지 못한다는 것을 알아챘다. 그 집에서 번 부인의 존재는 그림자에 불과했다. 소심하게 이 방 저 방을 오가는 그림자. 바닥에 깔린 카펫은 끈끈했고, 번 씨는 보이지 않았다. 케이트는 아마 이런 것이 아닐까 생각했다. 어느 날 카펫에서 신발을 떼어낸 번 씨가 두 번 다시 신발을 바닥에 붙이기 싫다는 생각에 불쌍한 번 부인을 떠나버린 것이라고. 그때도 번 부인의 발바닥에는 여전히 카펫의 소용돌이무늬가 붙어 있었을 것이다.

철제 의자가 교실 바닥을 긁는 소리에 케이트는 현실로 돌아와 마지못해 책으로 시선을 돌렸다. 화요일 오후 두시 사십오분이었다. 화요일과 목요일 오후에는 수학시간이 있었다. 오후 내내 수학시간이었다. 사실 예전에나 '수학시간'이었다. 약 석 달 전부터 원래 의미의 수학시간은 사라져버렸고, 그 자리에는 절망과 우울로 가득한 연못만이 남게 되었다. 발단이 된 것은 지난 2월의 일이었다. 케이트는 『넘버웍스 초등수학』 제4권의 31쪽까지 진도를 나간 참이었다. 이 단원에서 처음으로 각도와 방위 같은 낯선 개념을 만났다. 『넘버웍스 초등수학』에서는 이 주제를 항공관제탑과, 먼저 활주로를 타겠다고 아웅다웅하는 비행기 등이 나오는 재미있는 그림 이야기로 설명했다. 케이트는 그 페이지를 오랜 시간 공들여 공부했다. 시간은 넉넉했다. 그녀와 패디 헐리는 학급의 다른 아이들보다 교재 두 권이나 진도가 앞서 있었기 때문이었다. 그녀는 31쪽에 가득한 원 기호나 점선, 암호처럼 보이는 숫자 들의 의미를 알아내기 위해 많은 시간을 쏟았다. 무슨 소리인지 도저히 알 수가 없었다. 그러나 케이트는 굳이 피니건 선생에게 서둘러 질문하지는 않았다.

한 시간 넘게 케이트는 교과서에 나온 정보들을 이런저런 다양한 방식으로 설명해보려 애썼다. 그녀가 점점 얽히고 꼬여가는 계산식으로 종이 한 장을 그득 채워가고 있을 때, 패디 헐리가 그녀의 팔꿈치를 툭툭 쳤다. 그 또한 그 페이지에 붙들려 있다는 것이었다. 그들은 소곤소곤 풀이 방법을 주고받았고, 마침내 두시 오십오분이 되자 동전 던지기에서 진 케이트가 손을 들어 피니건 선생에게 도움을 요청했다.

그로부터 석 달이 지났다. 케이트와 패디는 여전히 31쪽에 매달려 있었다. 전과 다른 것이 있다면 이제는 모든 반 아이들이 그렇다는 것이었다. 꼴찌 마크 맥그래스는 지난주에야 수많은 전사자의 시체 더미가 앞길을 막고 있는 그 운명 같은 페이지에 도달하여 비틀거리기 시작했다.

피니건 선생은 초등학교 교사로서는 빵점이었지만, 수학자로서는 상당히 뛰어난 인물이었다. 케이트가 31쪽의 풀이에 도움을 받기 위해 질문했던 첫날, 피니건 선생은 각도와 방위에 관해 할 수 있는 한 가장 깔끔하고 명확하게 설명했다고 자부했다. 그러나 슬프게도 케이트와 패디 둘 다 그녀의 대졸자 수준의 명강의를 단 한 마디도 이해하지 못했다. 그다음 주부터 손을 들고 31쪽에 대해 질문하는 아이들의 수는 늘어갔고, 그녀의 완벽한 설명에 멍한 표정으로 보답하는 아이들 덕에 피니건 선생의 마음속에 있는 무언가가 점점 죽어갔다. 결국 그녀는 아이들을 포기하고 말았다. 다음 두 달 동안은 여전히 멍청하게 31쪽에 매달려 있는 아이들에게 메마른 목소리로 '네가 알아서 해라'라고 이야기하곤 했다. 아주 가끔 지나치게 발랄하고 무신경한 아이가 스스로 31쪽의 미스터리를 풀었다며 허점이 가득한 풀이를 들이밀라치면 피니건 선생은 아이가 조용히 입을 다물고 꽁지를 뺄 때까지 차갑게 쳐다보기만 했다.

케이트는 머릿속으로 사무소에 무전기를 갖추어야 하는지에 대한 찬반 토론을 벌이고 있었다. 찬성의 이유는 분명했다. 무전기는 근사하니까. 세상에서 경쟁 상대가 없을 정도로 최고로 폼나는 물건이니까. 케이트는 무전기 가게에 가면 적어도 삼십 분은 꼭 그 상자를 바라보며 황홀경에 빠져 있었다. 상자 위에는 한 아이가 무전기를 든 모습이 그려져 있었다. 수화부 바깥쪽으로는 마치 수신기의 잡음이나 음파 또는 마법 주문 같은 지그재그 선과 함께 들쭉날쭉한 글씨로 '들립니까, 오버!'라고 쓰여 있었다. 케이트는 너무 좋아서 쓰러질 지경이었다. 그녀의 무전기에 대한 열망은 다른 여자아이들이 조랑말을 꿈꾸는 것과 비슷했다. 물론 반대하는 이유 또한 분명했다. 미키는 말도 못하고 물건을 잡을 수도 없으니까. 미키에게 무전기란 아무짝에 쓸모없는 물건이었다. 마법을 부릴 수 있는 것이 아니었다. 미키에게는 그저 케이트가 셀로판테이프로 머리에 붙여준, 플라스틱 덩어리에 지나지 않을 것이었다. 케이트는 가볍게 한숨을 쉬었다. 그러다 테리사가 『넘버웍스 초등수학』의 63쪽을 보고 있다는 걸 눈치채고 흠칫했다. 전학 온 후 테리사가 반 친구들과의 대화를 모조리 트림 소리로 해결하는 것을 보고 케이트는 그녀와 되도록 말을 섞지 않았다. 하지만 테리사가 감히 63쪽이라는 머나먼 천국을 집적거리는 건 도저히 참아줄 수 없었다.

"피니건 선생님이 우리 반에서 아무도 31쪽을 건너뛸 수 없댔어. 단원을 넘어가고 싶으면 31쪽부터 떼고 가."

테리사는 눈썹을 잔뜩 찡그리고 몇 초간 케이트를 쳐다보았지만, 금세 이해하길 포기한 듯 자기 책으로 시선을 돌렸다.

케이트는 다시 한번 말했다. "테리사. 네가 보고 싶다고 해서 아무 페이지나 봐도 되는 거 아니야. 진도대로 봐야지. 그렇게 맘대로 봐도 됐다면 난 벌써 100쪽도 넘어갔을 거야."

테리사가 케이트를 보았다. 아까보다 더 짜증이 난 듯했다. "아, 그래. 근데 넌 어차피 그렇게 못하잖아. 안 그래? 넌 선생이 설명도 못하는 그 페이지나 열심히 붙들고 있으라고. 난 선생 같은 거 필요 없어. 제대로 가르치지도 못하는 주제에."

"선생님은 네가 단원 건너뛴 줄 알면 소리지르고 난리칠걸."

"그걸 어떻게 아는데? 넉 달 동안 저 책상에 붙어 앉아서 꼼짝도 안 하잖아. 폐기물 선생이야. 난 저 선생이 망가지는 꼴을 계속 봐왔어. 지금 소리 질러봤자 예전만 못할걸? 다 망가졌거든. 하여간 난 대충 건너뛴 적 없어. 쉽던데."

케이트는 잠시 자세를 가다듬었다. 미끼를 함부로 물지 않기 위해 마음을 가라앉혔다. 아무리 봐도 이것은 또다른 테리사 참사의 전주곡에 불과했다. 그러나 케이트는 일단은 승복해보기로 했다. "그럼 어디, 네가 31쪽 푼 것 좀 보여줘."

테리사는 그녀의 책을 휘리릭 앞으로 넘겼다. 케이트는 페이지 한가득 몹쓸 그림이 그려져 있거나 심지어 똥칠이 되어 있을지도 모른다고 믿어 의심치 않았다. 테리사라면 그러고도 남는다고 생각했다. 그러나 테리사는 아주 깔끔하고 완벽하게 풀어놓은 페이지를 눈앞에 들이밀었다. 여백에는 풀이 방법이며 참고사항까지 정리되어 있었다.

케이트는 혹시 테리사가 뭔가 멍청한 실수라도 저지르지 않았을까 싶어 꼼꼼하게 훑어보았다. 케이트가 테리사를 바라보자 설명이 시작되었다. "자, 원을 케이크라고 생각해보란 말이야. 그 케이크는 삼백육십 조각으로 잘려 있는 거야……" 그후 이십 분 동안 테리사의 깔끔하고 광범위한 독백이 펼쳐졌다. 그 안에는 케이트가 알고 싶어했던 각도와 방위에 대한 완벽한 설명과 그리고 삼각법에 대한 핵심 개념까지 포함되어 있었다.

9

학기가 절반쯤 지났을 무렵의 어느 월요일 아침이었다. 케이트는 팰컨 탐정사무소의 전략을 재정비하기 위해 미키와 회의를 가졌다. 케이트는 정말로 그린 옥스에서 큰 사건이 터질지 의심을 품기 시작했다. 그렇다면 이 탐정사무소는 도대체 어떤 방법으로 이름을 떨쳐야 하는가가 고민이었다. 그녀는 머리 회전을 원활하게 하는 차원에서 회전의자를 마음껏 돌리고 돌리고 또 돌리는 것을 스스로에게 허락했다. 미키는 타자기에 몸을 기대고 앉아 그녀를 바라보고 있었다.

"우린 범죄 사건을 해결해야 돼, 미키. 그게 탐정이 할 일이라고." 케이트는 다시 한번 생각에 잠겼다. 시간과 공을 들이는 것도 중요하지만, 진짜 훌륭한 탐정이라면 직감을 믿고 따라야 했다. 케이트의 직감은 언제나 그린 옥스에서 뭔가 큰일이 터질 거라고, 그로 인해 그녀가 유명해질 거라고 속삭였다. 하지만 이제 그녀는 자기의 직감이 틀린 것이 아닐까 의심하고 있었다.

그녀는 수첩을 주욱 훑어보며 그린 옥스에 대한 얇은 자료—범죄 용의자 및 예측 내용—를 찾아 펼쳤다. 그러나 그 안에는 진짜 용의자도 없었고, 딱히 이렇다 할 근거도 없었으며, 범죄 자체가 없었다. 아마 경비가 존재하고 감시카메라들이 있는 한 팰컨 탐정 사무소는 시간 낭비만 할 것이었다.

장소 선정 실수, 시간 낭비. 이런 말들이 그녀의 가슴에 사무쳤다.

동네의 다른 곳을 찾아보는 것이 나을 수도 있었다. 어쩌면 범죄는 바로 집 근처에서 일어나고 있었지만 그녀가 그저 매일 지나쳐버린 것일지도 몰랐다. 물론 그녀는 언제나 경계의 날을 바짝 세우고 있었고, 동네에서 시간을 보낼 때도 항상 꼼꼼히 기록을 남겼다. 하지만 이제는 정말로 사무소의 전략을 바꿀 때가 온 것일지도 몰랐다.

한 시간쯤 더 의자를 빙빙 돌리던 케이트는 이윽고 한 가지 안을 떠올렸다. 팰컨 탐정사무소는 앞으로 사 주 동안 동네와 그린 옥스를 오십 대 오십의 시간 비율로 감시할 것이다. 그 기간이 끝나면 조사 내용을 철저하게 분석하여 둘 중 범죄 발생 가능성이 더 높은 곳에 앞으로의 활동을 백 퍼센트 집중하는 것이었다.

새로운 전략은 그보다 더 좋을 수 없는 시작을 맞았다. 파머 씨네 신문배달 소년 중 한 명이 아파서 다 죽어가는 소리로 가게에 전화한 것이다. 케이트는 그 틈을 놓치지 않았다. 재빨리 파머 씨에게 오후 시간대에는 자기가 대신하게 해달라고 사정했다. 아주 제대로, 최대한 가까이에서 동네를 감시할 수 있는 최고의 기회였다. 파머 씨는 반신반의하는 눈치였다. 케이트는 신문을 돌리기에는 너무 어렸고, 과연 여자애가 할 수 있을까 싶었기 때문이다. 그러나 에이드리언마저 유행성감기로 앓아누운 마당에 그에게는 선택의 여지가 많지 않았다.

그녀는 미키를 〈이브닝 메일〉로 꽉 찬 배달 가방에 쑤셔넣고 길을 나섰다. 신문 무게에 걸음이 비틀거렸다. 그녀의 첫 배달지는 어느 공영주택가였다. 모든 집에는 작은 앞마당이 있었고, 그 집 사람들 나름의 솜씨로 소박하게 꾸며져 있었다. 어느 집에는 벤치가 놓여 있었고, 어느 집에는 동전을 던져 소원을 비는 샘이 있는가 하면, 어느 집에는 웅덩이만한 연못에서 낚시를 하는 붉은 얼굴의 놈* 상이 있었다. 해는 사정없이 내리쬐었고 공기중에는 콜타르 냄새가 가득했다. 계속 길을 따라 걸으면서 케이트는 주위의 단서를 통해 그 집에 사는 사람에 대해 추리해보려고 노력했다. 첫째 집에는 문 앞에 '개 조심 필요 없음. 마누라 조심'이라는 표지가 걸려 있었다. 케이트는 이 집 사람은 미친 사람이라고 결론을 내리고 마음에 새겨두었다. 둘째 집에는 '행상인 외판원 사절'이라는 표지가 걸려 있었다. 종종 본 문구였지만, 아직까지 무슨 뜻인지 몰랐다. 케이트는 수첩에 이 문장을 베껴 적으면서, '행상인hawkers'이 매hawk의 일종이 아닐까 생각했다. 아마 이 집 주인은 매가 꽃을 뜯어먹거나 고양이를 잡아먹을까봐 걱정한 게 분명했다.

넷째 집에는 포치가 있었다. 현관문에 우편함이 없어 몇 분을 고

* 유럽의 옛이야기에 나오는 땅의 요정.

민한 케이트는 이내 바깥 문을 하나 열어야 우편함이 달린 진짜 현관문이 나타난다는 것을 알아냈다. 도대체 문을 그렇게 달아놓은 목적이 뭔지 알 수 없었다. 덧문 달기에 재미라도 붙인 건지, 앞으로도 계속 더 달 건지 이해하기 힘들었다. 그녀는 정원의 길을 따라 계속 현관문이 나타나고 배달부가 문을 열고 열고 또 열어 간신히 우편함을 만나는 장면을 상상했다. 케이트가 흰색의 바깥쪽 덧문을 열자 신발과 코트가 쌓인 작은 공간이 나타났다. 그녀는 머리를 절레절레 흔들며 미키에게 큰 소리로 말했다. "미키, 여기 사는 사람들은 우리가 꼭 필요할 것 같아. '잠기지 않은 문'에 '재산'을 더하면 바로 '범죄'라는 답이 나오거든." 케이트는 나중에 팰컨 탐정사무소의 명함을 정식으로 인쇄하면 꼭 이 집 문틈에 끼워놓아야겠다고 수첩에 적었다.

주택가를 지나며 케이트는 점점 더 많은 포치를 보았다. 각각의 포치는 그 주인이 어떤 사람인지 보여주는 단서가 가득한 작은 세계였다. 어떤 집은 깔끔한 테이블에 꽃이 장식되어 있었고, 어떤 집은 빅토리아풍 인형으로 가득했으며, 어떤 집은 아이들 자전거며 롤러스케이트로 난장판이었고, 또다른 집에서는 토마토 수프 냄새가 났다. 케이트는 모든 집 앞에 일일이 멈추어 각각의 특성을 수첩에 적었다. 각 집의 주인에 대해 추리한 결과도 함께 적었다. 나중에 에이드리언이 복귀하면 그녀의 추리가 얼마나 실제에 가까운지 확인해볼 생각이었다. 특히 32번지에는 유괴범이 산다는 확신을 그와 꼭 공유하고 싶었다. 현관에 놓인 난도질된 신문과 포장용 테이프가 증거였다. 주택가의 거의 끝까지 왔을 때, 케이트는 시계를 확인하고 화들짝 놀랐다. 겨우 서른 집 배달하는 데 거의 한 시간 반이 걸린 것이었다. 케이트는 서둘렀다.

다음 배달할 곳은 트래펄가 하우스라는 20층 아파트였다. 다른 고층 건물들과는 약간 떨어져, 동네 어귀에 마치 보초병처럼 우뚝 서 있었다. 이 건물은 케이트네 학교 운동장에 긴 그림자를 드리웠고, 몇 년간 여러 교실에서 수업을 받으며 운동장을 여러 각도에서 보아온 케이트는 어느 시간에 운동장의 어느 부분에 해가 들고 그늘이 지는지에 대해 빠삭했다. 그녀는 유아부 1학년 때 잠깐 유행한 이야기를 기억하고 있었다. 트래펄가 하우스 12층 어느 집에 귀신이 산다는 것이었는데, 반 아이들은 모두 그 이야기를 철석같이 믿었다. 쉬는 시간마다 아이들은 옹기종기 콘크리트 바닥 위에 쪼그리고 앉아 눈을 가늘게 뜨고 그 집의 창문을 바라보곤 했다. 창가에는 커튼이 달려 있지 않았고, 가끔 한 아이가 꺄악 소리를 지르며 귀신을 봤다고 난리를 치면 아이들은 죄다 운동장으로 흩어져 내달리곤 했다. 케이트는 한 번도 본 적이 없었다. 그때 고작 다섯 살이었지만 케이트는 귀신이 존재한다는 게 영 미심쩍었다. 어쨌든 그녀도 열심히 쳐다보긴 했지만, 그보다는 다른 여자아이들과 마찬가지로 쉬는 시간에 줄넘기하는 걸 더 좋아했다.

늘 그 그늘 아래 살았지만 케이트는 단 한 번도 트래펄가 하우스의 내부에 들어가본 적이 없었다. 지금 그녀는 건물 앞의 낡은 놀이터를 지나고 있었다. 케이트는 이곳에서 정글짐에 대롱대롱 매달려 있다가 이따금씩 생각에 잠기는 것을 무척 좋아했다. 이 놀이터는 그늘이 져서 으슬으슬 추웠고, 건물을 감싸고 도는 돌개바람 때문에 몸을 가누기도 힘들었다. 정문에 도착한 그녀는 파머 씨에게 교육받은 대로 '배달용'이라고 적힌 버튼을 눌렀다. 지잉 소리를 내며 문이 열렸다. 케이트는 조심스럽게 문을 밀고 어두운 실내로 발을 디뎠다. 로비에는 두 개의 엘리베이터가 있었고, 난생처음 맡는 이상한 냄새가 풍겼다. 수영장 냄새 같기도 했고, 빈 교실에서 나는 냄새 같기도 했다. 왠지 슬픈 냄새였다.

파머 씨는 케이트가 꼭대기 층부터 아래로 내려오며 차례차례 한 장씩 돌릴 수 있도록 신문을 정리해주었다. 케이트가 엘리베이터 버튼을 누르자 검게 보이던 창문이 어두운 노란색으로 바뀌고 이내 문이 열렸다. 이 건물의 엘리베이터는 그린 옥스에 있는 것처럼 밝은 재질의 유리 엘리베이터가 아니었다. 금속으로 된 내부는 온통 찌그러져 있었고, 사람 이름을 비롯한 이런저런 낙서로 뒤덮여 있었다. 케이트는 적잖이 실망했다. 그녀는 아주 어릴 적 아빠와 함께 즐겨 보던 어린이 대상 텔레비전 프로그램 하나를 떠올렸다. 어느 아파트에 한 소녀가 애완용 생쥐와 개를 기르며 살았다. 그 소녀는 매일 엘리베이터를 이용했는데, 그때마다 생쥐가 개의 코 위에서 폴짝 뛰어올라 원하는 층의 버튼을 눌러주었다. 케이트는 그게 그렇게 부러웠다. 그래서 엘리베이터가 있는 아파트에서 살고 싶다고 생각한 적도 있었다. 그러나 지금 그녀는 한쪽 구석에 고인 물웅덩이를 어떻게든 밟지 않으려 애쓰며 모든 버튼이 꼼꼼히 담뱃불로 지져진 모습을 한심해하며 바라보고 있었다. 그 소녀, 알고 보면 불쌍한 아이였을지도 모른다는 생각이 들었다.

20층부터 신문을 돌리면서 샅샅이 살펴보았지만, 살아 있는 것이라곤 단 하나도 볼 수 없었다. 이 건물의 주민들에 대해 알 수 있는 것이라고는 음식 냄새와 우편함을 열 때 새어나오는 텔레비전 소리 정도뿐, 제대로 된 단서를 모을 수 없었다. 문 앞에 꽃이나 놈상을 장식해놓은 집은 단 한 집도 없었다. 아니, 문을 사용하는 듯 보이는 집이 단 하나도 없었다. 이 직육면체 탑 안에 사는 사람들은 과연 밖에 나오기라도 하는지, 아니면 종일 집 안에 박혀서 케이트처럼 '배달용' 버튼을 누르고 들어오는 배달부만 매일매일 기다리고 사는 것인지, 케이트는 몹시 궁금했다. 사람들이 그녀가 문 안으로 던져넣은 신문을 주워 한 번도 가보지 못한 세상 곳곳의 소식을 읽는 모습을 떠올려보았다. 처음으로 그녀가 아닌 다른 아이들이 옳은 것으로 판명이 났다. 이 건물에 사는 유령은 단 하나가 아니었다. 아주 많았다. 각 세대마다 적어도 하나씩은 사는 것이 분명했다. 문을 쓰지 않고 벽을 통과하는 유령이며, 외부인과는 엘리베이터에 잔뜩 쓰인 글씨며 그림으로만 소통하는 유령들 말이다.

다시 햇빛이 비치는 세상으로 나온 케이트는 남은 신문들을 마저 배달하기 위해 연립주택단지로 걸음을 돌렸다. 트래펄가 하우스와 연립주택단지의 차이는 실로 놀라웠다. 단지 사이사이에 자리잡은 잔디 동산에는 사람들이 한가롭게 앉아 있고, 아이들은 즐겁게 뛰놀았다. 그중 몇몇은 학교에서 케이트와 알고 지내는 아이들이었다. 그들의 얼굴을 보자 지금 가방을 들고 그들 앞을 지나가고 있는 자신의 모습이 의식되었다. 아이들과 반갑게 미소를 주고받으며 손을 흔들긴 했지만, 수첩을 꺼내 끼적거리는 짓은 차마 할 수 없었다. 그녀는 미키가 보이지 않도록 살며시 가방 속으로 밀어

넣었다. 그린 옥스의 큰 장점 하나가 새삼 실감났다. 케이트를 아는 사람이 없다는 것. 그곳에 가면 조용한 아이가 아니어도 되었다. 엄마나 아빠가 없는 아이로 존재하지 않아도 되었다. 한 사람의 당당한 탐정이었다. 상점들 사이를 눈에 띄지 않게 오가며 사람들이 미처 알아채지 못하는 증거들을 발견하는, 자랑스런 탐정이었다.

범죄에 대한 생각에 정신이 팔려 있던 케이트는 조용한 안뜰을 가로지르는 동안 개 세 마리가 뒤따라오고 있다는 걸 알아채지 못했다. 한 마리가 낮게 으르렁거리기 시작하자 비로소 뒤를 돌아보았다. 혀를 길게 늘어뜨린 개들이 그녀를 노려보고 있었다. 그녀는 재빨리 자신에게 말했다. "무서워하는 걸 보여선 안 돼." 하지만 이 메시지가 미처 전달되기도 전, 다리는 그녀의 의지와 상관없이 제멋대로 힘껏 움직여버렸다. 개들은 미친듯이 짖으며 그녀의 뒤를 쫓아왔다. 가방 때문에 속도가 떨어졌다. 케이트는 깊이 생각할 것도 없이 미키만 꺼내고 신문 가방을 뒤로 던져버렸다. 개들은 잠시 멈춰 서서 킁킁거리며 가방의 냄새를 맡았다. 덕분에 시간을 번 케이트는 그 어느 때보다 빠르게 달려 단지 내 후미진 쓰레기장에 이르렀다. 재빨리 닫힌 문을 열고, 개들이 미친듯이 으르렁거리며 덮치기 직전, 안으로 들어가는 데 성공했다. 그녀는 미키를 꼭 끌어안고는 악취가 풀풀 나는 쓰레기통에 몸을 기대어 널빤지 문 틈새로 개들을 보았다. 숨조차 제대로 쉴 수 없었다. 가슴이 아프고 눈가에 눈물이 글썽였다. 장소 선정 실수, 시간 낭비. 그녀는 그렇게 생각했다.

케이트는 미키의 부드러운 머리에 얼굴을 비비며 숨가쁜 소리로 속삭였다. "전략 변경. 모든 감시 활동은 그린 옥스에서만 할 것."

10

혼잡한 점심시간. 그리고 선정적인 내용으로 가득한 석간신문이 나오는 시간. 이 사이의 신문 가게는 한가함 그 자체였다. 몇 달 동안 그 시간대를 에이드리언과 케이트 둘이 때워야 했다. 두 사람이 가장 좋아하는 놀이는 파스텔 빛깔의 방한 재킷을 입고 허브 사탕이나 『피플즈 프렌즈』를 사러 오는 동네 사람들을 유명 범죄 영화에 나올 법한 화려한 캐릭터며 스토리에 끼워 맞추는 것이었다.

에이드리언: 눈치챘어? 요 며칠 데일 아주머니가 통 안 보인 거.

케이트: 또 무슨 소릴 하려고?

에이드리언: 음, 그러니까 데일 아저씨가 말이지, 어제 여기서 트로치 드롭스*를 한 무더기 사 갔거든. 보니까 꽤 무거워 보이는 큰 여행가방을 들고 있더라고.

* 입안과 목을 시원하게 해주는 옛날 사탕.

케이트: !

에이드리언: 그래, 바로 그거. 그래서 부인은 잘 계시느냐고 물어봤거든. 데일 아주머니 말이야. 그랬더니 아저씨가 "우리 마누라는 야머스*에 있는 자기 언니네 집에 갔어" 하고 대답하는 거야.

케이트: 살인자들은 늘 그렇게 말해!

에이드리언: 그치? 재밌지 않아? 한 번도 아주머니한테 '언니' 이야기를 들어본 적이 없는데. 야머스라는 동네도 마찬가지고.

케이트: 재밌기만 해? 수상함의 극치잖아.

에이드리언: 당연하지. 나라고 그 생각 안 했을 리가 있겠어? 그래서 다시 물어봤지. 당연히 아주 아무렇지 않게. "그럼 아저씨는 왜 같이 안 가셨어요?"

케이트: 잘했어, 에이드리언.

에이드리언: 응. 나도 내가 자랑스러워.

케이트: 그러니까 아저씨가 뭐래?

에이드리언: "응 그래. 나도 방금 다녀오는 길이다. 그래서 이 여행가방을 들고 있는 것 아니겠냐. 내가 왜 왔느냐면, 앞으로 신문구독을 끊는다는 이야기를 하려고", 이러는 거야.

케이트: (잠시 뜸을 들인 후) 상당히 교활한데?

에이드리언: 사악하지.

케이트: 마누라 목숨을 끊어버린 다음에 신문마저 끊다니. 진짜 냉혈한이네, 데일 아저씨.

---

* 영국 남단 와이트 섬에 있는 항구 마을.

두 사람은 쇼웰 가든스 42번지에 사는 잭슨 씨를 '냉혹한 자객'이라고 불렀다. 그가 단정한 짧은 외투를 입고 가죽장갑을 끼고 다녔기 때문이었다. 아침마다 재규어를 가게 앞에 세우고 신문을 사 가는 폴록 씨에게는 '멋쟁이 횡령꾼'이라는 별명을 붙였다. 이 가게에서 〈파이낸셜 타임스〉를 사 가는 유일한 손님이기 때문이었다. 치텀 스트리트에 사는 켈빈 오라일리는 '2인자'라고 불렀는데, 덩치가 커다랗고 음침해 보이기 때문이었다.

에이드리언의 주장에 따르면 초콜릿 라임을 달라는 사람은 무조건 살인자였다. 에이드리언은 단 음식을 증오에 가까울 만큼 싫어했는데, 그렇게 말도 안 되는 조합으로 즐겨 먹는 사람들은 무법자일 게 분명하다고 굳게 믿었다. "그런 인간들은 사회의 표준에서 벗어나도 한참 벗어나 있는 거야, 케이트. 도덕성이라는 게 없다고 봐도 돼. 미친 거지." 이에 더해 에이드리언은 평범한 초콜릿을 사는 사람들도 '입맛 나쁜 것들'이라며 굉장히 재수없어했다.

케이트는 좀더 이성적이고 탄탄한 물증을 통해 범죄 혐의를 두는 쪽을 지향했지만, 새우맛 과자를 사 가는 사람들이 죄다 의심스러워 보이는 것만은 어쩔 도리가 없었다. 킷캣을 사 가는 사람들은 대체로 평범한 시민이라는 것에는 두 사람 다 합의했다.

에이드리언은 오후 세시나 되어서야 늦은 점심을 먹곤 했다. 그 시간쯤에는 파머 씨가 일을 끝내고 집으로 돌아갔다. 케이트가 학교에 가지 않는 날 날씨가 좀 화창하면 두 사람은 종종 운하로 산책을 나갔다. 그들의 취향에 기막히게 알맞은 장소인데도 가게 밖으로 나서면 둘은 살인이나 범죄 등의 이야기를 거의 꺼내지 않았다.

하루는 케이트가 에이드리언에게 물었다. "에이드리언은 계속 가게에서 일할 거야? 아님 언젠가는 마을에서 다른 직업을 구할 거야?"

"모르겠는데? 아마도. 딱히 별생각 없어."

"하지만 아저씨 혼자 가게 일 하긴 힘드실 것 같은데? 가끔은 도매상에 가서 물건도 떼어 와야 하잖아. 그땐 누가 가게를 지켜?"

"음, 같이 할 사람 하나 두면 되지 뭐."

"여동생이 가게에서 일하지는 않겠지?" 케이트는 인상 나쁘고 펑크족 같은 에이드리언의 여동생을 살짝 무서워했다.

에이드리언이 웃었다. "난 걔가 가게에 발을 들일 거라고는 상상도 안 해. 걘 가게 일 안 해. 부츠*에서 산 컨트리 본 헤어젤 한 통을 머리에 바르고 내 음악 취향에 대해 취조하느라 바쁘시거든. 난 우리 아버지가 나나 내 동생이 가게에서 일하는 걸 바라지 않는다고 생각해. 왜 그렇게 우리 아버지가 몇 년 동안 내 가방끈을 늘이려고 돈과 시간을 쓰셨겠니? 다 당신 자식은 폴로 박하사탕을 팔게 하고 싶지 않아서야."

"아저씨는 팔잖아."

"응. 그렇지."

"에이드리언은 아버지가 바라는 대로만 하고 살았어?"

에이드리언이 한숨을 쉬었다. "아니, 별로. 어쨌든 아버지 가게잖아."

---

* 영국의 잡화점.

"그냥 평범하게 생각했을 때, 아저씨가 에이드리언에게 제일 좋은 게 뭔지 알고 있는 것 같아?"

"모르겠는데. 케이트, 미안해. 나는 정말 아무 생각이 없어. 난 그냥 흘러가듯 살고 싶어. 아버지 가게에서 일하는 게 좋아. 하지만 우리 아버지는 내가 가게에 있는 걸 정말 안 좋아해."

케이트는 운하에 돌멩이 하나를 툭 던졌다. "내 생각엔 말야, 가끔 어른들은…… 아, 에이드리언도 어른이야. 나도 알아. 내가 말하는 어른이란 엄마, 아빠, 할머니 이런 사람들이야. 그런 어른들은 아이들에게 뭐가 제일 좋은 건지 자기들이 다 안다고 생각하잖아. 그런데 사실은 아니거든. 어른들 생각이 틀리고 애들 생각이 맞을 때가 종종 있단 말야. 하지만 그런 건 전혀 상관 안 하지. 결국은 자기가 외할머니…… 뭐 어쨌든 어른이라는 이유로 자기 하고 싶은 대로 해버려. 그 때문에 나이 어린 사람들이 진짜진짜 불행하고 비참해질 때도 있는데 말야." 케이트는 말을 마친 듯 잠시 쉬었지만, 이내 다시 이야기를 이었다. 그녀는 에이드리언의 눈을 보지 않았다. "예를 들면 말이야, 음…… 저기……" 에이드리언은 케이트의 목소리가 살짝 떨리고 있는 걸 알았다. "우리 외할머니…… 아냐 그렇게 부르지 않을 거야. 아이비 할머니가 내년에 날 레드스푼에 보낼 거래."

"사립 기숙학교?"

"응. 아이비 할머니 말로는, 똑똑한 애들은 공짜로 다닐 수도 있대. 기회라고 볼 수도 있지. 아이비 할머니와 사는 게 썩 좋지도 않고. 자기는 날 제대로 돌볼 수 없다나. 난 돌봐줄 필요 없다고 이야기했는데 말야. 난 스파게티 얹은 토스트도 만들 수 있어. 세탁기도 돌릴 수 있고. 그랬더니 하시는 말씀이, 내가 내 또래 애들과 어울려 살 필요가 있다는 거야. 근데 난 싫거든." 케이트의 목소리가 조금 갈라졌다. "난 내 또래 애들하고 어울리는 거 정말 싫어. 걔들이 뭘 할 줄 안다고. 텔레비전이나 쳐다보고…… 음…… 그리고 난 걔들도 날 좋아할 거라고 생각 안 해. 난 달리기도 잘 못하고, 날 아주 이상한 애라고 생각하는 애들도 있단 말이야. 난 학교 끝나고 탐정 활동 할 때가 제일 좋아. 이런 이야기를 아이비 할머니에게 최선을 다해 설명했어. 난 앞으로 범죄를 해결해갈 거고, 그게 아빠가 바라는 거라는 이야기를 말야. 우리 아빠는 내가 탐정이 되기를 바랐어. 집에서 멀리 떨어진 이상한 멍청이 학교에 가는 걸 바란 게 아니라고. 우리 아빠라면 절대 날 멀리 보내지 않았을 거야……"

에이드리언은 케이트에게 화장지를 한 장 건넸다. 케이트는 여전히 에이드리언의 얼굴을 보지 않았다.

"아이비 할머니가 에이드리언이 가게 일 하는 거 훼방 놓지 말래. 내가 무지 성가실 거라나. 그리고 또래 친구가 없는 건 자연스럽지 않대. 에이드리언은 내가 불쌍한 애라서 놀아주는 것뿐이고 속으론 이상한 애라고 생각하고 있을 거라고 했어."

에이드리언은 무릎을 꿇고 앉아 케이트의 머리를 돌려 자신을 바라보게 했다. "할머니 말 듣지 마, 케이트. 넌 절대 성가시지도 않고, 이상한 애도 아니야. 넌 내 친구야. 오후에 나 혼자 그 가게에 있으면 아마 돌아버릴지도 몰라. 넌 다른 누구보다 멋져. 케이트, 난 널 존경한다고, 진심이야. 난 스물두 살이지만 아무것도 안 하고 아무데도 안 가잖아. 넌 열 살인데도 네 비밀기지를 갖고 있고 언제나 여기저기 잘 돌아다니는데다 이런저런 계획에 열심이잖아. 언제나 뭔가를 열심히 하고 있잖아. 넌 어른을 시체처럼 보이게 만드는 애야. 네가 몇 살이라는 건 중요하지 않아. 난 네가 여든다섯 살이든 스물다섯 살이든 상관없이 네 친구가 됐을 거야. 너는 내가 아는 그 누구보다 찬란하게 빛나는 애야. 자신감을 가져."

두 사람 다 몇 분 동안 아무 말도 하지 않았다.

이윽고 케이트가 에이드리언에게 말했다. "난 그따위 학교 절대 안 갈 거야."

11

케이트와 테리사는 램지 하우스의 콘크리트 계단에 앉아 있었다. 앞에 보이는 젖빛유리 창문은 부서져 있었다. 유리가 떨어진 휑한 틈새로 건너편 채터웨이 하우스 2층의 층계참이 훤히 보였다.

"너 26호에 사는 빨강머리 남자 알지?" 테리사가 물었다.

이 건물에 사는 사람 중 케이트가 아는 사람은 단 한 명도 없었다. 테리사는 자기 동네 사람 이야기를 할 때마다 마치 케이트가 그 사람들을 당연히 아는 것처럼 말했다. 케이트는 그게 맘에 들었다.

"그 아저씨는 방랑자야. 숱 많은 빨강머리에, 숱 많은 턱수염을 기르고 언덕 위에 앉아 온종일 가방에서 오렌지 껍질을 꺼내 먹어. 그 아저씨는 예언도 좀 해. 늘 나한테 무슨 일이 일어날지 얘기해 줘. 그 아저씨는 너도 알아. 오래전부터 네 얘기를 했어."

"뭐라고 했는데?" 케이트가 물었다.

"아무한테도 얘기하지 말랬어."

케이트는 그런가보다 했다. 테리사는 뭐든 툭 털어놓는 편이 아니었다. 언제나 수수께끼 같은 데가 있었다. 케이트는 이 점도 마음에 들었다. "그 사람 옆집엔 누가 살아?"

"아일랜드 사람. 이름은 빈센트 오하노라한이래. 매일 이렇게 중얼거려. '오델로델로델로델로델로델로델'. 무슨 소린지 알려고 할 거 없어. 그냥 무시해버리는 게 나아. 게다가 왜 꼭 그렇게 작은 바지를 입고 돌아다니는 건지. 그 아저씨네 집에 한 번 가본 적이 있어. 창가에 서서 나보고 들어오라며 손짓을 하더라구. 들어갔더니 그 아저씨가 나한테 분홍색 마시멜로랑 코코넛을 입힌 비스킷을 주는 거야. 아, 그 아저씨는 비스킷이라고 안 하더라. 킴벌리*라는 거야. 그래서 내가 그건 여자 이름이라고 얘기해줬거든? 그랬더니 자긴 그런 이름을 가진 여자는 생전 본 적도 없다면서 내 이름을 물어보더라. 집 안에는 온통 예수님과 성모님의 그림이 걸려 있고 주방에서는 진흙 냄새가 났어. 내 이름은 테리사라고 얘기해주니까 아저씨가 갑자기 울기 시작하는 거야. 식탁에 머리를 박고 엉엉 울어대는 거 있지. 그래서 비스킷 먹다 말고 그냥 나와버렸지 뭐."

케이트는 테리사를 물끄러미 보았다. 테리사의 이야기는 어디까지가 진실이고 어디부터가 지어낸 것인지 도저히 알 수 없었다. 케이트는 그냥 전부 진실이겠거니 생각하기로 했다. 테리사 주변에서는 당최 평범한 일은 일어나지 않는가보다고 생각하기로 했다.

---

* 아일랜드의 유명한 과자 상표.

케이트는 창문 틈새로 보이는 건물의 층계참을 건너다보았다. "저기 봐. 저 집 사람들 텔레비전을 보고 있어." 케이트는 이런 환한 대낮에 집에서 텔레비전을 보는 사람이 있다는 사실에 적잖이 놀랐다.

"아, 프랭크스 씨 부부야. 이 구역에서 제일 나이 많은 분들이야. 프랭크스 할머니는 온종일 텔레비전 소리를 최고로 높여놓고 살아. 손수 만든 퀼트 담요를 푹 덮고 말이야. 할아버지 말씀으로는 할머니가 지금보다는 덜 나이 드셨을 때 만든 거래. 그때는 저걸 왜 만드나 싶었대. 할아버지는 가끔 나한테 말을 걸어. 사탕 사 먹으라고 십 펜스씩 용돈도 주시고, 착한 애라고 칭찬도 하셔. 촉촉한 눈빛으로 나를 보며 웃으시기도 하고. 그런데 또 어쩔 때는 말이야, 더러운 깜둥이년이니 음탕한 튀기년이니 욕하면서 정글로 꺼져버리라고 난리 친다? 어쩌라는 거야?"

케이트와 테리사는 서로를 바라보다 이내 웃음을 터뜨렸다.

피니건 선생이 알면 기겁할지 모르겠으나, 케이트와 테리사는 점점 친해지고 있었다. 『넘버웍스 초등수학』 사건 이후 케이트는 테리사를 전과 다르게 보기 시작했다. 그러자 새로운 것이 보였다. 테리사는 수업시간을 무척 지루해하며, 모든 답을 다 알면서도 손을 들지 않았다. 다른 애들이 손을 들고 틀린 답을 줄줄이 이야기할 때 테리사는 무표정한 얼굴로 빈둥거렸다. 피니건 선생이 테리사를 밟아버리고 싶은 눈빛으로 쳐다본다는 것도 알게 되었다. 케이트는 왜 테리사가 그렇게 비정상적으로 행동하는지 이제는 거의 이해할 수 있었다.

처음에는 케이트도 완전히 마음을 연 것은 아니었다. 테리사가 그렇게 이상한 아이가 아니라는 사실을 알기 시작했을 무렵, 케이트는 그녀를 집으로 초대했다. 케이트에게도 어엿한 또래 친구가 있다는 것을 아이비 할머니가 직접 본다면, 굳이 레드스푼에 보내려 들지 않을 거라는 계산에서였다. 그러나 테리사가 쏟아놓는 수많은 이상한 이야기와 희한한 생각들을 듣고 나니, 그녀 또한 케이트처럼 여기저기 혼자 방황하는 아이라는 짐작이 들었다. 그러나 사무실을 보여주거나 탐정사무소에 대한 이야기를 털어놓는 데까지는 가지 않았다. 하지만 언젠가는 이야기할 것 같다고 케이트는 생각했다. 테리사가 감시에 탁월한 재능이 있다는 걸 알아봤기 때문이었다.

계단에 오래 앉아 있다보니 점점 엉덩이가 배겼다. 둘은 자리에서 일어나 따뜻한 오후의 햇살이 내리쬐는 곳으로 갔다. 누군가가 틀어놓은 앨시어 앤드 도나*의 음악이 텅 빈 거리 위로 울려퍼지고 있었다. 주택단지 사이로 펼쳐진 잔디밭을 가로질러, 어린아이들이 매달려 도와달라고 울고 있는 정글짐 앞을 지나 둘은 하염없이 걸었다.

그들의 발길은 주택가를 벗어나 철길이 놓인 다리를 지나 어느 낡고 다 무너져가는 벽돌 담장을 따라 계속 이어졌다. 그렇게 몇백 야드를 걷다보니 담장 한쪽의 조그만 초록색 문 앞에 도착했다. 둘은 그 문을 열고 세인트조지프 공동묘지로 걸어들어갔다. 교회와

* 1970년대 후반에 활동한 2인조 레게 가수.

묘지는 가파른 경사면에 자리잡고 있었다. 교회는 언덕 중턱에 있었는데, 꼭대기에서는 꼬불꼬불한 좁은 길을 따라 내려와야 했고, 아래쪽에서는 큰 문부터 교회까지 잘 닦인 차도로 올라가야 했다. 교회를 빙 둘러싸고 묘지가 조성되어 있었으며, 나머지 비탈 곳곳에도 무덤이 듬성듬성 있었다. 상당수의 무덤이 이미 무너졌거나 키 큰 잔디며 잡초에 기대어 아슬아슬하게 버티고 있었다.

무덤들은 모두 오래된 것들이었다. 한 세기를 거슬러 올라가는 것부터 1950년대에 만들어진 것까지 있었다. 새로 생긴 무덤들은 장로회 교구의 어린이 묘지로, 작은 구획 안에 모여 있었다. 담쟁이가 감기고 이끼가 앉은 다른 곳의 비석들과 달리 이 구역에는 번들번들 빛나는 검은색이나 흰색 대리석 조형물이 서 있었다. 그 안에는 금박 비문이며 타원형으로 그려넣은 죽은 아이의 웃는 얼굴 등이 새겨져 있었다. 그리고 언제나 신선한 꽃이 돌로 만든 곰인형이나 낡은 인형과 함께 놓여 있었다. 그중에는 웨인 웨스트의 무덤도 있었다. 유아부 1학년 때의 기억이 케이트의 머릿속에 희미하게 남아 있었다. 웨인은 비닐봉지에 머리를 집어넣었다가 질식사했다. 매해 학교 예배시간과 성당 미사 때 그애의 이름이 기도 중간에 거론되었다. 하지만 케이트는 정말 그애가 그렇게 죽었을까 의심을 품고 있었다. 아이들을 손쉽게 훈계하기 위해 그애의 이름을 갖다붙이는 것이 아닌가싶었다. 케이트는 눈싸움하다 눈뭉치 속에 넣은 돌에 맞아 시력을 잃은 남자아이에 대한 이야기가 언젠가는 반드시 조회시간에 나올 거라고 믿어 의심치 않았다. 심지어 언제 그 이야기가 나오나 기다리기까지 했다. 이미 학교는 철길 위에서 놀다가 다리를 하나 잃은 남자아이 이야기를 써먹은 바 있었다. 케이트는 제법 섬뜩한 상상까지 했다. 교사들이 지역 병원에 옹기종기 모여 입원한 아이들을 앞에 놓고 골라잡기 경쟁을 하는 풍경이었다. 그리고 자기 학생들에게 가서는 그 아이들을 말 안 듣고 말썽 부린 대가에 대한 실례로 써먹는 것이다. "음, 여기 하반신 마비 여자아이는 의자를 뒤로 기울이기 좋아하는 애들 혼낼 때 쓰면 좋겠는데." "어머, 여기 반 실명 상태인 남자애는 당근 안 먹는 애들 겁줄 때 딱이겠는걸?"

테리사는 이 묘지에서 많은 시간을 보내는 듯했다. 테리사는 이곳의 벽돌 담장을 사랑했다. 오랜 비바람의 흔적이 남아 있는 벽돌 담장은 외부 세계를 차단해주었다. 이 교회며 주위를 둘러싼 묘지들은 케이트네 동네 집들과 비슷한 시대에 지어졌다. 이곳은 동네의 통행로와 쿨데삭*에 둘러싸인 작은 섬 같았다. 교회 구내에 있으면 누구에게도 방해받지 않을 수 있었다. 주중에는 들르는 사람도 없었다. 교회 목사가 낡은 볼보를 타고 왔다갔다하기는 했지만 그 또한 그늘에 앉아 바짝 마른 금속 세공 해골이나 낙엽을 연구하는 테리사의 모습은 미처 발견하지 못했다.

오늘 두 사람은 커니 집안의 묘비 옆 칠엽수 그늘 아래 앉았다. 1914년에 화재로 부모와 아이들이 한꺼번에 사망한 가족이었다. 유족으로는 막내딸 뮤리얼이 있었는데, 그녀는 1957년까지 살다가 죽었다. 남편 윌리엄은 그녀에 대한 다정한 기억을 비문에 남겼

---

* 끝에서 차를 돌릴 수 있는 막다른 골목.

지만, 정작 그의 비석이나 흔적은 그 묘역에서 찾아볼 수 없었다. 테리사는 벌떡 일어나 덤불로 가더니 작고 빨간 열매를 따기 시작했다.

"먹지 마." 케이트가 말했다. "독이 있을 거야."

"응, 독 있어." 테리사가 대답했다. "조금 먹는 걸로는 죽지 않아. 그리고 지금 먹으려는 거 아냐."

"그럼 뭐하러 따?"

"먹으면 배가 아프고 잇몸이 화끈거리거든."

케이트는 뭔가 더 설명이 나올 것이라 생각하고 잠시 기다렸다. 그러나 테리사는 묵묵히 열매를 따서 재킷 주머니에 쑤셔넣을 뿐이었다.

잠시 곰곰이 생각한 케이트가 입을 열었다. "학교 빠질 때 쓰는 거야?"

"난 학교는 가고 싶을 때만 가. 여기도 오고 싶을 때 오는 거고." 주머니가 가득차자 테리사는 케이트 옆에 앉아 근처의 풀을 뽑아댔다. "아빠 주려고. 친아빠는 아닌데, 그래도 아빠라고 불러야 돼. 난 아빠한테 뭔가 하는 게 참 재밌더라."

"그 '뭔가'가 뭐야?"

"다치게 하는 거. 아프게 하는 거. 침대 위에 눕혀놓아서 엄마랑 나한테 가까이 오지 못하게 하는 거. 아빠가 '마실 것 좀 갖고 와. 목말라 뒈지겠다'고 소리를 질러. 그럼 나는 리프트* 레몬차를 한

---

* 영국의 인스턴트 가루차 상표.

잔 만들어. 아빠가 무지 좋아하거든. 설탕도 어찌나 많이 넣는지. 뜨거운 레모네이드라나? 하여간 입맛도 유치해. 나는 리프트 가루를 수북하게 한 숟갈 넣고, 레몬향 바닥 세제를 수북하게 두 숟갈 넣고, 설탕을 세 숟갈 수북하게 퍼넣는 거야. 아빠는 몇 달 동안 물 구경 한 번 못한 사람처럼 벌컥벌컥 마셔대지."

"너 아빠를 독살하려는 거구나!" 케이트가 버럭 소리쳤다.

"독살 안 해. 기운만 빼는 거야. 한 달에 한 번 정도는 그렇게 기운을 빼놔야 돼. 방에서 못 나오게. 우리도 그 인간한테 좀 놓여날 시간이 있어야 한다고. 아, 아빠는 케이크와 잼도 무지 좋아해. 주로 아침으로 스위스롤 반쪽에 잼을 발라서 먹거든. 침대에 벌렁 드러누워서 나한테 시켜. '이 계집애야! 아침 가져와.' 그럼 나는 그 잼 속에 이 열매를 좀 넣어서 가져가."

"그러다 아빠가 심하게 병나는 거 아냐?"

"침실에서 막 울부짖어. 뚱뚱한 배를 부여잡고 뒹굴면서. 그럼 우리는 텔레비전 소리를 키워. 가끔 엄마가 아빠를 병원에 데려가면, 의사는 위궤양이라고 술 좀 그만 마시라는 얘기나 한대. 뭐 그런 멍청이 의사가 다 있다니. 내 생각에는 그냥 빨리 보내버리려고 그러는 것 같아. 그 의사 우리 동네를 벌레 보듯 하니까. 엄마는 그러지. '칼, 부탁이에요. 술 좀 끊어요. 그러다 죽는다고요. 당신 없이 우리보고 어떻게 살라는 거예요?' 그러면 아빠는 엄마 얼굴에 주먹을 날리고 갈빗대를 부러뜨려. 그럼 나는 또 뭔가를 하는 거고."

케이트는 잠시 아무 말도 하지 않다가 이내 입을 열었다. "넌 아빠를 못 죽여. 알지? 금방 들통날 거야. 형사가 다 밝혀낼 거라고. 법의관들이 시체를 부검해서 증거를 찾아낼 거야. 살인이라는 걸 알아낼 거라고. 그럼 넌 끌려가는 거야."

"난 여기가 좋아. 조용하고 안전하고, 날 귀찮게 하는 사람도 없고. 집에 있으면 텔레비전을 시끄럽게 틀어놓고는 종일 어떻게 하면 이 집구석에서 도망갈 수 있을지만 생각하게 돼. 언니는 진작 도망갔어. 엄마는 안 그럴 거고. 난 한시라도 빨리 나와야 돼. 지금까진 아빠라는 작자의 손아귀에 잡히지 않으려고 요리조리 잘 숨고 잘 도망다녔어. 그래서 몇 달 동안 날 때릴 기회가 없었어. 아빠는 날 때리고 싶어해. 언젠가 아빠가 날 또 때리면, 난 그 인간을 죽인 다음에 쓰레기통에 처박아버릴 거야."

12

일급비밀. 탐정 수첩.

이 기록의 소유권은 케이트 미니 요원에게 있음.

8월 24일 금요일

'미친 앨런'이 옆자리에 앉는 바람에 버스 감시가 불가능했음. 그는 나에게 자신이 수집한 버스표(모두 43번 버스의 표)를 보여주며 구세주 예수그리스도를 믿느냐고 물음. 나는 증거가 없어서 못 믿겠다고 함.

빈 유모차를 끌고 나온 여자 또 목격. 오늘은 어린이 놀이터 근처에 있었음.

8월 25일 토요일

신문 가게에서 에이드리언이 새로 산 녹음기를 시험해보도록 허락해줌. 음질은 들쭉날쭉. 내 가방 안에 깊숙이 넣었을 때도 깔끔하게 녹음되는 건 바랄 수 없을 듯. 홀 아줌마가 스폿 더 볼* 응모권이 있느냐며 물어보는 소리 및 비커스 아저씨가 동네가 개똥 천지라며 화내는 소리는 꽤 선명하게 녹음되었지만 그다음에는 잘 알아들을 수 없는 대화가 잠시 지속됨. 그 대화 중에서 '그 사람은 마시멜로라면 환장하지'라는 딱 한 문장만 제대로 들림. 그린 옥스에서 쓸모 있을지는 장담 못함.

8월 26일 일요일

처음 보는 키가 크고 다리를 저는 남자가 에번스가家의 집 뒤에서 수상한 행동을 함. 뒷문 근처에서 20분쯤 우두커니 서 있다가 창문에 대고 '셜리' 하고 목소리를 죽여 계속 불러댐. 에번스 아줌마가 창문에서 얼굴을 내밀어 그에게 열쇠를 던져줬고 그 남자는 뒷문으로 들어감. 그후로는 목격되지 않음. 에이드리언은 에번스 아저씨에게는 말하지 말라고 함…… 분명 불륜이라며!

8월 27일 월요일

오후에 왓킨 아저씨네 정육점 방문. 가게에 손님이 없을 때 아저씨가 고기 냄새를 맡는 광경을 지켜봄. 아저씨는 코를 찡그리게 만드는 고기들을 골라 매대 맨 앞에 놓고 있었음. 아저씨의 설명에 따

---

* 1980년대에 유행한 영국의 신문 판매 전략으로 구기 종목—특히 축구—경기 사진에서 공을 지운 후 독자가 원래 공이 있었던 자리를 맞추는 게임.

르면 그것은 '재고 순환'을 위해서라고 함. 흥미로운 이야기였음.

8월 28일 화요일

오늘은 아빠 묘에 다녀옴. 아빠에게 일에 대한 이야기를 함. 묘지는 아주 조용했음. 감시 업무 하지 않음.

8월 29일 수요일

왓킨 아저씨네 재방문. 오늘도 손님은 거의 없다시피 함. 아저씨가 카운터 밑에 둔 쥐약 포장과 아저씨네 가게의 '스페셜 커틀릿'의 포장이 상당히 비슷하다는 것을 발견. 게다가 왓킨 아저씨의 눈이 살짝 침침하다는 사실도 알게 됨. (처음에는 나를 칸 아줌마로 잘못 봤음.) 이러다 아저씨가 사람 잡는 건 아닐지 상당히 걱정됨.

8월 30일 목요일

까무잡잡하고 땅딸막한 여자 한 명이 그린 옥스 별관에 있는 H. 새뮤얼* 밖에 서서 장장 45분 동안 유리창을 바라봄. 단지 윈도쇼핑일까?

8월 31일 금요일

에이드리언에게 왓킨 아저씨가 걱정된다고 하자 이제 그 가게에서 고기 사는 사람은 아무도 없으니까 걱정 안 해도 된다고 함. 그

* 영국의 보석 및 액세서리 체인점.

가게는 장사하는 곳이라기보다는 오히려 왓킨 아저씨의 취미라고 봐야 한다고 함. 가끔 왓킨 아줌마가 친구들을 불러서 뭔가를 사 가게 한 후 나중에 몰래 돈을 돌려주면서 고기를 쓰레기통에 버리라고 한다는 이야기도 들려줌. 음모는 바로 우리 집 문턱 앞에 있었음.

9월 1일 토요일

그린 옥스: 은행 바깥에서 2시간 소요. 칠칠치 않게 1미터도 넘는 길이의 화장지를 신발에 붙이고 다니던 키 작은 남자 외에는 특이 사항 없음.

9월 2일 일요일

지저분하고 수상한 남자 한 명이 세인즈버리즈*의 주차장에서 어슬렁댐. 의도가 뭔지는 모르겠음.

* 영국의 대형 마트 체인점.

13

케이트는 테리사에 대한 놀라운 사실들을 몇 가지 알게 되었다. 우선 테리사에게는 '말썽'이라는 개념이 전혀 없었다. 자신이 학교에서 저지르는 몇몇 행동을 사람들이 안 좋게 본다는 것은 알고 있었다. 그러나 왜 사람들이 그런 행동들을 한결같이 나쁘게 보는 것인지, 도대체 그 행동들의 공통점이 무엇인지는 전혀 짐작조차 못했다. 테리사에게 어떤 행동이 말썽인지, 말썽은 어느 정도가 적당한지 알게 하기 위한 길은 참으로 멀고도 멀었다.

케이트는 종이 울리더라도 어떤 식으로든 반응해서는 안 된다고 배웠다. 그러나 테리사는 종이 울리기가 무섭게 의자를 뒤로 밀어내고 교실 밖으로 쏜살같이 뛰쳐나가 텅 빈 운동장 한가운데로 무턱대고 달려가곤 했다. 이런 행동이 바로 '말썽'이었다. 케이트는 테리사에게 학교 종이란 교사에게 시간을 알려주기 위한 것이지, 아이들에게 맘껏 놀아도 된다는 신호를 주기 위한 게 아니라고 설명해주었다. 테리사는 그럼 선생님이 손목시계를 차든지, 아니면 교실 앞에 큰 시계를 가져다놓는 게 더 낫다고 생각했다. 어쨌든 지금은 테리사도 교실 탈출은 조금 더 주도면밀하고 천천히 준비해야 한다는 것을 알게 되었다. 이를테면 책상 위의 책을 준비물 가방에 슬그머니 넣고, 선생님의 행동을 계속 주시해야 한다는 것 말이다. 케이트의 끈기 있는 도움 덕에 지금은 테리사도 이 정도는 잘할 수 있게 되었다. 그러나 세인트조지프 학교의 마지막 학년인 지금도 테리사는 학교 종에 대한 건 다른 행동들, 예를 들면 책상에 자기 이름을 새겨놓는 것이나 대런 월의 분홍색 블랑망제* 푸딩에 벌레를 넣는 것 등에 비하면 말썽 축에도 끼지 못한다는 걸 전혀 몰랐다.

그러던 어느 날 테리사는 드디어 학교에서 하지 말아야 할 최고의 말썽이 무엇인지 깨닫게 되었다. 그건 지금까지 저지른 말썽들의 차원을 한참 뛰어넘는 것이었으며, 시행착오라 하기에는 너무도 뼈아픈 결과를 초래했다. 비바람이 몰아치던 어느 컴컴한 점심시간, 밖에서 뛰놀아야 할 아이들이 모두 실내에 발이 묶였던 그날 테리사는 빠른 속도로 모퉁이를 돌다가 문득 그 깨달음과 마주쳤다. 이 사건의 혹독한 결과 덕분에 테리사는 깨달았다. 가위를 들고 뛰어다니는 건 가장 흉악한 짓이며, 그러다가 교장과 부딪혀 그의 허벅지를 가위로 찌르는 건 선을 넘어선 난폭한 짓이라는 것을 말이다.

---

* 우유에 생크림, 설탕, 젤라틴 및 각종 향료를 첨가하여 굳힌 것.

그 소식에 교실은 빠른 속도로 달아올랐고, 헛소문은 그보다 더 빨리 돌았다. 채 몇 분도 지나지 않아 충격적일 만큼 거친 이야기들이 꼬리에 꼬리를 물었다. 테리사 스탠턴이 도끼를 갖고 있었다더라, 테리사 스탠턴이 사람들을 닥치는 대로 찔러 죽였다더라, 테리사 스탠턴은 먼저 교장을 처치한 다음 선생들을 깡그리 죽일 생각이었다더라 등등. 이런 식의 폭발력 강한 이야기를 지어낼 능력이 없는 애들은 마치 폭풍 속의 개처럼 제자리를 빙빙 돌거나 폴짝폴짝 뛰었다.

사건의 전모는 일이 터진 직후 열린 조회시간에 모두 밝혀졌다. 진실은 실망스러울 정도로 별것 아니었다. 우즈 교장은 가까스로 치명상을 모면했지만, 하우스 오브 프레이저*에서 구입한 최고급 바지는 '수선 불가' 상태로 찢어졌다는 것이었다. 이 분야에서는 나름 전문가인 케이트로선 이런 수사 결과며 증거가 시시하기만 했다. 우즈 교장은 아이들이 잘 볼 수 있도록 바지를 친히 들어올려 그 작은 구멍을 벌려서 보여주기까지 했다. 그는 그렇게 천천히 아이들 사이를 돌아다니며 엄숙한 목소리로 한마디를 되풀이했다. "이게 네 얼굴이라고 생각해봐라." 가끔은 아이들의 이름을 일일이 호명하며 일대일의 설득효과를 노리기도 했다. "그래, 캐런. 네 얼굴 말이다."

테리사는 어리둥절해했다. 단지 사고였을 뿐인데 벌까지 받아야 한다는 것 자체도 받아들이지 못했고, 도대체 무엇을 위해 벌을 주

* 영국의 백화점.

려는 것인지도 이해하지 못했다.

케이트는 알 것 같았다. 우즈 교장은 테리사를 본보기로 삼고 싶어한다는 것을. 특별 학부모 회의가 소집된 후 테리사의 일주일 정학이 공표되었다. 날씨도 흐려서 테리사는 교회 뜰에서 시간을 보낼 수도 없었다. 케이트는 생각했다. 아마 테리사는 그 벽이 얇은 연립주택에 양아빠와 함께 갇혀 어떻게 하면 그의 입을 다물게 할 수 있을지 또는 그보다 심한 것들을 궁리할 것이라고. 케이트는 그 어느 때보다 그 범죄만큼은 꼭 예방하고 싶었다.

14

그 정글짐은 이글루 모양으로 쇠관으로 만들어져 있었다. 곳곳에 녹이 슬었고, 오늘같이 바람이 세차게 부는 날이면 빈 나사 구멍으로 바람이 말려들어가 관에서 음산한 소리가 새어나왔다. 케이트는 그 소리를 무척 좋아했다. 무언가를 생각하는 데 도움이 되었다. 그녀는 이글루 한가운데로 들어가 거꾸로 매달렸다. 머리카락이 붉은 콘크리트 바닥 위로 찰랑거렸다. 과자봉지며 쇼핑백 들이 바람에 휘감겨 가장자리로 쓸려갔다. 아파트에서 야채수프 끓이는 냄새와 공장의 금속 냄새가 바람에 뒤섞여 실려왔다.

지금 케이트가 있는 곳은 트래펄가 하우스 앞의 그늘진 놀이터였다. 그녀는 거꾸로 매달린 채 시선을 건물의 밑동부터 서서히 위로 옮겨갔다. 정문을 지나, 수백 개의 발코니를 지나, 빨래들을 지나, 플라스틱 트랙터 바이크와 낡은 주방 찬장을 지나, 흰 구름이 가로지르는 연푸른빛 하늘 아래 수없이 얽힌 전선들에 닿았다. 만일 지금 다리에 힘이 풀린다면 저멀리 하늘 끝의 푹신한 구름 위로 떨어질 것만 같았다. 구름은 하염없이 흘러갔다. 구름 사이로 전에 그린 옥스에서 보았던 용의자의 얼굴이 어른거렸다.

그 사람을 발견한 것은 월요일 방과 후, 어느 모퉁이를 돌아 은행으로 걸음을 옮기려던 찰나였다. 케이트는 그가 지난번 그녀의 옆에 앉아 있던 남자라고 확신했다. 그때 그 사람을 정확히 본 것은 아니었지만 특이한 자세 하나를 기억해두었다. 그리고 지금 이 사람도 바로 그 자세를 취하고 있었다. 얼굴을 자세히 보면 또다른 특이점들을 발견할 수 있을 터였다. 그와 점점 가까워지고, 그의 얼굴이 또렷하게 보일수록 케이트의 가슴은 점점 더 거세게 뛰었다. 남자의 시선은 어린이놀이방 건너편 로이즈 은행에 가 있었다. 케이트는 주택조합의 출입구 근처에 서서 조심스럽게 관찰했다. 남자는 자연스러움을 가장하려고 애쓰는 듯 보였다. 그러나 케이트의 눈에는 그의 가장이 훤히 보였다. 그녀 또한 감시 활동을 할 때는 그렇게 하기 때문이었다. 그는 어정쩡하게 앉아 연신 시계를 보았고 눈을 지나치게 깜빡거렸다. 절대 멍한 표정이 아니었다. 케이트는 넓은 아치 아래로 천천히 걸어가 남자 뒤쪽으로 약간 떨어져 있는 벤치에 자리를 잡았다. 아무리 봐도 수상했다. 게다가 여기는 언젠가 반드시 일이 터질 거라고 점찍어둔 곳이 아니던가. 케이트는 침착했다. 준비되어 있었기 때문이었다. 앞으로 험난한 길이 펼쳐지겠지만 이미 각오한 바였다. 우선 충분히 감시를 해둘 필요가 있었다. 그러고 나서 저 수상한 인물의 계획을 논리정연하게 짜맞춰봐야 했다. 단독범일까? 글쎄, 의심스러웠다. 케이트 생각에는 혼자서 아무 계획 없이 은행을 터는 것은 경솔하고 무모한 일이었다. 그런 짓을 하기에는 남자의 겉모습이 너무 냉정하고 치밀했다. 그렇다면 이번 한탕만 하고 흩어지는 집단일까, 닳고닳은 은행 강도단일까. 잘 알 수 없었지만, 적어도 꽤 오래전에 시작한 것이라는 느낌이 왔다. 케이트는 이곳의 은행들을 오랫동안 지켜봐왔고, 이 남자는 분명 한 번 본 적이 있었다. 문제는 그것이었다. 도대체 언제였을까? 저 사람을 본 것이.

그날부터 그녀는 매일 그를 지켜보았다. 그는 매일 은행들이 몰려 있는 곳 앞에 오후 네다섯시, 즉 은행 마감 시간까지 앉아 있었다. 케이트는 학교가 끝나자마자 곧장 느려터진 버스를 타고 그린옥스로 향했다. 평소 감시할 때 즐겨 앉는 벤치에 자리를 잡고 아침에 싼 땅콩버터 샌드위치를 먹고 있노라면 몇 분 후 그가 모습을 보였다. 그가 어떤 은행을 목표로 삼고 있는지, 정확히 집어내기는 어려웠다. 아무래도 로이즈가 아닐까, 짐작만 할 뿐이었다. 그 남자는 메모를 하지도 사진을 찍지도 않았다. 너무도 프로다운 나머지 조금이라도 의심을 살 만한 행동은 전혀 하지 않았다. 케이트는 그가 단독범행을 노리고 있다는 걸 점점 확신하게 되었다. 갱단이나 공범 같은 것이 뒤에 있다는 낌새는 전혀 느껴지지 않았다.

아이스크림 차가 마을 어딘가를 지나갔다. 그린슬리브스*의 차는 시끄럽게 경적을 울리더니 난폭하게 멈춰 섰다. 케이트는 그의 얼굴을 머릿속에 떠올려보았다. 그녀는 정성 들여 손수 만든 몽타

* 이동식 아이스크림 가게 브랜드.

주 책이 실제 상황에서는 아무짝에도 쓸모없음을 알고 크게 실망했었다. 그의 얼굴을 제대로 확인한 첫날, 그녀는 곧장 집으로 달려가 몽타주 책으로 그의 얼굴을 재구성해보았다. 가장 잘 된 것도 그와는 전혀 닮지 않았다. 아니, 지구인의 얼굴이 아니었다. 〈폴리스 5〉*에 나온 전문적인 몽타주 도구들도 이보다 별로 나아 보이지는 않았다는 게 위로라면 위로였다. 케이트 생각에는 이렇게 생긴 사람이 길거리를 활보한다면 동물원 사육사가 득달같이 달려와 진정제 총을 쏠 것 같았다.

케이트는 다음번에는 꼭 아빠의 사진기를 가져가야지 다짐했지만, 한편으로는 직접 그림을 그리는 것도 고려하고 있었다. 『탐정이 되는 법』에는 '몽타주 작성'에 대한 정확한 요령이 나와 있었다.

> 용의자를 가까이에서 주의 깊게 관찰한다. 그리고 간단한 메모로 묘사해둔다. 만일 할 수 있다면 스케치도 하라. 덩치가 큰지 작은지, 뚱뚱한지 말랐는지, 키가 큰지 작은지 그리고 어떤 옷을 입었는지 자세히 기록한다. 하지만 꼭 기억하라. 복장은 바뀔 수 있고, 콧수염은 가짜일지 모르며, 머리카락은 자를 수 있다. 악명 높은 범죄자들은 언제나 변장의 명수다. (케이트는 마지막 문장에 밑줄을 그었다.)

그의 눈은 특징을 잡기가 여간 어렵지 않았다. 어딘가 무서우면

* 영국의 인기 텔레비전 시리즈로 런던경찰청의 활약을 그린 수사물.

서 기억하기는 쉽지 않은 눈이었다. 케이트는 사무실로 돌아와 미키에게 말했다. "난 그 사람 눈이 싫어. 네가 보기는 어때?"

미키는 언제나 그러듯 말을 아꼈다.

"눈 속에서 폭력성이 보이는 것 같아."

미키는 무표정하게 앞을 보고 있었다.

"살인도 했을까? 음, 이번이 처음은 아닐 거야. 혼자 은행 강도를 한다는 게 얼마나 무자비한 짓인데."

미키와 케이트는 조사를 위해 도서관을 찾았다. 그들은 실제 살인을 저지른 은행 강도의 수를 확인하고 조금 당황했다. 외로운 무법자 존 엘긴 존슨은 리볼버 권총으로 무장했다. 찰스 아서 '프리티 보이' 플로이드와 캔자스시티 대학살, 조지 '베이비 페이스' 넬슨, 바더마인호프단*, 심비어니즈 해방군**…… 목록은 끝도 없었다. 이 정보 때문에 둘의 심기는 상당히 불편해졌다. 그보다 진짜 둘의 기를 죽인 것은 도서관에 있는 범죄 관련 어른들 책의 어조가 『탐정이 되는 법』의 발랄한 조언 및 그림과는 백만 광년쯤 떨어져 있다는 것이었다. 케이트와 미키의 참고서에는 변장이나 암호에 대한 것은 잔뜩 나와 있었지만 광신적인 적군파나 총에 환장한 사이코패스, 사람을 석유에 박고 라이터로 위협하는 자들에 대한 대처법은 전혀 없었다. 과연 그녀의 책은 세상의 진실을 얼마나 보여

* 1960~70년대 서독에서 활동한 극좌 테러리스트 단체. 활동 자금을 마련하기 위해 은행을 털기도 했다.

** 1970년대 미국 캘리포니아에서 활동한 극좌 테러리스트 단체. 재산의 무상분배를 주장하며 재벌 상속녀를 납치하고 은행을 털기도 했다.

주고 있는 것일까, 가벼운 후회마저 들었다.

발이 저려왔다. 케이트는 몸을 일으켜 정글짐 꼭대기에 앉아 동네 저편 먼 곳을 바라보았다. 자신과 미키만으로 그 용의자를 어찌할 수 없다는 걸 깨달았다. 그래도 일단은 할 수 있는 한 많은 증거와 정보를 수집하고 싶었다. 그 남자가 사는 곳을 알아내고, 어디로 도주할 계획인지 알아내야 했다. 모든 강도는 일단 예행연습을 하기 마련이니까. 그녀는 관찰하고 기다리고 보이는 것은 전부 기록할 것이다. 진짜 강도 사건이 벌어진다면, 그녀가 직접 범죄자를 체포할 수는 없겠지만 대신 그동안 수집한 충분한 증거들을 경찰에게 넘겨줄 수 있었다. 이것은 앞으로 꿈을 이루기 위해 아주 중요한 경력이 될 것이다. 케이트는 그렇게 확신했다. 분명 아직까지는 탐정이 그녀의 본업은 아니었다. 학교에 다니고 있으니 말이다. 그러나 때때로 교묘한 감시 작전에 그녀의 도움을 받겠다고 경찰이 연락할 수도 있을 것이다. 경찰이라면 그녀가 얼마나 유용한지 알아볼 것이다. 그녀만큼 탐정 훈련이 된 아이가 또 어디 있을까? 케이트만큼 남들 눈에 띄지 않기가 쉬울까?

"음, 케이트. 아무래도 랭스데일 공업단지 15동에 대한 네 의심이 맞는 것 같아."

"다이아몬드 밀수 말이에요?"

"응. 전 세계 다이아몬드 산업 중심지들과 광범위한 동맹을 맺고 있는 조직이지. 케이프타운, 암스테르담, 웨스트미들랜즈 등등. 근데 문제는 말이야, 케이트, 우리가 그 15동 안을 좀 들여다볼 필요가 있다는 거야. 일단 그 안에 있는 물건 꾸러미를 사진으로 찍어둬야 돼. 그냥 어설프게 해서는 접근 불가능할 테니까, 무언가 그럴듯하게 가장을 해야겠지. 가스 조사원이라거나 창문 청소부라거나, 뭐든지 상관은 없겠지만, 똘똘하게 해야 된다는 건 잊지 마. 아무나 건물 안으로 들여보내주지는 않을 테니까. 그런 인간들은 모두를 의심한다고…… 분명히 예외는……"

"꼬마?"

"맞았어."

케이트는 건너편의 냉각탑을 바라보았다. 그녀의 미래가 눈앞으로 성큼 다가왔다. 일단 사무실에서 열심히 일하고, 버네지스에서 미키와 점심을 먹고, 에이드리언에게 사건에 관해 이야기하고, 테리사를 끼워넣을 것이다. 그리고 절대로 레드스푼 따위에는 가지 않을 것이다.

2003, 잡음 속의 목소리

15

CCTV에서 뭔가 볼 거라고 기대한 적은 없었다. 밤 근무 할 때 그런 적이 한 번도 없었으니까.

그는 지난 십삼 년 동안 똑같은 모니터 화면들을 보아왔다. 눈을 감아도 텅 빈 복도며 꽉 잠긴 연회색 문이 훤히 보일 지경이었다. 가끔은 이 화면들이 그냥 깜빡거리기만 하는 사진이 아닐까 생각될 때도 있었다. 실재하지만 절대 바뀌지는 않는, 그런 사진 말이다. 그러나 한밤중 화면에 출현한 그 아이를 본 후부터 그는 두 번 다시 그런 생각을 하지 않았다.

그날은 박싱 데이*로, 아직 날이 밝기 전이었다. 그린 옥스 쇼핑센터가 문을 닫는 날은 크리스마스 당일과 부활절 주일 딱 이틀뿐

* 크리스마스 다음날로 영연방 국가에서는 휴일로 지정되어 있으며 겨울 할인판매의 시작일이기도 하다.

이었지만, 커트는 그날들조차 최소 근무자 두 명 중 한 명으로 일했다. 센터의 문을 아예 닫아놓으면 고객들이 아주 싫어하기 때문이었다. 크리스마스면 늘 작은 무리의 성난 손님들이 유리문을 두들기며 들여보내달라고 난리 부리는 장면이 연출되었다. 그는 모니터로 지켜보며 그들이 좀비 같다고 생각했다. 환불과 교환을 요구하는 못된 좀비들.

지금 경비실에는 낡아빠진 필립스 라디오 하나가 벗이 되어주고 있을 뿐 아무도 없었다. 그는 가죽 회전의자에 기대어 앉아 보온병 뚜껑을 열었다. 도시락으로 싸온 샌드위치를 먹기에는 너무 이른 듯했다. DJ는 그레이트 바*의 오드리가 신청한 〈Wichita Lineman〉**을 틀고 있었다. 커트는 조용조용 글렌의 노래를 따라 불렀다. 커트의 동료 스콧은 제비를 잘못 뽑은 죄로 어두컴컴한 바깥을 맡았다. 지금쯤 춥고 음울한 주차장 주위를 순찰하고 있을 것이다. 커트의 입에서 참지 못하고 웃음이 비죽비죽 새어나왔다.

카메라의 방향이 바뀌어 스물네 개의 새로운 장면이 깜빡거리며 화면에 나타났다. 그는 맨 윗줄 제일 왼쪽 모니터를 흘끗 보았다. 스콧이 화면의 하반부를 대각선으로 가로질러 걸어가고 있었다. 그의 등장을 전후로 하얀 입김이 보였다.

커트에게는 새해 결심이 하나 있었다. 아직 한 주 이르긴 하지만, 전부터 품어온 것이었다. 기억하기도 쉬웠다. 작년에도, 재작

---

* 버밍엄 일대의 지역명.

** 1968년에 글렌 캠벨이 부른 곡.

년에도 같았으니까. 바로 이 일을 그만두고 그린 옥스를 박차고 나가는 것. 그것이 커트의 몇 년째 소원이었다. 그리고 이번 새해에도 소원은 한결같았다. 결코 이 일을 오래할 생각은 없었건만 십삼년이 훌쩍 흘러버렸다. 도대체 그 세월이 어디로 갔는지 알 수 없었다. 텅 빈 복도를 순찰하고, 한밤중에 샌드위치 도시락을 먹고, 가끔 편면 유리에 자신의 모습을 비춰보기. 그러나 그는 자신이 정말로 떠나지는 못할 것이라고 짐작했다. 언제나 무언가가 그의 뒷덜미를 붙들었다. 삶은 언제나 손가락 사이로 스르륵 빠져나가버렸고, 그가 할 수 있는 것이라고는 그 모습을 멍하니 지켜보는 것뿐이었다. 그것이 그를 괴롭혔다. 그는 만사에 의욕도 야망도 없는 사람이었다. 하지만 그래서는 안 된다는 건 알고 있었다.

그는 눈을 감았다. 하늘 높은 곳에서 찍는 열화상이 떠올랐다. 그런 영상에서 그나 스콧의 존재란 차가운 느낌의 시퍼런 그림자로 뒤덮인 영국 중부지방의 한가운데서 꼬물꼬물 움직이는 작고 빨간 점에 불과했다. 그나마 몇 시간 뒤에 이 센터가 인간들로 가득차면 그와 스콧은 득실득실거리며 뒤섞이는 다른 색깔의 덩어리들 한복판으로 사라질 것이다. 커트는 자진해서 두 시간대 연속 근무를 하는 것이었지만, 날이 밝으면 벌어질 소음과 혼란에는 은근히 겁이 났다. 다른 경비원들은 가족이 있어 쉬는 날에는 그들과 함께 보내고 싶어했다. 특히 그런 날 가족을 데리고 그린 옥스에 와서 시간을 보내는 것을 무척 좋아했다. 가끔은 기분 전환을 위해 좀 먼 곳의 쇼핑센터에 가기도 했다. 그들이 휴일 인파를 뚫고 힘겹게 지나다니며 어떻게든 고객으로서의 즐거움을 느껴보겠다고 용쓰는 모습이 커트의 눈에는 한심하기만 했다. 쉬는 날에는 꼭 저렇게 해야 된다고 법에 나와 있기라도 한가.

그는 피시 페이스트 샌드위치*를 으적으적 씹으며 시계를 보았다. 새벽 네시였다. 여섯시부터 여덟시까지가 그가 가장 좋아하는 근무 시간이었다. 일찍 일하는 사람들이 한시적으로 쇼핑센터를 점령하는 걸 바라보는 것이 그렇게 좋을 수 없었다. 청소부들이 전날의 모든 발자국을 인정사정없이 지워버리고, 지문을 닦아내고, 머리카락을 쓸어내고, 청소기로 먼지를 빨아들이며 이런저런 증거들을 인멸하는 모습은 봐도 봐도 즐거웠다. 빗자루질 한 번마다 그의 머릿속도 깔끔하게 청소되는 기분이었다. 악을 쓰며 우는 아기, 험상궂은 연금생활자, 원수 같은 좀도둑, 자포자기한 여자, 청승 떠는 남자, 엘리베이터에 똥칠을 하는 정체불명의 인간…… 모든 것이 하나하나 사라져갔다. 모든 것이 쓰레기봉투에 담긴 후 수레에 쌓이고 회색 복도를 지나 대기중인 쓰레기차에 던져졌다. 쇼핑센터가 잠을 깨는 모습은 그에게 자장가와 같았다. 집에 가서 진짜 잠들기 전, 그의 신경을 차분하게 만들어주는 자장가였다.

그가 무심코 과자봉지로 손을 뻗은 순간이었다. 무엇인가 그의 눈에 걸렸다. 그는 벽의 모니터로 다시 시선을 돌렸다. 2층의 은행과 주택조합이 있는 곳 바로 앞에 무언가가 서 있었다. 아이였다. 여자아이였다. 얼굴은 잘 보이지 않았다. 아이는 꼼짝 않고 서 있었다. 한 손에 수첩을 들고 있었고, 가방 밖으로는 원숭이 인형 하

---

* 생선살 등을 으깨어 만든 되직한 소스를 바른 샌드위치.

나가 고개를 내밀고 있었다. 그는 황급히 주파수를 맞추고 스콧을 호출하려 했다. 하지만 화면으로 다시 고개를 돌리자 어느새 아이는 사라지고 없었다. 카메라의 방향을 돌려보았다. 아무것도 없었다. 재빨리 다른 카메라들의 위치도 바꿔보았지만, 그 어느 곳에도 소녀의 흔적은 없었다. 너무 놀라서 그의 지쳐 있던 심장이 뛰었다. 그는 스콧을 불렀다.

오전 여섯시 오십오분. 리사는 차를 세운 뒤 온몸이 얼어버릴 듯 추운 지하 주차장에서 엘리베이터를 타고 그린 옥스 쇼핑센터 1층으로 향했다. 그녀는 매일 오전 다섯시 삼십분마다 울리는 알람에 진저리쳤고, 그후로 깨어 있는 열일곱 시간의 거의 대부분을 몸서리치며 보냈다. 그러나 이른 아침 쇼핑몰을 가로지를 때 느끼는 고요와 예측 가능함에선 어느 정도 위안 비슷한 것을 받았다. 몽롱한 차임벨 멜로디와 청소용 화학약품의 냄새가 뒤섞이고, 리사 자신의 몸을 가누기 힘든 피로까지 겹쳐 둥둥 떠다니는 듯한 기분이었다.

여자 목소리의 안내음이 곧 엘리베이터 문이 열린다고 알려주었다. 리사는 그렇게 참을성이 없지는 않았으므로 그냥 가만히 서 있었다. 띵 하는 소리와 함께 문이 열렸고 그녀는 유리창으로 들어온 아침노을이 깔린 중앙 아트리움으로 들어섰다. 오늘은 박싱 데이였다. 그 말은 곧 종일 야단법석일 것이라는 뜻이었다. 그러나 이 시간만큼은 평화로웠다.

그녀는 잘 닦아놓은 복도 위를 미끄러지듯 지나갔다. 쓸고 닦으며 열심히 일하는 청소부 부대가 리사 옆으로 지나갔다. 리사는 '청소부'라는 단어가 왠지 무례한 표현 같았다. 그린 옥스에선 각각 특성화된 오륙십 개의 조들이 지나치게 세분화되어 일반적인 청소 업무를 수행하고 있었다. 그 각각을 들여다보면 그 심난한 면모가 낱낱이 드러났다. 청소부 중 일반적으로 '노동인구'라고 불리는 나이대의 사람은 단 한 명도 없었다. 마치 전쟁이라도 나서 열여섯 살부터 예순 살까지의 사람들은 죄다 사라져버린 듯했다. 물론 전쟁이 난 건 아니고, 좀더 벌이가 좋은 일을 찾아간 것일 테지만 말이다. 어쨌든 누가 봐도 '어린이'로 보이는 아이가 관절염으로 다리를 저는 노인과 함께 일하는 모습은 그린 옥스를 구호시설로 보이게 했다.

오늘 그녀가 최초로 마주친 이는 창문 청소부 소속의 레이였다. 그는 손잡이가 짤막한 고무 걸레로 버거킹의 유리벽을 반들반들하게 닦고 있었다. 왠지는 알 수 없었지만 레이만 보면 "괜찮아요, 레이?"라고 필요 이상으로 크게 외치게 되었고, 대답으로 언제나 변함없이 "멀쩡합니다요, 감사!"가 돌아왔다. 레이와 몇 야드 떨어진 곳에는 어린 소년이 베이비오일 통과 천조각을 들고 여느 날과 같이 장장 사 마일이나 되는 쇼핑센터의 난간을 반짝반짝 윤내고 있었다. 2층에서 3층으로 올라가는 층계참에서 그녀는 일명 '스카이잭'이라 불리는 고공 청소용 사다리차와 마주쳤다. 사다리차 위에는 젊은 남자 한 명이 서서 천장 격자무늬의 모든 틈새에 일일이 솔을 쑤셔넣어 먼지를 털어내고 있었다. 한 구역을 털어내면 또 몇 피트를 전진하여 털어냈다.

지금 눈에 보이는 사람이 전부는 아니었다. 리사는 이 쇼핑센터 안, 보이지 않는 어딘가에 경비원들이 있다는 것을 예민하게 느꼈다. 매일 아침 머리 위로 누군가의 피곤에 전 시선이 달라붙는 것이 느껴졌고, 그 때문에 손짓 발짓 하나하나가 다 거북스러웠다. 지속적으로 이런 감시의 눈길을 받다보니 왠지 자신이 수상한 사람인 것 같은 기분이 들었다. 시간이 흐르면서 그녀는 그 기묘한 죄의식을 밑천으로 소소한 놀이 하나를 개발했다. 그녀는 이 놀이를 꽤 좋아했다. 그것은 자신의 가방 속에 마른 귤 한 개와 편지 봉투 열일곱 개가 아니라 뭔가 은밀한 것이 들어 있다고 상상하는 것이었다. 시한폭탄, 비밀문서, 밀매품 등 뭐라도 상관없었다. 그녀의 머릿속에서 다양한 장르가 뒤섞인 스파이, 테러리스트, 레지스탕스 들의 밑도 끝도 없는 이야기가 창조되었다. 이야기는 매일매일 바뀌었지만 한 가지 설정은 늘 같았다. 이 쇼핑센터 경비원들의 배역은 언제나 나치였다.

어떻게 하면 아침 근무 담당 매니저에게 저 카메라에서 해방시켜달라고 자연스럽고 설득력 있게 부탁할 수 있을까. 그녀 눈에는 단순하고 반복적인 일들을 고되게 해내는 노동자밖에 보이지 않았다. 누가 도대체 저렇게 가엾은 사람들을 의심하는 것일까. 아, 물론 그녀의 낡은 조깅화는 좀 수상해 보일 수 있었다. 그녀는 또박또박 조용한 발걸음으로 던킨 도너츠와 셀러브레이션즈 카즈를 지나쳤고, 거울문을 밀고 들어가 관리자 구역에 발을 디뎠다. 라디오 주파수를 맞추는 것 같은 지직지직 하는 소리와 차 들이마시는 후

루룩 소리가 경비 사무실에서 흘러나오는 듯했다. 적어도 통통한 손가락으로 과자나 집어먹는 인간들에게 의심받는 건 아니라고 그녀는 확신했다.

그녀는 회색 콘크리트 벽을 따라 살금살금 움직이며 문을 하나하나 지났다. 여기서 잡히면 임무는 실패로 돌아간다. 문을 열 때마다 지문을 남기지 않는 것은 기본이었다. 여기저기를 건너뛰며, 모퉁이를 돌 때마다 잠시 멈춰 서서 누군가의 발소리가 들리지 않는지 확인했다. 목표는 유어 뮤직의 뒷문에 도착할 때까지 그 누구에게도 들키지 않는 것이었다. 그녀는 평소보다 몇 배는 더 신중하게 행동했다. 지난주에 이십 피트 후방의 계단 위에 서 있던 돌시스 직원 한 명에게 발각당하는 망신을 겪었기 때문이다. 그는 필경 그녀의 민망한 무언극을 전부 지켜보았을 것이다.

오늘은 경비원 한 명이 저 앞쪽에서 서성대고 있었다. 그녀는 도관 뒤쪽 벽감 속에 몸을 숨기고 그가 지나갈 때까지 기다렸다. 벽감을 빠져나오는데 도관 아래쪽에 천조각 하나가 삐죽 나와 있는 게 보였다. 평소 같으면 그냥 지나갔을 것이다. 도관에서 천조각이 빠져나와 있건 말건 그녀가 알 바 아니었다. 그러나 마음 한구석에서 막연한 호기심이 일어서 가까이 다가가 확인해보았다. 안고 다니는 종류의 장난감이었다. 천천히 녀석을 밖으로 꺼냈다. 감탄이 날 만큼 근사했다. 팔 인치 정도 크기의 인형은 가는 세로줄무늬 정장을 입고 스패츠를 차고 있었다. 얼굴에 '나 뭣 좀 합니다'라고 쓰여 있는 듯한 인상이었다. 녀석은 원숭이였다. 리사는 이런 것을 찾아냈다는 사실에 꽤 흥분했다. 녀석은 하늘에서 떨어졌거나 다른 세상에서 온 듯 아주 멀쩡했다. 이런 것이 어쩌다 여기 있게 되었는지 짐작조차 할 수 없었다. 먼지가 조금 날리고 등에 회색 페인트가 묻어 있긴 했지만 놀라우리만치 새것 같았다. 정말 녀석은 말쑥했다. 사람 많은 곳에서는 절대로 보여주지 않는 원숭이. 그러나 어디든 데리고 다니는 원숭이. 리사는 녀석의 몸에 묻은 먼지를 털고 그녀의 가방에 있는 고리들 중 남는 것에 달았다. 그리고 일터로 걸음을 옮겼다. 누가 보든 말든 더는 신경쓰지 않았다.

신원 미상의 경비원
북관 상층

저 사람들 무리 속에서 시선을 옮기다보면, 어느 순간 눈길을 사로잡는 누군가가 있기 마련이다. 그 누군가는 금으로 된 집시 귀걸이를 한 밝은 표정의 소녀일 수도 있고, 검은 가발을 쓴 할머니일 수도 있다. 그것은 마치 라디오의 다이얼을 돌리다가 어느 순간 바늘이 멎는 것과 비슷하다.

저 수많은 얼굴들, 그들은 그린 옥스에서 무엇을 하고 있는 것일까? 저 외로운 남자는 새 셔츠를 사고 있다. 저기 행복해 보이지 않는 커플은 그저 일요일을 보내고 있다. 저 여인은 누군가의 관심을 끌려 하고 있다. 혼잡한 날 이곳에 몰려든 수천 수백의 사연들이 은박 풍선처럼 공기중을 두둥실 떠다니다 천장에 멎는다.

그린 옥스는 벽돌과 시멘트 이상의 것이라고, 나는 늘 생각해왔다. 수많은 목소리들이 모여 이곳만의 소리를 만들어내고 있다. 그 누구도 깨닫지 못하지만, 사실 모두가 듣고 있는 그 소리. 낮은 음역대의 정적인 잡음, 그것이 사람들을 이곳으로 부르는 것이다. 올바른 주파수를 맞추면 개개인의 목소리가 잡음의 장막을 뚫고 나와, 이윽고 모두에게 들리게 될 것이다. 사람들이 그린 옥스에서 무엇을 원하고 무엇을 찾는지 들을 수 있을 것이다. 그린 옥스가 사람들에게 무엇을 해줄 수 있을지 들을 수 있을 것이다. 그린 옥스는 모두를 도와줄 수 있다. 그린 옥스는 모두의 목소리를 듣는다.

16

유어 뮤직에 지옥 같은 날이 찾아왔다. 그렇지 않아도 공휴일은 충분히 짜증스럽다. 쇼핑센터는 사람들로 미어터지고, 고객들은 잔뜩 신경을 곤두세우고 다른 좋은 데 못 간 것에 대한 분노와 자책이 섞인 휴일 기분을 마음껏 표출한다. 이 모든 것을 더더욱 끔찍하게 만드는 것은 지역 관리자인 고든 터너가 매장을 시찰할 거라는 사실이었다. 크로퍼드가 미쳐 날뛸 것은 보지 않아도 뻔했다.

리사는 유어 뮤직의 대형매장 부매니저였다. 그녀의 직속 상사는 키가 크고 시체같이 마른 데이브 크로퍼드인데, 이론상으로 그는 다섯 명의 '플로어 매니저'를 직접 관리 감독하는 사람이었다. 크로퍼드는 리사를 '당직 매니저'라는 이상한 직책으로 승진 아닌 승진을 시키더니, 제멋대로 직책을 바꿔놓은 것으로도 모자라서 도저히 이해할 수 없는 직무 변동을 결정했다. 그녀를 가장 나쁜 시간대에 일하게 한 것이다. 그녀는 이른 아침, 늦은 저녁, 일요일과 공휴일에 매장을 봐야 했다. 그래서 '당직' 매니저였던 것이다.

리사에게 크로퍼드는 마르지 않는 조롱거리의 샘이었다. 남들은 몇 분이면 끝낼 화를 어떻게 몇 주 동안이나 같은 상태로 유지하는지 참으로 불가사의했다. 화가 나는 이유가 시시하면 시시할수록 말이 더 폭력적이고 거칠어지는 것 또한 귀여웠다. ("어떤 미친년이 이 빌어먹을 벽에 손자국을 낸 거야?") 논리나 합리성은 일절 거부하는 그의 방식에 리사는 늘 숨이 막힐 지경이었다. 그래도 그의 뻔뻔스러운 행동들만은 최대한 즐기고 있었다. 이를테면 늘 미어터질 것 같은 청바지를 입는 것이나, 사람들과 이야기하는 와중에도 창피한 줄 모르고 서슴없이 엉덩이에 낀 바지를 끄집어내는 것이나, 몇 주 동안 말을 탄 사람처럼 엉거주춤한 자세로 걸어다니는 것들 말이다. 특히 매장 경비원들은 크로퍼드만 보면 메스꺼워 했다. 동성애자를 위해 일한다는 사실만으로도 충분히 짜증스러운데, 그에 더해 줄창 항문이 불편한 티를 내고 있는 모습까지 봐야 했으니 말이다.

매장 시찰이란 간부들에게 일종의 지위 유지 기회였다. 현재 매장에서 근무하는 직원들만으로는 도저히 수월하게 운영할 수 없으므로, 반드시 자기가 참견을 해야 한다는 것을 증명해 보일 찬스인 것이다. 간부들은 할인판매 시기를 놓친 것이나 못마땅한 판촉 활동, 상품에 대한 이해 부족, 성의 없는 고객 서비스, 카펫에 붙은 껌, 피어싱을 너무 많이 한 직원 등을 지적할 것이다. 직원 한 명이 일을 망치면 크로퍼드가 똑바로 못해서 그런 것처럼 보일 것이고, 크로퍼드가 일을 망치면 터너도 일을 망치는 것이 된다. 그런 식의 꼬리에 꼬리를 무는 불안에 힘입어, 우왕좌왕하는 분위기와 음험한 협박이 열여섯 살 난 토요일 아르바이트생부터 지역 관리자에게까지 두텁게 드리워져 있었다.

크로퍼드에게는 안된 일이지만, 그린 옥스의 유어 뮤직 매장 직원들은 이제 더이상 신경쓰지 않았다. 그동안 시찰 공지가 수없이 내려왔고, 그때마다 무급 연장근무를 시키겠다는 경고 내지는 협박이 이어졌다. 그렇게 석 달을 보냈지만 언제나 마지막 순간에 시찰이 취소되었다. 취소되느냐 마느냐, 이것은 이제 일종의 게임이었다. 시찰을 겁내며 살짝 매장을 뒤엎어 정리하는 것도 해될 것은 없었지만, 사실 겁낼 것 없다고 봐도 좋았다. 지난 석 달 동안 시찰은 무려 열여섯 번이나 취소되었고, 직원들은 넌더리를 내며 심드렁해져갔으며, 크로퍼드는 점점 더 미쳐갔다.

리사는 크로퍼드의 사무실에 있었다. 크로퍼드는 게시판에 상승곡선 그래프나 표를 더덕더덕 붙이며 요란을 떨고 있었다. 그러나 리사는 지금 크로퍼드와 놀 기분이 아니었다. 장단을 맞춰주기에는 너무 지쳐 있었다.

그는 하던 작업을 마무리한 후 말을 시작했다. "좋아. 내가 매장을 한 시간 반 전쯤에 돌아봤는데, 이런 씨팔, 완전 개판이야. 인기차트 본 적 있어? 샤키라 음반을 전시해놓은 데를 보니까 자그마치 세 무더기나 비어 있는 거야. 내가 캐런한테 얘기했지. '빌어먹을 이게 다 어떻게 된 거야?' 그러니까 캐런이 그러더라. '아, 데이브. 제가 월요일에 삼백 개 좀 넘게 발주했거든요. 근데 도매상에 물건이 떨어졌다는 거예요. 그러니까 지금 우리가 갖고 있는 구십오 개가 마지막 물량이라는 거죠.' 이게 믿어지냐? 이런 멍청한 짓이 믿어지냐고! 그래서 내가 말했지. '우리가 가진 게 구십오 개밖에 없는데, 고객이 물건 사는 데에다 이따위 차트를 걸어놔서 어쩌겠다는 거야? 떼어버려. 그리고 터너가 다른 데로 갔다는 소식이 들릴 때까지 카운터 밑에 처박아놔. 그다음에 다시 붙이든지.' 그년은 내가 다른 별에서 온 사람이기라도 한 것처럼 쳐다보더군. 아오, 그걸 확…… 지구에서 젤 불쌍하게 만들어버리려다 말았다. 난 걔 상판만 보면 한 대 후려치고 싶어진다니까. 만일 비밀 모니터가 매장에 왔을 때 그년이 응대한다면 아마 너나 나나 모가지 잘리고 그날로 다른 일을 찾아봐야 할 거다.

다음으로 지랄 난 데는…… 그래, 창고에 있는 재고 더미, 본 적 있냐? 너 그 안 들여다본 적 있어?"

리사는 장황한 독백 끝에 찾아온 이 짧은 휴지가 그녀의 대답을 받아내기 위해서라는 것을 뒤늦게 깨달았다. 그녀는 재치 있게 맞장구쳐줄 기운이 없었다. 그래서 가능한 대안을 거듭 생각한 끝에 대답 하나를 억지로 밀어냈다. "재고 더미요?"

"그래! 생각해봐. 다들 멍청해빠져서, 시찰이 온다고 해도 거기는 쳐다볼 생각들도 않지. 재고가 많다는 건 단순히 창고에 물건을 쌓아놓고 있다는 얘기가 아니야. 간부들한테는 이렇게 보인다고. '옙. 우리는 멍청해서 주문도 제대로 못합니다. 우리가 할 줄 아는 게 뭐가 있겠어요.' 자, 알겠어? 남아도는 재고는 없어야 돼. 그래야 시찰단이 와서 우리의 완벽한 재고 관리 상태에 감탄하고 뒤로 자빠질 테니. 얼른 헨리한테 남는 물건은 박스에 담아서 여자 화장실에 숨기라고 시켜."

"여자 화장실에는 칸이 두 개밖에 없는데요, 데이브. 그나마 한 칸은 지금 〈스타 트렉〉 티셔츠 박스로 꽉 차 있어요."

"그래? 그럼 쇼핑센터 밖 공중화장실에 갖다놔. 거기가 딱이겠네. 딱 하루만 갖다놔. 아님 누가 뭐라고 할 때까지 두든가. 어쩔 수 없잖아. 치사하고 더러우면 가서 네 가게를 차리든가.

경비실에 있는 고릴라 같은 자식하고도 한판 했어. 아, 화재 비상구가 물건으로 막혀 있네 어쩌네 나한테 징징거리는 거야. 소방관들이 어쩌니 인명 손실이 저쩌니 주절주절 떠들더라고. 덩치는 산만한데 뇌는 없는 모양이지, 나 참. 최대한 천천히 그리고 크게 얘길 해줬지. 그렇게 해야 알아들을 거 같아서. '걱정도 팔자셔! 다음 소방 점검 나올 때까진 치워놓을 거라고. 감쪽같이 해놓을 테니 걱정 마셔.' 무슨 질문을 해도 다 똑같이 대답해줬지. 그러니까 그 자식이 '그럼 오늘 불나면 어쩌려고요?' 그러더라고. 그래서 모른 척하고 그냥 와버렸어. 그딴 인간들 상대하기 싫거든.

그다음에는…… 음, 내가 봤다고 해야 하나, 아님 냄새를 맡았다고 해야 하나, 그 주로 창고 구석에 박혀 있는 놈 있잖아. 쬐끄만 퐁고 스노드그래스*같이 생긴 놈. 그 녀석을 불렀지. '어이, 그레이엄. 너 오늘 땡잡았다. 하루 쉬어라.' 그러니까 다른 놈들이 일시에 입을 닫고 말을 듣기 시작하더라고. 내 말이 무슨 뜻인지 알아들은 거지. 그런데 놈이 그러는 거야. '오늘 물건 들여와야 돼요. 오늘

* 못생긴 중년 남자 얼굴의 영국 만화 캐릭터.

시찰 있는 줄 알았는데요.' 그래서 내가 말했지. '맞아. 하지만 넌 오늘 쉬어. 가서 니 코트나 가져와.' 근데 정작 당사자는 내 말을 못 알아듣더라? 그런데 헨리 놈이 얘기를 꺼내주더라고. '알았어요, 데이브. 제가 그레이엄이랑 얘기할게요.' 그런데 그 망할 퐁고 놈이 눈치도 없이 주절거리는 거야. '이해를 못하겠네요. 제가 왜 집에 가야 되는데요? 저는 오늘 다른 사람들이랑 물건 들여놓는 작업 할 거라고요. 헨리가 저보고 네가 제일 손이 빠르니까 점심시간에 일 좀 해줄 수 있냐고 그랬는데요?' 내가 뭐라고 해야 돼? 다들 나만 쳐다보고 있는 상황에서. 솔직히 까놓고 얘기하는 수밖에. 그래서 얘기했지 '네가 제일 빠른지 어쩐지는 내가 모르겠다만, 너 구려. 너 진짜진짜 장난 아니게 냄새나. 그거 다들 안다. 말을 안 할 뿐이지. 하지만 난 좀 얘기를 해야 쓰겠다. 나는 고든 터너가 창고 돌아보다가 개소리하는 거 듣기 싫거든. 집에 가. 그리고 좀 씻어.' 그러니까 갑자기 그 빨강머리놈이 확 덤비는데, 다행히 헨리가 뒤에서 그놈을 붙들었지. 다들 멍청이들이야. 죄다 근친상간으로 태어난 놈들 같아. 헨리가 그런 놈들 데리고 어떻게 일을 하는 건지 도통 모르겠다.

그러니까 거기 그렇게 멍청하게 서 있지 마. 얼른 가서 정리해."

리사는 필기한 목록을 집어들고 담배 연기가 자욱한 크로퍼드의 사무실을 떠나 매장의 문을 열러 갔다.

커트와 게리는 두 명의 십대 남자아이들을 한 명씩 맡아 붙들고 있었다. 쇼핑객들이 웅성웅성 몰려들었고, 두 경비원은 남은 한 손으로 그 물결을 제지했다. 소년들은 한탕 해보겠답시고 잔뜩 들떴던 모양이나, 그다지 능숙하게 하지는 못했다. 녀석들의 첫째 실수는 텔레비전 드라마의 좀도둑 역 오디션을 보러 가는 것처럼 차려입고 왔다는 것이었다. 커트 생각에도 녀석들의 차림새는 심했다. 얼굴에 스카프를 두르고, 모자를 푹 눌러쓴, 딱 강도 꼴이었다. 그들이 알고 보면 절대 강도질 따위에는 소질이 없는 착한 시민이라 하더라도, 그 꼬락서니만은 누가 봐도 대번에 강도라 할 만했다. 그린 옥스 라디오에서 라이트하우스 패밀리의 노래가 흘러나오는 동안 소년들은 붙들린 팔을 건성으로 슥슥 잡아당겼다. 쇼핑객들은 만족한 눈빛으로 그들을 바라보았다. 물건 훔친 놈들이 도망치지 못하고 잡혔다는 사실이 못내 즐거운 듯했다.

커트는 피곤했다. 두 시간대 연속 근무는 너무도 길게 느껴졌다. 지금 커트에게는 게리의 수사반장 쇼에 동참해줄 기운이 조금도 남아 있지 않았다. 멍청한 좀도둑 좀 잡았다고 게리가 스스로를 유능하다고 자부하는 꼴은 상상도 하기 싫었다. 이제부터 저 아이들은 자신들의 잘못을 일일이 추궁당하는 것도 모자라, 게리가 지금까지 그들을 어떻게 감시했는지에 대한 자랑까지 들어야 할 것이다. 게리는 '이 멍청한 놈들아'를 몇 번씩 되풀이하며 자기가 어떻게 녀석들의 머리 꼭대기에서 움직였는지 자랑을 하고 하고 또 할 것이다. 그러나 커트는 좀도둑 잡는 데엔 흥미가 없었다. 아무리 생각해도 그는 직업을 잘못 택했다.

그는 구석에 앉아 그 여자아이가 어디로 사라졌을까 곰곰이 생각했다. 그날 밤 커트는 스콧과 함께 쇼핑센터와 관리자 구역을 샅샅이 뒤졌지만 아이는 흔적조차 찾을 수 없었다. 그들이 해낸 가장 그럴듯한 추론은 크리스마스이브 영업 종료 시간에 숨어들어온 가출 소녀라는 것이었다. 그런 사람들이 종종 있었다. 크리스마스로부터 도망가고 싶어하는 사람. 도망 아니면 선택의 여지가 없는 사람들. 커트는 경찰에도 전화를 해보았는데, 실종 신고는 한 건도 없다는 대답만 돌아왔다. 경찰은 껄껄 웃으며 잃어버린 적도 없는 아이를 찾기부터 했다는 이야기는 살다 살다 처음이라고 말했다. 커트는 경찰이 빈정거린다는 걸 눈치채지 못했다. 그저 아이에 대한 정보를 얻지 못한 것에 낙담했을 뿐이었다. 그의 머릿속에 소녀가 쇼핑센터에 홀로 서서 노래를 부르는 모습이 그려졌다. "나 한때 버림받았지만, 이제 발견되었네."*

퇴근까지는 앞으로 두 시간. 내내 게리가 연설을 늘어놓을 것은 뻔하디뻔했다. 그러나 두 범죄자는 게리가 원하는 반응을 보이지 않았다. 부모에게 알리거나 경찰에 전화할까봐 울고불고 난리 치지도 않았고, 그렇다고 게리의 감시 솜씨가 끝내준다며 마지못해 치켜세우는 것도 아니었다. 하기는 녀석들이 오늘 이런 꼴을 당하려고 쇼핑센터에 온 것은 아닐 테니까. 아마도 여자애들을 꾀려다

* 성가 〈Amazing Grace〉의 가사.

허탕을 치자 대신 물건으로 한 건 하려던 것이었으리라. 녀석들이 지퍼를 만지작거리는 것을 보니 무척 지루한 모양이었다. 커트만큼이나 지루한 듯했다. 좋지 않았다. 게리는 이제 지구전으로 돌입하고 있었다. 뭔가 만족스러운 반응이 나오거나 경찰이 찾아올 때까지 지겨운 훈계를 계속할 것이다.

커트는 서류 작업을 하겠다며 다른 방으로 옮겼다. 그는 서류 작업에 어려움을 느끼지 않았다. 많은 경비원들이 본연의 업무에 방해가 된다며 서류라는 말만 들어도 넌더리를 냈다. 누군가가 문서를 앞에 두고 욕을 퍼붓거나 화를 내는 것을 보면 커트는 옆으로 다가가 대신 써주겠다고 제안해 그들을 구원하곤 했다. 그 누구도 읽고 쓰기를 못한다고 입 밖에 내어 말하지는 않았다. 하지만 커트는 그들의 온몸에서 증거를 읽었다. 부끄럼으로 빨개진 귀, 점심 먹는 동안 뚫어져라 타블로이드판 신문을 보며 감추려 하는 무안한 표정.

스콧은 이곳 경비원들 중 유일하게 커트가 편하게 생각하는 사람이었다. 스콧은 불량하거나 허튼 구석이 티끌만큼도 없었다. 그는 자신이 까막눈이라고 커트에게 고백하더니 읽고 쓰기를 가르쳐 달라고 청했다. 그는 배우는 속도가 아주 빨랐다. 커트가 깜짝 놀라고 자랑스러워할 정도였다. 유일하게 아쉬운 점이라면 스콧이 질리 쿠퍼*의 말도 안 되는 팬이 되어버린 것이었다. 그는 집에서 읽기를 연습하며 아내가 가져다놓은 책들을 닥치는 대로 읽더니

---

* 영국 작가. 연애소설을 많이 썼다.

이제는 웨스트 브로미치 앨비언*의 경기에 열중하지 않을 때는 가장 최근에 읽은 마구간에서의 정사 장면 따위를 커트에게 종일 떠들어대었다. 스콧은 최근 날마다 〈데일리 메일〉**을 사보기 시작했다. 커트는 자신이 괴물을 창조하는 데 일조한 건 아닐까 하고 생각했다.

커트는 서류 작업을 마치고 경비실의 창문 밖을 내다보았다. 또 하나의 눈이 쇼핑몰 이곳저곳을 훑고 있었다. 이 쇼핑센터에는 자체 경비원과 대부분의 점포가 내부적으로 고용한 매장 감시원을 포함해 꽤 많은 경비 인력이 있었다. 어림잡아 이백 명의 경비원들이 사 제곱킬로미터 넓이의 그린 옥스에서 일하고 있었다. 지켜보는 사람, 뒤쫓는 사람, 기다리는 사람, 의심, 지겨움, 신호 탐색, 문제 탐색. 커트는 동심원 모양의 피로한 눈이 파리처럼 여기저기를 날아다니는 모습을 상상했다. 그린 옥스의 경비 밀도는 바깥세상에서 가장 거칠고 위험한 곳과 거의 맞먹었다. 커트는 그린 옥스 왕국의 지도가 얼마나 많은 경비 구역으로 잘게 나뉘어 있는지 궁금했다. 거의 너덜너덜할 정도로 나뉘어 있을 것이다. 그리고 그 조각 하나하나는 수많은 끈질긴 감시의 시선 덕에 하얗게 탈색되어 있을 것이다. 문득 지난해 아파트에서 불법 침입을 경험한 자신의 할머니가 생각났다. 할머니가 과연 나이키 야구모자만큼이라도 보호할 가치가 있다고 간주되었을까 커트는 궁금했다. 그는 이 이야

* 영국 리그의 축구팀.

** 자극적인 기사가 많이 실리는 영국의 타블로이드 신문.

기를 게리에게 했지만, 그것은 실수였다. 게리는 전직 순경이었고 이렇게 대답했다. "경찰을 뭐하러 늘려? 깜둥이 수를 줄여야지."

커트의 무전기가 갑자기 지직 소리를 냈다. 그는 그 잡음에 귀를 기울였다.

17

리사는 버거킹 창가에 앉아 포화지방과 대량의 당분을 섭취했다. 간식이었다. 직원실에서는 먹을 수 없었다. 터너가 크리스마스를 뒤집어엎는 것은 예상대로 수포로 돌아갔다. 그러나 일주일이 지난 지금, 유어 뮤직에는 비밀 모니터가 온다는 소문이 파다했다. 크로퍼드는 거의 발작할 지경이었다. 그런 옥스에는 사람으로 하여금 고도로 가공되고 공업적으로 조리된 맛없는 칼로리 덩어리를 갈망하게 만드는 공기가 감돌았다. 오늘 리사는 그 공기에 저항하기에는 너무 지쳐 있었다. 유어 뮤직의 동료들 중에는 그런 것들을 사 먹느라 꽤 많은 돈을 쓰는 이들도 있었다. 그녀는 차라리 개량한 탄수화물과 트랜스지방을 주사로 만들어서 한 주에 한 번 직접 혈관에 맞는 것이 훨씬 더 싸게 먹히지 않을까 생각하기도 했다. 로봇 점원들이 링거액처럼 조금씩 공급되는 배터리를 꽂고 카운터 뒤에 오글오글 모여 서 있고 크로퍼드가 매출이 늘었다며 좋아라 손바닥을 비비는 모습을 쉽게 상상할 수 있었다.

리사는 맞은편 거울을 통해 1월 세일에 몰려든 인파의 꼬리 끄트머리를 바라보았다. 그런 옥스에는 바깥으로 난 창문이 없어 날씨를 알고 싶으면 쇼핑객들의 옷차림을 봐야 했다. 오늘은 다들 미식축구 선수들처럼 입고 있었다. 심이 잔뜩 들어간 어깨와 서로를 들이받으려는 듯한 헤드기어 같은 것 말이다. 얼굴이 시뻘겋게 달아오른 몇몇 사람들은 껴입은 옷을 벗어 들고 있었고 서로 발이 걸려 비틀대는 모습이 갓 태어난 깡마른 망아지 같았다.

리사는 부모 뒤를 졸졸 쫓아가는 한 여자아이를 보았다. 아이는 펄럭거리는 술 장식이 달린 옷을 입고 있었다. 어딘가 케이트 미니를 생각나게 했다. 물론 케이트는 이제 아이가 아니었다. 어른이 되었을 것이고, 리사보다 두어 살 어릴 터였다. 그러나 리사는 이내 케이트를 두고 이런 상상은 불가능하다는 것을 깨달았다. 그녀의 머릿속에서 케이트는 항상 같은 이미지였다. 슬픈 빛을 띤 푸른 눈으로 누군가의 등뒤를 쫓던 진지한 소녀. 언제나 관찰하고 있었지.

케이트가 실종되었을 때 리사는 열두 살이었다. 그 아이는 어느 날 홀연히 집을 떠나 두 번 다시 돌아오지 않았다. 마치 엷은 공기 중으로 사라진 것 같았다. 아무도 목격한 사람이 없었다. 아무도. 리사와 케이트는 친구는 아니었다. 사실 거의 모르는 사이였다. 리사는 케이트를 아마 세 번쯤 보았을 것이다. 그러나 첫 만남은 아주 또렷하게 기억했다.

리사는 아버지 가게 밖에 서서 아버지를 기다리느라 지루해하고 있었다. 그러다 길을 따라 조금 떨어진 다른 가게의 문 앞에서 누가 주변을 흘끔거리며 서 있는 것을 보았다. 좀더 잘 보기 위해 리사가 그쪽으로 몸을 돌리자 그 사람은 냉큼 뒤로 물러났다. 몇 번을 그러고 난 뒤 결국 리사는 항복하고 뭔지 알아보려 직접 그쪽으로 걸어가고 말았다. 그녀는 여자아이를 발견했다. 그녀는 야구부츠에 동키재킷*을 입고 수첩을 들고 서 있었다. 그녀는 리사를 보자 화들짝 놀라며 수첩을 감추기 위해 허둥거렸다.

"너 뭐 해?" 리사가 말했다.

"아무것도 아냐." 케이트가 대답했다.

"아무것도 아니긴. 너 지금 나 염탐한 거야? 혹시 날 그렸니? 그렸으면 그거 나한테 줘야 돼. 난 내 얼굴에 대한 권리를 독점적으로 갖고 있고, 너한테는 그걸 함부로 사용할 권리가 없어. 그래도 그리겠다면 소송하는 수밖에. 명예훼손이나 무단 도용이나…… 음…… 그래, 초상권."

케이트는 멍한 표정으로 작게 말했다. "난 길 건너편 릭 아주머니네 연립주택을 보고 있었던 거야. 아줌마가 휴가 가느라 집을 비웠거든. 그래서 혹시 범죄를 꾸미는 수상한 사람이 없나 지켜보고 있던 거야."

리사는 케이트를 한참 쳐다보았다. 그리고 말했다. "뭐라고?"

"나쁜 사람이 불법으로 침입해서 릭 아주머니의 물건을 훔쳐갈 수도 있잖아."

---

* 길이가 짧고 단추가 달린 울 소재의 상의. 주로 옥외에서 일하는 사람들이 입던 영국 작업복.

리사는 잠시 마음속으로 이 이야기를 여러 번 되새겨보았다. "너 여기서 수첩 들고 얼마나 서 있었던 거야?"

"얼마 안 돼. 한 시간 반 정도. 아, 오늘은 그렇단 얘기야."

이 말을 듣자 리사는 머리가 핑 돌았다. "그리고 뭘 그렇게 적고 있는 거야?"

케이트는 순순히 수첩을 펼쳐 보여주었다. 가장자리에는 상세 목차가 적힌 색인 딱지가 다닥다닥 붙어 있었다. 케이트는 수첩을 휘리릭 넘기더니 어느 페이지를 펼쳐 조심스럽게 읽었다. "16시 03분 고양이가 앞쪽 정원에 있는 자기 화장실로 갔다."

"그게 다야?"

케이트는 다시 한번 그 페이지를 확인했다. "아직까지는 그래. 좀더 전에는 어떤 남자애가 세발자전거를 타고 지나갔는데, 그애는 용의 선상에서 뺐어. 겨우 세 살이더라고."

리사는 한자리에 꼼짝 않고 한 시간 반이나 서 있으면 어떤 기분일지 상상해보았지만 짐작조차 가지 않았다. 자신은 단 십 분만 꼼짝 말고 있으래도 고문받는 기분일 것이다.

케이트는 헛기침을 하며 말했다. "머리가 왜 그래?"

리사는 손을 올려 머리를 더듬었다. "응? 이상해? 눌리기라도 했어? 아님 삐뚤어졌나? 뭐가 어떻게 됐는데?"

"아니, 바짝 잘 서 있어서. 그냥 어떻게 했는지 궁금한 거야. 잠버릇이 독특한 거야? 아님 뭔가 특별한 음식을 먹어야 돼?"

리사가 지금까지 꿈꿔오던 질문이었다. "음, 일단 이 스타일을 만들 때 가장 중요한 건 머리를 너무 자주 감으면 안 된다는 거야.

안 그러면 머리가 하워드 존스*처럼 푸스스해져서 보는 사람마다 널 걷어차고 싶어하게 된다고. 삼사 일에 한 번씩 감는 게 좋아. 머리를 감은 다음에는 헤어젤을 있는 대로 잔뜩 짜서 바르고, 헤어드라이어로 아래서 위로 바람을 불어줘. 손질하면서 머리 맨 윗부분을 만져보면 아주 빳빳할 거야. 이게 가장 기본이 되는 매컬럭**, 일명 '맥' 스타일이야. 혹시 로버트 스미스*** 만큼 확 눈에 띄게 세우려면 머리카락을 가닥가닥 꼼꼼하게 거꾸로 빗어줘야 돼. 비누는 쓰지 마. 늙은 펑크족이나 머리 세운다고 비누 쓰는 거야. 더 익스플로이티드**** 멤버같이 보이고 싶은 건 아닐 거 아냐. 그다음에는 헤어스프레이를 뿌려. 쓸데없이 비싼 거 쓰지 마. 괜히 엘네트 같은 거 썼다간 고생만 할 거야. 싸고 끈적끈적한 게 좋아. 하모니가 괜찮아. 아, 그리고 기억해. 비는 쥐약이야."

케이트는 아주 관심을 기울이며 이야기를 들었다. 중간중간 몇몇 단어들을 알아듣기는 했지만 전체적으로 상당히 난해했다.

리사는 말을 이었다. "나처럼 하고 싶어? 원한다면 해줄 수도 있는데."

케이트는 아주 잠시 생각한 후 결론을 냈다. "아니, 괜찮아. 난 남의 눈을 끌면 안 되거든. 내 직업에는 별로 안 맞는 스타일인 것 같아."

---

* 영국의 유명한 가수.

** 영국의 록가수 이언 매컬럭.

*** 영국의 록밴드 더 큐어의 보컬.

**** 영국 스코틀랜드를 중심으로 활동하는 유명한 펑크밴드.

이 대답을 들은 리사는 몹시 황당했던 나머지 아버지가 마침내 가게에서 나온 것이 반가울 정도였다. 그녀는 케이트에게 더이상 아무 말 않고 바로 아버지 뒤를 따라갔다.

아직도 리사의 기억 속에는, 아버지의 차 뒷좌석에 앉아 어깨 너머로 뒤돌아본, 멀어지던 케이트의 모습이 뚜렷하게 남아 있다. 케이트는 수첩을 들고 해가 저물도록 그 자리에 못박힌 듯 서 있었다.

햄버거를 먹다 반이나 남긴 리사는 5층 유리 발코니에 몸을 기대고 서서 1층에서 돌아다니는 사람들의 머리를 내려다보았다. 아트리움 가장자리의 움직임은 빠르고 유동적이었다. 이 매장으로 들어가는 사람들과 저 매장에서 나오는 사람들이 그 액체 같은 흐름 속을 드나들었다. 중심에 가까워질수록 움직이는 속도는 점점 느려졌다. 여자 꾀러 온 십대들과 별 목적 없이 돌아다니는 어른들이 느릿느릿 한데 어우러져 있었다. 그들은 이 쇼핑몰에 제일 처음 입장한 사람들이자 마지막으로 나갈 사람들이었다. 마치 빙하의 종퇴석처럼 이곳에 고여 있는 사람들. 과연 저들이 쇼핑센터를 떠난 적이나 있는지 리사는 궁금했다. 그녀의 머릿속에는 이른 아침부터 우르르 몰려든 사람들이 어둡고 좁은 통로에 뭉쳐 있는 장면이 그려졌다. 그 모든 움직임의 한가운데에 경비원 한 명이 부동자세로 서 있었다. 그는 목을 뒤로 젖혀 어깨 너머 저 높은 곳의 유리 천장을 바라보고 있었다. 리사는 그의 슬픈 얼굴을 내려다보았다. 그들의 눈이 일 분간 마주쳤다. 발코니에 기대어 있던 리사는 살짝 현기증을 느꼈다. 그러고 보니 매장으로 돌아갈 시간이었다.

그린 옥스의 근로 환경은 썩 좋지 못했다. 1997년, 레저 랜드 글로벌 인베스트먼츠(세계 각지에 마흔두 개의 대형 쇼핑센터를 소유하고 있다)의 경영전략 목표에 따라 그린 옥스의 관리팀은 구천 명의 직원들에게 근로 환경을 조사하는 첫 연례 설문지를 돌렸다. 그러자 직원들의 불만족이 상당히 오래되었고 심각하기까지 하다는 사실이 밝혀졌다. 하지만 그 내용은 정작 설문 대상자들에게는 알려지지 않았고 나중엔 사회학과 대학생들의 학습 사례가 되어버렸다. 두번째 설문은 없었다.

그린 옥스가 가진 문제의 핵심은 고객의 환경과 직원의 환경 간의 넘을 수 없는 격차였다. 이곳은 쇼핑센터에서 한 단계 나아간 대형 레저 시설이 유럽 전역에 유행하기 시작할 무렵 지어졌다. 그린 옥스를 지은 건축가며 기획자들은 고객을 위해 다른 곳과 비교조차 불가능한 공간을 창조하려고 근사한 아이디어를 많이 냈다. 환경친화적인 휴식 공간, 인체공학적인 의자, 밝고 환기가 잘되는 중앙 아트리움, 근사한 분수와 연못, 편리한 주차장, 넓고 넉넉한 수의 화장실까지. 그러나 이와 대조적으로 매장 직원의 공간은 좁디좁았다. 매장 내의 판매 공간을 최대로 넓히기 위해서였다. 직원용 설비는 최악이었다. 부족한 화장실 수, 어두침침한 내부 공간, 낡고 효율 낮은 환기 시설과 난방설비, 벽돌이 노출된 흩벽, 늘 풍기는 하수구 냄새에 빈번한 시궁쥐의 출현까지. 직원들은 이것이 남아공의 옛 인종차별 정책만큼 심각하다고 느꼈다. 그럼에도 관리직들은 고객용 화장실 및 휴식공간을 사용하지 말라는 주의가 적힌 메모를 붙이곤 했다. 직원용 주차장은 나날이 센터와 더 먼 곳으로 옮겨갔다. 직원들은 매일매일 밝디밝은 중앙 아트리움으로 들어와 우중충한 관리자 구역으로 들어가야 했다. 리사는 지금 긴 잿빛 터널 같은 관리자 구역 복도를 걷고 있었다. 매장의 뒷문으로 들어가기 위해서였다.

유어 뮤직 매장은 총 다섯 개 층에 걸쳐 있었다. 그리고 매장 바로 위층에는 창고와 직원실이 있었다. 그녀는 걷는 속도를 높였다. 되도록 창고를 빨리 가로지르기 위해서였다. 창고에서 일하는 사람은 두 부류였다. 지나치게 상식이 없거나 비위생적이어서 차마 매장에 내보낼 수 없는 사람들이 그 첫째였고, 둘째는 하도 손님들 지갑이나 물건에 손을 대서 그들이 올바른 사회인이 된다고 믿느니 차라리 창고에 처박는 게 낫다고 윗선에서 판단한 사람들이었다. 일은 잘하지만 소심한 창고 관리인 헨리도 둘째 부류였다. 오늘은 둘째 부류의 사람들이 아무도 창고에 없었다. 대신 네 명의 열일곱 살짜리 아이들이 있었다. 동명이인 맷이 세 명, 그리고 키런이었다. 넷 다 개털같이 부스스한 장발이었고, 넷 다 온종일 미친듯이 시끄러운 뉴메탈 음악을 들으며 머리를 흔들어댔고, 넷 다 아주 간단한 지시 사항조차도 멋지게 망쳐놓았다. 리사는 엘리베이터가 오기를 기다렸다. 일전에 겪었던 난리통이 머릿속을 스쳐갔지만, 되도록 생각하지 않으려 애썼다. 오 분이 지났지만 그녀는 여전히 기다리고 있었다. 엘리베이터의 부서지는 듯한 쿵 소리와 그녀의 등뒤에서 들려올 비명에 반응하지 않기 위해 마음을 다잡았다.

고객에게는 층을 오르내리는 방법에 두 가지 선택권이 있었다. 넓고 깔끔한 계단, 아니면 좁아터진 엘리베이터였다. 대부분의 고객은 열심히 엘리베이터를 이용했다. 1980년대 초에나 유행하던 투명 엘리베이터이건만 고객들은 여전히 마음에 들어했다. 직원들에게는 그런 선택의 기회조차 없었다. 엘리베이터에 올라 특수한 비밀번호를 누르는 것이 짐을 싣고 7층으로 이동할 수 있는 유일한 방법이었다. 엘리베이터는 직원들에게 끊임없는 스트레스를 제공하는 애물단지였다. 고객의 요청이 직원들의 비밀번호보다 언제나 우선권을 갖고 있었기에 7층에 도착하기 전까지 예닐곱 번은 오르락내리락하는 이 갈리는 여정을 겪어야 했다. 그러다보니 몇몇 손님은 엉겁결에 7층까지 따라 올라오기도 했다. 보통 그런 손님들은 엘리베이터 문이 열리고 안내도에서는 보지 못했던, 그러니까 원래는 그들이 오면 안 되는 어딘가에 도착했다는 것을 깨닫고 몹시 놀라거나 공포에 질려 소리를 질러댔다. 그러나 주위에 벽돌 홑벽과 마분지 박스, 수축 포장기 들만 널려 있고 정작 안내도는 보이지 않는데도 잘못 왔다는 생각은 전혀 하지 않고 창고를 가로질러 〈터치 오브 프로스트〉의 DVD를 찾다가 직원들이 엘리베이터로 다시 데려가려 하면 화를 내는 손님도 가끔 있었다.

때로는 인간들의 일방적인 혐오감에 화를 내듯, 엘리베이터가 모든 층의 호출을 무시하고 초고속으로 낙하해 1층 아래 지하로 이어진 수직 통로로 떨어진 뒤 그 안에서 삼십 분을 토라져 있기도 했다. 언젠가 한번은 무려 두 시간이나 그런 적도 있었다('재수없는 키런'은 창고에서 내려가다가 이 경우에 딱 걸리고 말았다).

대부분의 직원이 한 번쯤은 이 엘리베이터의 심술에 당한 적이 있었고, 그래서 엘리베이터가 내려가기 시작하면 그 순간만은 한 명도 예외 없이, 지금 당장 케이블이 툭 끊어져 납작하게 짜부라지고 말 거라고 확신했다. 하지만 엘리베이터가 그 심술을 고객에게 부린다면? 그런 상황에서 고객들이 무슨 생각을 할지는 정말 상상도 하기 싫었다. 아주 드물긴 했지만, 1층 카운터 뒤에 서 있다보면 그 특별한 순간을 목격하곤 했다. 엘리베이터가 아래로 쑥 떨어지며 그 안에 탄 사람이 눈을 휘둥그레 뜨고 도와달라고 손을 마구 흔드는 모습이 유리벽 너머 찌그러진 형상으로 보이는 것이었다. 엘리베이터가 도착했다. 오늘은 안에 아무도 없었다. 리사는 크게 안심했다.

커트는 관리자 구역의 눈에 보이지 않는 평행우주 속을 천천히 순찰하고 있었다. 도관, 전선, 환기통, 두꺼비집, 보안 벽, 소방 호스 들이 몇 마일이나 뻗어 있었다. 희미한 빛을 내는 동굴 미로처럼, 텅 빈 하역장으로 가는 좁은 통로 또는 그 어느 곳으로도 통하지 않는 길들이 불쑥불쑥 나타나곤 했다. 모든 물건이 회색빛으로 번들거렸고, 뜨거운 먼지 냄새가 났다. 그는 벌써 몇 시간째 넋을 잃고 돌아다니고 있었다. 정해진 경로도 없이 모든 문손잡이를 하나하나 점검하는 행동만을 반복했다. 가끔은 멈춰 서서 센터 어디쯤에 있는지 가늠해보았지만 제대로 맞춘 적은 별로 없었다. 그는 길 잃는 것을 좋아했다. 쇼핑몰의 얽히고설킨 궤도 어딘가에 자신도 얽히는 것을 좋아했다.

그의 머릿속 기억의 결들 가장자리에 조심스레 손댈 수 있는 곳도 바로 이 복도들이었다. 낸시에 대한 많은 기억이 점점 희미해지고 있었다. 그는 이것이 좋은 일인지 나쁜 일인지 분간할 수 없었다. 아픔이 희미해지는 것은 반가웠다. 아니, 아픔은 그녀가 죽은 첫해에 이미 대부분 사라졌다. 하지만 그것은 일종의 거래였다. 아픔과 함께 소소한 추억들까지 사라져버렸으니까. 사람들은 말했다. '시간이 약'이라고. 하지만 그는 시간은 결코 약이 아니라는 걸 알게 되었다. 시간은 그저 풍화시키고 흩뜨려놓을 뿐이었다. 그런 것은 전혀 '약'이라고 부를 수 없었다. 그녀가 죽은 지 벌써 사 년이 흘렀다. 가끔 오후에 혼자 집에 있다보면 햇빛은 늘 그렇듯 침실 창문으로 쏟아져들어오고 레이스 커튼은 미풍에 흔들려 벽 위에 그림자를 드리웠다. 그럴 때면 사랑받았던 것 같은, 잠이 들고 깨는 순간 옆에 누운 이의 손을 꼬옥 쥐었던 것 같은 기억 혹은 느낌이 강하게 밀려들었다. 그 행복감을 되도록 오래 잡아두고 음미하려 애써보았지만 언제나 찰나로 끝나고 말았다. 대개 그가 떠올릴 수 있는 건 가장 소중한 기억들이었다. 그는 과거가 너무 많이 떠오르는 것이 두려웠다. 그렇게 자꾸 떠올리다 완전히 닳아 없어질까봐 겁이 났다. 이미 그녀의 웃는 모습이 어떠했는지 완전히 잊어버렸다. 이 모든 추억을 간직한 단 한 사람으로서 그는 묵직한 책임감을 느꼈다. 가끔은 그래서 더 미칠 것만 같았다. 마치 손안에 물을 담아두려 애쓰는 느낌이었다. 어디 안전한 곳에 이 추억을 잘 저장해둘 수 있으면 좋겠다고 그는 생각했다. 그녀가 실재했었다고 증명해주는 유일한 것은 그의 아파트에 가득 쌓인 그녀의 상자들뿐이었다. 그러나 그 상자들을 보면 기분이 좋지 않았다. 그것들은 그의 슬픔에 갈증을 더할 뿐이었다. 그 안에 있는 건 전부 빌어먹을 것들이었다. 열어볼 엄두조차 나지 않았다. 그녀의 이름이 또렷이 적힌 은행계좌 증명서 열 장이 돌돌 말린 채 굴러다니고 있었다. 아직도 그녀 앞으로 오는 광고우편물들이 상자 하나를 가득 메우고 있었다. 그녀의 죽음으로 길을 잃은 삶의 무수한 기회들. 그는 그것들을 소중히 모으고 관리했다. 누가, 왜 보내는 것인지는 알 수 없을지라도.

그는 계속 순찰했다. 많은 경비원들이 길게 뻗은 복도에서 귀신이 나온다고 생각했다. 그들은 문 두드리는 소리며 텅 빈 계단에서 누군가 소곤대는 소리를 듣곤 했다. 갑자기 한기가 돌거나 소방 호스가 덜커덕 풀리기도 했다. 커피를 마시는 동안 경비원들은 꼭 늙은 여자들처럼 서로 앞다투어 이런 이야기들을 풀어놓았고, 커트는 그저 가만히 듣고 있기만 했다. 다 시시껄렁한 이야기들뿐이었다. 커트는 복도를 서성일 때 비과학적인 것의 흔적은 느끼지 못했다. 하지만 종종 어떤 유의 거북함이 그를 채우곤 했다. 가끔 어느 모퉁이를 돌면 막다른 골목이 나타나곤 했는데, 눈앞에 창도 문도 없는 텅 빈 벽이 솟아나면 간이 콩알만해졌다. 그가 자란 낡은 집과 어린 시절의 악몽이 떠올랐기 때문이다. 누군가가 전속력으로 그의 뒤를 따라온 것 같은 느낌에 잠시 뒤돌아보는 게 두려워질 때도 있었다. 그는 벽을 등지고 몸을 돌리는 대신 뒷걸음질로 조심조심 그곳을 빠져나갔지만, 누가 보고 있다는 느낌은 질기게 달라붙었다. 귓속이 웅웅거리고 눈꺼풀이 무거워졌다. 그는 이렇게 묻곤 했다. "누구 있어요?" 그러나 그는 늘 아무 대답 없기를 바랐다.

오늘 밤 그는 몇 주 전 모니터에서 보았던 작은 여자아이를 생각하고 있었다. 경찰에 다시 전화를 해보아도 여전히 미아 신고가 없다는 대답만 돌아왔다. 아무래도 그 아이가 이 통로 어딘가에 그와 함께 있다는 느낌을 떨쳐버릴 수 없었다. 그 아이가 집에 돌아가기 전에 그가 먼저 찾아낼 수 있기를 바랄 뿐이었다.

커트는 피곤했다. 콘크리트 바닥에 주저앉아 잠시 졸 수도 있지만 썩 좋은 생각은 아니었다. 낸시가 죽은 후 그는 엄청나게 잠이 늘었다. 자고 싶은 만큼 절대 깨지 않고 잘 수 있는 경지에 이르렀다. 얼마나 잘지 결정하는 것이 문제였다. 첫해에는 일할 때와 먹을 때를 제외하고 모든 시간을 잠으로 보냈다. 밤중 내내 자는 것은 물론이요, 다음날이 쉬는 날이면 낮까지 선잠을 잤다.

잠도 중독된다는 것을 실감했지만 별로 개의치는 않았다. 그러나 점점 꿈과 현실 그리고 추억을 구분하는 것이 힘들어지기 시작했다. 그렇게 자다가 낸시에 대한 진짜 기억을 잊는 것은 아닐까 두려워졌다. 꿈은 얼마든지 그를 속일 수 있었다. 짐짓 진짜 추억인 양 행세할 수도, 역사를 가진 것처럼 허풍을 칠 수도 있었다. 심지어 꿈속에서 또다른 꿈을 꿀 수도 있었다. 이미 꿈이 뇌 속을 바이러스처럼 잠식하여 그의 마음 한쪽에 식민지를 건설했다는 것을, 꿈이 그렇게 뻗어나가 길을 내고 마침내 진실을 먹어들어가고 사실들을 지워버리고 있다는 것을 그는 뒤늦게 깨달았다. 이미 많은 부분이 사라져버렸다. 낸시와 둘이 시끄러운 바에 앉아 구석에서 사랑을 나누는 다른 커플의 모습을 애써 외면하려 했던 적이…… 있었던가? 어느 맑은 날 함께 숲속으로 놀러가 큰 얼음 덩어리가 반짝거리는 것을 바라본 적이…… 있었던가? 낸시를 알게 된 후 빨간 모자를 쓴 낸시의 모습이 계속 꿈에 나타난 적이…… 정말 있었던가? 아니면 어젯밤에 '빨간 모자를 쓴 낸시가 계속 나오는 꿈'에 대한 꿈을 꾼 것일까? 그는 등줄기가 서늘해짐을 느꼈다. 이 세 질문에 아무 대답도 할 수 없었기 때문이다. 이런 비몽사몽의 상태로 일 년을 보낸 후 그는 결국 의사를 찾았다. 의사는 그에게 전문가를 소개해주었고, 커트는 수면 클리닉에서 예닐곱 밤을 보냈다. 마지막 날 전문가들은 커트에게 자세한 설명을 해주었다. 그의 건강에는 문제가 없었다. 비록 그가 입면시 환각*의 증상을 보였지만 기면증은 아니었다. 숨소리가 고르므로 수면중 무호흡증도 아니었다. 무척 난처한 듯 그들은 '특발성 수면과다증'이라는 최종 진단을 내렸다. 한 상담의가 커트에게 말한 대로라면 그런 병명은 '모르겠습니다'의 과학적 표현에 불과했다. 그들이 추측해볼 수 있는 모든 가능성이 전부 탈락되었으니 말이다. 진단조차 불가능한 상태였다. 딱 한 가지 분명한 처방이 있었다. 의사는 커트에게 교대 근무를 그만두라고 했다. 그럴 수 없다면 하루에 여덟 시간만 자라고 했다. 결국 그는 그렇게 했다.

그후로 몇 달 동안은 무척 힘들었다. 책을 읽고 있노라면 어느

* 잠이 들려고 할 때 환청을 비롯한 이상감각을 느끼는 증상.

새 잠이 그의 주위를 느리게 휘감아 돌았다. 잠은 마치 그가 깨어 있는 양 속여댔다. 잠은 그에게 최고로 근사한 영화도 보여주었다. 그가 아무리 저항해도, 모든 중독이 그러하듯, 일 초 일 초가 다르게 삶이 잠식되어갔다. 그리고 사 년 동안 잠이란 그에게 가장 진부하면서 마음에 드는 답이었다.

밤에 복도를 지나다니며 그는 낸시를 기억했지만 어쩐지 상상처럼 느껴졌다. 가끔은 이 쇼핑센터에 들락거리는 사람들의 삶에 대해 상상했는데, 그것은 왠지 추억처럼 느껴졌다. 그는 두 가지를 똑바로 구분하려 애썼지만, 고약한 침투 현상이 모든 것을 망치곤 했다.

익명의 남자

동관 상층

나는 유어 뮤직에 불쑥 들어가 비디오 코너를 돌아볼 거다. 그래서 나쁠 건 없다. 비디오 코너를 잠시 지나치듯 돌아보긴 해도 카운터에 뭔가 물어보진 않을 거다. 어쨌든 그곳을 지나갈 거다. 내 갈 길을 가면 된다. 오늘은 특별한 볼일도 없다. 그래, WH스미스*에 들러서 신문을 하나 사도 좋겠다.

신문은 지금 옆에 있는 가게에서 사도 된다. 그러면 버스 요금

* 영국의 서점 체인.

을 아낄 수 있겠지. 하지만 들어가서 보기 전까지는 어떤 신문을 사야 할지 알 수 없다. 스미스에 있는 신문 가짓수는 정말 환상적이다. 아마 나는 〈미러〉를 사겠지. 어쨌든 선택의 폭은 넓다. 그리고 난 일상의 반복에서 좀 벗어날 필요가 있다. 저번에 클리닉에서 그 여자가 해준 말이다. 그 여자가 그랬다. '가끔은 좀 자신을 놀라게 해보세요. 틀을 깨세요.' 그래, 아마 오늘 난 그렇게 할 거다. 아마 오늘은 〈데일리 글리너〉나 〈모닝 스타〉, 아니면 〈런던 타임스〉, 어쩌면 〈맨체스터 가디언〉을 살지도. 그 여자가 나보고 더는 이 쇼핑센터에 오지 말라고 했지만, 그냥 슬쩍 지나가는 정도는 괜찮지 않을까. 신문 사러 가는 길에 잠깐 들러서 비디오 코너만 빨리 슬쩍 돌아보는 건 그 여자도 뭐라고 하지 않을 거다. 신문은 뭘 살지 아직 모르지만.

아, 난 정말이지, 새로 나온 비디오가 있는 거라고 생각했다. 하지만 막상 보니까 진열 순서를 바꾸었거나 누가 그 비디오를 집어 들었다가 엉뚱한 곳에 꽂은 모양이다. 어쩔 수 없이 걸음을 멈췄다. 내 기억엔 꼭대기 왼쪽에는 늘 노란색 표지의 4편이 꽂혀 있었는데, 오늘은 오렌지색 표지의 3편이 꽂혀 있었으니까. 난 걸음을 멈춰야 했다. 이렇지 않았으면 멈추지 않았을 텐데, 지금 이 상태는 분명 잘못된 거 아닌가. 비디오를 꺼내 원래 있어야 할 곳에 돌려놓았다. 난 비디오가 새로 출시된 거라고 생각했다. 그러나 나는 그들이 이제 새 비디오는 나오지 않는다고 말할 거라는 걸 안다. 지난번에도 그렇게 말했다. 그들은 매일 와서 확인해봐야 소용없다고, 그 시리즈는 더 나올 게 없다고 했다. 어쨌든 난 카운터에 물어보지 않을 거다. 새로 나온 게 있는지 물어보지 않을 거다. 지난번에 없을 거라고 이야기 들었으니.

오늘 물어보지 않기로 한 이유는 또 있다. 오늘은 카운터에 그 빨강머리 여자애가 있기 때문이다. 저번에 내가 물어본 사람이 저 여자였고, 저 여자는 한숨을 푹 쉬었다. 저 여자는 무척 버릇없었다. 저 여자가 나한테 그렇게 예의 없이 굴 권리는 없다. 나는 어디까지나 고객이니까. 나는 당당하게 그녀에게 새로 나온 게 있느냐고 물을 권리가 있다. 하지만 저 여자는 무척이나 버릇없었다. 아무 말도 하지 않았지만 눈빛만 봐도 느껴졌다. 저 여자가 한숨을 쉬는 순간 난 바로 눈치챘다. 음, 난 오늘 죽어도 저 여자한테는 물어보지 않을 거다. 아마 여기 있는 날 보고는 자기한테 와서 물어볼 거라고 예상하겠지만 나는 저 여자에게 보여줄 것이다. 자기가 나에 대해 쥐뿔도 모른다는 걸. 그리고 난 정말 아무것도 하지 않을 거라는 걸. 이제 난 신문 사러 간다. 뭘 살지는 모르겠다. 난 신문을 살 거고, 그다음엔 여길 다시 지나쳐 버스정류장으로 갈 거다. 저 계집앤 아마 점심을 먹고 있을 거다. 어쩌면 다리를 떠는 남자 녀석을 만날지도 모르겠다. 그 남잔 덜 무례하다. 내 생각엔 그 남자가 그 계집애보단 아는 게 더 많은 것 같다.

18

열한 살 때의 일이었다. 커트는 금요일 밤마다 집에 홀로 남겨졌다. 부모님은 클럽에, 누나는 제일 친한 친구 집에 놀러 가면 혼자 남은 그는 과자와 초콜릿을 배가 터지도록 먹었다. 운동화도 벗지 않고 소파에 누워 찰랑찰랑 넘칠 듯 콜라를 한 잔 따라서 들고는 〈더 프로페셔널스〉*를 보았다. 시끄러운 텔레비전 소리 속에서도 그는 다른 소리들을 들었다. 시곗바늘 소리, 냉장고 소음, 계단이 갈라지는 소리 등등. 그는 집이 자기를 지켜보고 있다고 확신했다. 이 방 저 방을 돌아다니며 불을 켰고 가끔은 소리를 지르기도 했지만 여전히 무서웠다. 그는 침대로 들어간 후 가물가물 잠 속으로 빠져들며 아버지가 잠긴 문을 열쇠로 여는 소리가 들리길 기다렸다. 이불 속에 있을 때도 누가 보고 있는 것만 같았다. 무언가 무

* 1970년대 영국의 텔레비전 시리즈.

자비한 존재가 그를 짓누르는 것만 같았다.

다음날 아침이면 그는 엄마에게 보디*가 차 한 대를 또 완전히 작살내놓았고, 부엌 리놀륨 바닥에서 도일**의 몸놀림을 흉내냈다고 시시콜콜 이야기했다. 하지만 집과 이상한 소음 그리고 그의 공포에 대한 이야기는 하지 않았다. 그다음 주 금요일이 되면 모든 일이 전과 똑같은 모습으로 벌어졌다.

그가 열두 살이 되었을 때 가족은 새집으로 이사했고, 이상한 일은 모두 멈추었다. 하지만 지금도 새벽 세시부터 다섯시까지, 지독하게 시간이 안 가는 시간대에 혼자 경비실에 앉아 있노라면 여전히 등뒤에서 이상한 소음을 듣거나 낸시가 함께 있는 듯한 냄새를 맡곤 했다. 그럴 때면 어린 시절 느꼈던 긴장감이 스멀스멀 돌아왔다.

커트는 정어리와 토마토 페이스트가 들어간 샌드위치를 먹으며 사무실의 검은 유리창에 비친 자기 모습을 바라보았다. 문득 궁금해졌다. 낸시가 죽은 후 그의 모습은 얼마나 변했을까. 머리숱은 전과 같았지만 약간 희끗희끗해진 것 같았다. 여전히 근심스러운 얼굴인데, 어쩌면 지금이 좀더 심할지도 모르겠다. 그는 신발을 보며 낸시가 마음에 들어했을까 궁금해했다. 알 수 없었다. 낸시가 좋아한 것과 싫어한 것의 경계선을 그는 종종 잘 알아보지 못했다. 그가 가게에서 긴가민가하며 점퍼를 하나 집어들면 그녀는 냉큼

---

* 〈더 프로페셔널스〉의 주인공.

** 보디의 동료.

빼어서 제자리에 돌려놓고 신경질을 내곤 했다. "어유, 솔기 좀 확인해!" 낸시 말에 따르면 커트에게는 물건을 꼼꼼하게 보는 눈이 없었다. 커트는 낸시에게 머리가 돈 것이 아니냐고, 늘 시시콜콜한 걸 갖고 트집을 잡는다고 화를 냈다. 언젠가 한번은 커트가 선물로 사준 블라우스를 낸시가 환불받아온 적도 있었다. 단춧구멍이 약간 비뚤어져 보인다는 것이 이유였다.

커트는 자신이 지금 신고 있는 신발을 사는 데 실수하지 않았을까 의심했다. 신발끈 꿰는 구멍의 배열이 왠지 미심쩍었다. 더는 스스로의 판단을 신용할 수 없지만, 이제 기댈 사람은 아무도 없었다.

리사가 매장에 도착해 보니, 매장을 가로지르는 열두 개의 판매대가 온통 퀸의 '그레이티스트 히츠' 1집과 2집으로 진열되어 있었다. 아침까지도 네 개였고, 그만큼도 리사는 충분히 많다고 생각했다. 그러나 크로퍼드의 단순한 변덕에 다른 의견은 모두 가뿐하게 묵살되었다. 그녀는 카운터에 약속보다 딱 오 분 늦게 도착했다. 동료 댄이 점심 먹으러 가는 동안 맡아주는 것이었다. 그녀의 첫 고객은 이마까지 눈썹을 높게 치켜 그린 중년 여자였다. "좀 보여주시겠어요?" 그녀는 이렇게 말했다. "퀸 어디 있어요?" 리사는 고객을 퀸의 매대 중 한 곳으로 데려다준 후 카운터로 돌아왔다. 그리고 그제야 저 손님은 앞이 안 보일지도 모른다는 생각이 퍼뜩 들었다. 저 이상하게 그린 눈썹을 보면 더더욱 명백했다. 리사는 가끔 어떤 손님들은 차라리 진짜 눈이 안 보이는 사람이었으면 좋겠다고 생각했다. "좀 보여주세요"라는 말은 하루에도 일고여덟 번은 들었다. 누군가에게 뭔가를 보여주는 것이 왜 이렇게 수고롭고 귀찮은지 스스로도 잘 이해되지 않았다. 인간은 왜 이렇게 게으른 것일까. 굳이 남을 끌고 가서 그 사람의 눈을 자기를 위해 써야 할까. 아니면 시력이라는 것이 유한한 자원이라서 자기 것은 좀 아껴야겠다는 신념이라도 있는 것일까.

나머지 시간은 그냥 평범한 토요일 오후처럼 흘러갔다. 흐릿하니 어떻게 지나갔는지도 알 수 없었다. 퀸 음반의 텔레비전 광고가 흑마술이라도 부리는 모양인지 사람들은 매장으로 허겁지겁 달려와 '그레이티스트 히츠' 앨범을 하나씩 움켜쥐곤 했다. 이 사람들은 지난밤 텔레비전에서 이 앨범에 대한 새 광고를 처음 봤겠지만, 앨범은 사실 나온 지 벌써 몇 년이나 지난 것이었다. 샀어도 벌써 샀어야 맞았다. 매장을 넘나드는 인간들의 밀물과 썰물을 보며 리사는 조금 무서워졌다. 말 많고 말썽 많은 인간들을 일일이 상대하는 것이 끔찍했다.

리사의 머릿속 한구석은 자동 접객 상태로 돌아갔고, 나머지 부분은 언제나처럼 자유롭게 떠돌았다. 요즘 그녀는 부쩍 오빠 생각을 많이 했다. 아마 이십 년째 되는 날이 다가오기 때문일 터였다. 아니면 그냥 자연스럽게 생각나는 시기가 돌아왔기 때문일 수도 있고. 그녀는 몰려드는 손님들 가운데서 오빠의 얼굴을 찾아보았다. 하지만 이제는 기억 속 오빠의 모습조차 희미해 지금 어떤 모습이 되어 있을까 상상하는 것은 거의 불가능했다.

대부분의 사람은 한 존재가 그렇게 완벽하게 사라지는 것이 무척 드물고 어려운 일이라 생각할 것이다. 살아서든 죽어서든, 아니면 종교에 아주 푹 빠진 채이거나 뭔가 안 좋은 약에 절어서라도, 언젠가는 반드시 발견된다고 사람들은 믿는다. 그러나 리사는 살면서 그렇지 않은 실종을 벌써 두 번이나 겪었다. 첫번째는 케이트 미니. 그리고 이내 그녀의 오빠가 사라졌다.

리사에게 실종이란 생경한 사건이 아니었다. 살다보면 어느 날 갑자기 주위 사람이 없어질 수도 있는 것이다. 남자친구인 에드가 클럽에서 좀 늦게 돌아오기라도 하면 그녀는 그가 영원히 사라져버린 것이 아닐까 생각하곤 했다. 세상 어딘가의 균열에 빠져 두 번 다시 돌아오지 못할 수도 있었다. 그녀가 에드에 대해 정말로 두려워하는 것은 그가 사라지더라도 자신이 눈치조차 채지 못할지도 모른다는 것이었다. 대부분의 나날 동안 그의 존재는 그녀의 마음 한구석에 간신히 붙어 있는 정도였다. 그만큼 오빠의 부재는 견딜 수 없을 만큼 컸다. 그녀의 어느 한 부분이 뚝 떨어져나간 기분이었다. 무방비한 상태로 버려진 느낌이었다. 그녀는 아버지와 마찬가지로 삶의 한 귀퉁이로 도망쳐 숨어버렸다. 되도록 바쁘게 살았다. 에이드리언에 대한 생각은 덜 하려고 애썼다. 리사는 매일매일 억지로 학교에 가고 숙제를 해서 제출하고 시키는 대로 프랑스어를 공부하고 버스에 혼자 앉아 집에 돌아왔다. 그녀의 아버지는 손님들을 상대하고 도매상에 물건을 떼러 가고 주방에서 과자를 먹으며 산더미 같은 동전 무더기를 셌다. 반면에 어머니는 새롭게 태어나 예수와 미심쩍게 생긴 동네 오순절교회 목사에게 자신의 삶을 맡겼다.

리사도 이제는 알았다. 실종이라는 것이 그다지 드문 일이 아니라는 것을. 매해 만 명이나 되는 사람들이 사라진다고 했다. 그녀의 오빠는 지금 '국립 실종자 상담 웹사이트'의 깊은 곳에 묻혀 있었다. 매일 갱신되는 수수께끼 같은 사람들의 사진 때문에 오빠의 낡은 사진은 점점 더 깊은 곳으로 묻혀갔다. 페이지를 뒤로 넘겨보면 사람들의 머리 스타일과 옷깃의 크기가 바뀌어가는 것이 눈에 띄었다. 사진들을 끝없이 뒤로 넘기면 얼굴이 뽀얀 빅토리아 시대 아이들이나 청교도혁명 때의 탈영병마저 나오는 것이 아닐까 하는 생각이 들었다. 생기 없는 눈을 한 사람들의 헤아릴 수 없이 많은 사진들이 리사의 앞을 스쳐갔다. 에이드리언의 사진은 케이트 미니와 같은 페이지에 있었다. 매해 생일이면 리사는 오빠로부터 다양한 음악이 녹음된 편집 테이프를 하나 받았다. 글자 한 자, 주소 한 줄 없었고, 선곡에도 숨은 메시지는 없었다. 그저 오빠가 죽지 않고 살아 있다는 것만 전해줄 뿐.

사람들은—경찰을 포함해서—리사의 오빠가 케이트 미니의 실종에 책임이 있다고 믿었다. 그 아이는 지금 살아 있지 않으며, 그 때문에 리사의 오빠도 나타나지 않는다는 것이었다. 그러나 리사는 단 한 번도 오빠를 의심해본 적이 없었다.

비록 몇 번 보지 못했지만 케이트 미니는 리사네 가게에서 살다시피 하던 아이였다. 케이트와 에이드리언은 무척 사이가 좋았다. 둘은 종종 함께 시간을 보냈다. 리사는 스물두 살 먹은 어른과 열

살 먹은 아이가 친구로 지내는 것이 이상하다는 생각을 단 한 번도 해본 적이 없었다. 대학을 다닌 오빠가 신문 팔고 과자 파는 작은 가게에서 일하기를 택한 것도 이상하다고 생각하지 않았다. 아마 아버지의 생각은 달랐을 것이다. 그러나 리사는 오빠가 이상하다고 결코 생각하지 않았다.

1984년 12월 7일 에이드리언과 케이트 미니가 버밍엄 시내 불 스트리트에서 버스를 타는 모습이 목격되었다. 그후 케이트를 본 사람은 아무도 없었다. 둘이 함께 버스에 탄 것을 본 목격자는 많고 다양했다. 여자아이는 마지못해 버스에서 내렸고, 남자가 그녀의 팔을 잡고 거칠게 끌고 갔다고 기억하는 사람도 있었다. 이에 대해 에이드리언은 자신이 케이트를 일류 기숙학교인 레드스푼의 입학시험 보호자로 동행한 거라고 대답했다. 그는 케이트가 너무도 시험을 치기 싫어해서 도움을 주기 위해 같이 간 거라고 말했다. 그녀가 기다리지 말라고 고집해서 더는 기다리지 않았다고 했다. 그러나 학교 문 앞까지는 데려갔고, 아이가 학교 안으로 잘 걸어들어가는지 지켜보았다고 했다. 그런데 그의 진술은 사실과 모순되었다. 케이트는 레드스푼의 시험장에 나타나지 않았으며 학교는 그녀로부터 그 어떤 시험지도 서류도 받은 적이 없었다.

리사는 이런 사실들을 여러 번 들었다. 신문에서 정말 끔찍한 것을 읽은 적도 있었다. 집 벽에 누가 못된 낙서를 하기도 했다. 그럼에도 그녀는 꿈쩍도 하지 않았다. 다른 사람들이 틀린 것이다. 리사의 믿음이 절대로 옳았다. 절대 단 한 번도 오빠를 의심하지 않았다. 그녀는 실제로 케이트에게 어떤 일이 일어난 것인지 상상해

보기도 했다. 누군가 학교 앞에서 그녀를 감쪽같이 납치해간 것이 아닐까. 악독한 수위, 살인범 관리인 같은 사람들이 말이다. 이런 시나리오들 중에 어느 하나 진실로 드러나지 않았지만 그녀는 절대 오빠를 수상하게 여기지 않았다.

한 중년 남자가 매장 한가운데서 헤매는 것을 보고 그녀는 재빨리 현실로 돌아왔다. 줄을 선 사람들이 너무 많아서 카운터를 떠날 수 없었다. 남자가 무기력하게 다른 쇼핑객들에게 이리저리 치이는 모습을 보면서도 그녀는 아무것도 해줄 수 없었다. 건달 수염을 기른 사내아이가 그 남자에게 고의로 부딪쳐놓고도 사람 지나다니는 데 멍청하게 서 있다며 욕하는 모습이 그녀의 눈에 들어왔다. 프레디 머큐리는 우리 모두가 챔피언이라고 외치고 있었다.* 리사와 저 길 잃은 사내는 그렇지 않다는 걸 알고 있었다.

* 프레디 머큐리는 그룹 퀸의 멤버. '우리 모두가 챔피언'은 퀸의 노래 가사.

19

커트와 이름이 같은 그의 아버지는 자녀 교육에 대한 기대와 열의가 대단한 사람이었다. 커트와 그의 누나는 동네의 다른 부모들에게 가정교육의 모범 사례였었다. 예의바르고 조용하고 깔끔한 아이들이라고. 커트의 아버지는 과묵한 사나이였고 동네의 다른 남자들과 마찬가지로 지역의 산업구조가 바뀌자 일자리를 잃었다. 처음 일했던 가스회사도, 그다음으로 일한 석탄회사도 망했다. 그 후로도 커트의 아버지가 일한 공장들은 아주 대규모의 기계제조공장마저 예외 없이 문을 닫았다. 그러나 다른 이들과는 달리 커트의 아버지는 꿋꿋하게 제조업에서만 일자리를 찾았다. 아버지 말로는 그런 것이 '진짜 일'이었다. 아버지는 매일 아침 네시 삼십분에 일어나 두 시간 동안 버스를 타고 버밍엄 외곽에 있는 공장으로 출근했다. 구시대 사나이였다. 아버지는 열심히 일했다. 여자들에게 친절했다. 아이들에게는 어른을 존경할 것을 기대했다. 아버지가 어머니와 함께 쇼핑하는 모습은 절대 볼 수 없었다.

어머니 팻은 아버지와 비교하면 상냥하고 착한 편이었고, 아버지와는 모든 면에서 달랐다. 무엇을 부탁하든 거의 반드시 이런 대답이 돌아왔다. "네 아버지한테 해달라고 해라." 아버지가 모든 것을 결정했고, 한번 결정이 내려지면 절대 이의를 제기할 수 없었다. 가족들은 아버지를 무서워했다. 아버지는 컨트리음악과 서부극 광이었다. 삶의 모든 면들에 대해 그러했듯, 아버지는 컨트리음악에 대해서도 철저하게 진지한 자세로 임했다. 매주 금요일 밤이면 아버지는 어머니를 데리고 지역의 노동자 클럽으로 갔다. 그곳에는 모두가 컨트리풍 옷차림을 하고 짐 리브스나 팻시 클라인의 노래에 맞춰 춤을 추었다. 아버지는 절대 후줄근한 옷차림을 허용하지 않았다. 검은색 웨스턴 셔츠를 칼같이 다려 입고, 검은색 카우보이 모자에 붙은 금속판들을 반들반들 닦아서 쓴 후 집을 나섰다. 클럽에서는 테네시 왈츠를 비롯한 여러 중간 템포의 곡에 맞춰 뻣뻣하지만 정확한 스텝과 동작으로 춤을 추었다. 언제나 꼭 한 곡은 미망인 글리슨 부인과 함께 추었다. 그는 신사였으니까.

그런 남자의 자식으로 살아간다는 것은 커트나 누나 둘 모두에게 버거운 짐이었다. 누나는 조금 더 극적인 길을 택했지만, 커트의 반란이란 무단결석처럼 사소하고 개인적인 자유 추구 정도였다. 열번째 생일을 전후하여 그는 가끔 학교를 빠졌다. 부모님은 알지 못했다. 병원 진단서를 위조하고, 언제나 눈에 띄지 않는 선에서 결석했기 때문이다.

학교에서 벗어나는 것은 그를 둘러싼 이들의 기대를 벗어나는 것을 뜻했다. 부모의 그늘을 벗어나 독립적인 한 사람으로 존재할 수 있는 유일한 기회였다. 그는 아버지에게 대놓고 반항하지 못했다. 혼자서 삭일 뿐이었다. 아버지 생각만 하면 창피함에 속이 뒤집어질 지경이었지만, 그래도 아버지의 존재는 절대적이었다. 그러던 어느 날, 지금은 왜 그랬는지 기억도 나지 않지만, 이러다 곧 덜미를 잡히겠다는 불길한 예감에 사로잡혔다. 두려움에 떨던 그는 이내 사소한 무단결석마저 그만두고 말았다.

그전까지 커트는 학교를 빠지는 날이면 동네를 둘러싸고 있는 적막한 폐공장 터로 가서 어슬렁거리곤 했다. 낡은 가스회사의 폐가스탱크, 냉각탑, 텅 빈 공장, 이상한 색깔의 액체 웅덩이, 검은색 벽돌로 지은 임시 막사, 운하, 기찻길이 없는 제방 들을 마음껏 돌아다녔다. 어떤 공장은 완전히 무너졌고, 어떤 공장은 반만 무너져 있었다. 냉각탑도 자칫 폭발할 위험이 있어 벽돌 하나하나를 조심스럽게 해체하고 있었다. 커트의 아버지며 동네의 남자들은 이 공장터에서 자라고 일했다. 그들의 모습이 보이지 않는 그곳 풍경에는 무언가 강한 비애가 느껴졌다. 오후는 느리고 조용하게 흘러갔다. 커트는 내내 그 일대를 돌아다녔지만 잡초와 벽돌 사이에서 사람의 흔적은 단 하나도 보이지 않았다. 그는 벽에 난 창문이며 구멍들을 오르내리다 녹슨 쇳조각들이 잔뜩 버려진 커다란 시멘트 언덕을 하나 찾아내 독특한 모양의 쇳조각들을 주머니에 가득 챙겼다. 그리고 건물의 골과 모퉁이가 만들어낸 굴들에 자신만의 기지를 만들며 그 공간을 마음껏 누렸다. 그는 전선의 금속 코일 위로 바람이 스쳐지나며 만들어내는 소리가 무척 좋았다. 공기에 섞인 암모니아 냄새도 무척 좋았다. 이 지구상에 남은 단 한 명의 인간이 된 듯한 그 기분을 그는 진실로 사랑했다. 그는 칠이 벗겨진 벽을 향해 아무 말이나 소리지르곤 했다. 가끔 사나워 보이는 개들에게 돌멩이를 던져야 했지만, 그게 다였다.

롱 에이커에 있던 폐공장 마당의 콘크리트포장 위에는 네모진 구멍이 뚫려 있었다. 구멍 한쪽에는 어둠으로 인도하는 듯한 녹슨 철제 사다리가 고정되어 있었다. 커트는 자주 그리고 오랫동안 그 구멍 안을 들여다보곤 했다. 내려가보고 싶긴 했지만, 그전에 먼저 위험한 것이 없는지 알아볼 필요가 있었다. 그래서 구멍 위에 엎드려 깊은 어둠을 내려다보며 무언가가 나타나기를 기다렸다. 가끔은 햇빛이 위치를 바꾸어 저 깊은 곳까지 빛 한줄기를 내려주기도 했지만, 사다리의 끝은 결코 보이지 않았다. 방공호인지, 아니면 위험한 화학약품을 보관했던 곳인지, 그것도 아니면 게으른 직원들을 벌주던 방인지 커트는 알고 싶었다. 혹시 보물이 있는 것은 아닐까 궁금하기도 했다.

어느 날 그는 주방 싱크대 아래에서 아버지의 손전등을 몰래 꺼내어 들고 그곳으로 갔다. 전등으로 구멍 아래를 비춰봤지만 얼마나 깊은지 알 수 없었다. 그는 사다리를 타고 천천히 아래로 내려가기 시작했다. 하지만 막상 그 아찔한 깊이를 실감하자 손이나 손전등을 자유롭게 쓸 수 없는 자세로 어둠으로 빠져드는 것이 너무도 무서워지기 시작했다. 그는 거의 사다리를 미끄러지다시피 하여 빠른 속도로 내려갔다. 쿵 하는 충격과 함께 드디어 바닥에 발이 닿았다. 그는 손전등을 비추었다. 그곳은 거의 교실 하나만했다. 축축한 냄새가 가득했고 무척이나 추웠다. 종잇조각이 바닥에 잔뜩 널려 있었다. 커트는 두어 장을 집어 손전등으로 비춰보았다. 낡은 설계도였다. 기계 도면이며 수식들이 누렇게 변한 종이 위에 잔뜩 그려져 있었다. 아무것도 쓰여 있지 않은 낡은 칠판, 기계 조각, 망가진 우산 들. 흩어져 있는 물건들 사이에서 일관성은 찾을 수 없었다. 그는 천천히 맞은편 끝까지 걸어가보았다. 맥주 캔 같은, 최근까지 누군가 살았다는 흔적은 전혀 보이지 않았다. 커트는 확신했다. 그는 유적을 발견한 것이다. 이 멸망한 왕국을 횡단한 최초의 모험가가 된 것이다. 그는 고개를 들어 입구 쪽을 보았다가 경악하고 말았다. 손전등의 빛살이 거기까지 닿지 않았기 때문이다. 지금 그의 눈에 보이는 것이라곤 빠져나갈 구석 없는 버려진 방뿐이었다. 문득 머릿속에 떠오른 생각에 그는 전율했다. 이 순간 세상 그 누구도 그가 어디 있는지 모를 것이다. 그는 완전히 숨겨졌다. 이 지구상에서 완벽하게 사라져버렸다. 그런 생각이 들자 갑자기 숨이 막혀오며 참기 힘들어졌다. 그 생각이 머릿속을 가득 메우는 찰나 손전등의 배터리가 떨어져버렸다. 완벽한 어둠이 그를 감쌌고, 아주 잠시 그는 자신이 죽었다고 생각했다. 그는 무턱대고 도망치기 시작했다. 몇 초 동안 버둥거린 후 그는 사다리 끝을 잡았고, 무릎이 벗겨지는 줄도 모르고 부리나케 올라갔다. 무언가 무섭고 사악한 기운이 그의 다리를 자꾸만 잡아끄는 것 같았다.

죽음이었다. 그 일이 있은 후 그는 그 구멍을 죽음이라고 생각했다. 죽음이라는 것이 무엇인지 보여주는 곳이었다. 그는 구멍 입구를 버려진 판자로 막고 그 위에 돌멩이를 얹었다. 그후로 그곳을 지나칠 때면 그는 자신의 발밑에 무엇이 있는지 완벽하게 인식했다.

커트는 자신의 비밀 장소이자 온전히 그만의 놀이터였던 폐공장터가 조만간 사라질 거라는 걸 알게 되었다. 그는 공장터에 비계가 세워졌다가 다시 해체되는 모습을 지켜보았다. 몇백 야드 떨어진 곳에 새로운 쇼핑센터가 세워질 예정이었다. 벌써부터 그의 아버지는 가족들에게 그린 옥스의 출입을 금지했다. 쇼핑센터는 바로 그의 옛 공장터에 세워지는 것이었다. 여자들이 일하고 여자들이 물건을 사고 아무것도 생산하지 않는 장소가 다름 아닌 그곳에 세워지는 것을 커트의 아버지는 철저한 모독으로 여겼다. 그러나 커트는 그 안이 궁금했다. 유령이 있는 것은 아닐까 궁금했다.

댄은 후닥닥 직원실로 뛰어들어왔다.

"이런 씨팔! 그 거지 같은 엘리베이터, 타고 내려가는 데만 십 분이나 걸렸어! 원숭이 같은 고객들이 모든 층의 버튼을 다 눌러 놓고는 엘리베이터가 멈출 때마다 병신같이 고개를 갸우뚱거리면서 문이 열리면 지금 자기네가 어떤 매장에 와 있는지 서로 묻고 묻고 또 묻는 거야. 아니, 문 열리면 허블망원경으로 보는 풍경이라도 나올 줄 알았나.

여기가 어딘가요? 게임센터 층인가요? 모르겠어요. 4층이라는데요. 4층요?

빌어먹을! 이 인간들이 나중에 문은 제대로 찾아서 나갈까? 그래서 결국 어찌어찌 1층에 내려갔지. 개떼같이 매대로 몰려드는 인간들이랑 싸우다시피 헤쳐나가서 간신히 막스 앤드 스펜서까지 걸어갔어. 거기 계산대에 히피 같은 년이 하나 있는데, 일을 더럽게 못하는 거야. 세상에 봉투 하나 꺼내서 샌드위치 하나 넣는 데 사십 초나 걸리는 거 있지. 씨팔, 이게 말이 돼? 얼마나 짜증나던지 심장마비 오는 줄 알았다고. 왜 그딴 년이 계산대에서 일하는 거지? 아니 세상에 네모난 비닐봉지에 세모난 플라스틱 상자를 넣는, 그딴 일도 못하는 인간이 어딨느냐고. 어디서 고무장갑이라도 하나 끼고 와서 일하든지, 아님 아예 그딴 손 잘라버리든지. 그딴 손 있어봐야 뭐에 쓰겠어? 그렇게 한 십억 년 눈물나게 버벅대는 꼴을 보고서야 간신히 샌드위치가 내 손에 들어왔다고. 그리고 또 그 지랄 맞은 엘리베이터를 견뎌주면서 돌아왔지. 이제 내 점심시간은 정확히 이십 분 남았어. 신께 맹세하건대, 냉장고 안에 우유가 없다면 녹슨 숟가락으로 내 좆을 잘라버릴 거야."

"우유 없어." 리사가 감정 없는 목소리로 말했다.

댄은 그저 눈만 껌벅이더니 한숨을 푹 쉬고는 맞은편 의자에 주저앉아 테이블 위로 철퍽 엎어졌다.

직원실은 넘쳐나는 쓰레기로 퀴퀴한 냄새가 났다. 켄터키 프라이드 치킨의 잔해가 바닥에 널브러져 청소부들의 손길을 기다리고 있었다. "점심은 뭐 사 왔어?" 리사가 물었다.

댄은 고개를 들지 않고 대답했다. "페스토와 파마산 맛 케틀 칩스, 브리 치즈랑 포도가 들어간 샌드위치, '크고 진하고 부드러운'…… 어, 스무디, 디저트로 슈크림 한 그릇."

"세상에. 네가 칼리굴라*냐?"

댄은 머리를 들어 주위를 둘러보았다. "그래. 썩은 패스트푸드의 향기에 환장하시는 위대한 칼리굴라님이시다. 어쩔래. 너무 멋져서 미안하구나. 여기서 일하는 건, 특히 토요일에 일하는 건 먹을 걸로 사람 기죽이는 무자비한 즐거움을 경험할 좋은 찬스지. 오늘은 뭐 먹어?" 댄은 어느새 리사의 빈약하고 칙칙한 빛깔의 샌드위치를 쳐다보고 있었다. "제기랄, 세상천지에. 피시 페이스트? 미쳤냐? 전쟁은 끝났어. 식량배급 타 먹던 시대가 아니라고. 사무실에 지랄 좀 하지그래? 아니, 매니저들은 점심시간 세 시간씩 쓰는 거 아니었어?"

리사는 빙긋 웃었다. "나 이중 스파이잖아. 이렇게 너희랑 싸구려나 먹으면서 친한 척하다 나중에 윗사람들한테 어떤 놈이 말이 많고 투덜거린다는 거 다 일러바치거든. 그렇게 반골들을 줄창 팔아먹은 덕에 내가 지금 이 자리까지 온 거야."

"이런 제길." 댄은 뜻밖이라는 듯 말했다.

"그래서 오늘은 어떻게 지내셨어?" 리사가 물었다.

"만날 그렇지 뭐. 인간 구경하기 제일 좋은 기회랄까. 어떤 날은 그냥 평범하게 미친 인간이 그리울 때가 있다니까. 그런 거 있잖아. 오늘 〈온 더 버시즈〉** 못 볼까봐 안절부절못하는 강박장애 같은 거. 그 정도는 완전히 제정신이야. 나머지는 더 가관이라고. 자

* 로마의 폭군 황제. 대식가로 유명.

** 1970년대 초에 방영된 영국의 시트콤.

기가 사려는 CD가 지난주에는 더 쌌다면서 투덜대는 손님들을 사백십칠 명은 본 것 같아. 그러면 내가 설명을 해. 지난주 화요일에 세일이 끝나서 그렇습니다, 라고 말이야. 그럼 단 한 명도 예외 없이 날 멍하니 쳐다보고는 눈을 끔벅이면서 이러는 거야. '전 지금 살 건데요.' 그럼 내가 또 최대한 예의바르게 다시 설명해. '손님, 죄송하지만 지금은 정가에 판매하고 있습니다. 화요일에 오셨으면 그때 사지 그러셨어요. 그날은 매장에 가로세로 십오 피트짜리 현수막도 붙어 있었잖아요. 오늘이 할인 마지막 날입니다, 라는 내용의 현수막 말이에요.' 그러면 말이야, 정말 날 돌게 만드는 소리를 하는 거야. 뭐라는 줄 알아? '그거 위법 아니에요?'

이게 무슨 개소리야? 세상천지에 그런 개똥 같은 법이 어디 있는데? 〈와치독〉*을 너무 많이 봐서 미친 거 아닌가 몰라. 그런 말도 안 되는 생각은 좀 버리는 게 좋을 텐데. 근데 최고는 말이지, 겉으로는 가만히 있고 속으로 웃는 나 자신이야. 그 인간들 너무 멍청하잖아. 우리 매장에서 일 년 중에 할인 없는 날은 팔 일뿐이란 말이야. 그리고 바로 내일 또 할인을 시작한단 말이지. 난 손님이 가만히 서서 떠드는 거 그냥 들어주고 말아버려. 별로 신경 쓰이지도 않아. 창고 안에 바로 그 CD가 천오백 장이나 쌓여 있고, 조만간 새로운 디자인의 할인 스티커만 한 장 붙여서 다시 매장에 등장할 거라는 걸 다 알고 있으니까. 뭐 분위기 좋았으면 얘기해줬을 수도 있겠지. 하지만 지금은 절대 아니지."

---

* 영국의 소비자 고발 텔레비전 프로그램.

"어이고, 이겨서 좋으시겠어." 리사가 말했다. 그러나 댄은 무시했다.

"그러더니 근사하게 입은 여자 하나가 카운터로 와서 나한테 물어보는 거야. 왠지 모르게 그 여자 처음부터 잘해주고 싶더라고. 그렇게 만드는 뭔가가 있어. 얼굴 표정도 괜찮았고. 뭐랄까, 따지러 온 얼굴은 아니었어. 어쨌든 그 여자가 뭔가 물어보는데, 이건 뭔 소리인지. 인간의 언어가 아닌 거야. 치과에서 뭔 치료를 받는 건지, 아님 귀가 안 들리는 건지, 언어장애가 있는 건지, 뭐 하여간…… 뭐, 나랑은 상관없는 얘기지만. 난 그저 할인 가지고 트집 안 잡는 누군가를 돕는다는 게 즐거웠어. 그래서 두세 번 다시 말해달라고 부탁했지. 난처하더라. 아니 하나하나 뜯어보면 대충 알겠는데, 문장으로 만들어놓으면 도통 뭔 뜻인지 감이 안 잡히는 거야. 그래서 계속 사과하다가, 결국은 이거 펜이랑 종이를 쓰면 될까, 하는 생각이 들었어. 버럭 화내는 건 아닌지, 혹시 모욕적이거나 무신경하다고 느끼는 건 아닌지 별생각이 다 들었지. 하지만 상황은 계속 절망적이지, 줄은 점점 길어지지, 어쩌겠어. 결국 난 펜하고 종이를 건네줬지. 그러니까 이 여자 얼굴이 환해지더라고. '어머나, 내가 왜 이 생각을 못했지?' 하면서 종이에 적어내려가더라. 난 자신을 칭찬해주고 싶었어. 이 세상엔 아직 내 시간을 써서 도와줄 가치가 있는 착한 사람들이 많구나, 하는 생각도 들더라고. 그 여자가 다 적고 나서는 씩 웃으면서 나한테 종이를 건네줬지. 그리고 나도 씩 웃어주고 그 종이에 쓰인 걸 봤어. '무서운 영화인데 영화가 아닌 비디오'라나."

"뭐라고?" 리사가 물었다.

"무서운 영화인데 영화가 아닌 비디오라니까. 사실 그 여자가 말로 할 때 내가 들은 것도 그거였어. 그러고 나서는 그 여자가 뭔가를 기대하는 얼굴로 날 쳐다보더라. 고개도 끄덕끄덕하는 게, '이제 알겠죠?'라는 본새로 딱."

"그래서 어떻게 했어?"

"나도 고개를 끄덕였지 뭐. 다 이해하고 다 알겠다는 듯이. 그리고 그 여자한테 이야기해줬어. '6층 가셔서 마이크라는 친구한테 물어보세요'라고."

익명의 청소년

몰 상층의 3구역

지금은 오후 세시. 세시. 우리는 지금 위층 발코니에 기대어 있다. 아래쪽을 보니 여자애들 몇 명이 배스킨라빈스 옆에 서 있다. 네 명이다. 한 명은 브리트니 스피어스가 이 년 전에 했던 스타일의 머리를 하고 있다. 얼굴을 짝퉁 버버리 스카프로 반쯤 가리고 있지만 예쁘다는 건 충분히 알 수 있다. 그애는 휴대전화를 손에 쥐고 확인하고 있고 나머지 셋은 그애를 둘러싸고 깔깔대고 있다. 뭔가 더러운 말을 문자로 받은 것 같다. 꽤 충격받은 척하지만 여전히 좋다고 웃어대고 있다. 마치 닌자처럼 눈만 빼꼼히 내놓고 있긴 하지만, 예쁘긴 참 예쁘다. 토드가 좋아하는 스타일이다.

아마 그 자식이 저 여자애를 직접 보면 당장 그렇게 말할 것이다. 그리고 토드는 저 피부가 거무스름한 여자애를 두고 키온이 좋아하는 타입이라고 말하겠지. 게리 타입은 저 키 큰 여자애, 그리고 나를 보며 니 타입은 누군지 잘 모르겠다고 하겠지. 나는 아무한테도 관심 없다고 할 것이다. 왜냐면 난 네 명 다 봤고, 그애 말고 다른 애들은 하나도 안 예쁘니까. 스카프는 저런 여자애들이 둘러야 되는데. 지금 우리는 그애들 맞은편 복도에 서 있고 그애들은 우리를 보고 있다. 토드는 키온과 싸우는 척하고 씨팔씨팔거리며 키온보고 개새끼니 씹새끼니 평소보다 큰 소리로 떠들어대고 있다. 나는 짝퉁 버버리 스카프를 매지 않았지만 동시에 예쁘지도 않은 여자애를 바라보고 있다. 저애는 몰 아래쪽 비상구를 보고 있다. 저애는 다른 친구들처럼 토드나 키온을 바라보며 웃어대고 있지 않다. 물론 다른 여자애들처럼 별로 예쁘지도 섹시하지도 않지만, 어쨌든 나는 저 여자애랑 해볼 생각이다. 밤에 공원에서 토드나 키온이나 게리랑 멀리 떨어져서 앉고 싶다. 기왕이면 연못 옆 자리가 좋겠다. 내가 그곳에 있다는 걸 증명하는 것은 오로지 내 멘톨 담배 끝에서 피어오르는 작은 오렌지색 불빛뿐. 벤치 위는 춥겠지. 하지만 내 옆에는 한 소녀가 있을 것이다. 그리고 그녀의 옆에는 내가 있다. 그녀는 나와 버스도 함께 타서 2층 뒷좌석에 나란히 앉을 것이다. 자리 위에 그녀의 이름을 낙서하고 그 옆에 나란히 내 이름도 적어놓을 것이다. 나중에는 그녀에게 반지도 사줘야지. 아빠한테는 꺼져버리라고 해야겠다. 그녀가 좋아하는 음반들도 사줘야지. 토드한테도 꺼지라고 해야겠다. 지금 토드는 예쁜 여자애한테 담배를 주고 있다. 키온과 게리는 나머지 두 여자애한테 서서히 다가가고 있다. 그리고 나의 그녀는 뒤도 돌아보지 않고 걸어가고 있다.

20

리사는 많은 알람시계와 사귀어왔다. 그 결과 녀석들이 이 세상에서 결코 사랑받을 수 없는 존재라는 것을 알게 되었다. 알람시계도 자신의 팔자를 잘 알고 있었다. 그들의 괜찮은 하루는 욕먹으면서 시작하는 것이고, 최악의 하루는 방구석에 던져져 뱃속의 것을 토해내면서 시작하는 것이었다. 리사는 알람시계가 흔히 갖추는 각종 자기방어 수단들을 은근히 비웃고 있었다. 이를테면 인기 있는 만화 주인공이나 축구팀으로 가장하는 것 말이다. 다 소용없는 짓이었다. 아무리 착한 아이라도 그 지겨운 소음을 견디느니 기꺼이 귀여운 스누피의 머리가 깨져 용수철이 비죽비죽 튀어나오는 쪽을 선택할 테니까. 리사는 알람시계를 쇼핑하는 데 인생의 많은 시간을 투자했다. 계산해보면 알람시계 하나의 수명이 치약 한 개의 수명과 거의 맞먹었다. 이렇게 알람시계의 회전율이 높은 원인은 두 가지였다. 첫째, 알람시계라는 것이 원래 그렇게 잘 망가지는 물건이기 때문이다. 벽에 던져지고, 창문 밖으로 날려보내지고, 재수없으면 변기 물에 휩쓸려내려갈 수도 있으니까. 둘째, 쓰는 사람이 점점 알람 소리에 내성이 생겨 결국 본연의 역할을 전혀 못하게 되기 때문이다. 그러므로 그녀의 알람시계는 두 가지 조건을 반드시 충족해야 했다. 몸체가 튼튼해야 한다는 것, 그리고 전의 것보다 더 시끄럽고 신경 거슬리는 소리를 내야 한다는 것. 그녀가 요즘 사용하는 것은, 마지못해 시인하지만, 지금까지의 그 어떤 것보다 훌륭했다. 수많은 알람시계가 죽어나간 현장에서 무려 칠 개월이나 버텼으니 말이다. 예전에 그녀는 비싼 물건은 무조건 다 좋은 줄 알았다. 그래서 브라운이나 이메일 주문을 받는 스위스 회사의 물건을 사는 데 돈을 낭비하곤 했다. 지금 쓰는 녀석은 겨우 일 파운드 사십구 펜스짜리였다. 가벼운 플라스틱 공 모양으로 앞에 네모난 디지털 시계가 있는데, 워낙 가벼워서 어떤 속도로 집어던져도 깨지지 않고 잘 섰다. 알람 소리도 엄청났다. 평범한 삑삑 소리나 종소리가 아니었다. 그보다 훨씬 시끄럽고 끈질긴 저음이 계속 윙윙거렸다. 그 소리를 듣고 있으면 온몸에 패닉이 일어나면서 토할 것 같았다. 그녀가 이 소리를 견딜 수 있는 것은 1.5초가 한계였다.

오늘은 쉬는 날이었다. 쉬는 날의 장점을 딱 하나만 꼽으라면 사십팔 시간 동안 그 토할 것 같은 알람 소리를 듣지 않고 보낼 수 있다는 것이었다. 햇빛이 침대 위로 쏟아졌다. 리사는 어릴 적 키우던 개를 어루만지는 꿈을 꾸고 있었다. 꿈속에서 오빠가 담장 너머로 뼈다귀를 던졌다. 갑자기 총소리가 울려퍼졌다. 놀라서 벌떡 일어나니 어디선가 독일어로 소리치는 것이 들려왔다. '고트 임 힘멜, 아아아아악!' 그녀는 비척비척 거실로 나가보았다. 에드가 바닥에 다리를 쭉 펴고 앉아 〈메달 오브 아너〉*를 최대 볼륨으로 놓고 즐기고 있었다.

리사는 에드와 함께 살고 있지만, 어쩌다 이렇게 됐는지 자주 의문을 가졌다. 당연하게도 에드 역시 유어 뮤직의 직원이었다. 리사는 다른 세계 사람들은 만나본 적도 없었으니까. 두 사람은 일 년 전쯤 모종의 관계에 빠져들었고, 지금은 싸울 힘은커녕 헤어질 기운도 없는 상태였다. 이런 일까지 생각하기에 둘 다 너무 피곤했다. 그리고 그다지 피곤하지 않을 때는 늘 다른 핑계를 찾아냈다. 둘은 같은 곳에서 일하기는 하지만 근무 시간대와 맡은 구역이 달랐다. 그래서 매장에서도 거의 마주칠 일이 없었고 집에서조차 같은 시간에 깨어 있을 때가 많지 않았다. 리사는 둘의 쉬는 날이 되도록 겹치지 않는 편이 훨씬 마음 편할 것이라 생각했다. 그녀는 콘플레이크를 한 그릇 담아 와서 에드 옆에 앉아 그가 유럽을 해방시키는 광경을 멀거니 바라보았다.

리사: 오늘 뭐 할 거야?

에드: 그냥 쉴 거야.

리사: 그래. 그런데 어떻게 쉴 거냐고. 뭐 하고 싶은데?

에드: 아무것도. 그냥 쉰다고 했잖아. 직장에서도 매일매일 뭔가 한다고. 오늘 같은 날만이라도 아무것도 안 하고 싶어.

리사: 어디 좀 밖에 나가는 건 싫어? 오늘 날씨 좋아. 이런 날은

---

* 2차 대전을 배경으로 총격전을 벌이는 컴퓨터게임.

집을 벗어나야 돼. 나가자.

에드: 그냥 아무것도 안 하면 안 돼? 난 그냥 늘어져서 독일군한테 총질하거나 아니면 비디오나 빌려다가 소파에 늘어져서 토스트나 종일 먹었으면 좋겠어.

리사: 그건 좀 낭비잖아.

에드: 무슨 낭비?

리사: 시간 낭비. 그리고 인생 낭비.

에드: 원래 사는 게 다 그렇지 않아? 죽을 때까지 시간 낭비하는 거잖아. 너도 시간을 좀 낭비해봐.

리사는 귀를 닫고 창밖의 푸른 하늘을 바라보았다. 버럭 소리지르고 싶은 기분이 멀리 달아날 때까지 계속 하늘만 보았다. 늘 이랬다. 쉬는 날이면 꼭 이런 상황이 벌어졌다. 모처럼 일터에서 멀어지는 시간, 그녀는 이 소중한 시간을 되도록 이상적으로 보내고 싶었다. 이렇게 좁은 범위 내에서 복작대는 것은 그녀의 기대에 미치지 못하는 일이었다. 그녀는 모든 시간을 꼼꼼하게 배분하고 평가하여 제때제때 효율적으로 행동하는 유형이었다. 그러지 않으면 이도 저도 못하고 불안에 발이 묶여버렸다. 그녀는 가만히 앉아 있지 못했다. 그녀는 일어나서 무엇을 하면 재미있을까 생각해보았다. 과연 뭘 하면 좋을까. 반경 오십 마일 내로 당일치기 여행을 다녀오는 것도 나쁘지 않을 텐데. 다른 도시로 놀러가거나, 언덕 위로 하이킹을 가거나, 황량한 마켓 타운에서 비 오는 오후를 보내거나, 사파리 공원이나 미술 전람회를 가거나…… 그녀가 이런 제안을 하면 에드의 대답은 항상 같았다. "그게 왜 집에서 노는 것보다 덜 시간 낭비라는 건데?" 이 대답에 그녀는 늘 할말을 잃었다.

에드는 언제나 문제의 근본은 바로 그들이 사는 아파트라고 했다. 그는 줄곧 리사에게 운하 옆에 새로 지은 복층 아파트를 보러 가자고 말했다. 그곳에 번듯한 집을 얻으면 그녀가 집에서도 충분히 재미있는 시간을 보낼 수 있다는 것이 그의 주장이었다. 집에 돌아오는 것이 즐겁다면 일터에서도 좀더 즐겁게 지낼 수 있지 않느냐는 것이었다. 그는 발코니에 앉아 차가운 화이트 와인을 홀짝거리는 호화로운 삶을 묘사하곤 했다. 리사는 그 발코니에서 그린 옥스가 보이는 것을 상상했다. 본드 마시는 아이들이 옥상에 널브러져 있는 모습이 파노라마로 펼쳐졌다. 그곳에 살면 아마 계속 쇼핑센터의 그늘 아래 있어야 하겠지. 집을 담보로 대출을 받아야 할 테니까. 하지만 한편으로는 자기가 단지 어른이 되기를 거부하는 것일지 모른다는 생각도 들었다. 결국 그녀는 가장 싼—그래도 충분히 비싼—아파트를 보러 가는 데 동의했다.

시계를 보니 열시 반이었다. 그녀는 하루가 벌써 이만큼 지나버렸다는 것에 적잖이 당황했다. 그녀는 기다리고 있는 소포에 대해 되도록 생각하지 않으려 애썼다. 리사에게는 미신이 하나 있었다. 받아야 할 소포, 울려야 할 전화, 와야 할 구세주 등 무언가를 기다리고 기대하면 절대 제때 오지 않는다. 신경쓰지 않고 정신을 다른 데 팔면 오히려 만사가 잘 풀린다. 이번주 내내 그녀는 오빠에게서 올 소포 생각을 지우려 노력했지만 계속 실패했다. 매일 아침 일어나자마자 제일 먼저 하는 생각이 그것이었다. 그래서 오늘은 차라리 생각하지 않으려는 노력을 포기하기로 했다.

"편지 온 거 없어?"

에드는 계속 독일군을 쏴 죽이고 있었다. "몰라. 문 근처에도 안 가봤어. 왜 계속 편지 타령이야?"

"요새 통 온 게 없잖아."

"거액 상금이라도 당첨될 거 있어?"

"생일 선물 기다리는 거야."

에드는 화면에서 시선을 떼고 리사를 보았다. "네 생일은 지난주였잖아. 너도 여왕처럼 생일이 두 번*이야?"

"내 생일이 언제였는지는 나도 알아. 선물 하나가 안 와서 기다리는 거야. 우체국에서 분실됐나 걱정도 되고."

"내 선물이 맘에 안 들었구나? 그런 줄 알았어."

"뭔 소리야? 네 선물 얘긴 한 적도 없어. 단지 무언가, 다른 사람한테서 올 게 있을 뿐이야."

"그래. 하지만 그놈의 선물 때문에 네가 얼마나 불안해 보이는 줄 알아? 못 받을까봐 걱정이 이만저만 아닌 게 너무 보인단 말이야. 내 선물 받을 때는 안 그랬잖아."

"음, 네 선물은 유어 뮤직에서 산 음반이었잖아. 잃어버려도 내 손으로 때워넣는 데 아무 지장 없을걸."

"유어 뮤직에서 네 선물 고르는 게 죄라도 돼? 다른 선물이라도 했어야 돼? 여기저기 가게마다 기웃거리며 너한테 뭘 사주는 게

* 엘리자베스 2세 여왕은 4월과 6월 두 번의 생일 행사를 치른다. 4월은 실제 태어난 날이고, 6월은 공식 행사일이다.

좋을지 몰라서 헤매기라도 했어야 되는 거야?"

리사는 이런 질문에 진실하게 대답해줄 기운이 없었다. 진실을 이야기했을 때 맞이할 상황에 대한 마음의 준비가 되어 있지 않았다. "아니, 음반은 멋져. 좋아. 단지 재미가 없다는 거야."

"댄 녀석이 너한테 그 잘난 사진집을 선물했다고 해서, 그게 그 녀석이 나보다 더 성의 있었다는 뜻은 아니라고 보는데?"

"맞아. 나도 알아." 리사는 거짓말을 했다.

"그래서 도대체 누구 선물을 기다리는 건데?"

"우리 오빠."

에드는 다시 게임 속 세계로 돌아가 버려진 카페 건물의 위층 창가에 있는 저격수들에게 총질을 했다. "너한테 오빠가 있는 줄은 몰랐는데." 그가 중얼거렸다.

"없다고 보는 게 맞지." 리사가 말했다.

그녀는 이러느니 운하나 산책하는 것이 훨씬 낫겠다고 스스로를 다독였다.

커트는 한 남자를 보고 있었다. 혹시 저놈이 그런 옥스의 '엘리베이터 똥싸개'가 아닐까싶어서였다. 사 년이나 그런 만행을 저질렀는데도 누구도 그 남자의 모습을 알지 못했다. 경비원들은 그가 존경스러울 정도라고 입을 모아 말했다. 엘리베이터는 사방이 유리로 되어 있었다. 그런데 도대체 어떻게 들키지 않을 수 있느냔 말이다. 혹시 밖에서 싸서 가지고 들어오는 것이 아니냐고 말하는 사람도 있었다. 하지만 커트는 결과물이 아니라 행위 자체에 범죄 동기가 있다고 믿었다. 그가 지켜보고 있는 남자는 회색 코트를 입고 두껍고 불투명한 안경을 쓰고 계속 엘리베이터를 탄 채 올라갔다 내려오기를 반복하고 있었다. 커트는 엘리베이터가 모든 층에서 열리는 것 그리고 그 사내가 다른 사람이 들어오기 전에 황급히 문을 닫는 것에 주목했다.

커트의 주의가 흐트러졌다. 3층에 맹인 데이브가 있는 것을 목격했기 때문이었다. 다른 경비원들에게 주의하라고 알려야 할 필요가 있었다. 맹인 데이브는 그린 옥스의 단골손님으로, 시력이 약한 사람은 길을 찾는 데 초능력에 준하는 감각이 있으며 주변 상황에 대해 직관력이 강하다는 사람들의 믿음에 정면으로 도전하는 인물이었다. 데이브는 가장 큰 장애물만 골라서 서슴없이 걸어갔고, 그의 앞에 똑바로 서 있는 물건이 있으면 마치 몇 주 동안 사람 구경 못한 것처럼 들입다 껴안았다. 하얀 지팡이를 무릎 높이까지 올려서 휘두르기 때문에 계단이 있다거나 무릎 아래 높이에 물건들이 있다는 것을 잘 알아채지 못했다. 그가 4층 계단 끝에서 모습을 보였다 갑자기 사라져버리는 것은 바로 그런 상황일 때였다. 멀쩡히 잘 서 있다가도 갑자기 앞으로든 뒤로든 심하게 굴렀다. 한번은 바로 앞에 중앙 분수대가 있는 것을 개의치 않고 당당히 걸어가다 분수대 바깥 벽에 발이 걸려 머리를 박은 일도 있었다. 경비원들 사이에서는 데이브가 사실은 눈이 먼 것이 아니라는 강한 의심이 퍼져 있었다. 그리고 지금 커트도 보듯 데이브의 시선은 딕슨스*의 쇼윈도에 전시된 플레이스테이션에 아주 정확히 꽂혀 있는 듯했다. 조금 후 데이브는 아차싶었는지 자기의 본 역할에 충실하게 한 발짝 내디뎌 유리벽에 머리를 세게 들이받았다. 커트는 그가 중앙 통로로 아슬아슬하게 전진하는 모습을 지켜보았다. 군중들이 그가 지나갈 때마다 쫙 갈라졌고, 덕분에 그의 주위 서른 걸음 안은 깔끔하게 비어 있었다. 조만간 그는 분명히 현금지급기 앞에 서 있는 여자와 충돌할 것이다.

커트는 오늘이 자신의 생일이라는 것을 기억해내고 한숨을 내쉬었다. 지금까지 그린 옥스에서 몇 번의 생일을 맞았는지 그는 정확히 기억했다. 그리고 앞으로 몇 번을 더 보내야 하는지도 궁금했다. 십삼 년 전 이곳에서 면접 볼 때를 떠올렸다. 그를 경비실로 데려다주던 귀가 큰 젊은 경비원은 길을 안내하며 퉁명스럽게 말했다. 이 일은 똥 같은 직업이라 벌이도 똥 같고 그린 옥스는 아주 똥통 그 자체라고. 차라리 대학에 가서 더 좋은 직업을 얻으라고 충고까지 했다. 커트는 어깨를 으쓱했다. 그는 열일곱 살이었고 아무 자격증도 없었다. 그가 학교를 그만두던 해에는 사람을 뽑는 곳도 별로 없었다. 그런 상황에서 그가 할 수 있는 일, 얻을 수 있는 일자리란 빤했다.

커트의 O-레벨 시험**이 있던 그주, 아버지가 뇌출혈로 쓰러졌

* 영국의 대형 전자제품 업체.

** 과거 영국의 중등학력 검정 시험. 이 시험을 본 뒤 대학에 진학할 사람은 A-레벨로 진학하고 아닌 사람들은 한국의 고졸 자격과 비슷한 학력을 인정받고 취업에 나섰다.

다. 그는 시험을 보지 못했고, 그후 몇 달 동안 집에 묶여 어머니가 아버지를 간호하는 것을 도왔다. 그러니까 결국 커트를 그린 옥스에서 일하게 만든 장본인은 바로 아버지였던 것이다. 다른 선택지는 없었다. 일단 돈을 벌어야 했다.

그린 옥스에 처음 왔던 날은 뚜렷하게 기억나지 않았다. 그저 무단결석 과제 중 하나로 계획했던 것 정도로만 커트는 기억했다. 아버지가 일했던 곳을 거닐어보고 싶었던 당시의 욕망도 희미하게 기억났다. 커트에게 그 공장의 존재란 너무도 생생하고 묵직해서, 그곳이 흔적 하나 없이 사라졌을 것이라고는 생각조차 할 수 없었다. 지하실의 어느 구석에서 검게 변한 연장이나 녹슨 밸브 정도는 찾아낼 수 있을 것이라고 생각했다. 나중에 경비원으로 일하게 된 후에 그는 빨간 플라스틱 윔피* 간판들이나 옛날 슈퍼마켓 등이 담긴 사진을 보았다. 그러나 그린 옥스가 문을 열던 당시를 제대로 보여주는 진짜 자료는 아무데도 없었다. 이 또한 그의 머릿속에 존재하는 수많은 공백 가운데 하나로 남았다.

커트의 어머니는 여전히 그린 옥스에 발도 들이지 않았다. 남편에게 순종적인 아내였기 때문일까. 어쨌든 어머니는 몇 남아 있지도 않은 동네 가게에서만 물건을 사는, 멸종 추세의 인간 중 하나가 되었다. 더는 버스가 그쪽에 서지 않기 때문에 더욱 번거로워졌지만, 그래도 어머니 팻은 이 마일을 꿋꿋이 걸어 그린 옥스를 쌩하니 외면하고는 당당히 체크무늬 쇼핑 카트를 끌고 언덕 위를 올

---

* 영국의 패스트푸드점.

라갔다. 커트는 종종 어머니의 모습을 보곤 했다. 가끔 버스에 타고 있을 때, 어머니가 바람 가릴 데 없는 도로 갓돌 앞에 서서 큰 자동차가 지나가며 내뿜는 매연에 뒤로 물러나는 모습을 보곤 했다. 낡은 하이 스트리트는 귀신이 나오고도 남을 곳이었다. 입구를 막아놓은 상점들은 본드 마시는 녀석들과 술주정뱅이들에게 점령되었다. 이 동네 상점들의 단골 중 나이든 연금생활자들은 소매치기들의 손쉬운 자금원이었다. 지역 신문의 1면은 주 1회 이상, 두들겨맞아 보랏빛 멍이 들고 퉁퉁 부은 노인들의 소름끼치는 얼굴 사진을 대문짝만하게 내보내는 것으로 예약되어 있었다. 노인들의 얼굴에는 검은 실로 꿰맨 자국이 있었고, 촉촉이 젖은 눈에는 지면을 태워버릴 듯한 분노가 어려 있었다. 쉰다섯 살인 어머니는 하이 스트리트의 단골 가운데 그나마 젊은 축에 끼었다. 어머니는 연금생활자들이나 가게 주인들에게 영웅으로 통했다. 어머니는 신문과 주 정부에 편지를 보내 이 거리의 상황을 끊임없이 비판했다. 거리의 술주정뱅이들을 어떻게 해달라고 경찰을 집요하게 괴롭혔다. 겁에 질린 다른 연금생활자들의 쇼핑에 동행하거나 아니면 아예 남의 쇼핑을 맡아주기도 했다.

그동안 아버지는 집 안 소파 위에 우두커니 앉아만 있었다. 자신을 대신한 가족의 모든 희생은 안중에도 없는 듯했다. 쓰러진 후 그의 몸에는 마비와 무감각이 찾아왔다. 아버지가 주위의 세상을 얼마만큼, 어떻게 받아들이는지 아무도 알지 못했다. 아버지는 사람들에게 아무런 단서도 주지 않고, 다만 빳빳하게 앉아 앞을 똑바로 쳐다보며 예전 그대로 집 안에 엄숙한 공포 분위기를 자아낼 뿐이었다. 커트는 아버지의 존재가 두려웠다. 마치 아버지가 커트의 직업을 알고 있을 것만 같았다. 그의 바보 같은 유니폼, 그리고 종일 여자들 옷 나부랭이나 쳐다보고 어린애들이나 쫓아다니는 그의 일, 이 모든 것을 아버지가 경멸하고 있음을 느낄 수 있었다. 아버지는 평생 힘든 육체노동에 종사했다. 무엇을 위해? 그의 아내가 약쟁이들이나 범죄자들과 싸워가며 한 푼이라도 더 싼 고기를 찾게 만들려고? 또는 아들이 시간당 사 파운드 이십오 펜스를 받으면서 서서히 미쳐가는 꼴을 보려고?

커트의 시선은 다시 엘리베이터로 돌아왔다. 두꺼운 안경을 쓴 남자는 맹인 데이브가 지팡이를 휘두르며 들어가자 슬쩍 안쪽으로 몸을 피했고, 이내 그들 뒤로 문이 닫혔다.

21

그녀는 뒷문을 잠그고 관리자 구역을 빠져나와 쇼핑센터의 한가운데로 들어갔다. 평소보다 늦은 퇴근이었다. 컴퓨터가 갑자기 두통이라도 앓는지 오늘 매출 정산을 제대로 하지 못하는 통에 리사는 매장에 남아 녀석을 달래야 했다. 이렇게 한밤중에 집에 돌아가는 날에는 절대 비밀 요원 놀이를 하지 않았다. 그냥 빨리 이곳을 떠나고 싶을 뿐이었다. 그녀는 음침한 회색 콘크리트 벽 안에 숨겨진 음침한 회색 문을 밀어젖히고 서관의 거울벽 바깥으로 모습을 드러냈다.

불빛은 침침했다. 주차장으로 통하는 고객용 입구에 다다른 리사는 문이 잠겨 있다는 것을 깨달았다. 조명이 반쯤 밝혀진 몰을 돌아보며 조금 당황했다. 이렇게 늦은 시간에 혼자 남은 것은 처음이었다. 그런 옥스의 라디오방송 소리도, 바닥 닦는 기계 소리도 들리지 않았다. 아무 소리도 없었다. 낯선 풍경과 그림자 그리고 차가운 공기뿐이었다.

문득 관리자 구역에 비상구가 하나 있다는 것이 떠올랐다. 재고 조사를 하다 거의 밤을 새웠던 어느 날, 그녀와 다른 야근자들 몇 명이 그 문으로 나가 어찌어찌 복잡한 경로로 주차장까지 갔던 일이 희미하게 기억났다. 그러나 그 비상구가 어디 있었는지는 생각나지 않았다. 그녀는 낮에 경비원들이 자주 모이는 분수까지 내려가보기로 마음먹었다. 재수가 좋으면 순찰중인 경비원 한 명쯤은 만날 것이다. 그에게 문을 열어달라고 하면 되었다.

그녀는 어두워진 상점 앞을 지나쳤다. 상점들의 내부는 광적인 쇼핑 때문에 어질러져 있었다. 얇은 파티용 민소매 윗옷이 카펫 위에 널브러져 있고, 조깅화 왼짝이 바닥에 뒹굴고, 빈 과자봉지가 음반 매대 위에 올려져 있었다. 어디서 희미한 음악 소리라도 들려왔으면 좋겠다고 생각했다. 그렇게 아침 일찍부터 음악을 틀어대면서 왜 밤에는 틀어놓지 않는지 궁금해졌다. 물론 그녀는 아침에 듣는 음악을 좋아했다. 듣고 있으면 모든 것이 비현실적으로 느껴졌으니까. 지금 그것을 들을 수 있다면 얼마나 좋을까.

분수대에 도착했지만 경비원은 흔적조차 보이지 않았다. 몸속 어딘가에서 공포가 스멀스멀 기어올라왔다. 그녀는 침착해지려고 노력했다. 문득 아침마다 즐기는 첩보원 놀이를 떠올렸다. 그리고 지금의 그녀가 경비원의 눈에 띈다면 꼼짝없이 수상해 보일 거라는 것을 깨달았다. 감시카메라에 찍히고 있다는 생각이 들자 더럭 겁이 났다. 물론 문이 잠겨서라고 얼마든지 설명할 수 있겠지만, 그들이 믿어줄 리 없다. 아마 가방을 뒤지겠지. 그리고 센터를 떠나려던 것이 아니라 사실은 열쇠로 문을 열고 들어와 가게 창고에서 물건을 훔치려던 것이라고 단정지을 것이다. 이런 장면들이 그녀의 머릿속을 스쳐지나갔다.

감시당하고 있다는 리사의 확신은 점점 굳어졌다. 누가 보고 있다는 생각이 들자 소름이 끼쳤다. 누군가가 보고 있다. 하지만 도와주러 오지 않는다. 그저 그녀를 관찰하고 평가할 뿐. 그녀는 거울문을 등지고 되돌아갔다. 관리자 구역부터 주차장까지의 길을 혼자 어떻게든 찾아보겠다고 결심했다. 카메라에서 벗어나고 싶었다. 다시 보이지 않는 상태가 되고 싶었다.

그후 사십 분쯤 지나 점점 포기해가던 중, 그녀의 눈에 잿빛 복도 끝으로 멀어져가는 경비원의 뒷모습이 들어왔다. 아무리 이 미로를 빠져나가는 데 절망했다지만, 평소 경비원에게 가졌던 비뚤어진 의심을 능가할 수는 없었다. 그녀는 주춤주춤 그의 뒤를 따라갔다. 이렇게 경비원에게 들키지 않고 뒤를 밟아가다 비상구를 발견하기를 간절히 바랐다. 그녀는 보조를 맞춰가며 쫓아갔다. 그렇게 따라가다보니 마음도 한결 차분해졌다. 그의 실루엣은 어딘가 오빠를 기억나게 했다. 무서움은 사라지고 자신감이 살아났다. 아침마다 즐기는 교활한 테러리스트 역할에 가까워진 기분이었다. 지금은 그녀가 감시자였다.

밤 열한시 즈음이었다. 커트는 순찰하다 말고 갑자기 숨을 죽였다. 얼굴 근육을 잔뜩 긴장하고 귀를 기울였다. 형광등의 희미한 소음 아래로, 그보다 더 희미한 환풍기 소리 아래로, 무언가 들리는 듯했기 때문이었다. 그러나 막상 귀를 기울이자 아무 소리도 들리지 않았다. 그는 계속 혼자 생각에 빠져 있었던 터라 그 존재를 느끼기 시작한 것이 언제부터인지 알 수 없었다. 커트는 누군가에게 감시당하고 있다고 생각하는 사람이 취할 법한 자세로 계속 걸었다. 지금까지 온 길을 되짚어갈 생각은 없었다. 솔직히 그건 생각도 하기 싫었다. 무전기로 스콧을 호출하면 되었다. 누군가가 그의 뒤를 밟고 있었다.

그는 뒤를 돌아 다시 잿빛 통로를 바라보았다. 하지만 아무것도 없었다. 괜히 돌아봤다. 기다란 복도의 휑한 풍경은 그를 더 무섭게 만들었다. 그곳은 비어 있지 않았다. 누가 숨어 있는 게 분명했다. 그는 계속 걸으며 되도록 다른 것을 생각해서 정신을 분산시키려 노력했다. 하지만 잘되지 않았다. 두번째로 멈춰 서서 귀를 기울이고 살펴보았지만 형체를 갖춘 것은 나타나지 않았다.

결국 커트는 뒤돌아 소리를 질렀다. "거기 누구 없어요?" 그리고 삼사 분 뒤 한 여자가 이십 피트 후방의 도관 뒤에서 모습을 나타냈다. 그녀의 가방에는 슈트를 입은 원숭이가 달려 있었다.

22

리사는 도관 뒤에서 모습을 드러냈다. 앞모습을 보니 경비원은 생각만큼 오빠를 닮지 않았다. 체격만 비슷했다. 그는 신경이 잔뜩 곤두서 있는 듯했다.

그녀는 무슨 말을 꺼내면 좋을지 몰라 망설였다. 잠시 침묵이 지나간 후 그녀가 꺼낸 첫마디는 "길을 잃었어요"였다. 그녀는 차근차근 설명하기 시작했다. 집에 가려고 했지만 길을 잃었다는 이야기였다. 그러나 남자는 전혀 듣고 있지 않았다. 그저 그녀의 가방에 달린, 예전에 주운 원숭이 인형만 뚫어져라 보고 있었다.

"그거 어디서 났어요?" 남자가 말했다.

"관리자 구역 복도에서 주웠어요. 도관 사이에 끼여 있더라구요. 제가 가지면 안 되는 건 알지만 그냥 생긴 게 마음에 들길래……" 그녀는 잠시 말을 흐린 후 쾌활하게 덧붙였다. "봐요. 스패츠도 찼어요." 그녀는 자기 말이 엄청 멍청하게 들리지 않았을까 걱정했다. 혼자 무서움에 떨다 사람을 만나니 갑자기 말이 많아졌다. 그녀는 이 경비원을 예전에 쇼핑센터 어딘가에서 본 것 같았다. 그는 여전히 원숭이만 쳐다보았고 아무 말도 하지 않았다.

"저, 그쪽 때문에 좀 무서웠거든요." 마침내 리사가 말했다. 이 말이 그를 혼자 생각에서 끌어낸 모양이었다.

"아, 죄송해요. 근데 저도 그쪽 덕분에 좀 무서웠습니다. 이 원숭이를 전에 본 적 있거든요. 그땐 어떤 꼬마 여자애가 갖고 있었어요. 어느 날 밤 감시 화면에 그애가 나타났거든요. 그애가 다시 돌아왔나 했어요. 그애가 밤에 와서 숨어 있는 게 아닌가 하고 말이에요. 그 원숭이 인형을 들고 말이죠." 커트는 다시 혼자 생각 속으로 빠져들었다. 조금 후 리사가 헛기침을 하자 커트는 다시 말을 이었다. "그애를 좀더 열심히 찾아봐야겠다는 생각이 들어서요. 아마 뭔가 어려움을 겪고 있는 애 같아요." 경비원은 눈을 감았다.

리사는 그의 얼굴을 보았다. 그의 얼굴에 고인 피로가 보였고, 더 깊은 곳에는 슬픔이 있었다. 그가 진짜 잠드는 것이 아닌가 잠깐 걱정했다. 그녀가 그의 어깨를 톡톡 건드리자 그는 눈을 번쩍 떴다.

"한번 찾아보세요." 그녀가 말했다. "아마 집 나온 아이일 거예요……" 그녀는 잠시 말을 멈추었다. 오빠 생각이 났기 때문이었다. 그리고 저도 모르게 말했다. "괜찮으시면 도와드릴게요. 아마 여자를 덜 무서워하지 않을까요? 찾아내서 말해보죠. 너 혼자 있기에 여기는 많이 무서운 곳이라고 말이에요."

그가 그녀를 보았다. "왜 도와주시려는 거예요?"

리사는 뭐라고 말하면 좋을지 알 수 없었다. 그래서 진실을 말하기로 했다. "저도 여기서 몇 년째 길을 잃어버리거든요. 당신도 그렇지 않아요? 그래도 그 아이쯤은 구해줄 수 있을걸요."

경비원은 그녀를 비상구로 데려다주었다.

이틀 밤 뒤 커트는 분수대에서 기다렸다. 그녀는 밤 열시 반쯤 일을 마친다고 했다. 스콧에게는 다시 길을 잃지 않게 관리자 구역 복도를 안내해달라고 그 여자에게 부탁받았다고 둘러댔다.

이윽고 그녀가 나타났고, 둘은 잿빛 통로를 거닐며 사람 흔적이 없는지, 혹시 어린애가 지나간 흔적은 없는지 샅샅이 찾았다. 커트에게는 매일 밤 돌아다니는 곳이었지만, 어디서부터 어떻게 찾아야 할지 도무지 알 수 없었다. 동화에서처럼 사탕 껍데기 흔적을 따라가면 되는 것도 아니었다. 리사는 사탕을 한 봉지 들고 왔고, 아이가 잘 볼 수 있을 것 같은 데에 두었다. 사탕 하나하나에 그녀는 메시지를 써두었다. '너의 원숭이는 내가 보관하고 있어. 유어 뮤직으로 와서 리사를 찾으렴.' 커트는 이것을 다른 경비원들이 발견하고 응큼한 상상을 하지 않을까 걱정하긴 했지만 굳이 말하지는 않았다.

두 사람은 같이 다니면서도 어색해했고 틀에 박힌 대화를 주고받았다. 주로 아이에 대한 이야기가 오고갔다. 그 아이는 도대체 누구며 왜 이 센터에 숨어 있는지 하는 것들이었다. 커트는 리사에게 그가 본 것을 정확하게 이야기해주었다. 그들의 추측은 특정한 방향으로 흘러갔다. 둘 다 현실을 냉정하게 바라보는 편은 아닌 듯싶었다. 커트는 소녀가 어린이 도둑단의 리더로 평소에 환기통에서 살면서 그린 옥스의 화려한 옷차림을 한 사람들에게서 손수건이나 회중시계를 훔칠 거라고 말했다. 리사는 소녀가 사실은 그린 옥스의 주인인 괴팍한 억만장자 난쟁이로 전 세계에 엄청난 수의 쇼핑센터를 갖고 있을 거라고 말했다. 커트는 소녀가 태어나자마자 센터에 버려졌고 관리자 구역 복도에 사는 쥐들 손에 길러졌을 거라고 말했다. 리사는 소녀가 아주 욕심이 많을 거라고, 그래서 그 수첩에 밤이고 낮이고 크리스마스 때 받고 싶은 선물 목록을 쓰는 거라고 말했다.

커트의 긴장이 조금 풀렸다. 순찰 다닐 때 혼자가 아니라는 것은 조금 낯선 일이었다. 하지만 누구와 함께 다니는 것도 그다지 나쁘지 않았다. 리사가 자신의 신발을 어떻게 생각할지 궁금했다. 그녀의 의견을 물어봐도 괜찮을까.

새벽 한시 무렵 두 사람은 쓰레기장 부근에 도착했다. 복도 끝에 격납고 비슷한 공간이 펼쳐져 있고, 그린 옥스의 쓰레기를 담은 컨테이너가 꽉 차 있었다. 최근 이곳을 담당하는 사람들은 에릭과 톤이었다. 그들은 이 컨테이너를 신주 모시듯 지키며 그들의 영역을 자신들 외에는 아무도 이해할 수 없을 정도로 괴상하고 세세하게 나누어놓았다. 땅콩 모양 폴리스티렌 포장용 완충재가 한쪽 컨테이너에 분리되면 땅콩 모양이 아닌 것은 다른 쪽에, 편편한 비닐

랩이 한쪽에 모이면 포장용 버블랩은 다른 쪽에 두는 식이었다. 음식쓰레기와 일반쓰레기가 뒤섞이는 것은 기본이고, 목재와 금속도 마찬가지였다. 그러다 어느 날은 또 이 정책이 바뀌어 어제까지의 원칙이 오늘은 천하의 벌받을 짓이 되곤 했다. 하루가 멀다 하고 쓰레기들이 같은 유로 묶였다 다른 유로 분리되었다. 에릭과 톤 두 인간이 자기들 재미있자고 그러는 듯싶었다. 커트는 순찰하다 종종 들러 그들과 수다를 떨곤 했지만, 이야기를 하는 도중에도 에릭과 톤의 눈은 늘 자기들이 수고스럽게 해체해놓은 종이상자며 나무상자에 가 있었다. 자기들의 법칙이 세상에서 가장 옳다는 것을 다시 한번 확인하는 눈빛이었다.

가끔 새로 들어온, 또는 정신 나간 그린 옥스 직원들이 멀쩡한 종이상자나 디스플레이용 받침대 또는 쓰레기봉투를 들고 와서 제일 먼저 눈에 띄는 컨테이너에 던져넣곤 했다. 결과는 실로 드라마틱했다. 일단 톤이 경고의 의미로 호루라기를 불었다. 그리고 죄인은 지나치게 폭력적으로 체포되어 컨테이너 뒤로 질질 끌려갔다. 에릭이 소리를 지른다. "이 망할 놈아, 지금 네가 무슨 짓을 한 줄 알아? 어? 네가 뭔 짓을 한 줄 아느냐고!" 그는 몇 차례 반복해서 소리를 지른다. 그후 죄인은 컨테이너 안 자신이 잘못 넣은 쓰레기 위로 던져져 조용하지만 정확하게 각 쓰레기의 요소들을 어떻게 분류해야 하는지, 사신 같은 톤 조교에게 온몸으로 배워야 한다. 이를 일컬어 에릭과 톤은 가차없는 응징이라 했다. 십팔 개월 전 한 악당이 에릭과 톤 바로 앞에서 일을 친 후 미로 속으로 도망간 적이 있었다. 그들이 손으로 직접 그린 수배 포스터가 여전히 벽에 붙어 있었다. 분노가 담긴 그 그림에는 괴상망측한 난쟁이가 그려져 있었는데, 에릭과 톤에게 내재된 폭력성을 선명하게 보여주었다. 그러나 결정적으로 인간의 형상을 닮지 않아서 누군가를 잡으려는 본래 목적에는 아주 비효율적이었다.

에릭과 톤은 컨테이너 옆에 판잣집을 만들었다. 두 개의 오두막과 여러 개의 창고로 구성되어 있었는데, 전부 낡은 받침대나 철 지난 홍보판에서 잘라낸 마분지, 수선해야 할 카펫 들로 만들어졌다. 그들은 오두막 앞에 놓인 재활용 안락의자에 앉아 마치 자기 집 현관 앞에 앉은 농장주처럼 의자를 앞뒤로 삐거덕거리며 왕국을 감시했다. 에릭과 톤이 그들의 소굴을 벗어나 존재하는 것은 상상하기 힘들었다. 그러나 매일 저녁 여섯시가 되면 두 사람은 칼같이 퇴근해 진짜 집으로 돌아갔으며, 믿기지 않지만 그들에게는 진짜 가족도 있었다.

시간이 꽤 늦었다. 리사와 커트 둘 다 너무 지쳐 걷기 힘들었다. 두 사람은 첫 수색에서 아이를 찾을 것이라고는 기대하지 않았다. 시작에 의의가 있었다. 어쩌면 아이는 지금쯤 리사의 메시지를 봤을지도 모른다. 어쩌면 지금쯤 원래 살던 곳으로 되돌아갔을지도 모른다.

커트는 이제 많이 침착해져 있었다. 자신이 무언가를 했다는 기분이 들었다. 그는 얼기설기 만들어놓은 현관 앞에 리사를 따라 앉으며 풍경에 감탄하듯 말했다. "이제 집에 돌아간 모양이네요."

"네. 그럼 다행이죠."

"네. 어디든 여기보단 낫겠죠."

"글쎄요. 만약 당신이 불행한 환경에서 자랐다면 세상 어딜 가든 집보다는 훨씬 좋을걸요."

커트는 그녀를 보았다. "집 나가본 적 있어요?"

리사는 땅을 쳐다보았다. "네. 한 번요."

"몇 살 때요?"

"여덟 살요."

왜 집을 나갔는지는 굳이 물을 필요가 없을 듯했다. "어디로 갔어요?"

"그냥 정원에 숨어 있었어요."

"음…… 그건 가출이라고 할 수 없잖아요."

"그렇긴 하죠. 정원은 무지 넓었고 저는 정원 끝의 울타리 밑에 숨어 있었어요. 여행가방도 가지고 나왔어요. 양말만 가득 채워 나왔지만."

"양말만요?"

"다른 물건은 까맣게 잊어버렸거든요. 그냥 매일매일 갈아줘야 할 게 필요하다는 생각만 했어요. 생각나는 게 양말뿐이었던 거죠."

커트는 잠시 리사를 바라본 후 물었다. "부모님이 걱정 많이 하셨나요?"

"제가 없어진 줄도 모르던데요? 가출 이유를 쪽지에 적어놓기도 했는데, 엄마가 그걸 보기도 전에 빨래 널러 정원에 나왔다가 제가 숨어 있는 걸 보고 말았죠."

"이유가 뭐였는데요?"

"엄마가 자꾸 요요*가 아니라 민트맛이 나는 비스카운트 비스킷을 사오잖아요. 난 몇 번이나 비스카운트가 싫고 두 개는 서로 다른 거라고 말했는데!"

"비스킷 때문에 집을 나갔다고요?"

"아뇨. 단지 비스킷 때문일 리가 있겠어요. 그건 일종의 상징이었죠."

"무엇의 상징인데요?"

"절 무시하는 거요."

"에이, 그럴 리가요."

"그때 최악이었던 게 뭔 줄 알아요?"

"뭔데요?"

"엄마가 날 발견했을 때 했던 말이에요."

"아하."

"여행가방에서 양말이 몇 개 굴러나오자 그걸 본 엄마가 말했죠. 어머, 친구랑 피크닉 하고 있는 거니?"

"엄마는 양말이 친구 것인 줄 알았나보죠?"

"그보다 더 안 좋아요. 엄마는 내가 그 양말을 친구로 여긴다고 생각한 거예요. 도대체 자기 딸을 얼마나 구제불능으로 생각한 걸까요?"

"세상에." 커트가 말했다.

"네. 맞아요." 리사가 말했다. "자, 이제 화제를 좀 바꾸죠."

---

* 영국에서 판매됐던 과자.

디스크자키

라디오 그린 옥스 스튜디오

쉬이이이이이이이잇. 조용히, 예쁜이. 확실히 아무도 우리가 이 밤중에 여기 있는 줄은 몰라. 좀더 조용한 데로 왔으면 좋았겠지만. 그치? 뭔가 비밀이 있니? 하고 싶은 이야기가 있는 거야?

재미있어. 그치? 넌 사람 처음 만났을 때 어떤 식으로 친해지니? 난 오늘 밤 널 처음 봤을 때 느낌이 있었거든. 아니 아니, 그런 이야기가 아니고. 그냥 내 이야기를 잘 들어줄 것 같았다는 거야. 눈도 참 맑고, 귀도 친절하게 생겼고. 왜 웃어? 진심인데. 거짓말 아니란다.

나는 꽤 오랫동안 그린 옥스 라디오의 목소리였어. 너는 어려서 기억하기 어려울 것 같지만, 예전엔 라디오 와이번 사운드에서 한 십오 년 일했어. 이런저런 쇼를 진행했는데 사람들은 마지막 팔 년 동안 했던 〈로만티카〉로 많이들 기억하지. 굉장히 인기 있는 프로그램이었어. 주중에 밤 열시부터 자정까지 했던 건데…… 음, 그땐 아마 너한텐 많이 늦은 시각이었겠구나. 당시에는 아침 방송 다음으로 청취율 높은 프로그램이었어. 청취자 전화로만 따지면 와이번의 다른 어떤 프로그램도 따라올 수가 없었지.

"여자친구 세라를 위해 홀리스의 〈Air that I Breathe〉를 틀어주실래요? 그리고 그 어느 때보다 훨씬 더 그녀를 사랑한다고 전해주세요."

"예전 여자친구 제시카를 위해 길버트 오설리번의 〈Alone Again(Naturally)〉을 신청합니다. 시간이 삼 년이나 흘렀네, 제시카. 하지만 난 아직 널 사랑해. 아직 널 기다리고 있다는 걸 알아줘."

"우리 공주님 미나를 위해 〈Reunited〉를 신청할게요. 다시는 안 그러겠다고, 절 좀 용서해달라고 전해주세요."

"데이비드를 위해서 〈Close to You〉 좀 틀어주시겠어요? 그 사람만이 제 깨져버린 마음을 다시 붙일 수 있는 접착제랍니다."

신청곡 이야기라면 한도 끝도 없지. 가슴 한가운데에 꽂히는 사연들이 내 헤드폰 속으로 수없이 들어왔거든. 상상이 가니? 하긴 그런 것을 알기엔 네가 너무 어리구나. 나는 전기들을 다스리는 번개의 지휘자였어. 이런 보이지 않는 전류들이 와이번 지역 여기저기서 쏘아올려지면, 나는 그걸 잡아내는 것이지. 어떤 일들이 벌어지는 줄 알게 되니 밤에 잠이 안 오더구나. 나는 눈을 감고 그 혼란스러운 심장들에서 전해져오는 불규칙한 고동을 느끼곤 했지. 하지만 정작 내 심장은 혼란스럽지 않았어. 오히려 조용하고 차분했지. 하도 차분해서 난 내가 죽은 것이 아닌가 생각하기도 했단다.

매일 밤 난 꿈에서 어딘가를 봤단다. 어딘 줄 아니? 그런 꿈 꿔본 적 있어? 매일 밤 나는 어떤 곳의 꿈을 꾸는데, 그곳이 죽음이라는 것을 알아채고 땀에 흠뻑 젖어서 벌떡 깨곤 했어. 그렇게 축축한 시트에 누워 있으면 내 심장이 벌떡벌떡 뛰면서 내가 아직 살아 있다는 것을 알려주는 거야.

방송국 사장은 글렌 라이데일이 진행하던 주말 밤 프로그램을 없애고 내 <로만티카>를 일주일 내내 방송하자고 했었단다. 우리가 일주일 내내 스물네 시간 <로만티카>를 방송하지 않으면 모든 신청곡을 소화해낼 수 없는 분위기였거든. 상사병이 돌림병이라도 됐던 건지 원. 와이번 일대에서 심장이 멀쩡한 사람은 나 하나밖에 없는 게 아닌가 하는 생각도 들었단다.

그런데 말이다. 갑자기, 네가 상상할 수 있는 것보다 훨씬 더 갑자기, 모든 것이 끝나버렸어. 그로부터 딱 이 주일 만에. 이 주일이 긴 시간은 아니잖니? 그런데 딱 이 주일 만에 절대적인 업무 과부하에서 무의 상태로 변해버린 거야. 1983년 3월 11일 금요일이었어. 아무도 전화를 안 했어. 집단 심장마비나 단체 급성심부전이라도 걸린 건지, 만 개의 심장이 그날따라 조용하기만 한 거야. 나는 어떻게든 살려보겠다고 심폐소생술을 하듯 시체도 철철 울 만한 노래들을 줄창 틀어댔지. 그런데 시체들은 차갑기만 하더구나. 사랑이 죽어버린 거지. 난 더는 살아 있다는 기분이 들지 않았어. 무슨 소린 줄 알겠니?

난 즉각 잘렸지. 하지만 몇 달이 지나기 전에 그린 옥스 라디오에 취직했어. 급이 떨어졌다는 생각은 들지 않았어. 그린 옥스 손님들에게 봄이 왔다는 이야기, 크리스마스까지는 사십구 일 남았다는 이야기—아, 이건 아마 너도 들었을지 모르겠네—이번 시즌에는 아시아풍의 상품이 유행이라는 이야기 들을 하고 있으면, 살아 있다는 기분이 들거든. 열두시 반 전에 가면 푸드코트에서 하나 가격에 두 개를 먹을 수 있다는 이야기도 하지. 그리고 혹시 오늘 가슴이 이상하게 뛰는 사람 없느냐고 물어. 혹시 〈로만티카〉에 전화한 적 없느냐고, 한때 내 모든 시선을 사로잡았고 지금은 똑바로 보기조차 힘든, 내 곁의 누군가를 위해 노래를 신청해본 적 없느냐고 묻기도 해. 혹시 잔뜩 취해서 나이가 두 배는 많을 것 같은 사내와 바를 나서서 그의 포근한 무릎을 베고 자본 적 있느냐고 묻기도 하고. 나는 그린 옥스 회원카드를 만들면 얼마나 이득이 많은지 아느냐고 묻는 동시에 사랑이 얼마나 놀라운 건 줄 아느냐고 묻기도 하지. 나는 그들에게 많은 걸 묻는단다, 아가. 하지만 대답을 들어본 적은 없구나.

23

커트의 모습이 검게 칠한 사무실 유리창에 비쳤다. 왠지 그 모습이 실물보다 훨씬 나은 것 같았다. 실제로는 피부가 더 거무스름하고 말랐다. 그는 머리를 좌우로 돌려보며 창에 새로운 각도로 얼굴을 비춰보기도 하고, 스스로를 놀라게 해보기도 하고, 그의 눈이 지나가는 궤적을 보기 위해 애써보기도 했다. 그마저 지루해지자 알루미늄포일을 뭉쳐 공을 만들어 갖고 놀기 시작했다. 이렇게 길고 지루한 밤이면 언제나 포일 공이 가장 좋은 친구가 되어주었다. 공을 쓰레기통에 골인시키다보면 언제나 십오 분 내지 이십 분쯤은 가뿐히 지나갔다. 때로는 공 주워오기에 싫증날 때까지 계속할 때도 있었다. 단순히 공을 쓰레기통에 넣으면 끝나는 것이 아니었다. 들어가느냐 아니냐가 아닌, 손끝에서 공이 떠나 목표를 맞추는 그 섬세한 감각을 즐기는 것이었다. 소소하지만 짜릿한 쾌감이었다. 머릿속에서 '좋아!' 같은 간결한 목소리가 들리며 기분이 단숨에 좋아졌다.

지난주에는 포일을 가지고 노는 새로운 방법을 하나 개발했다. 그다지 재미는 없었지만 시간 죽이기에는 그럭저럭 괜찮았다. 일단 포일을 잘게 찢어 아주 작은 공을 만든다. 크기는 작지만 던지면 날아갈 정도의 무게는 되어야 한다. 그런 후 눈을 감고 회전의자를 빙빙 돌리면서 은빛으로 반짝이는 작은 뭉치들을 사무실 안 여기저기에 뿌린다. 카펫이 깔린 소우주 여기저기에 별똥들을 떨어뜨리는 것이다. 그후 한 시간 정도 방을 뒤져서 조각들을 찾아낸다. 가끔은 떨어진 운석을 찾는 상상도 하고("점점 흥미진진해지는걸!"), 또 어떤 때는 연쇄살인범을 찾는 상상도 하며("수사망이 좁혀지고 있어!") 또 다른 때는 실종된 아이를 찾는 상상도 했다("아…… 희망은 다 사라졌어"). 하지만 오늘 밤은 피곤하고 나른해서 포일 놀이에도 흥미가 생기지 않았다.

그는 다시 모니터들로 몸을 돌려 화면을 전환했다. 총 스물네 개의 스크린들이 있었는데, 각각 여덟 대의 카메라 화면을 보여줄 수 있었다. 그러니까 이 모니터들로는 총 백구십이 개의, 3월 어느 새벽 세시 십칠분 현재 모든 것이 정지된 그런 옥스를 볼 수 있는 것이다.

에스컬레이터는 정지해 있고, 지하의 고요한 정육점에서 올라온 어슴푸레한 빛이 꼭대기 층 푸드코트의 가지런히 놓인 수백 개의 빈 의자에까지 닿았다. 살아 있는 것은 아무것도 없었다. 하다못해 개나 파리조차. 기껏해야 관리자 구역 복도의 시궁쥐, 주차장의 스컹크, 그리고 여기 경비실의 근사한 가죽 회전의자에 앉아 있는 커트 자신뿐이었다.

그가 새삼 외로움을 느낀 순간, 그 소녀가 화면에 다시 등장했다. 6번 스크린, 은행 바로 옆, 소녀는 그곳에 있었다. 그는 화면을 확대했고, 소녀에게 눈길을 고정한 채 꼼짝도 하지 않았다. 그는 소녀가 사라질까 두려워 무전기에 대고 속삭였다. "스콧. 스콧."

스콧의 대답이 지직거리며 큰 소리로 돌아왔다. "어, 커트. 물 끓이고 있어?"

"스콧. 그 꼬마야. 그 여자애가 센터로 다시 왔어. 3층 은행 옆에 있어. 지금 카메라에 잡혔어."

"정말이야?"

"거기 서서 은행 문을 바라보고 있어."

"오케이. 내가 냉큼 올라가서 뭐가 어떻게 된 건지 볼게."

"좋아. 되도록 조용히 올라가. 그애가 네 발소리를 들으면 곤란하니까. 절대 겁주면 안 돼."

"알았어. 그냥 지켜만 볼게."

커트는 곁눈으로 스콧이 주차장을 비춘 화면을 가로질러 사라지는 것을 보았다. 다른 각도와 장소의 화면에서 그가 불쑥 나타났다가 사라졌다. 그 아이에게 가까이 다가가는 듯하다가 다음 모니터를 보면 엉뚱한 방향으로 걸어가버리기도 했다. 소녀는 이번에도 수첩을 들고 있었다. 커트는 깜짝 놀랐다. 소녀의 가방에 여전히 원숭이가 붙어 있었다. 리사가 발견한 것은 전혀 다른 물건이었던 것이다. 왠지 소녀가 낯익었다. 분명 커트는 예전에도 이 소녀를 본 기억이 있었다. 아마 낮 근무에서 봤을 것이다. 화면을 좀더 확대했지만 그래도 아이의 얼굴이 뚜렷하게 보이지는 않았다. 아이는 자기에게는 너무 큰 카무플라주* 재킷을 입고 있었고, 무언가에 잔뜩 열중해 있는 모습이었다. 도피중이거나 가출중인 아이 같지는 않았다. 커트는 왠지 그 아이가 무서웠다.

무전기에서 다시 지직거리는 소리가 났다. 스콧은 이번엔 목소리를 낮춰 속삭였다. "커트. 나 2층이야. 내 생각에는 위층까지는 관계자용 계단으로 올라가는 게 좋을 것 같아. 안 그러면 꼬마가 내 발소리를 들을 수도 있거든. HSBC 옆에 있는 문으로 나갈게."

"완벽해. 그리로 나오면 바로 그애를 정면으로 볼 수 있어. 도망가도 쉽게 잡을 수 있겠네."

커트는 카메라 앵글을 아주 조금 조정하여 거울문이 화면 한 구석에 나타나도록 만들었다. 이제 스콧이 그 문을 열고 나타나면 소녀와 한 화면에 잡힐 것이다. 왠지 지난번에 찾아주지 못한 것이 미안했다. 빚진 기분마저 들었다. 그는 어디까지나 그 아이를 돕고 싶었다. 십오 초, 이십 초, 삼십 초, 드디어 문이 천천히 열리고, 스콧이 소녀의 정면에 모습을 드러냈다. 아이는 꼼짝도 하지 않았다. 눈앞에 있는 십오 스톤**의 거구가 눈에 보이지 않는 듯했다. 커트는 온몸을 덜덜 떨었다. 한편 스콧은 우물쭈물하는 것 같았다. 그는 천천히 두어 걸음 앞으로 나가더니 그 자리에 멈춰버렸다. 커트는 그를 보고 무전기를 입으로 가져갔다. 왜 그가 저기서 시간을

* '위장'을 뜻하는 프랑스어. 복식에서는 주로 군복의 형식을 일컫는다.

** 영국 무게 단위. 1스톤은 6.35킬로그램.

버리고 있는지 궁금했다.

"커트. 어쩌라고. 지시 좀 내려줘."

"애한테 말을 걸어. 내가 무슨 말을 더 해야 돼?"

"어딨는데? 아니, 애 어디 갔어?"

"눈이 멀었어? 바로 앞에 있잖아!"

마침내 스콧은 몇 피트 더 전진했다. 이제는 거의 여자아이의 코 앞까지 다가가 있었다. 그러나 아이는 꼼짝도 하지 않았다.

"거기. 바로 거기 있잖아. 이름부터 물어봐. 아니 아무 말이나 해봐. 거기 꼼짝도 않고 서 있으니까."

그러나 스콧은 아이에게 말을 걸지 않았다. 대신 그는 천천히 뒤를 돌았다. 너무 무서워서 빨리 움직이지도 못하는 듯했다. 그는 천천히 고개를 올려 카메라를 쳐다보았다. 그리고 말했다.

"이봐. 여긴 아무도 없어."

24

그녀는 액셀러레이터에서 발을 떼지 않고 계속 엔진을 돌렸다. 그런다고 길이 당장 뚫리는 것도 아니었다. 엔진은 신경질적으로 부릉거렸다. 정기 점검이 필요한 듯했다. 액셀이나 엔진의 압력 감소에는 타협의 여지가 없었다. 당장 정비소로 가야 한다. 차는 언제나 제대로 점검해둬야 해. 기름은 가득 채워둬야 하고. 그리고 또…… 또…… 아, 그래. 발. 또 브레이크를 잘못 밟을 뻔했어. 그녀는 운전할 때 늘 발이 엉켰다. 브레이크와 액셀을 오가며 빠르게 발 바꾸는 것에 익숙지 않아 속도를 줄여야 할 때 가차없이 높이곤 했다.

밀레니엄 발티*의 네온사인이 노란 얼룩처럼 차창으로 천천히 번졌다가 사라졌다. 테리 토머스와 오랫동안 말다툼을 한 것이 어

* 버밍엄에 위치한 레스토랑 이름.

제였던가? 아니면 그제 밤인가? 맷이 "하이픈 같은 거 없어, 멍청아!"라며 소리지르다시피 한 것은 대충 기억났다. 다른 것은 별로 기억나지 않았다. 누가 화장실에서 해준 개 이야기가 한 토막 생각났다. 하지만 그 이야기를 누구와, 왜 했는지는 기억나지 않았다. 댄이 어느 순간엔가 제일 친한 친구로서의 의무라며 평소에도 실컷 늘어놓는 에드에 관한 잔소리를 또 시작했다. '왜 그렇게 제 잘난 맛에 사는 게으르고 거짓말 잘하는 개자식에게 인생을 낭비하는지'가 그녀가 기억하는 이야기의 요점이었다. 뭐라 뭐라 에드를 변호한 것 같기는 하지만, 사실 그의 질문에 대한 설득력 있는 대답은 그녀도 알지 못했다. 어느새 그녀의 마음은 그 경비원과 함께 밤의 쇼핑센터를 산책한 기억으로 흘러가고 있었다. 차창의 와이퍼가 알록달록한 물방울들을 지워냈다. 밀레니엄 발티의 간판이 다시 나타났다.

두 번 다시는 위스키를 마시지 않을 것이다. 보드카와 진에 대해서는 이미 옛날에 맹세한 바 있었다. 이것은 앞으로 럼이나 브랜디 같은 이국적인 영역으로 접어들겠다는 뜻이기도 했다. 화이트 럼, 괜찮잖아? 바카디에 콜라, 약간 1980년대 초반 스타일이지만 나쁘지는 않지. 이글에서 바카디를 팔던가? 이글과 아바나, 리사가 보기에는 그다지 어울리는 조합은 아니었다.

1960년대에 지어진 이글은 시골 유스호스텔 같은 느낌을 내기 위해 울퉁불퉁한 베이지색 벽돌이며 기포 섞인 유리, 앙상한 철골로 지은 방갈로였다. 그러나 건축가의 의도는 술집 정면을 점령한 나치 스타일의 거대한 독수리 부조 때문에 완전히 손상되고 말았다. 그것은 영국 시골 여인숙보다는 차라리 베르히테스가덴*에 어울렸다. 이곳에는 오렌지색 뒷방이 하나 있는데, 거의 매일 밤 유어 뮤직의 직원들이 모였다. 다른 사람들은 이 술집에 거의 오지 않았다. 그린 옥스에 저가형 술집 체인 하나가 문을 연 이후 근방의 술집들은 모두 문을 닫았다. 유어 뮤직 직원들이 이곳에 오는 이유는 두 가지였다. 첫째, 센터에서 반경 일 마일 안에 있는 유일한 술집이기 때문에. 둘째는 프로페서 롱헤어, 에스터 윌리엄스, 루빈 브러더스 등을 망라하는 엄청나게 방대하고 이상한 목록의 주크박스가 있어 그들이 이러쿵저러쿵 떠들기 좋았기 때문이었다.

육 개월 전 리사는 모처럼 결심을 하고 스스로를 다잡았다. 앞으로 저녁 시간을 이글에서 보내는 것보다 좀더 나은 방법으로 무엇이 있을지 목록을 작성해본 것이다.

1. 유어 뮤직 직원이 아닌 친구들을 만난다.

2. 책을 읽는다.

3. 영화를 본다.

4. 봉사 활동을 한다.

5. 집중하고 노력해서 매일 아침 일어나자마자 생각하지만 곧 잊어버리는 것들을 기억해낸다.

6. 케이크를 굽는다.

---

* 독일의 휴양 마을. '독수리 둥지'라는 별칭의 히틀러 별장이 있었던 것으로 유명하다.

7. 헤어스타일을 어떻게 할지 고민한다.
8. 다른 직업을 알아본다.
9. 엄마와 아빠를 찾아간다.
10. 보면 슬퍼지는 주방 벽의 갈색 녹을 제거한다.
11. 밤 산책을 나간다.
12. 사진을 찍는다.
13. 사놓고 아직 듣지 않은 음반들을 듣는다.
14. 무언가를 생각한다.
15. 에드와 대화를 나눈다.

그러나 매일 밤 일을 마치고 또하나의 미친 듯한 하루가 저물면 서둘러 오렌지빛 뒷방으로 달려가 수다와 사람들과 술에 파묻히고 싶은 충동이 목까지 차올라 도저히 거부할 수 없었다. 그 방은 모든 게 정말 끝내주게 유쾌해서 시간이 평소보다 열 배는 빠르게 지나갔다. 그녀는 주로 댄과 어울렸다. 그렇다고 에드가 가끔 넌지시 떠보는 것처럼 둘 사이에 뭔가 수상한 일이 있는 것은 아니었다. 댄은 그녀의 가장 오랜 친구였다. 그녀가 유어 뮤직에서 일하기 전의 모습을 아는 사람이기도 했다. 리사는 그 점이 좋았다. 댄이 지금보다 좀더 나은 그녀의 모습을 아는 것처럼 느껴졌기 때문이다. 지금보다 더 나은 취향과 생각, 계획을 가졌던 리사를 말이다. 댄이 말하는 조언들은 대부분 리사에게 가장 최선의 것이었다. 또는 한때 최선이었던 것을 댄이 기억해두었다가 새로운 현실에 맞게 각색해준 것이었다. 그 역도 성립했다. 두 사람은 서로에게 큰 희망을 지니고 있었다. '두 사람이 함께'에 대해서는 아니었지만.

에드는 절대 이글에 가지 않았다. 말로는 댄이 안중에도 없는 듯했지만, 그럼에도 언제나 에드는 그를 피해다녔다. 리사는 언제 한 번 에드가 이글에 와서 근사한 모습을 보였으면, 그래서 스스로 말하듯 댄이 나쁜 놈인 것을 증명해 보였으면 좋겠다고 생각했다. 그러나 에드는 그 대신 집에서 뒹굴뒹굴 턴테이블이나 끼고 놀거나 껄렁한 친구들과 함께 클럽에 가곤 했다. 그 클럽은 리사가 싫어하는 댄스음악만 틀었다. 오늘 밤은 이렇게 길에 갇혀 있긴 하지만 최소한 집에 갈 것이다. 절대 차를 버리고 이글에 가지는 않을 것이다. 오늘은 집에 있어도 괜찮다. 에드는 오늘 밖에 나간다고 했다. 그녀는 오늘 밤 케이크를 굽거나 녹을 지울 것이고, 일을 마치면 혼자 사색에 잠길 것이다.

이제 스콧은 그와 함께 밤 근무를 하지 않았다. 엄밀히 말해 개빈을 빼고 아무도 그와 함께 밤 근무를 서겠다는 사람이 없었다. 스콧은 그날 밤 일을 너무도 무서워했다. 둘 중에 뭐가 더 무서웠는지는 그 스스로도 잘 분간하지 못했다. 귀신이 바로 코앞에 있었던 것인지, 아니면 커트와 함께 센터에 다섯 시간 이상 붙들려 있었던 것인지.

이야기는 다른 경비원들에게도 퍼져나갔다. 모두 커트가 엄청 대단하고 용감한 사람이라고 생각했다. 정작 커트는 아무 생각이 없었다. 별로 무섭지는 않았지만 당황한 것은 마찬가지였다. 이 사건에 동요하지 않은 사람은 그의 새 파트너 개빈과 사장 제프, 두 명뿐이었다.

제프는 커트에게 며칠간 쉴 것을 종용했다. 피로가 쌓인 탓이라는 것이었다. 그렇게 야간근무를 연달아 하면 사람이 버텨내겠느냐고 했다. "가끔 그럴 때 없어? 너무 몸이 지쳤을 때 말이야. 자네는 스스로 깨어 있다고 생각해. 시각도 청각도 다 깨어 있을 때와 똑같아. 하지만 자네는 꿈을 꾸고 있었던 거지. 우리 마누라도 그러거든. 어느 날은 오밤중에 벌떡 일어나서 일요일 점심식사를 만들고 앉았더라고. 심지어 그러는 동안 말도 걸 수 있어. 언뜻 보면 완전히 깨어 있는 사람이야. 하지만 저기 꿈나라에 계시는 거지. 그리고 또 어느 날 밤은 침대에 앉아서 늘 하듯이 이야기를 하다가 이 여자가 갑자기 소리를 버럭 지르는 거야. '워건이야! 그놈이 콩을 다 먹어치웠어! 식충이 같으니라고!' 그제야 알았지. 이 여자가 어느 시점에 잠들었는지는 하늘만이 아실 거라고."

커트도 제프의 부인처럼 살면서 가끔 불행한 순간을 겪었던 것이다. 그리고 그 불행이 지난 십팔 개월 동안 가슴속에 점점 더 크게 자리잡았던 것이다. 제프는 그의 부인이 왜 꿈의 세계에 도피처를 만드는지 커트가 충분히 이해할 수 있도록 많은 설명을 해주었다.

제프는 이야기했다. "자네도 바로 그런 거야. 몸은 깨어 있었지만 머리는 꿈을 꾸고 있었던 거지. 근데 다른 사람들은 감쪽같이 모르고 있었던 거야. 스콧이 발광하는 것도 이해할 만해. 나도 우리

마누라가 옷장에서 양의 다리를 찾는 걸 보면 가끔 오싹하거든."

그리하여 커트는 며칠간 집에서 쉬었다. 그는 제프의 이론이 달갑지는 않았지만 받아들였다. 아이를 봤다는 기억은 분명 둘 중 하나였다. 한 치의 모호함 없는 사실 아니면 현실과 꿈이 적당히 뒤섞인 것. 그러나 이미 커트는 꿈이라는 것이 얼마나 간사한 것인지 잘 알았다. 과거에 꿈과 현실을 혼동하는 경험을 충분히 겪었으니까. 의사는 그렇게 드문 일도 아니라고 했다. 그 아이를 보았을 때도 과거의 악몽이 되살아난 듯해 불안하기도 했다. 그는 예전의 잘못을 되풀이하는 것이 아닌가 가볍게 자책했다. 지난 몇 년간 수면 문제를 얼마나 극복했을까 의문이 들기도 했다. 잠들어 있으면서도 깨어 있는 것처럼 기억하는 순간이 지금까지 도대체 얼마나 많은 걸까?

집에 있는 동안, 그는 잊고 있던 문제를 이참에 뿌리 뽑겠다고 결심했다. 일단 새 일자리를 알아봐야 했다. 많이 고립되지 않고 교대 근무가 아닌 일이어야 했다. 이제는 그런 옥스에서 인생을 외면하는 것에도 지쳤다. 자신에게 도움이 되는 일이 아니었다.

그리고 이제 커트의 밤 근무 동료는 개빈이었다. 개빈도 커트와 마찬가지로 동료들과 잘 어울리지 않았다. 맥주를 마시러 나가지도 않고, 카메라의 줌 기능을 이용해 여자 가슴을 보지도 않았다. 언제나 조용히 있다가 밤만 되면 쏜살같이 아내가 기다리는 집으로 달려갔다. 개빈은 단 한 번도 햇빛을 보지 못한 것처럼 생긴 사내였다. 머리색은 불그스름했고 피부는 그야말로 우윳빛이었다. 그의 노려보는 듯한 푸른 눈은 왠지 제리 리 루이스*를 생각나게 했다. 생긴 것만 보면 당장이라도 버럭 화를 내거나 못된 농담을 쏟아놓을 것 같지만, 실제의 그는 둘 중 어느 것에도 가깝지 않았다. 커트는 함께 일한 첫날 저녁 전까지 그가 말하는 것을 본 적이 없었다. 그러나 같이 일을 시작해보니 의외로 개빈은 말이 많았다. 커트의 잠을 쫓아주겠다고 일부러 애쓰는 것이 아닌가싶기도 했다. 그러나 개빈의 부드럽고 들릴 듯 말 듯한 목소리와 재미 하나 없는 화제는 오히려 의욕만 떨어뜨릴 뿐이었다. 개빈의 한밤의 독백쇼를 처음 듣던 날 커트는 두 번이나 머리를 세게 찧었다. 독백쇼는 매일 밤 되풀이되었다. 화제도 거의 바뀌지 않았다. 개빈은 한 번 말했다 하면 한두 시간은 거뜬한 사람이었다. 커트에게 이런 밤들은 처음이었다. 새벽 한시부터 네시까지가 며칠이나 되는 듯 길게 느껴졌다. 아무리 오랫동안 주차장과 관리자 구역을 순찰하고 돌아와도 경비실에 돌아오면 어김없이 개빈이 그를 기다리고 있었다. 그리고 커트에게 특유의 부드럽고 느린 고문을 늘어놓았다.

개빈의 이야기 주제는 단 하나였다. 그가 열정을 쏟는 곳도, 그를 매혹시키는 것도 단 하나뿐이었다. 그린 옥스. 개빈의 모든 것은 이곳에 수렴했다.

개빈에 따르면, 그는 1983년 그린 옥스가 처음 문을 열었을 때부터 이곳에서 일했다. 그는 스스로를 이 센터의 역사를 지키고 유물들을 간수하는 큐레이터로 여기는 모양이었다. 개빈은 종종 이렇게 말했다. "나는 이곳의 모든 비밀을 알지……" 그 말을 들으

* 미국의 유명한 로큰롤 가수.

며 커트는 알루미늄포일 공을 꽉 그러쥐었다. 그리고 생각했다. 언젠가는 자기가 저 비밀을 다 듣게 될 것이라고. 그리고 이미 알고 있었다. 그중 쓸모 있는 것은 하나도 없다는 것을.

커트는 그린 옥스가 이 나라에서 가장 먼저 생긴 신개념 쇼핑몰 중 하나라는 것도 개빈을 통해 알게 되었다. 안데일이니 불 링 같은 구식 쇼핑몰과 함부로 비교하는 것은 끔찍하게 불경한 일이었다. (말이 난 김에 이야기지만, 과연 개빈은 영국 전역에 안데일이 몇 개가 있는지 알기나 할까?) 그리고 그린 옥스가 도심과 떨어진 곳에 개발된 상공업 전용 부지에 세워진 최초의 쇼핑몰로 면적이 무려 백오십만 평방피트가 넘어 아직 이 나라에서는 가장 넓은 곳으로 손꼽힌다는 이야기도 들었다. 크리스마스 전 주에는 평균 사십구만 칠천 명의 쇼핑객이 들른다는 것도 알게 되었다. 총 열아홉 개의 고객용 엘리베이터를 통해 한 번에 삼백오십 명의 쇼핑객을 실어나를 수 있다는 것도 알게 되었다. 어느 토요일은 손님의 육 퍼센트만이 미숙련 노동자라는 것도 알게 되었다. 예전 이 자리에 있던 가스공장에서 무려 십만 세제곱미터의 유독 폐기물이 치워졌다는 이야기도 들었다. 그린 옥스의 관리자 구역에 있는 통로의 길이를 합치면 총 십이 마일 정도 된다는 이야기를 들었을 때는 그저 될 대로 되라며 완전히 멍한 상태였고, 개빈이 어느 날 밤 십이 마일의 통로를 모두 정복했으며 심지어 비디오로 찍어두기까지 했다는 이야기를 했을 때는 인내의 한계를 처절하게 느끼고 말았다. 그렇게 지루한 밤이 날마다 이어졌다. 커트는 자주 그와 그의 덜떨어진 아내가 몇 시간이나 기나긴 회색 복도를 쳐다보는 상상을 했다.

상상 속의 개빈은 자기가 좋아하는 부분이 나오자 화면을 정지해 놓고 기나긴 설명을 떠들어댔다.

때때로 개빈은 그린 옥스를 마치 살아 있는 생물처럼 묘사했다. 쇠와 유리, 콘크리트 그리고 인간이 힘을 합쳐 거대하고 숭배할 만한 존재를 탄생시킨 듯이 말하곤 했다. 개빈은 센터의 기획서 사본과, 센터의 모든 변모를 상세히 기록한 사진을 가지고 있었다. 그는 조만간 자신의 소장품을 중앙 아트리움 어딘가에 상설 전시하려고 진지하게 마음먹고 있었다. 커트는 그 이유를 알았을까? 아니, 몰랐을 것이다. 2004년 10월이 그린 옥스의 스물한번째 생일이라는 것을 아는 사람은 별로 없으니 말이다. 그런 것을 기념할 가치가 있다고 생각하는 사람은 많지 않으니까. 그린 옥스의 진실과 비밀을 모두 아는 사람은 세상에 몇 없으니까.

25

리사는 크로퍼드의 회전의자에 앉아 있었다. 그녀는 앞으로 삼십 분은 달갑지 않은 일을 해야 했다. 조금 후 노크 소리가 들리고 스티브가 들어왔다. 그는 이지리스닝 음반의 구매 담당으로 그 장르와 어울리지 않게 다혈질이었다.

스티브: 리사, 나한테 할 말이 있다고?

리사: 응. 네 자리는 마이크한테 봐달라고 얘기해뒀어.

스티브: 이거 혹시 며칠 전에 벌어진 일이랑 상관있는 거야?

리사: 응. 맞아.

스티브: 알았어. 알았어. 음, 징계를 내리든 뭘 하든 받아들일게. 자르지만 말아줘. 난 열심히 하고 내 할 일도 잘하잖아. 하지만 그런 인간들…… 그러니까 리사, 걔들이 날 갖고 놀았다고. 뭔 소린 줄 알지? 그 개 같은 것들이 날 엿 먹였단 말이야.

리사: 알아, 알아. 하지만 일터에서 그렇게 네 개인 감정대로 행

동하면 안 되지.

스티브: 딱 한 번이었잖아.

리사: 음, 어쨌든. 그래. 네가 고객을 때린 건 이번이 처음이라고 쳐. 하지만 고객과 문제가 생긴 건 처음이 아니잖아.

스티브: 안 때렸어. 내가 뭔가 설명하려는데, 그 개자식이 버럭 소리를 지르잖아. 그래서 말한 거야. 이보세요. 저도 사람 칠 줄 알거든요?

리사: 봐, 스티브. 보라고. 당장 그 사건만 갖고 얘기할 수도 있어. 하지만 말이야, 우리 처음부터 한 가지 전제는 좀 분명히 하자. 네가 예전부터 손님들하고 실랑이를 벌여온 이력이 있다는 걸 인정해. 그러지 않으면 절대 터놓고 이야기할 수 없을 거야. 너도 동의하지?

스티브: 리사. 난 사람들이랑 함께 일하는 게 좋아. 얘기했잖아. 난 이 일이 좋다고. 그리고 넌 크로퍼드보다 훨씬 더 현명하게 이 일을 다룰 거란 건 인정해. 그놈한테 가서 날 자르지 말라고 설득해줄 것도 알고 있어. 하지만 그 전제는 그다지 동의할 수가 없는걸. 난 나 자신을 '평소엔 침착한 놈'이라고 생각한단 말야.

리사: 스티브. 우리가 점심을 꽤 자주 같이 먹었다는 걸 혹시 까맣게 잊은 건 아니겠지? 난 네가 샌드위치 씹으면서 열받아 씩씩대는 모습을 정말 자주 봤어. 점심시간 내내 그러고 앉아 있기도 해. 혹시 지난주의 그 남자 기억나?

스티브: 지난주에 본 남자만도 수십 수백이야. 매주 수많은 남자들이 와. 죄 스티브에게 볼일 있는 것 같아 보이는 남자들이 말

이야.

리사: 맞아. 음, 내가 말하는 건 레이 코니프의 음반을 찾던 그 남자야.

스티브: 아, 아, 그래 그래. 내 말이 바로 그 말이었어.

리사: 아니. 내 말은 바로 이거야. 그건 별일 아니야. 너는 점점 돌아버리고 있어.

스티브: 리사. 그 자식은 날 감시했어. 내가 반품할 음반들을 선반에서 꺼내 상자에 담는 걸 감시하고 있더라니까. 내가 다른 음반 몇백 장을 그 상자의 덮개 위에 놓는 걸 감시하더니 내가 엘리베이터로 큰 상자를 들고 가는 걸 감시하면서 날 기다리고 또 기다리는 거야. 그리고 일을 다 마친 내가 팔을 흔들면서 서 있으니 그제야 와서 "저, 레이 코니프의 앨범 'The Happy Sound of Ray Conniff' 있습니까?"라고 물어보는 거야.

리사: 그래, 스티브. 나 직원실 벽이 움푹 팬 걸 봤어. 너무 네 멋대로 굴고 있어. 넌 네 주먹을 좀 다스려야 해.

스티브: 맞아. 내가 벽을 좀 쳤어. 그 자식 얼굴이 아니라. '대단히 참아준' 거지.

리사: 네가 얼마나 폭력적인지 너무도 잘 보여주는 사례야, 스티브.

스티브: 이봐, 리사. 알았어. 문제가 됐던 그 자식 얘기를 좀 할게. 무슨 일이 일어났는지 정확히 말해줄게. 맹세하는데 난 그 자식 안 때렸어. 그 자식이 나한테 와서 하는 말이, 나는 저를 도와줄 수 없을 거라는 거야. 나한테 물어보는 건 시간 낭비일 것 같대.

그러면서 자기는 엄청 오랫동안 노래를 하나 찾고 있대. 기억해 둬, 리사. '오랫동안'이랬어. 자기 아버지가 만날 흥얼대던 노래인데, 늘 한 소절만 부르고 부르고 또 불렀다는 거야. 아버지는 돌아가신 지 이미 오래됐고, 그 사람 어머니도 이제 곧 여든번째 생일을 맞는대. 그래서 그 노래를 찾아내서 어머니한테 선물하고 싶대. 어머니도 그 노래 전체를 다 들어보고 싶어할 것 같다며. 어머니도 그 노래가 뭔지는 전혀 모른다는 거지. 난 그래서 생각했지. 좋은 사람이구나. 자기 어머니에게 효도를 하려는구나. 그래서 말했어. "가수나 제목은 전혀 모르신다는 거죠?" 그러니까 말하더군. "네. 가망이 없는 거 같아요. 달랑 한 소절 알거든요." 그래서 말했지. "음, 그럼 여기서 저한테 그 한 소절을 좀 불러주세요." 그러니까 대답하더군. "'미스터 새터데이 댄스'라는 가사예요."

리사: 오케이.

스티브: 그래서, 리사, 이게 정말 대단한 거야. 그래서 내가 이 직업을 사랑하는 거고. 바로 내가 이 일을 진심으로 좋아하는 이유라고. 그 영감탱이는 나 말고도 매장 안의 다른 직원들한테 얼마든지 그 소절에 대해서 물어볼 수 있었어. 어쩌면 그런 옥스 안의 아무나 붙들고 물어볼 수도 있었겠지. 하지만 그 누구도 제대로 대답 못해줬을 거라고. 근데 난 한 번에 알아챘어. 단지 알아챈 것만이 아냐. 그 영감탱이가 그 가사를 잘못 알고 있다는 것까지 알아냈다고. 왜냐고? 나도 만날 그 가사를 틀리거든. 꼭 그런 식으로 말이야. '미스터 새터데이 댄스'가 아니야. '미스드 더 새터데이 댄스'거든. 알겠어? 무슨 노랜지?

리사: 미안. 감도 못 잡겠어.

스티브: 아, 그래, 알았어. 내가 말했듯 사람들은 대부분 이 노래를 몰라. 하지만 난 대부분이 아니거든. 난 내 담당 장르를 사랑해. 내가 듣고 자란 노래들이거든. 그래서 아저씨한테 말해줬지. "그 노래는 〈Don't get around much any more〉라는 곡이에요. 많은 가수들이 불렀고요. 아마 저희 창고에 잉크 스파츠가 부른 앨범이 있을 거예요." 그래. 그때 나 좀 들떠 있긴 했어. 인정해. 그 아저씨는 그 노래 한 곡을 '오랫동안' 찾아 헤맸다잖아. 그 사람 어머니는 또 얼마나 좋아하겠어. 그래서 내가 창고까지 가서 잉크 스파츠의 CD를 찾아가지고 부리나케 돌아왔지. 그 CD는 무지 쌌어. 오 파운드 구십구 펜스밖에 안 했다고. 완벽하잖아. 그걸 건네줬더니 이 아저씨가 뭐라고 했는 줄 알아? "노래 한 곡에 오 파운드 구십구 펜스라고요?" 아니, 이게 무슨 경우야? '고맙습니다'도 아니고, '우리 어머니가 좋아서 기절하실 거예요'도 아니고. '노래 한 곡에 오 파운드 구십구 펜스라고요?'라니!

리사: 아……

스티브: 그래서 말했지. "한 곡이 아니에요. 앨범이거든요. 어머니가 다른 곡들도 좋아하실 거예요." 그러니까 그 영감탱이가 이러는 거야. "흑인 그룹의 음악을요? 그럴 리가요."

리사: 흑인 그룹의 음악? 멋진데.

스티브: 환장하지. 그러면서 말하더군. "혹시 싱글앨범은 없습니까?" 이건 또 뭔 소리? 아니 삼십 초 전까지만 해도 자기 평생의 숙제였던 걸 찾아줬더니, 이제 와서는 싱글을 내놓으라는 거야. 그

래도 말했지. 그때까지만 해도 침착했어. "음, 이 곡은 1937년도에 나온 거예요. 저희들은 이 시절에 나온 음반을 싱글로 갖고 있지는 않아요." 여기부터가 이 영감탱이가 날 갖고 놀기 시작한 대목이야. 날 보고 씩 쪼개더니 이러는 거야. "대형매장이라면서 그런 것도 없어요?" 리사, 믿어져? 그 자식 지옥에서 왔어? 그래, 알았어. 인정한다. 내가 여기에서 좀 당황했어.

리사: 좀 당황했다고? 그게 다야?

스티브: 그렇다니까. 그래서 난 그 앨범을 그 양반한테 좀 세게 떠넘기고 말했어. "손님, 이 앨범을 가져가세요. 얼른 계산대로 가서 돈 내시라고요." 그러니까 영감탱이가 "이 가격을? 이거 칼만 안 들었지 강도나 다름없잖아!" 이러는 거야. 그래서, 음, 내가 그 아저씨의 가슴을 좀 밀거나 했나봐. 음, 그래 어쩌면 좀더 높이, 얼굴일지도 모르지. 그리고 말했는데, 음, 어쩌면 내 생각보다 더 위협적으로 들렸을 수도 있겠다. "사!" 이랬거든. 그랬더니 영감탱이가 버럭 화를 내면서 내 태도가 위협적이네 뭐네 지랄을 한 거지.

리사: 알았어. 그래, 스티브. 알겠어. 하지만 어쩔 수 없어. 넌 담당을 바꿔야 해.

스티브: 아, 제발. 리사. 그러지 말아줘. 날 창고에 처박지 말아 달라고. 난 그 자식들 안 좋아해.

리사: 그만해, 스티브. 잠깐 고객 응대를 하지 말아봐. 그게 너한테도 좋을 것 같아.

스티브: 리사. 난 거기 있는 괴물 자식들만큼 나쁘지 않아. 그것들은 말도 못해. 그냥 짖는다고. 지금 무슨 〈뻐꾸기 둥지 위로 날

아간 새〉* 찍니? 나 사람 상대 잘해. 난 고객 서비스 대왕이야. 날 제발 거기 처박지 마.

리사: 미안. 스티브. 내 권한 밖이야. 육 개월, 아니면 그보다 더 갈 수도 있고. 허리 숙이고 일하다보면 금방 갈 거야. 놀러 갈게.

스티브: 제기랄. 환장하겠네.

커트는 센터의 중앙 복도 순찰로 밤 근무를 시작했다. 개빈은 경비실에서 무전기의 잡음이나 듣고 있으라고 내버려두었다. 커트는 개빈의 무전기에서 가래 끓는 듯한 잡음이 계속 나온다는 것을 처음 눈치챘을 때 아무래도 불량품 같으니 얼른 바꾸라는 말을 해주었다. 그러나 개빈은 전혀 개의치 않는 모양인지 멀쩡하게 잘 작동한다고 대답했다. 그때부터 경비실에 앉아 있는 개빈이 마치 무전기에서 들리는 잡음에 넋이 나가 있는 것으로 보였다.

개빈과 일한 다음부터 커트의 비몽사몽은 점점 더 심해지는 것만 같았다. 비록 최근에는 개빈이 대화 주제를 유럽 건축사까지 넓히기는 했지만, 그 또한 시간을 빨리 보내는 데는 아무짝에 쓸모가 없었다. 개빈은 작년에 독일 여행에서 성과 교회를 둘러보았다며 그 기념물이며 건물의 주요 정보를 커트에게 나눠주려고 했지만, 그 이야기를 듣다보면 커트는 삶의 의욕이 뚝뚝 떨어지는 것

* 정신이 멀쩡한데도 정신병원에 후송된 한 죄수가 주인공으로 나오는 영화.

같았다. 커트는 머릿속 한구석에 이 정보의 물결에서 도망갈 수 있는 은신처를 만들었다. 가끔은 투명인간이 되는 상상도, 또 가끔은 개빈이라는 존재 자체가 그가 만들어낸 허구라는 상상도 했다. 지난주에는 난데없이 그린 옥스가 포위 공격을 받으면 자기가 얼마나 지켜낼 수 있을까 생각해보기도 했다. 공상은 점점 상세해졌고 커트를 즐겁게 해주었다. 일종의 개빈 방어기제랄까, 매일 밤 그는 몸으로는 센터를 순찰했지만 머릿속 은신처에서는 이것저것을 궁리하고 예측하며 즐거워했다. 심지어 사무실에 있을 때도 마찬가지였다. 개빈이 회전의자에 앉아 온갖 통계치를 떠드는 동안에도 그는 머릿속에서 딴생각을 했다. 매일 밤 조금씩 계획에 살이 붙어갔다. 그리고 그 계획을 머릿속에서 재생해보는 시간도 매일매일 조금씩 더 길어져갔다.

방어 전략을 짜는 데는 시간이 많이 걸렸다. 만일 모든 출입구를 안전하게 지키지 않으면 공성전은 겨우 몇 시간 만에 끝날 것이다. 하룻밤 내내 모든 경로를 지킬 수 있을지는 그도 확신할 수 없었지만 그렇게 가정하고 행동해야 했다. 개빈은 어떤 식으로든 처리해야 했다. 그의 엉덩이를 의자에서 떼어낸 후 주차장에라도 보내 급한 일을 처리하라고 시킬 생각이었다. 개빈과 함께 수비를 하는 상상은 그다지 즐거운 것이 못 되었다. 오히려 동료인 그를 제거할 방법을 구상하는 쪽이 훨씬 더 짜릿했다. 방어를 위해 필요한 모든 장비는 DIY 전문 매장에서 구하면 된다. 출입문이나 환기통, 비상구에 설치할 치명적인 부비트랩 재료도 그곳에 충분히 있을 것이다. 커트는 회전문에 설치할 인간 포획 덫을 머릿속에서 설계

하는 데 많은 시간과 공을 들였다. 덫의 효용을 시험하는 인간 생쥐는 언제나 개빈이었다. 감시카메라 앵글도 가능한 모든 침투 경로를 감시할 수 있도록 조정했다. 마을에는 평화가 찾아올 것이다. 푸드코트에는 고요가 찾아올 것이다. 단 한 곳만은 여전히 분주하게 돌아갈 것이다. 백오십만 평방피트의 정적 한가운데 단 한 곳, 그곳에서 커트는 서둘러 제2단계 프로젝트에 착수할 것이다. 제2단계는 내전이다. 여기서 커트는 테러 공작원이다. 어떻게 하면 이 센터를 가장 무자비하게 처리할 수 있을까? 커트의 머릿속에서는 센터 내의 각종 상품과 비품, 조형물 들을 짜맞추는 광경이 그려졌다. 일단 그린 옥스의 문을 걸어 잠근다. 그리고 몇 주, 아니 몇 달에 걸쳐 거대한 도미노를 만든다. 이것이 센터 파괴의 절정이 될 것이다. 아니, 도미노는 그만두자. 대신 엄청난 규모의 쥐덫을 만드는 것이다. 알코올에 적신 옷, 잔뜩 쌓아올린 의자, 빵집 오븐 속 마네킹 들이 히스 로빈슨*식의 연쇄 반응을 일으키며 수천 가지의 돌발 상황이 여기저기서 터져나오는 것이다. 커트는 말쑥하지만 폼나지는 않는 옷차림으로 그 옆을 마구 달리는 것이다. 최대한 빨리 뛰어서 맨 끝까지 무사히 도착하는 것이다.

그는 그렇게 머릿속에서 그린 옥스의 종말을 꿈꾸며 중앙 아트리움의 길을 따라 걷고 있었다. 막 내려오기 시작하는 유어 뮤직의 셔터 밑에서 빠져나오는 리사의 모습이 보였다. 그는 잠시 서서 그

* 영국의 풍자 만화가. 복잡한 연쇄 반응을 일으키는 기계장치를 즐겨 그렸다. 그의 이름 자체가 영국에서는 '지나치게 복잡하다'는 의미의 익살로 쓰이기도 한다.

녀가 거대한 열쇠 뭉치를 뒤적거리는 모습을 지켜보았다. 말을 걸어도 될까, 잠시 망설였지만 이내 된다고 결론을 내렸다.

"안녕하세요."

리사는 움찔하며 뒤를 돌아보았다. "발소리를 못 들었어요. 경비원들은 특별히 소리 안 나는 신발을 따로 지급받기라도 해요?"

커트는 머리를 저었다. "따로 나오는 건 없어요. 제가 산 거죠." 그는 걱정스러운 눈빛으로 자기 신발을 보며 물었다. "공짜로 지급받는 물건처럼 보여요?"

리사도 커트의 신발을 보았다. "네. 미안하지만 좀 그래요."

"싸 보여요?"

"음, 네. 좀 그러네요."

"아, 내가 바란 건 그런 게 아닌데."

"비싸게 산 거예요?"

"아뇨. 더럽게 싸요. 하지만 보기에는 안 그랬으면 했죠." 커트는 살짝 실망한 듯했다.

리사는 얼른 화제를 돌렸다. "참, 저 그 이야기 들었어요. 보셨다면서요?"

"아, 벌써 알고 계셨네요."

"아마 모두 다 알고 있을걸요."

커트는 낙심했다. 그날 밤 그녀를 끌고 쇼핑센터 여기저기를 헤매던 그의 모습이 조금은 용감해 보였을 거라 생각했다. 길도 수월하게 잘 찾았던 것 같았다. 그래서 그녀에게 좋은 인상을 남겼을 거라 생각했다. 왠지 그 생각에 기분이 흐뭇하기도 했었다.

"원숭이는요? 그건 그 꼬마가 실존 인물이라는 증거가 되지 않나요?" 리사가 물었다.

"음, 그건 스콧의 증언에 대면 그다지 보잘것없는 것이죠. 그 친구 앞에는 정말 아무도 없었다고 하니까요. 사람들은 원숭이보다는 그 친구 말이 훨씬 설득력 있다고 보나봐요. 원숭이는 우연의 일치라는 거죠. 알게 뭐예요? 관리자 구역 복도 도관 뒤에는 수많은 동물 인형이 숨겨져 있는지도 모르죠. 어쨌든 그 여자아이는 그때 그 자리에 없었던 거예요. 그냥 제가 꿈을 꾼 거죠."

"하지만 그쪽은 깨어 있었잖아요?"

"아니요." 커트는 이 이야기까지는 정말로 하고 싶지 않았다. "전 제가 깨어 있었다고 생각해요. 아마 누가 봐도 깨어 있는 사람처럼 행동했겠죠. 하지만 전 자고 있었던 거예요. 사실 저는 수면장애가 좀 있거든요."

"그럼 지금은 깨어 있나요? 아님 저를 꿈에서 본 건가요?"

"알 수 없죠."

"만일 제 등뒤에서 날개가 돋거나 갑자기 러시아어로 떠들면 넌지시 말해줄래요?"

"알았어요. 그럼 우리 당신의 양말 친구들에 대해 이야기 좀 해볼까요?"

리사가 빙긋 웃었다.

평소 커트는 사무실로 돌아가서 샌드위치를 먹었다. 하지만 개빈을 생각하자 저절로 질문이 튀어나왔다. "혹시 지금 배고파요?"

"일 끝나면 늘 그렇죠. 배고파요."

"지금 집에 꼭 가야 돼요?"

리사는 에드를 떠올렸다. 틀림없이 그는 지금 텔레비전을 보며 피자를 먹고 있을 것이다. 집 안은 온통 페퍼로니 냄새로 진동할 터였다. 그녀는 고개를 저었다.

"그럼 나랑 가요." 커트는 그녀를 데리고 길을 따라 중앙 아트리움 쪽으로 걸어갔다. 둘은 나란히 에스컬레이터를 타고 4층으로 향했다. 그곳에는 가장자리에 음식 가판대가 늘어서 있고 가운데에 테이블과 좌석이 마련되어 있었다. 에스컬레이터를 타고 가며 리사는 센터가 꽤 아름답다는 것을 알게 되었다. 거대한 홀과 반쯤 켜진 불빛 그리고 조용히 움직이는 에스컬레이터. 어딘가 신비한 느낌마저 들었다. 그녀는 머리를 뒤로 젖혔다. 유리 천장 너머로 펼쳐진 검은 하늘, 그리고 날개의 불빛을 깜빡거리며 하늘을 천천히 가로지르는 비행기를 바라보았다.

커트는 감시카메라 하나를 가리키며 속삭였다. "자, 개빈한테 웃어주세요. 우리를 보고 있을 테니까요."

그들이 맨 위층에 도착하자 그가 물었다. "뭘 좋아하세요? 일식? 이탈리아 음식? 타이 음식? 멕시코 음식?"

리사는 싱긋 웃으며 말했다. "매일 밤 이런 짓을 하세요?"

"절대요. 전에는 해본 적 없어요. 딱히 할 필요도 없었죠. 평소에는 피시 페이스트 샌드위치를 먹으면서 개빈의 이야기를 듣거든요. 그린 옥스의 건설에 참가했던 유리 시공업자 아무개씨 이야기 같은 거 말이죠."

리사는 그를 보았다. 그녀가 난생처음으로 만난 피시 페이스트

동지였다. 저토록 부끄러워하지 않고 당당하다니.

“그러니까 뭘 좋아하느냐고요?” 그는 재차 물었다.

그녀는 아주 잠시 생각했다. “달걀 프라이 샌드위치 하나를 섭취하려면 어떤 면허가 필요한가요?”

그는 씩 웃으며 눈에 보이는 첫번째 주방으로 들어가 재료를 찾기 시작했다.

십 분 후 그들은 샌드위치를 하나씩 들고 불이 밝혀진 테이블에 마주 앉았다. 주변에는 테이블 위에 거꾸로 얹힌 의자들과 어둠만이 가득했다. 커트는 리사에게 초콜릿 밀크셰이크를 한 잔 만들어 주었지만 불행히도 망치고 말았다. 어찌나 끈적거리는지 리사는 빨대로 한 입 빨아올릴 때마다 머리가 지끈지끈 아팠다.

결국 그녀는 마시기를 포기하고 말을 꺼냈다. “계속 판다 생각이 나네요. 어젯밤에 텔레비전에서 판다에 관한 프로그램을 하나 봤거든요. 너무 속상했어요.”

“왜요?”

“판다들이 너무 힘들게 살더라구요. 알아요? 판다는 삶의 대부분을 자기가 먹을 이파리와 대나무를 찾아 헤매는 데 써요. 그런데 그런 게 판다 몸에 좋지 않대요. 소화를 못 시킨다나봐요. 열량을 제대로 섭취 못하게 되는 거죠. 그래서 판다는 늘 그렇게 축 늘어져서 쉬고 있대요. 아, 말만 해도 슬퍼지네요. 판다는 정말…… 보람 없이 사는 거죠. 그런 거잖아요. 평생을 걸고 찾아다니는 게 자기들 몸을 점점 약하게 만드는 거라니.”

“왠지 남 얘기가 아닌데요.”

"네. 맞아요. 그래서 저도 속상한 거예요. 평생을 대나무를 찾느라 낭비하는 삶이라니. 정작 필요한 건 마즈 바*일지도 모르는데."

"가끔요, 저는 이런 상상을 해요. 제가 자연 다큐멘터리 프로그램의 주인공인 거예요. 인간이 아닌 다른 어떤 생물들이 즐겨 보는. 그들은 제가 평생 텅 빈 복도를 걸어다니고 문이 잠겼나 확인하면서 살아가는 걸 지켜보는 거죠. 그런 장면에는 어떤 내레이션을 붙여야 할까 생각도 해봤는데, 아마 내레이션 쓰는 놈들도 적잖이 고생하지싶어요."

둘 사이에 몇 분간 정적이 흘렀다. 잠시 후 그가 덧붙였다. "그리고 말이죠, 굳이 자연 다큐멘터리까지 가지 않아도 말이죠, 저는 누가 절 지켜보는 것 같은 느낌이 들어요. 어떤 건지 알겠어요?"

리사는 매일 아침 감시카메라가 달린 몰을 지나치며 느끼는 감정을 떠올렸다. "네. 가끔은요."

커트는 잠시 주저하다 이내 말을 이었다. "여기 센터에 혼자 있으면 가끔 무서워질 때가 있어요. 누가 쳐다보는 것 같아서요. 카메라에서 개빈이 보고 있는 것 말고요. 그 여자애일 수도 있고, 어쩌면 저 자신일 수도 있고…… 모르겠어요. 그냥 제 느낌이에요. 그렇게 생각하면 좀 쓸쓸해져요. 누군가가 저한테 계속 거리를 두는 것 같거든요. 쳐다보긴 하지만 결코 다가오지 않는 거죠."

"늘 그런 느낌이 들어요?"

커트는 잠시 생각해보았다. 그리고 그녀와 이야기하는 지금 이

* 초콜릿 바의 상표명.

순간은 전혀 그런 느낌이 들지 않는다는 것을 깨달았다. 그녀는 대답을 기다리고 있었지만 그는 차마 이야기하지 못했다. 대신 빙긋 웃고는 머리를 저었다. 그리고 다른 이야기를 꺼냈다. "자, 케이크나 훔치러 가죠."

익명의 남자
매장번호 300~380 막스 앤드 스펜서

요즘 우리는 이런 식으로 일요일을 보낸다. 이제는 하나의 전통으로 자리잡은 느낌이다. 침대에서 신문을 읽으며 몇 시간 뒹굴거리다 이내 이곳으로 내려온다. 신문에 늘 나오는 것이 있다. 신간 리뷰나 신보 소개, 요리법 등등. 아무리 광고 같아 보이지 않는 작은 조각 기사 하나도 사실은 모두 광고다. 이건 신문이라기보다는 카탈로그라고 보는 게 맞을 것 같다. 어쨌든 오늘 우리의 다음 임무는 이것이다. 그린 옥스로 가서 우리에게 필요한 물건을 사 오는 것. 거기에 가면 신문에서 점찍어둔 물건들을 대충 찾아낼 수 있다. 그다음에는 집으로 와서 맛있는 저녁을 먹고 새로 사 온 음반을 듣고 새로 산 근사한 책의 첫 장을 읽는 것이다. 그럼 주말이 끝난다. 언제나 작은 임무를 설정하고 그에 대한 작은 포상을 만들어둔다. 하지만 오늘은 찍어둔 것들을 찾아내지 못했다. 매장은 제대로 찾아갔지만 실물을 보니 딱히 마음을 끄는 것이 없었다. 밖에는 주룩주룩 비가 온다. 도대체 뭘 해야 하지? 집에 들어 앉아 서로 얼굴만 멍하니 바라보는 수밖에. 그러다가 서로 버럭버럭 화를 내는 일요일 오후. 사실 예전에는 늘 이랬다. 감사합니다, 하느님. 상점들이 일요일에 장사하는 것을 허락해주셔서.

지금 아내는 빵을 보며 얼굴을 씰룩이고 있다. 아마도 이런 말을 하고 싶은 듯하다. "나 사실은 무지 불행해. 그리고 당신한테 욕을 퍼붓고 싶어. 하지만 어떻게든 참고 숨겨볼게." 그녀는 시위하고 싶은 것이다. 자기는 이러고 있을 사람이 아니라고. 우리의 삶이 너무도 공허하고 재미없다고. 그런데 나는 통 이해해주지 않는다고. 물론 나는 이해하고 있다. 나는 그녀의 모든 것을 이해하고, 우리의 모든 것을 이해한다. 나는 그녀를 알지만 그녀는 나를 모른다. 나는 그녀를 사랑한다.

26

〈My Heart Will Go On〉의 신시사이저 팬파이프 소리가 스피커에서 흘러나왔다. 커트는 BHS* 안에 있는 카페에 앉아 누나 로레타가 나타나기를 기다리고 있었다. 그는 찻주전자에 담긴 차를 잔에 따르다가 흘리는 바람에 무릎을 데었다. 팔꿈치는 작은 플라스틱 포장을 뜯다 테이블로 흘러넘친 우유 위에 놓여 있었다. 그는 차갑고 찐득찐득한 이 파운드 오십 펜스짜리 애플파이를 씹었다. 파이 껍질이 입안에서 버석거렸다. 처음부터 그의 기대치는 높지 않았다. 그렇다고 해도 이 조잡한 현실은 '애프터눈'이나 '티' 같은 단어가 주는 고급스러운 느낌을 처참하게 깨뜨리는 것이었다. 카페 안에는 커트 말고도 혼자 온 손님이 열 명쯤 더 있었다. 그들 기분도 마찬가지겠지만, 커트는 비참하기까지 했다.

* 영국의 잡화 백화점. 큰 쇼핑센터 안에 입점하기도 한다.

커트는 누나 로레타와 일 년에 한 번, 크리스마스 즈음에 부모님 집에서 어색하고 불편하게 마주치는 사이였다. 연락도 주로 커트 쪽에서 먼저 하는 편이었다. 커트는 어머니가 그들 남매가 어릴 때처럼 다시 가까이 지내길 바란다는 것을 알았지만 마음처럼 쉬운 일이 아니었다. 누나는 십대 시절부터 가족과 소원했다. 비록 누나가 아들을 하나 낳고 나더니 최근 어머니와 화해하려는 기미를 보이고 있지만, 커트와 누나의 관계는 죽었다 깨도 예전으로 돌아갈 수 없었다.

커트는 로레타의 십대 시절 그 유난스러웠던 반항과 비행에 화가 나 있었다. 부모님께 걱정을 끼쳤기 때문이기도 했고, 그 반항이란 것이 진부하고 촌스러웠기 때문이기도 했다. 누나가 이기적이고 멍청하다는 것을 알고 커트는 많이 실망했다. 그녀는 열네 살 생일쯤 반항아 교본 같은 것을 하나 읽은 후, 질풍노도기의 고색창연한 행동 지침 각 항목에 체크를 해나가는 것처럼 반항 소녀의 길을 갔다. 그녀는 펑크족 마지막 세대에 속했다. 십 년쯤 뒤에는 그마저도 완전히 자취를 감춘. 남들 다 하는 펑크 헤어스타일을 했고, 남들 다 뚫는 데 피어싱을 했다. 본드를 마시고 어머니 지갑을 훔치고 동네의 모든 남자아이들과 잤으며, 열여섯 살 생일에는 집을 나가 '스핏'이라고 자칭하는 서른 살 먹은 남자와 동거를 시작했다. 커트는 그 남자를 딱 한 번 보았다. 어느 날 저녁 스핏이 로레타를 보러 느닷없이 집에 나타났다. 어머니는 걱정으로 안절부절못하면서도 최선을 다해 접대해보겠다는 듯 그에게 차 한잔 하고 가라고 우겼다. 스핏은 소파에 앉아 커트의 부친과 장장 이십 분간 침묵의 눈싸움을 벌였다. 어머니 팻은 옆에서 분위기를 띄우려고 마치 자기 눈앞에 있는 두 사람이 햄버거를 사러 나온 조니와 차치*인 것처럼 농담을 던졌다. 로레타와 스핏은 전혀 동조해주지 않고 담배를 피우러 밖을 들락거렸다. 결국 팻은 커트 부친의 얼굴 왼쪽에 보이는 경련을 무시하지 못하고 필사적으로 스핏을 대화에 끌어들였다. 그녀는 그의 사슬 목걸이 끝에 흰색 플라스틱 병이 달린 것을 불안한 눈빛으로 힐끔힐끔 쳐다보았다. "스핏. 미안한데 그 목걸이에 대해서 좀 물어볼게요. 그 안에 뭘 담아 다니는 거예요?"

스핏은 커트 부친에게서 시선을 떼지 않고 대답했다. "토한 거요."

그 순간 커트의 부친은 대답을 예상했다는 듯 의자를 박차고 일어나 천둥같이 소리질렀다. "나가, 이 자식아!"

놀랍게도 로레타와 스핏—요즘은 마크라는 이름을 쓰는 모양이지만—은 아직까지 같이 산다. 둘은 로레타가 열일곱 살이 되던 해 결혼했고, IT 관련 분야에서 직업을 얻었으며, 도마뱀을 기른다. 그들은 〈버피〉** 시리즈와 〈딥 스페이스 나인〉***의 열혈 시청자이고 싸구려 고딕 의상을 즐겨 입는다.

커트는 로레타가 왜 보자고 하는지 알지 못했다. 가족 중에 아픈 사람도 없었다. 그런 일이 아니라면 두 사람은 딱히 할말도 없는, 남남이나 다름없는 사이였다. 둘 다 관계를 다시 잇는 것을 귀찮게

* 미국의 1980년대 시트콤 〈조니 러브스 차치〉의 주인공들.

** 흡혈귀 해결사가 등장하는 미국 드라마.

*** 유명한 SF 드라마 〈스타 트렉〉의 하위 시리즈.

여겼다. 낯간지러운 짓은 죽어도 싫어하는 성격들이었다.

마침내 커트가 자신의 상황을 알아챘을 때, 누나 로레타가 자신을 향해 걸어오는 것이 그의 눈에 보였다. 그녀는 그가 소매에 묻은 우유를 짜내는 모습을 쳐다보고 있었다.

그는 로레타의 잔에 너무 진하게 우러난 차를 따랐다. 누나는 바로 본론으로 들어갔다.

"너한테 꼭 알려야 할 것 같아서. 어제 엄마가 당했어. 하이 스트리트에서 걸어가는데 본드 부는 애들이 가방을 낚아채려고 했나봐. 엄마는 안 뺏기려고 악착같이 매달렸고. 그 자식이 엄마를 바닥에 메꽂고는 엄마가 가방을 손에서 놓을 때까지 걷어찼대. 엄마는 우리한테 말 안 할 작정이었겠지, 물론. 우리가 걱정할까봐. 근데 내가 어제 엄마랑 영화나 보러 갈까 하고 잠깐 집에 들렀다가 보고 말았어."

커트의 머릿속에 검게 멍든 어머니의 눈자위가 떠올랐다. 순간 속이 뒤집어졌다.

"난 네가 엄마를 찾아가서 이야기하고 설득했으면 좋겠어. 엄마는 이런 일 당했다 해서 달라지는 건 없대. 그 동네에서 계속 쇼핑하겠다는 거야. 뭐라는 줄 알아? '이젠 그놈들이 나한테 뺏어갈 것도 없어'란다. 이게 무슨 게임이라도 되는 것처럼. 아니, 코앞에 그런 옥스가 있는데 왜 굳이 그 전쟁통 같은 데 가서 쇼핑을 하는 거지? 웃기는 짓 아냐?"

커트는 찻잔을 멍하니 들여다보았다. 머릿속이 어머니 생각으로 가득했다. 당장 달려가서 어머니 곁에 있어드리고 싶었다. "어머니는 사실 마음만 먹으면 언제든 그린 옥스에 올 수 있어. 아직 아버지에 대한 존경심을 잃지 않았을 뿐이야. 알잖아. 그린 옥스는 아버지한테 모욕적인 곳이라는 거."

로레타는 약간 망설이는 것처럼 보였다. "아버지가 뭘 알아, 세상이 어떻게 돌아가는지…… 그리고 그게 어딜 봐서 모욕이라는 건지 난 정말 모르겠다. 아버지가 우리한테 여기 오는 걸 금지한 데에는 도덕적인 이유가 있었던 게 아니었다고."

커트는 짜증이 났다. 로레타는 늘 저런 식으로 타인의 입장은 눈곱만치도 생각하려 들지 않았다. "멋대로 논리적인 이유 같은 거 갖다붙이지 마. 그런 건 그냥 느낌이라고. 상처받은 감정 같은 거. 아버지는 그렇게 느낀 거고, 어머니도 거기에 동감하고 나도 동감한 거야. 난 가끔 궁금해. 내가 여기서 일하는 걸 아버지가 알면 얼마나 실망할지."

로레타는 한참 커트를 쳐다보다가 말을 이었다.

"열네 살 때 그린 옥스에 왔었어. 그린 옥스가 문을 연 지 몇 달 안 됐을 때야. 나야 아버지의 출입금지 따위가 얼마나 우스꽝스럽고 말도 안 되는 건지 충분히 알 만한 나이였지. 아버지는 그냥 우리들을 빅토리아시대 아버지들처럼 엄하게 다스리고 싶었던 거야. 자기가 동네의 도덕적 지주인 양 으스대고, 우리의 걸음걸이가 조금이라도 틀리면 찰싹 때리는 거, 그 자체를 즐긴 거라고. 한때는 아버지를 무서워하기도 했지만 열네 살이 되고 나니 나 자신에 대해서 생각을 하게 되고, 그러다보니 여기를 오지 말아야 할 이유를 모르겠더라.

그래서 방학중의 어느 날, 나는 그냥 길 하나를 건너 조금 걸어서 여기에 도착했지. 다른 이웃 사람들하고 마주치지 않으려고 좀 이른 시간에 왔어. 막 영업을 시작한 참이라 조용하더라. 난 내 눈을 믿을 수가 없었어. 이 엄청난 수의 가게들이라니. 이런 근사한 공간이 바로 우리 집 문 앞에 있었던 거야. 마치 길 한가운데 착륙한 우주선 같았다고나 할까. 그때 클락하우스*의 쇼윈도에 코를 박고 핑크랑 흰색의 줄무늬 재킷을 쳐다보던 게 아직도 기억나. 정말 갖고 싶었거든. 그걸 갖게 되면 내 인생이 통째로 바뀔 것만 같았어. 어찌나 오래 쳐다봤는지 눈의 초점이 흐려지더라. 그래서 재킷 대신 쇼윈도에 비친 풍경 쪽으로 시선을 옮겼지. 뭐가 보였을 것 같아? 내 등뒤에 아버지가 있었어. 황급히 뒤로 도는 아버지가 보이더라. 우리 아버지가 청소부 작업복을 입고 대걸레질을 하고 있었다고."

커트는 누나를 멍하니 쳐다보았다.

"아버지 여기서 일했어, 커트. 여기 청소부였다고. 버밍엄 주위에 변변한 공장 일자리가 없었단 말이야. 그 와중에 그린 옥스가 문을 열었고, 아버지는 여기서 일자리를 얻은 거야. 동네의 다른 여자들이나 몇몇 남자들처럼 말이야."

커트는 받아들일 수 없었다. 불가능한 일이었다. "아버지가 그린 옥스에서 일했다고? 청소부로?"

"응. 몇 년 동안. 하지만 그게 뭐 어때서? 무슨 같잖은 허영이

* 의류 브랜드명.

니? 도대체 공돌이랑 은행 간부랑 청소부랑 똥차 운전수의 차이가 뭔데? 뭘 갖고 목에 힘을 주는 거야? 아버지는 정말 '진짜 남자'니 '여자나 하는 일'이니 하는 것에 너무 이상한 관념을 갖고 있었어. 보통 열네 살짜리들은 자기가 상황을 바꿀 수 있을 줄 알잖아. '그런 식으로 생각하지 마세요'라고 당당히 말할 수 있을 거라고, 그리고 그 말이 먹힐 거라고 생각하잖아. 나도 그랬어. 있지, 난 아버지가 너무 안돼 보였어. 아버지한테 가서 무슨 상관이냐고, 아무 문제 없다고 꼭 말해주고 싶었어. 어쨌든……" 로레타는 어깨를 으쓱했다. "아버지는 그런 식으로 받아들이지 않았어. 난 아버지가 내 손목을 으스러져라 잡던 걸 기억해……" 누나는 말끝을 흐렸다. 기억 속으로 빠져드는 것처럼 보였다.

커트의 머릿속은 물음표들로 가득찼다. "왜 나한테는 말 안 했어?"

"아…… 아버지가 가족이 비웃으면 더는 견딜 수 없을 것 같다고 하셔서. 너나 엄마한테 입을 벙긋하는 날에는 당장 집을 나가 두 번 다시 돌아오지 않겠다고 하셨어. 아주 비장하게 말이야. 난 절대 말하지 않았지. 하지만 그 이후로 아버지의 비뚤어진 자긍심은 점점 더 우스꽝스럽게 변해갔어. 우습게 보기 시작하니까 자연스럽게 아버지를 몰아세우게 되더라. 고맙게 생각하고 있어. 난 참 운이 좋았지. 아버지를 교훈으로 삼아 잘난 사람이 되려고 애쓰는 걸 그만두게 되었으니. 나에게 드리웠던 그림자도 그제야 걷혔어. 난 내 인생이나 나 자신이 거지같다고 생각하지 않아."

커트는 말했다. "불쌍한 어머닌……"

그러나 로레타가 말을 잘랐다. “엄마 걱정은 하지 마. 내 생각엔 엄마는 벌써 오래전에 눈치챈 것 같거든. 아빠같이 시야 좁고 고집불통인 인간이나 비밀이 철석같이 지켜진다고 믿는 거지. 내가 알기론 말야, 엄마는 널 걱정한 것 같아. 엄마는 네가 아버지를 존경하니까 네 믿음과 존경을 보호해주려고 한 것 같아. 엄마는 너에게 자기 자신의 이미지를 헌신적이고 용감한 아내로 심어주려고 노력했지. 그러다 결국 이렇게 두들겨맞기까지 한 거야. 엄마는 아버지가 널 실망시킬까봐 걱정하고, 넌 네가 아버지를 실망시킬까봐 걱정하고. 그리고 그걸 보는 난 그냥 우습기만 하고. 커트. 넌 꿈속에서 살았던 거야. 이젠 좀 깨어나.”

“그래, 리사. 들어와. 자네 자리는 데이브한테 잠시 맡으라고 부탁해놨어. 자네와 잠시 할 이야기가 있다고 말이지. 자네도 알다시피 오늘 내가 매장을 방문한 이유는 이 팀하고 만나서 의견도 나누고, 일이 잘 돌아가는지 점검도 하기 위해서야. 하지만 난 자네와 대화를 나눌 기회도 엿보고 있었어.

자네한테만 하는 이야기인데 말이야, 포트렐 매장에서 곧 매니저를 뽑는다는 광고를 낼 거야. 물론 데이브는 자네가 그만둔다면 무척 서운해하겠지. 하지만 내 생각에 자네에게는 지금이 미래를 위한 새로운 도전을 해볼 아주 좋은 기회인 것 같아. 지금 당장은 더 얘기하지 않을 생각이네만, 그래도 이것 한 가지는 분명히 얘기해두지. 이건 아주 중요한 얘기야. 만일 자네가 지금 자리를 옮긴다면, 그 매장의 콘셉트를 정할 수 있게 되는 거야. 자기 가게를 갖는 거나 마찬가지라고.

아, 그만. 알아, 알아. 자네가 무슨 생각을 하는지. '하지만 지금도 나는 당직 매니저인걸. 도대체 당직 매니저와 매장 매니저의 차이가 뭔데?'

자네 완전히 잘못 생각하고 있어. 완, 전, 히. 우리 둘은 아예 다른 행성에서 이야기하고 있는 거야. 관점도 너무 달라. 그러니까 내가 이렇게 내 시간을 써서 자네를 설득하려는 것 아니겠나. 자, 한 발짝 더 앞으로 내디뎌보라고. 자네 앞에 펼쳐질 완전히 새로운 도전들과 마주해보라고. 새로운 조직 하나를 새로운 방향으로 이끄는 거야. 그 조종간을 제대로 잡으려면 마음도 고쳐먹어야 할 거고. 새 감투를 쓴다는 건 그런 거야. 무슨 소린 줄 알겠나?

알다시피 나는 회사에서 많은 트레이닝을 진행해왔어. 트레이너가 숙지해야 할 여러 가지 중 첫째가 바로 훈련생들을 과학적이고 체계적으로 다루는 것일세. 잔소리만 늘어놨다간 나중에 큰코다쳐. 트레이너가 되면 첫째로 명심해야 할 것이, 내가 가르치는 사람들은 경영학을 전혀 모른다는 점이야. 멍청이라고 비하할 필요까진 없고, 머리가 나빠서 알아듣지 못한다는 얘기도 아니고…… 음 뭐랄까…… 그냥 무지하다고 할까? 경영관리에 대해서는 들어본 적도 없는 사람들일 경우가 많지. 그냥 일자리를 얻고 나서 무작정 일을 했을 테니. 그 사람들이 얼마나 오랫동안 그렇게 대충 일을 처리했는지는 귀신도 모를 거야. 그러니까 내 말의 요지는 대단한 전문지식 이야기를 하려는 게 아니라는 거야. 내가 하는 말들을 단번에 다 알아듣지 못한다고 너무 좌절할 필요도 없고. 알았지? 나는 딱 두 가지 아주 중요한 개념을 대강 알려주려고 해. 그래서 일명 '마인드 픽처'라고 하는 걸 지금부터 써볼 셈이야. 오 이런, 전문용어를 써서 미안. '마인드 픽처'라는 건 음, 복잡한 메시지를 아주 단순하게 정리해주는 기술이야. 인류의 역사가 시작될 무렵부터 쓰인 방법이지. 성경을 보면 예수님도 이 방법을 즐겨 쓰셨어. 어떻게 보면 예수님도 관리자셨지. 지도자셨고 사람 낚는 어부셨고.

좋아. 첫번째 개념은 '사다리'야. 자네의 위치가 어딘지, 그리고 앞으로 어떤 방향으로 나아가야 할지 판단하는 데 도움을 줄 거야. 잠시 눈을 감고 사다리 하나를 머릿속에 그려봐. 됐나? 아, 확실히 말해두겠는데, 발판 네댓 개 있는 알루미늄 사다리가 아니야. 미안, 진작 제대로 말해줬어야 했는데. 지금 그런 거 생각하고 있다면 당장 지워버려. 앞으로 내 말 이해하기 어려워질 테니. 내가 말하는 건 아주 크고 높은 사다리야. 재질은 나무건 금속이건 상관없어. 자, 이제 그 사다리 속에 자네 모습을 그려봐. 자네 눈에는 바닥도, 꼭대기도 보이지 않아. 하지만 그 사다리 어딘가에 자네가 있어. 먼저 자네 발밑을 보자고. 일단 팀장인 짐이 보일 거야. 그리고 그 밑에는 맷이 있겠지. 점점 밑으로 내려가면서 사람들이 보일 거고, 맨 밑 발판쯤에는 새카만 신입사원들이 있을 거야. 다음에는 자네 머리 위를 보자고. 발판 두어 개쯤 올라가면 데이브가 있겠지. 그 위에는 고든이 있을 거고. 그 위로도 아마 몇 명 더 찾아낼

순 있겠지만 얼굴은 모르는 사람일 거야. 자, 여기까지 잘 따라왔나? 이렇게 자네와 내가 함께 마인드 픽처 하나를 그렸어. 자, 이제 이 그림을 자네 몫으로 남겨두도록 하지. 내가 일일이 해석해주지는 않을 생각이야. 자네 스스로 며칠 동안 곰곰이 생각해봤으면 해. 그리고 다음주쯤 다시 대화를 나누게 된다면 그때 우리는 전혀 다른 이야기를 하겠지. 4층에서 들리는 정체불명의 발소리 같은 걸 이야기하다 아주 뜬금없이 말을 꺼낼 거야. '사다리'라고. 그럼 자네는 내게 그동안 그려온 마인드 픽처를 이야기해줘. 알았지?

좋아. 이젠 눈을 떠도 돼, 리사. 눈뜨라고. 그래. 이제 내가 그림을 하나 그릴 테니, 자네는 그게 뭘로 보이는지 말해줘. 알았지? 자, 말해봐. 뭘로 보여? 새우? 웬 새우? 중국 음식점에서 먹는 그 새우? 아냐, 리사. 새우가 아니라고. 내가 말해주지. 헬리콥터야. 절대 새우가 아니란 말이야. 나는 자네가 이 헬리콥터의 모양새에 좀 익숙해지기를 바라네. 조만간 이 비슷한 걸 매일 타야 할 테니. 아, 너무 흥분하지는 마. 그만큼 급료를 많이 준다는 이야기가 아니니까. 그래, 맞아. 알아챘군. 이것도 마인드 픽처의 일종이야. 자네가 예전에 헬리콥터를 타본 적이 있는지는 모르겠어. 하지만 이것만은 말해줄 수 있어. 헬리콥터를 타면 예전에 보던 것과는 완전히 다른 눈높이에서 세상을 볼 수 있어. 무슨 소린 줄 알아? 자네가 앞으로 자네만의 작은 헬리콥터에 오르게 되면, 매장을 한눈에 굽어볼 수 있다는 거야. 자네가 있는 고도에서는 저 밑바닥에서 허우적대는 우매한 녀석들을 자네가 원하는 대로 이리 굴리고 저리 굴릴 수 있어. 나는 자네가 이걸 꼭 생각해줬으면 해.

휴, 하루에 너무 많은 이야기를 했군. 그치? 자네도 머리가 더는 안 돌아갈 것 같군. 자, 이제 슬슬 나가서 우리 고객들을 행복하게 해드리자고."

비밀 모니터

서관 주차장

매장 코드 359. 버밍엄 시티 센터 지점

모든 보고는 첨부된 점검표에 기초함. 평일 오전 11시 15분 전후에 매장 방문. 입장시 매장 직원이 60초 이내에 모습을 보임. 그 직원은 다른 고객과 대화중이었음. 계산대에 직원 3명. 줄 선 고객을 응대하고 있었음. 줄은 짧은 편. 25분간 매장에서 서성거렸으나 도와주겠다고 다가오는 직원은 한 명도 없었음. 결국 직원 한 명을 붙들고 신사용 스웨터는 어디 있느냐고 물어봄. 해당 직원은 미소 띤 표정에 무척 예의가 발랐으나 위치를 손가락으로 가리킬 뿐 직접 그곳으로 데려가주지는 않음. 게다가 더 도와드릴 것은 없느냐는 질문도 하지 않음. 망할 년. 니트 스웨터를 하나 골라 들고 계산대로 갔음. 계산대의 직원은 인사도 제대로 안 하고 계산 및 고객 응대 과정을 너무 대충 처리함. 쇼핑백 속에 영수증을 넣을까 하는 질문도 잊어버림. 감사 인사도 하지 않음. 조만간 다시 봤으면 좋겠다는 표현도 전혀 하지 않음. 쌀쌀맞은 년. 고객 서비스 점수 27%.

레스토랑 코드 177. A147 헤일소언 교차로 지점

모든 보고는 첨부된 점검표에 기초함. 평일 오후 1시 30분 전후로 레스토랑 방문. 입장시 17초 만에 한 직원이 웃으며 달려와 환영 인사를 한 뒤 자리를 안내해줌. 자리에 앉자 직원이 메뉴판을 주며 음료 주문을 받기 위해 '1~2분 안에' 다시 오겠다고 약속함. 76초 후 웨이트리스가 돌아왔고 주문을 받았음. 주문 내용은 스카치 위스키 더블. 이 단계에서 그녀는 나에게 지금 음식 주문을 할지, 아니면 몇 분 더 있다 할지를 확실히 확인함. 나는 바로 음식 주문을 하겠다고 했음. 웨이트리스는 오늘의 메뉴에 대해 아주 또박또박 열정적인 태도로 설명함. 메뉴 하나를 고르자 웨이트리스는 내가 선택한 주요리에 곁들일 수 있는 요리에 대해 하나하나 설명해주었음. 게다가 젊은 아가씨의 젖꼭지가 얼굴 앞에서 왔다 갔다하는 것도 기분 좋았음. 웨이트리스는 정확히 7분 35초 뒤에 주문한 음식을 가지고 돌아옴. 그녀는 음식을 아주 똑바르게 테이블에 올려놓았고, 다양한 종류의 소스를 가져다주었으며, 웃으며 식사 맛있게 하라는 인사를 전했음. 2분 50초 후 그녀가 돌아와 음식과 서비스에 만족하느냐고 물었음. 나는 음식은 아주 만족스럽지만 내 거시기는 너무 발딱 서서 아플 정도니까 한번 보겠느냐고 물어보았음. 경비원 중 한 명이 내 테이블에 27초 만에 달려왔고 15초 후 나는 정중하게 가게 밖으로 쫓겨남. 나에게 다시 보고 싶다고 말하는 직원은 없었음. 서비스 점수 95%.

펍 코드 421. 퀸턴 우회로 지점

모든 보고는 깜빡 잊고 첨부하지 않은 점검표에 기초함. 평일 밤 9시 30분 언저리에 펍에 입장. 바 쪽으로 걸어갔지만 11분이나 어떤 개자식들도 맞으러 오거나 웃어주거나 나와 시선을 마주치지 않음. 마침내 뚱뚱하고 퉁명스러운 놈 하나가 다가옴. 주문을 받긴 했지만 판매하는 안주류에 대해 설명해주지도 않고 다른 도와줄 건 없는지 물어보지도 않음. 제대로 닦지도 않은 테이블에 앉았음. 재떨이는 꽉 차 있고 주위의 손님들이라고는 지구에서 제일 못생긴 새끼들뿐이었음. 내가 뒷주머니의 위스키 병을 꺼내 계속 맥주잔에 넣고 따라 마시는데도 아무도 눈치채는 직원이 없었음. 바에 두번째인가 세번째 갔을 때 그 퉁명스러운 놈 말이 내가 너무 마셨다고 했음. 이 시점에서 나는 얼른 남자 화장실 확인 업무를 수행하러 감. 화장실은 1시간 30분 전쯤 직원인 트레이시가 벌써 확인했지만, 그럼에도 여전히 토하기 썩 좋은 환경은 아니라는 걸 확인. 늘 함께 일하는 파트너 계집애의 부재로 어쩔 수 없이 여자 화장실까지 내가 체크함. 세면대 위에 온통 담배가 수북이 쌓여 있고, 입에서 토사물을 분수처럼 뿜어내는 내 모습이 거울에 제법 무섭게 비쳤음. 3분 안에 경비원 두 놈이 와서 나를 내쫓음. 이 빌어먹을 가게는 종업원이건 손님이건 고객 서비스 따위는 안중에도 없는 곳임. 그래서 일부러 그들을 자극하여 나 스스로 쫓겨나기를 자청한 것임을 종업원과 손님에게 알려줌. 고객 서비스 점수 0%.

27

드디어 왔다. 예전과 달리 두툼한 소포가 아니라 납작한 편지 봉투였다. 그녀는 오빠의 필적을 대번에 알아보았다. 예의 그 카세트테이프가 없다는 것도 알 수 있었다. 그녀는 뜯어보기 전 일부러 한참 뜸을 들였다. 봉투 안에 편지나 글씨, 목소리가 담겨 있을 거라는 괜한 기대를 하지 않기 위해서였다. 잠시 후 칼을 가져와 봉투를 뜯어보았다.

리사에게

오늘 결국 너에게 뭔가 말한다고 생각하니 목소리가 자꾸 갈라져 나오는구나.

네가 지금 어떤 모습일지 많이 궁금해. 정말 많이 궁금하단다. 아직도 머리를 삐죽삐죽 세우고 다녀? 아직도 아침 아홉시부터 열한시까지는 빗과 스프레이를 들고 머리카락을 한 올 한 올 바짝 세우며 보내니? 설마 그러지는 않겠지. 세월이 얼마나 지났는데 말이야.

오늘 나는 집에 있어. 아파서 휴가를 냈거든. 지난주에 직장에서 사고로 발을 다쳤어. 지금 나는 창밖을 바라보고 있어. 아름답게 꽃이 핀 나무가 파랗게 빛나는 하늘과 어우러져 있어. 무척 예뻐서 계속 홀린 듯 보게 돼.

이십 년이 다 되었구나, 리사. 너도 알고 있었니?

난 네가 나에 대해 어떻게 생각할지 잘 모르겠다. 아니, 솔직히 네가 이 편지를 읽어줄지, 아니면 그냥 내던져버릴지 그것도 잘 모르겠어. 넌 내가 겁쟁이라고 생각할 거야. 아마 그것보다 더 나쁘게 생각할 수도 있고. 난 문제를 제대로 해결하지 않고 그냥 도망쳐버렸으니까. 솔직히 난 지금도 내가 정면 돌파할 수 있었을 거라고 생각하지 않아.

내가 남의 마음까지 헤아릴 수 있었던 것은 정말 오래전 이야기구나. 인간쓰레기가 된 것만 같아. 도대체 언제부터일까…… 모르겠다. 예전에는 이렇지 않았는데.

난 언제나 내 생각만 하면서 사는 것 같아. 어떻게든 도망칠 핑계만 찾고. 난 그다지 좋은 사람이 아니야, 리사.

결혼은 했니? 사랑하는 사람은 있어? 그랬으면 좋겠다. 네가 꼭 행복하게 살았음 좋겠어. 내가 널 불행하게 만든 것이 아니었음 정말 좋겠어. 난 몇 년 전까지 한 여자와 같이 살았어. 이름은 레이철. 참 좋은 여자였지. 친절하고 날 잘 돌봐주던 사람이었어. 날 사랑한다고도 했었지. 나도 사랑한다고 말은 했어. 하지만 그녀를 완전히 납득시키진 못했던 것 같아. (난 남한테 확신을 주는 데 문제가 있는 인간인 듯싶어.) 지금 우리는 갈라선 상태야. 내 과거에 얼마나 더 책임을 져야 하는지 잘 모르겠어.

요즘 들어 이 생각을 점점 더 많이 해. 창가에 앉아서 하얀 꽃들과 검은 나뭇가지 그리고 파란 하늘을 보며 나는 이런 생각들을 해. 경찰에게 취조받았을 때가 자꾸 생각나. 정말 지독했어. 날 쳐다보는 사람들의 눈빛이 나에게 한결같은 이야기를 하고 있었지. 나는 그때 이렇게 생각하려고 노력했어. '이십 년만 참자. 언젠가 돌아보고 웃을 날이 올 거야.' 음, 지금이 거의 그 이십 년인 것 같아. 요즘은 그 생각이 자꾸만 나. 언제쯤이면 다른 기분이 될 수 있을까.

가끔은 이런 생각도 들어. 지금이 바로 내가 도망쳐온 모든 것들과 제대로 마주할 시간이라고. 아침에 가끔 이런 생각을 하면서 일어나. 오늘이 바로 내가 집에 돌아갈 날이라고. 하지만 언제나 다음 순간 용기를 잃지.

편지가 참 두서없지? 요즘 내가 그래. 영 방향이 없어. 그냥 너한테 무언가를 쓰고 이야기하고 싶었어. 네가 무척 보고 싶지만 두렵다는 이야기를 말이야. 오랫동안 난 내 과거를 묻으려고 노력했지만 제대로 해낸 것 같진 않다. 너라도 날 미워하지 말아줬음 좋겠어, 리사.

사랑을 담아, 에이드리언

커트는 도서관을 나섰다. 여기서 집까지는 오륙 마일. 그는 걸어가기로 마음먹었다. 비가 그칠 기미 없이 주룩주룩 내렸지만, 커트는 오히려 그 비를 맞고 싶은 기분이었다. 그는 집에 도착하자마자 코트도 벗지 않고 거실 바닥에 누워버렸다. 작은 방 안에 바깥 냄새와 습기가 퍼져나갔다. 옷이 젖은 탓에 오한이 들고 몸서리가 쳐졌다. 마음은 어딘가로 한없이 달려갔다.

로레타가 들려준 이야기. 지금까지 숨겨두었던 오래전의 그린옥스 방문 사건. 그것이 그가 오랫동안 묻어두었던 기억 하나에 희미한 불을 밝혔다. 그는 그 카페에 오랫동안 우두커니 앉아 차갑게 식어버린데다 너무 많이 우러난 차를 마셨다. 그렇게 남은 오후를 그 기억이 무엇인지 알아내기 위해 애쓰며 보냈다.

머릿속 깊숙이 가라앉아 있던 기억 속에서 무언가를 헤집어 꺼낼 때마다 커트는 골무 찾기 놀이*를 하는 기분이 들었다. 여기저기 주저하며 돌아다니고 있는데 누가 옆에서 짜증나게 '따뜻해!' '더 따뜻해졌어!' '앗! 갑자기 확 차가워졌다!' 하고 떠들어대는 것 말이다. 한번은 십자말풀이를 하다 '펠로톤peloton'이라는 단어가 생각나지 않아 한참을 낑낑대며 머릿속을 뒤진 적이 있었다. 머릿속을 아무리 뒤지고 또 뒤져도 글자 'c'를 떠올릴 때만 '뜨겁다!'

---

* 여러 명이 방 안에 골무 또는 그 정도 크기의 작은 물건을 숨겨둔다. 술래가 물건을 찾는 동안 사람들은 옆에서 노래를 부르거나 소리를 지르는데, 술래가 물건에 가까이 다가가면 '따뜻하다'를, 멀리 떨어지면 '차갑다'를 외친다.

는 외침이 들려왔다. 결국 나중에 단어를 제대로 떠올린 후에는 그 글자가 'c'로 시작되지 않는 것에 아연실색하고 말았다. 그는 자기 마음속의 누군가에게 상당히 비위가 상했다. 못된 놈인지 멍청이인지는 결론을 내리지 못했다.

아주 가끔 기억 속에서 '유레카!'를 외칠 만한 것을 발견하는 순간도 있었다. 거의 고고학 발굴에 준할 만큼 느리고 신중한 작업을 거쳐야 했지만. 오늘 바로 카페에서 그런 순간을 맞았다. 어떤 기억이 심란하고 불쾌한 몇 가지 요소와 함께 슬금슬금 고개를 내밀었다. 그럼에도 그는 그 기억과 감시 화면에서 여자아이를 본 꿈을 잘 연관짓지 못했다. 그는 도서관으로 달려가 오래된 신문을 뒤져보고 사진을 확인한 후에야 깨달았다. 그랬다. 그의 꿈에 출현한 여자애. 그 아이는 케이트 미니였다.

맨바닥에 누워 있으니 머릿속이 온통 기억들로 물결쳤다. 어느새 그는 어린 시절 살았던 집의 주방 식탁에 앉아 있었다. 그 아이의 이름을 처음 본 순간이었다.

그는 그 아이를 보았다. 바로 그린 옥스에서. 그 아이도 그와 마찬가지로 남의 이목을 끌지 않기 위해 애쓰고 있었다. 학교를 가지 않아도 될 정당한 사유가 있고, 당당히 어른과 함께 온 그런 아이처럼 보이기 위해. 커트는 그애가 상점 쇼윈도를 들여다보는 어른들을 몰래 관찰하다가 그들의 뒤를 조심스럽게 따라가는 모습을 모두 지켜보았다. 감동스러웠다. 그 아이는 철저하게 눈에 띄지 않는 훈련이 되어 있는 것처럼 보였다. 아침 내내 지나가는 모든 어른의 눈총을 받느라 벌집이 될 지경이었던 자신과 한없이 비교되었다. 그 아이를 본 건, 그가 그린 옥스에서 도망치기 위해 비상구를 향해 줄달음치고 있을 때였다. 그는 그린 옥스에 오고 싶었었다. 그래서 오랫동안 벼르고 또 별렀다. 하지만 싫었다. 너무 밝고 너무 위험했다. 그는 얼른 폐공장터로 돌아가기 위해 걸음을 서둘렀다. 그곳에 있으면 그는 눈에 띄지 않을 수 있었다. 그러다 그 아이를 보고는 발걸음이 멈칫했고, 그는 잠시 그 아이를 바라보았다. 왜 그애가 어른들 눈에 띄지 않는지 알 수 있었다. 아이는 어딘가에 정신이 완전히 팔려 있었다. 커트같이 허둥거리거나 불안해 보이는 기색이 전혀 없었던 것이다. 그 아이는 무언가에 열중해 푹 빠져 있는 듯 보였다. 아이의 가방에는 원숭이 인형 하나가 튀어나와 있었고, 그애는 작은 수첩에 무언가를 계속 끼적이며 누군가를 약간 먼 거리에서 지켜보고 있었다. 커트는 잠시 아이의 시선을 좇아 한 남자의 뒷모습이 거울문 뒤로 사라지는 모습을 지켜보았다. 그애는 주위를 흘깃거렸고 커트와 눈이 마주쳤다. 커트는 그 눈빛이 무슨 뜻인지 전혀 읽을 수 없었다. 무언가 말하는 것 같기는 했다. 어떤 호소 같기도 했고 경고 같기도 했다. 하지만 커트는 전혀 이해할 수가 없었다. 그는 그냥 대충 경고로 해석하고 재빨리 그 자리를 떠났다.

그 며칠 후 날아온 신문 1면에 실린 사진은 그날 보았던 그애의 모습과 비슷하지 않았다. 신문에 실린 사진은 드레스를 입고 있는, 좀더 여자애다운 모습이었다. 그러나 커트는 단번에 그애의 얼굴을 알아보았다. '실종된 아이에 대한 우려 확산.' 어머니가 갑자기 뒤를 돌아보는 바람에 그는 조심스럽게 신문을 그가 보던 만화책 옆에 내려놓았다. 그리고 시리얼 그릇에 우유를 부으며 곁눈질로 신문 기사를 흘끔흘끔 보았다.

케이트 미니가 마지막으로 목격된 것은 금요일이다. 그날 그녀는 집을 떠나 일류 사립학교인 레드스푼의 입학시험을 치르러 갔지만, 결국 시험은 치르지 못했다. 레드스푼의 대변인은 실종된 소녀가 어떤 시험지도 제출한 바 없다고 확인했다. 소녀의 할머니인 아이비 로건 여사(77세, 미망인)는 금요일 저녁 경찰에 실종신고를 했다. 경찰은 가가호호 탐문 수색에 들어갔고, 자원봉사자들은 그녀의 집과 입학시험장이었던 레드스푼 학교 주변 수사에 협조하고 있다.

커트는 그 글을 몇 번이나 되풀이해 읽었다. 왜 그곳만 찾고 있는 것일까? 분명 누군가는 그린 옥스에서 그애를 보았을 텐데. 자신만 본 것은 아닐 텐데.

그러나 학교를 결석한 것에는 그 어떤 핑계도 통하지 않을 터였다. 또한 아버지는 무단결석은 넘어가더라도 그린 옥스에 간 것만은 절대 용서하지 않을 것이다. 커트는 누군가가 먼저 나서서 그날 그애를 그린 옥스에서 보았다는 목격담을 들려주기를 기다리고 또 기다렸다. 또한 자신이 그날 그곳에서 그애를 본 유일한 사람이라는 것을 잊으려 애써보았다. 그날 둘 사이에 오갔던 그 눈빛을, 소리 없고 비밀스럽던 아이들만의 언어를 잊어보려 애썼다. 매체의 소동은 빠르게 가라앉았다. 일단 그애는 정상적인 가정에서 자란 아이가 아니었다. 그러므로 타블로이드지의 십자군들에게는 별 재미 없는 대상이었다. 그러나 그애의 실종은 커트를 괴롭혔다. 계속 머릿속에 남아 아무리 괴롭혀도 모자라다는 듯 그를 볶아댔다. 아버지의 얼굴을 떠올리기만 해도 벌써 그가 학교를 빠지고 그런 옥스에 간 것을 낱낱이 알 거라는 생각이 들어 겁이 났다. 그주 내내 커트는 〈슈퍼스타즈〉*를 보든 브리티시 불독을 하든 안절부절 가만있지 못했다. 실종 팔 일째 되던 날, 그는 신문에서 소녀의 이웃 한 명이 심문을 위해 불려갔다는 기사를 읽었다. 커트는 자기가 막 경찰에 정보를 알리려던 참이었다고, 용기와 희생정신을 발휘하고 그 결과를 감당하려 했다고, 하지만 이제 그럴 필요가 없어졌다고 자신을 납득시키려 했다. 한 남자가 경찰에게 심문을 당하고 있다고 했다. 그 뜻은 뻔했다. 그후 체포된 사람도, 발견된 시신도 없었지만 그는 신경쓰지 않았다. 그리고 다음 몇 달간, 그는 집이 자기를 감시하는 듯한 느낌을 받았지만 그것이 자기가 간직한 작은 비밀과 무슨 관계가 있는지는 전혀 알지 못했다. 그는 자기 행동에 모두 책임을 지기에는 자신이 너무 어리다고 굳게 믿었다. 앞으로 그 일이 그에게 계속 영향을 주지는 않으리라고 굳게 믿었다. 앞으로 몇 년간 이상한 꿈으로 괴로워할 리는 없을 거라고 굳게 믿었다.

* 다양한 종목의 스포츠 선수들이 나와 열 종목의 경기를 치르는 텔레비전 쇼.

28

조용한 오후였다. 한창 바쁜 점심시간이 지나가고 석간은 아직 들어오기 전. 이 시간은 재고를 정리하고 신문 배열을 가다듬는 시간, 그리고 다시 은행에 갔다오기 전까지 버틸 만큼 오 파운드 지폐를 충분히 갖고 있는지 걱정하는 시간이었다.

가끔은 손님 한 명 오지 않고 그 시간이 지나가버릴 때도 있었다. 그래도 파머 씨는 나름대로 부지런히 움직였다. 오늘은 잡지 진열에 변화를 줘볼 생각이었다. 옛날 잡지를 사려는 사람은 이제 아무도 없었다. 『우먼스 오운』이나 『마이 위클리』 등은 손길 한 번 닿지 않은 채 얌전히 진열대에 놓여만 있었다. 도매상의 런던놈 데니스 말로는 요즘은 남성 잡지들이 잘나가는 추세라고 했다.

파머 씨는 그런 잡지들의 표지를 한번 훑어본 뒤 말했다. "난 이딴 것들 절대로 내 가게에 들여놓지 않을 거야."

"무슨 소리예요?" 데니스가 말했다. "이딴 거요? 이게 아저씨네 가게에 있는 『피에스타』니 『래즐』 따위랑 같은 건 줄 알아요? 요즘은 이런 게 잘나간다고요. 젊은 애들한테는 이런 게 먹혀요."

"우리 가게 오시는 부인들은 이딴 걸 절대 좋아하지 않으실 거야. 그분들은 주로 우리 가게에 트로치 드롭스나 허브 태블릿, 민트 캔디를 사러 오는 거라고. 이런 놈들이 카운터에서 나랑 손님을 빤히 쳐다보고 있으면 장사하기 곤란해진다고."

파머 씨는 출입문의 작은 유리창 너머로 쓰레기가 바람에 쓸려가는 모습을 바라보았다. 확실히 비가 올 모양이었다. 오늘 그는 그다지 잡지를 챙길 기분이 아니었다. 그는 가만히 앉아 과자봉지가 바람에 휩쓸려가는 모습을 지켜보았다. 사실 그는 최근 스스로를 잘 돌보지 않았다. 점심 도시락 챙기는 것을 깜빡하기 일쑤였고, 챙겨왔더라도 먹는 것을 잊어버리기가 예사였다. 저녁이 되면 거실에 우두커니 앉아 시계 소리나 아내가 이 방 저 방으로 옮겨다니면서 내는 소리에 귀를 기울였다. 고독은 육체의 아픔이었다. 질투는 더 날카로운 고통이었다. 아내는 이제 그와 이야기하고 싶어하지도, 할 필요성을 느끼지도 않았다. 그녀는 오로지 예수와 대화할 따름이었다.

지난 수요일 그는 크게 충격받았다. 가게 앞에 손님 네댓 명이 줄을 서 있었다. 그가 램버트 앤드 버틀러를 한 갑 집어들기 위해 몸을 돌리는 순간, 줄 맨 끝에 서 있던 손님 한 명이 문득 그의 눈안으로 들어왔다. 에이드리언이었다. 몸에 살이 붙었고 머리숱은 좀 적어졌지만, 그는 분명 아들 에이드리언이었다. 그는 담뱃갑을 집기 위해 몸을 돌리는 그 몇 초 동안 그 손님의 눈을 뚫어지게 보았다. 그의 머리와 몸이 자기가 본 것의 정체를 정확히 파악했음에도 그는 다시 아들을 돌아보지 않았다. 소리쳐 이름을 부르지도 않았다. 찰나의 시간이 한없이 길게만 느껴졌다. 그는 멍하니 담뱃갑을 바라보았다. 에이드리언이었다. 에이드리언. 생각을 좀 정리해야 했다. 그는 제대로 된 말을 해야 했다. 제대로 된 메시지를 얼굴에 띠어야 했다. 그는 담뱃갑을 선반에서 집은 후 몸을 돌렸다. 그러나 그의 아들은 이미 사라졌고 한 남자만 남아 담뱃값을 내밀고 있었다.

비가 내리기 시작했다. 비는 문을 타고 흘러내렸다. 파머 씨는 스스로에게 묻고 또 물었다. 왜 뒤를 쫓지 않았을까. 왜 담뱃갑을 던져버리고 거리로 달려나가 아들의 뒤를 쫓아가지 않았을까? 왜 녀석의 뒷덜미를 붙들어 끌고 오지 않았을까? 무슨 생각으로 사 파운드 오십육 펜스의 돈을 받아서 세고 뒷사람한테 민트 캔디를 팔고 서 있었던 거지? 아들이 저멀리 도망가는 동안? 그는 기다리고 기다려 모든 손님을 상대하고 마지막 한 명에게 "저 잠시만 실례해도 될까요?"라는 말을 남기고는 쏜살같이 밖으로 뛰쳐나갔다. 그때는 이미 늦은 뒤였다. 거리는 텅 비어 있었다. 그는 사방을 미친듯이 둘러보았고, 가게로 힘없이 돌아왔다. 볼에 눈물 한줄기가 흐르는 것을 느꼈다. 그리고 손님에게 싱긋 웃어 보이며 말했다. "오늘은 바람이 참 매섭네요."

옥상 위는 싸늘하고 축축했다. 그렇다고 불쾌한 것만은 아니었다. 최소한 커트에게는 그랬다. 옷이 몸에 감겨들었고 젖은 피부 위로 바람이 쌩쌩 지나갔다. 그렇지만 오늘 밤은 전혀 몸이 움츠러들지 않았다. 오히려 무자비한 날씨가 반가웠다. 마치 비가 그의 눈에서 졸음을 씻어주는 것 같았다. 그는 울타리에 몸을 기대고 얼굴을 들어 보이지도 않는 별을 바라보았다. 발아래로 널따란 주차장이 펼쳐져 있었다. 비가 세차게 휘몰아치는 주차장에는 열 개의 주차 공간마다 한 개의 창백하고 가느다란 가로등이 서서 희미하게 빛을 발하고 있었다. 주차장 너머로는 공업단지가 낮게 펼쳐져 있었다. 불빛은 이곳보다 더 옅었지만 조용하지는 않았다. 꽤 먼 거리였지만 그는 빗방울이 공장의 금속 지붕을 두드리는 소리를 들을 수 있었다. 그린 옥스를 둘러싼 드문드문 펼쳐진 관목림—아직 개발되지 않은 산업단지—에는 어둠만이 가득했다. 그곳에는 온통 잡초가 우거져 있고, 이제는 사라진 공장에서 나온 녹슨 쇠붙이들이 여전히 버려져 있고, 여기저기 코일이며 전선, 가끔은 덩치 큰 기계 들이 비죽비죽 튀어나와 있었다.

커트는 저 관목림들을 전부터 잘 알았다. 그린 옥스가 확장되어 가면서 그 주변의 모습은 크게 변해버렸다. 그 일대의 모든 것이 쇼핑센터의 에너지를 향해 서서히 머리를 돌리는 형세였다. 그는 시선을 옮겨 예전에 살던 동네를 내려다보았다. 한때는 붐볐던 도로가 이제는 쿨데삭으로 바뀌어 있었고, 그가 뛰놀던 공원은 새로

난 우회도로에 의해 잘려버렸다. 새 길들이 사방으로 뻗어나가는 바람에 그 일대는 완전히 낯선 모습으로 바뀌었다. 예전에는 숨겨져 있던 장소들조차 이제는 모두가 볼 수 있게 발가벗겨져 그를 적잖이 놀라게 했다. 예전에는 핵심 교차로였던 곳이 이제는 적막하게 변하여 차량 진입 방지용 말뚝 주위로 풀이 무성했다. 맑은 날이면 그린 옥스의 옥상에서 그가 어릴 때 살던 집의 지붕 꼭대기가 보였다. 밤에 혼자 있을 때면 누군가가 감시하는 듯한 느낌을 받았던 바로 그 집 말이다. 지금도 느껴졌다. 빗발과 어둠을 뚫고, 그 눈길이 아직도 그를 바라보고 있었다.

로레타와 대화를 나눈 이래 커트는 아버지에 대해 아주 많은 생각을 했다. 그는 새로운 관점에서 아버지를 보려고 노력해보았다. 지난 기억 속 어딘가, 지금 생각해보면 이거다싶은 것이 없나 찾아보았다. 오늘 밤 그의 머릿속에 어린 시절의 한 장면이 또렷하게 떠올랐다. 어느 더운 여름날 저녁, 아버지와 커트는 버스정류장에 나란히 줄 서 있었다. 아버지는 신문을 읽고 있었고, 커트는 백까지 세면 버스가 저 모퉁이를 돌아 나타날 것이라는 생각에 집중하고 있었다. 줄 뒤편에 서 있던 소년 두 명이 장난으로 투닥투닥 싸우기 시작했다. 그들은 쿵후 흉내를 내며 발차기를 하다 중심을 잃고 한쪽으로 쓰러졌다. 그들은 점점 더 시끄럽게 웃어댔고 한쪽이 실수라도 할라치면 어김없이 욕설을 퍼부었다. 커트는 버스에 점점 더 강하게 정신을 집중했다. 소년들이 욕지거리를 할 때마다 숫자 세던 것이 틀어져버렸다. 처음으로 '씨팔'이라는 말이 나왔을 때는 조금 움찔했다. 그는 곁눈으로 아버지를 보았지만 아버지는 여전히 신문 속에 파묻혀 있을 뿐이었다. 커트는 그저 버스가 빨리 오기만을 기다렸다. 몇 주 전 텔레비전에서 못된 말이 언뜻 나온 적이 있었다. 그 단어는 '제기랄'이었다. 아버지는 보던 신문을 집어던지고 텔레비전을 꺼버리더니 커트에게 당신 방으로 오라고 말했다. 그때보다 더 지독한 말들이 지금 거리낌없이 오가고 있었다. 몇몇 아주머니들이 소년들을 보고 혀를 찼다. 그때까지도 아버지는 여전히 신문만 보고 있었다. 커트는 생일 기념으로 영화를 보러 가는 길이었다. 소년들은 열세 살쯤 되어 보였다. 커트는 되도록 그 형들을 보지 않기 위해 애를 썼다. 그들은 서로를 쌍시옷이 들어가는 호칭으로 불렀다. 버스는 오지 않았다.

아버지가 신문을 다 읽고는 천천히 접더니 단단하게 돌돌 말았다. 그때까지도 커트는 버스가 오기를 기다리며 저멀리 지평선만 바라보고 있었다. 그때 아버지가 눈 한 번 깜박일 틈 없이 천천히 몸을 돌리더니 위압적인 기세로 신문 뭉치를 들어 소년들의 얼굴을 때리며 낮은 목소리로 말했다. "네놈들의 입은 수챗구멍이냐! 얼른 내 아들과 이 숙녀분들 앞에서 꺼져버려!" 그들은 눈물을 보일 새도 없이 도망갔다.

커트는 그때 자신이 아버지의 행동을 창피해했는지 아니면 자랑스러워했는지 기억해내지 못했다. 어쨌든 이 기억은 아직까지도 그의 마음속 깊숙이 박혀 있었다. 그가 아버지에게 느꼈던 감정을 고스란히 담고 있기 때문인지도 모른다. 무섭고 단호하고 도덕적인 사람. 그러나 지금 그는 알게 되었다. 자신이 아버지를 잘못 알고 있었다는 것을. 그리고 그 어림짐작과 오해를 고스란히 자기 삶에 투영할 만큼 자신이 바보 멍청이였다는 것을.

비는 점점 거세어졌지만 그는 결코 서둘러 사무실로 돌아가지 않았다. 어차피 그곳에서 기다리는 것은 개빈이 높낮이 없는 목소리로 떠들어대는 그린 옥스에 관한 논문뿐이었다. 개빈은 자신이 지독하게 지루하다는 걸 잘 아는 것 같았다. 그래서 커트에게 어디 한번 도전해보라며 기다리는 것 같았다. 할 수 있으면 얼른 그 허튼소리 사이에 끼어들어 다른 화제로 바꿔보라는 것 같았다. 그러나 개빈을 보면 그럴 의욕조차 사라졌다.

그는 케이트 미니를 떠올렸다. 그리고 자신의 마음을 살폈다. 처음 경비실 감시 화면에서 그녀를 보았던 날 밤으로 기억을 되돌렸다. 혹시 그린 옥스를 너무 그만두고 싶어서 그런 꿈을 꾼 것은 아닐까. 아마 그린 옥스를 떠나야 할 때라고 생각했던 것일 테다. 단지 센터가 아직 그를 놓아줄 준비가 안 됐을 뿐. 이제는 도대체 뭘 어떻게 해야 할지 알 수 없었다. 경찰에 가볼까? 그애를 한번 찾아봐야 하나? 그런 일을 하기에는 분명 너무 많은 시간이 흘렀다. 혹시 자신이 그애를 구할 수 있었던 것이 아닐까? 그가 처음 신문에서 그애의 사진을 보았을 때 어머니에게 이야기했다면 어찌되었을까? 어쩌면 그때조차 이미 늦었던 것일까? 그는 몹시 궁금했다. 정말로 그때 자신이 솔직하게 털어놓지 못했기 때문에 사건이 이 지경까지 온 것인지.

그의 생각은 이제 리사로 옮겨갔다. 그녀가 그를 바라보는 눈길이 좋았다. 그에게 집중하는 듯한 시선. 왠지 그녀는 모든 것을 다 말하고 싶게 했다. 마음을 열고 싶었다. 그녀를 다시 한번 보고 싶었다.

지상에 있는 고객용 주차장에는 몇 대의 차가 여기저기 흩어져 있었다. 밤이면 언제나 한두 대의 차가 남아 있었다. 아마도 어떤 고객들이 차를 주차해놓은 뒤 다른 곳에서 밤을 즐기다 결국 운전하기를 포기하고 두고 간 것이리라. 단순히 차를 어디 세워뒀는지 잊어버렸을 수도 있다. 아니면 구급차에 실려갔을 수도 있고.

언뜻 멀리 모퉁이에 서 있는 차 안에서 불빛이 새어나오는 것이 보였다. 그러나 다시 보니 그냥 차창의 빗방울에 빛이 반사된 것을 잘못 본 모양이었다. 어쨌든 그는 제대로 살펴보기로 마음먹었다. 누가 안에서 자고 있을지도 몰랐다. 그것은 금지된 일이었다. 십 분 정도 걷는 것은 기분 전환에도 좋을 것이다. 그린 옥스의 규칙과 행동 규정에 따르면 '야영'은 어느 경우에도 금지였다. 커트 생각에도 밋밋한 콘크리트 노천은 휴일 목적지로는 그다지 좋은 곳은 아니었다. 그러나 대런이 말하는 '야영족'들이란 날품팔이, 부랑자, 거지, 떠돌이, 아일랜드놈, 가출 소년소녀, 잡종, 더러운 자식들과 도둑놈 등등 온갖 모양새와 부류의 사람들이었다. 이런 인간들은 경비원이 잠시 한눈을 팔기가 무섭게 기어들어와 주차장에 똥을 싸는 것은 물론 온갖 매장을 돌며 강도질을 한다고 했다. 폭주족들에게도 엄격한 규칙이 적용되었다. 깜깜한 그린 옥스의 주차장에서는 그 누구도 즐겁게 달릴 수 없었다. 인근의 안전하고 텅 빈 유료 주차장들은 모두 저녁마다 체인과 바리케이드를 쳐 자동차 도둑들이 주차장이 아니라 근처 마을의 좁은 도로로 돌진할 수밖에 없게 만들었다. 그린 옥스의 규칙은 센터의 경계 안에서는 그 어떤 '비밀스러운 존재'도 허용하지 않았다.

커트는 이제 막 지상 주차장으로 내려온 참이었다. 그는 그곳에 주차된 세 대의 차 옆으로 다가갔다. 이런 한밤중, 주차장에 버려진 빈 차는 왠지 슬퍼 보였다. 고독과 공허가 두드러졌다. 어김없이 누군가가 보고 있는 듯한 느낌이 들었다. 그는 몸을 가볍게 떨었다. 혹시 개빈이 지금 카메라를 조작해서 그를 보고 있는 것이 아닐까 하는 생각도 들었다. 구석의 낡은 피에스타로 한 걸음 한 걸음 다가가자, 세찬 비 사이로 누군가 운전석에 앉아 있는 모습이 보였다. 그는 조금 더 걸음을 늦추었다. 만일 커플이라면 절대 방해하고 싶지 않았다. 차와 거리가 삼십 피트 이내로 좁혀지자, 그의 눈에 고무관 하나가 배기가스 분출구로부터 꽉 닫힌 운전석 창문으로 이어져 있는 것이 보였다. 커트는 차로 달려가며 바보같이 소리를 지르기 시작했다. 한 남자가 달아오른 얼굴로 차 안에 앉아 있었다. 죽은 것 같았다. 커트는 창문을 손전등으로 두드려 깬 후 안으로 손을 뻗어 남자의 머리를 그를 향해 돌렸다. 어느새 커트는 오랜만에 진짜로 눈물을 흘리며 울고 있었다. 그의 무전기가 지직거리더니 개빈의 높낮이 없는 목소리가 들렸다. "1983년 문을 연 이래 세번째로군."

29

그녀는 두 단어를 아주 오랫동안 쳐다보고 있었다. 무슨 뜻인지 감이 잡히지 않았다. '취미'와 '관심 분야'라니. 어쩌라고? 엄밀하게 따지면 이것은 '질문'이 아니었다. 게다가 그 밑에는 달랑 이 인치 남짓한 여백이 있을 뿐이다. 이 좁은 칸 안에 그럴듯한 대답이 될 단어들을 나열해 자신을 설명해야 하는 것이다. 그냥 대충 애매하게 '좋음' '안녕' '예' 따위 대답을 쓸 수도 있다. 난센스 퀴즈인 셈 치고 말이다. 사실 그녀는 딱히 취미도, 관심 분야도 없었다. 그리고 당직 매니저였다…… 그럼에도 이 인치 남짓의 빈칸이 그녀를 괴롭히고 있었다. 이건 꼭 업무 밖에서 다른 인생을 찾아 나가라는 이야기 같잖아. 그래, 이건 덫이다. 하지만 덫이라는 것을 모르는 척해줘야 한다. 리사는 모범 답안을 알고 있었다. '저는 앞으로 매장의 상품 판매 기술을 발전시키는 데 도움이 될 취미와 관심 분야를 찾아 소중한 시간을 투자하려 합니다.' 이것이 정답인 것이다. 아니, 이런저런 관심 분야가 있다고 쓸 수도 있다. 너무 정직하게 늘어놓으면 오히려 비참할 것 같으니 적당히 책임질 수 있는 선에서 절충하는 것이 좋을 것이다.

이삼십 분쯤 두 단어를 뚫어져라 보다보니 갑자기 머릿속에 영감이 떠올랐다. 그녀는 단숨에 써내려갔다. '쇼핑 및 잡지 읽기.' 간단하다. 그리고 정직했다! 그들은 그녀의 삶이 진실로 작고 소박하다는 것을 확인하고 기뻐할 것이다.

그녀는 다 쓴 이력서를 다시 한번 읽어보았다. 좋지 못한 것이 망막에 튀어 들어오는 불상사를 방지하려고 최대한 틈을 좁히려는 듯 눈을 가늘게 뜨고서. 아직도 머릿속이 개운치 않았다. 이것은 세상에 대놓고 떠드는 자기 비하나 다름없었다. 답해놓은 항목 하나하나가 모두 비굴의 극치를 달렸다. 댄이 이것을 읽는다면 뭐라고 할까. 머릿속에 그림이 그려졌다. 그녀더러 회사의 거시기를 빤다고 빈정대며 그 흉내를 낼 것이다. 그것도 한껏 과장하며. 그녀는 종이를 뒤집어엎었다. 댄에게는 면목이 없었다. 댄은 그녀가 매니저에 지원한다는 것을 알고 상당히 충격을 받았다. 이제껏 자기가 알아온 리사가 지금까지와 다른 사람으로 바뀌려 한다는 것을 견디지 못하고 크게 실망했다.

"와, 난 네가 진짜 매니저가 되겠다고 할 줄은 꿈에도 몰랐다. 원숭이 새끼들 회의에 끼고 싶었어? 열일곱 살짜리 협박해서 억지로 초과근무 시키고 싶은 거냐? 네 주위 사람들 진 빠지게 일 시킨 대가로 보너스 좀 빨아먹고 새 차도 사고 싶은 거야? 그게 네가 바라는 건 줄은 정말 몰랐네. 여기서 보고 들은 것만으로도 그딴 거

완전히 질리지 않아? 잘 알아둬. 넌 완전히 틀린 방향으로 가는 거야. 절대로 틀렸어. 눈곱만치도 옳은 구석 없어. 넌 가장 진부해빠진 미끼가 되는 거야. 그리고 뭐? 복층 아파트? 시시하지 않아? 너무 얄팍하다는 생각 안 들어? '좋은 곳에서 살면 일할 맛 날 거야.' 응? 이건 무슨 개소리야? 세상천지에 하루 열두 시간씩 일하면서도 일할 맛이 나는 방법도 있어? 난 말이야, 우리가 사이클롭스에서 같이 일한 때를 기억해. 넌 공연도 열심히 보러 다녔고 음반 수집에도 열을 올렸고 사진에도 관심이 많았어. 기억나? 그 빌어먹을 이글에 처박혀서 아무것도 아닌 걸로 서로 싸우고 소리지르기 전에 우리가 얼마나 재미있게 살았는지 기억이 나느냔 말이야. 우리가 처음 여기 와서 일하기 시작했을 때 세운 계획 같은 건 혹시 기억하냐? 난 일 년 정도 돈을 모아서 여행을 떠나겠다고 했지. 벌써 이 년이 지나긴 했지만. 점심값이 너무 많이 나가거든. 어쨌든 난 잊지 않고 진행중이라고. 넌 뭐야? 사진 배우려고 돈 모을 거라며? 주택 융자를 끌어안고도 그게 가능할 거라 생각해?

이게 다 네가 그 덜떨어지고 멍청한 놈이랑 사귀기 시작하면서부터야. 그 자식한테 물들어서 네가 이러는 거라고. 난 아무 상관 없어. 네가 영혼을 팔아먹든, 그 잘난 복층 아파트에 살든 말든, 악마의 아들이랑 살든 말든. 그게 정말 네가 원하는 거라면, 그렇게 해서 네가 정말 행복해진다면, 네가 스스로 판단해서 결정내린 거라면…… 그런데 이건 아닌 거 같다. 넌 그냥 헛꿈 꾸는 거야. 몽유병이라고. 넌 나빠. 그 빌어먹을 고객 연놈들보다 더 나빠."

리사는 한참 동안 아무 말도 못했다. 그리고 간단하게 대답했다.

"그래. 내 생각에도 그런 것 같아."

그리고 지금 그녀는 주방 식탁에 앉아 바닥을 멍하니 바라보며 생각에 생각을 거듭하고 있었다. 댄의 말은 모두 맞았다. 표현이 심하긴 했지만 진심이 아니라는 것쯤은 알고 있다. 리사는 자신이 댄을 실망시켰다는 것에 먹먹하고 아득한 아픔을 느꼈다. 댄에게는 그동안 쌓아온 마음의 빚이 너무도 많았다. 그녀가 무엇을 하든 진심으로 걱정하고 챙겨준 단 한 사람이었다. 앞으로 삶이 어떻게 될지 막막하기만 했다. 이 일은 적어도 단 하나 긍정적인 결과를 낳았다. 댄을 자극한 것이다. 바로 다음날 그는 일을 그만두고 그동안 미뤄두었던 여행 준비를 하기 시작했다.

에이드리언의 편지를 받은 후 리사는 붕 뜬 기분으로 지내고 있었다. 이런 감정은 얼른 떨쳐버려야 한다는 것, 그리고 앞으로 뭘 어떻게 해야 할지 생각해야 한다는 것은 잘 알았다. 하지만 아무리 애를 써도 머릿속에는 단 한 가지 생각뿐이었다. 에이드리언이 돌아올지도 모른다는 가능성, 그것 말고는 아무것에도 집중할 수가 없었다.

이력서를 완성했다. 그녀는 이번에는 에드에 대해 생각해보려 했다. 다음주에 새집 계약서에 날인을 하기로 한 일, 두 사람의 미래 들을 떠올렸지만 조금 지나자 그 생각들은 스르르 사라져버리고, 카펫 무늬만 멍하니 바라보며 비스킷을 먹을지 말지 고민하고 있을 뿐이었다. 결국 그녀의 질문은 이것이었다. "나는 에드를 어떻게 생각하는 걸까?" 알고 있었다. 대답하기 힘들다는 것쯤은.

리사는 댄이 왜 에드를 그토록 싫어하는지 잘 알았다. 그만큼 많이 들었다. 이유 중 하나는 에드가 게으르다는 것이었다. 사실이긴 했지만 유어 뮤직 직원들 대부분은 자기의 일을 싫어했다. 그러나 그들 대부분이 열심히 일한다는 것 또한 사실이었다. 남이 열심히 하지 않으면 그만큼 내가 그 일을 더 해야 했다. 이 말을 에드에게 종종 해보았지만 그때마다 리사는 자신이 회사의 노예며 관리자 티를 낸다는 자괴감만 느낄 뿐이었다. 에드는 이렇게 말할 뿐이었다. "난 일하는 만큼 돈을 못 받아." 리사는 이 말에 수긍했다. 하지만 다른 직원들도 마찬가지였다. 에드는 종종 자신의 게으름과 이기적인 행동을 저항 행위로 꾸미곤 했다. 모두가 최소한도로 일하면 처우가 개선되지 않겠느냐는 것이었다. 이런 이야기를 주고받다보면 리사는 자기 자신이 싫어졌다. 언제나 구석으로 몰려 그녀가 틀리고 에드가 맞다는 결론을 강요당했다. 집안일도 마찬가지였다. 언제나 청소는 리사의 몫이었다. 에드의 말에 따르면 자기는 더럽든 말든 별로 신경쓰이지 않는다는 것이었다. 설거지를 제때 하고 살자는 리사의 소박한 소망조차 그에게는 비웃음거리였다. 자기는 그딴 하찮은 것과는 상대하지 않는다는 듯, 마치 자기는 손에 물 묻히고 살 사람이 아니라는 듯 굴었다.

댄이 에드를 싫어하는 이유는 그 밖에도 많았다. 댄은 주로 에드의 잘난 체하는 태도를 경멸했다. 에드가 '스카치 온더록스(정말 이런 식으로 말했다)'를 찾아대는 것, 프랭크 시나트라를 들먹이며 우쭐대는 것, 술만 마시면 감상적으로 자기 연민에 빠지는 것, 자기의 과거가 어두웠음을 슬며시 내비치는 것, 그래서 자기 내면에 어두운 자아가 깃들어 있는 양 행동하는 것 등등. 댄은 그런 에드의 행동을 같잖게 생각했다. 댄은 이렇게 말하곤 했다. "그 자식, 그 잘난 솔리헐* 출신이잖아. 그런데 뭐 그렇게 어두운 과거가 있다는 거야?" 그리고 그 '어두운 자아'에 끌려 에드와 사귄 리사는 이미 그 때문에 실망한 터였다. 그에게 어두운 과거 따위는 없었던 것이다. 잘사는 부모님에 예쁜 여동생에 그럴듯한 학력, 그 어느 구석에도 어둠은 없었다. 사실 요즘 그가 유난을 떠는 복층 아파트도 어둠과는 거리가 멀었다.

그녀는 요즘 에드에 대해서나 일에 대해서나 모두 비슷한 느낌을 받았다. 심드렁했다. 혹시 발렌타인 카드 중에 '심드렁'이라고 적힌 것도 있을까 궁금했다. 만일 그런 표현이나 단어가 적힌 카드가 있다면 한번 사보고 싶었다. '심드렁'이라는 단어에서는 스웨이드로 팔꿈치를 덧댄 갈색 카디건을 입은 아버지의 모습이 연상되었다. 그는 리사에게 그 어떤 종류의 아버지다운 조언이나 지시를 내린 적이 없었다. 그녀에게 사진을 계속하라고 야단친 적도, 쇼핑센터에서 썩기에는 너무 아깝다고 이야기해준 적도 없었다. 아버지는 모든 것을 예측했다는 듯 실망스러운 결과를 당연하게 받아들였고, 실패할 것이라는 자기 생각이 옳았음이 증명되는 것을 은근히 즐기는 듯 보이기도 했다. 리사는 지금 자신이 꼭 아버지 같다는 것을 깨달았다.

* 버밍엄 남동쪽에 위치한 위성도시로 인근에서 손꼽히는 부촌.

"……그리고 그게 다섯번째였지. 여섯번째는 1995년에 일어났어. 그애는 자기가 임신한 줄도 몰랐던 모양이야. 아직도 기억이 생생한 것이, 아무래도 그 여자애가 너무 어려 보여서 그런 것 같아. 한 열두 살이나 됐을까싶었는데 나중에 들으니 열여섯이라더군. 애를 어디서 낳았느냐면, 그 가게 있잖나, 카드랑 선물 파는 가게. 그때는 아마 47호였을 거야. 지금은 231호로 옮겨서 해피 데이즈라는 이름으로 영업하는 바로 그 집. 난 그 어린 계집애가 애 낳을 때 바로 그 자리에 있었어. 전부 다 봤지. 그애의 주머니는 훔친 선물용품으로 터져나갈 지경이었어. 그런 거 있잖나. 리본으로 돌돌 말아서 만든 생일 케이크 모형이나 비눗방울이 든 조그만 플라스틱 샴페인 병, 배에 '앨런'이라고 쓰인 곰 인형 따위. 난 그애를 종일 유심히 지켜봤거든. 애 아빠는 그 계집애 사촌이었어. 예전에 그 녀석을 한 번 붙잡은 적이 있어서 얼굴을 알거든. 근데 나온 애를 보니까 그 녀석을 쏙 빼닮은 거야. 그래서 생각했지. 요놈 조만간 다시 보겠군, 두고 보자 요놈. 하지만 결국 그 녀석 볼 일은 없었지. 애가 죽었거든. 처음엔 죽은 줄 몰랐어. 그런데 사산이라 그런지 애가 푸르딩딩하더라고. 아, 그 사촌놈의 이름은 크레이그였어. 앨런이 아니라.

그러고 나서는 한 삼 년 아무 일도 없었네. 음, 어디 한번 볼까……" 개빈은 그의 공책을 내려다보며 몇 장을 넘겼다. 공책은 최근 새로이 등장한 녀석이었다. 지난밤 자살 사건이 터졌을 때 세부 사항을 기록하겠다며 개빈이 자기 사물함에서 꺼내온 것이었다. 맨 앞장에는 약간 삐뚤게 라벨 테이프가 붙어 있고, 그 위에 '그린 옥스: 출생, 사망, 기타 중대 사건'이라는 제목이 쓰여 있었다. 그것을 본 커트가 몸서리치자 개빈은 공책 내용을 알려달라는 무언의 요청으로 해석한 모양이었다.

커트의 정신은 중심을 잃고 들락날락하고 있었다. 정신이 너무 멀리 달아날라치면 차 안에 있던 얼굴이 갑자기 눈앞에 나타났고, 그렇게 다시 급속도로 현실로 돌아올라치면 그곳에는 개빈과 그의 검은 공책이 기다리고 있었다.

가장 짜증나는 것은 개빈이 사건 하나하나마다 정말 시시콜콜한 이야기까지 다 읽어주는 것이었는데, 사실은 그 모든 것이 누구도 알 수 없는 차원의 일들이라는 점이었다. 본드 불던 녀석들이 지붕에서 떨어질 때 그들의 머릿속을 스친 생각, 어떤 여자가 친구에게 마지막으로 한 말, 정작 그의 아내는 영원히 받을 수 없었던 한 남자의 즉흥 선물, 한 소녀가 걸어가는 모습을 지켜보며 어느 소년이 마음속에 품었던 감정, 저질스러운 주정뱅이를 접대하던 어느 웨이트리스의 진심, 어떤 사내를 안절부절못하게 만들었던 마음속의 목소리, 어떤 여인이 감자를 먹으며 느꼈던 우스운 감정, DJ의 입냄새를 맡으며 어느 여인이 느꼈던 공포, 어떤 소녀가 아기를 낳을 때 가게에서 평소 그녀가 즐겨듣던 곡이 흐르고 있었다는 이야기, 한 남자가 구급대원의 얼굴을 보고 자기 아버지 얼굴을 떠올렸다는 이야기, 누가 오줌을 지리며 부끄러움에 몸부림쳤다는 이야기, 갑자기 아내의 머리카락을 머릿속에 떠올렸다는 이야기 등등.

모두 개빈이 지어낸 것이 분명했다. 아니 모든 사건 사고가 개빈이 즉석에서 지어낸 이야기일지도 몰랐다. 어쩌면 저 공책은 그냥 백지장일지도 몰랐다.

커트의 정신은 다른 곳에 팔려 있었다. 슬픔. 그 남자의 얼굴에는 슬픔이 가득했다. 이 삶을 버리고 떠나는 것이 너무도 슬픈 듯, 그의 얼굴에는 상실에 대한 비통함이 가득 고여 있었다. 처음 차 안에서 새어나온 불빛을 보았을 때 커트가 즉각 그에게 달려갔다면 그 남자와 이야기를 나눠볼 수 있었을지도 모른다. 떠나기에는 아직 이르다고 설득해볼 수도 있었을 것이다. 커트 자신도 낸시가 떠난 후 너무나도 자주 세상과 작별하고 싶었노라고 말할 수 있었을 것이다. 그러나 그러지 못했다. 그저 그 남자의 죽은 얼굴을 바라보았을 뿐이다. 그저, 바라보았을, 뿐이다.

"……근데 그 양반 안 죽었어. 온몸이 다 박살났는데 머리는 멀쩡했거든. 그 양반이 노린 건 오히려 머리였는데 말이지. 내가 생각하기로는 그 양반의 문제는 죄다 머리에서 나오는 거였거든. 투신자살인데 꼴사납게 됐다고 해야 할지, 뭐 보통은 행운이라고들 하겠지만…… 어쨌든 그 양반은 지금도 다시 한번 그짓을 하고 싶어 해. 그 양반 추락해서 생긴 일이라고는 갤러리가 석 달 동안 문을 닫더니 결국 1997년에 멀버리 트리 티 숍으로 바뀐 것밖에 없어."

낸시의 얼굴은 달랐다. 슬픔에 직격당한 표정은 아니었다. 그의 어휘력으로 집어낼 만한 감정은 있지 않았다. 아니, 아예 그녀의 얼굴로도 보이지 않았다. 그때까지 그녀의 얼굴에서 보았던 그 어떤 표정과도 달랐다. 그러니 어떻게 감정 같은 것을 논할 수 있었겠는가? 그는 사체 신원 확인 때도 울고불고 난리 피우지 않았다. 사고 후 부서진 그녀의 몸은 그런대로 단정하게 정리되어 있었다. 눈 주위에 얼룩이 좀 있었지만 머리나 얼굴에 이렇다 할 상처 같은 것은 없었다. 그는 그녀의 신원을 확인해줄 수 있었다. 그녀가 맞았다. 그녀란 것을 알아보았지만 고통은 느끼지 않았다. 그 파국의 현장을 보면서도 소리 한 번 지르지 않았다. 오히려 그에게 파국은 나중에 천천히 다가왔다.

"……하지만 첫해에는 말이야, 죽은 사람도 없었고 애 낳은 사람도 없었어. 자살을 시도하는 사람도 없었고 귀신 본 사람도 없었고, 열받게 만드는 놈도 없었고 잘라버린다고 으름장 놓는 놈도 없었고 자물통에 본드 발라놓는 놈도 없었고……"

익명의 남자
넥스트 매장 바깥 벤치

좋아. 여기까지.

지금 십분이니까 기껏해야 앞으로 십오 분이야. 난 여기를 벗어나야 돼. 계속 여기 있다가는 아무나 한 대 칠 것 같아. 속에서 뭐가 울컥울컥 올라와. 지금 속 뒤집어지는 징조가 보여. 잘 봐줘야 십오 분이야. 이 계집애, 그때까지 안 나타나기만 해봐라. 내 성질 뻔히 알면서. 아, 이렇게 열내면 안 되는데. 이 계집애는 내가 성질낼 기미만 보여도 히스테리를 부리면서 왜 늘 날 이런 식으로 몰아가느냔 말이야. 아, 난 여기가 정말 싫어.

이 계집애는 왜 꼭 여기서 만나자는 거지? 혼자서는 절대 오려고 하지도 않으면서, 전에 여기서 강도 사건도 났다고 그러면서, 그러니까 나보고 보디가드라도 해달라는 건가? 가끔은 그런 것 같기도 한데, 그렇게 무서우면 다른 놈 하나 더 부르자고 하니까 소리를 지르고 난리를 쳤단 말이야. 걔가 강도당하는 건 싫지만 나보고 어쩌라는 거야? "한번 가보면 좋아하게 될 거야. 유어 뮤직에 가면 너 좋아하는 비디오도 많이 있어"라니. 미치겠네. 그냥 말을 말지. 본 적 있어? 완전 돼지우리 십 초 전이야. 난 사람 많은 데 싫어. 못 참는다고. 다 알면서 왜 그러는 거야.

아, 난 여기가 정말 싫어. 사람들이 너를 보는 시선도 싫어. 사람들 하고 다니는 꼬락서니도 보기 싫어. 내 맞은편 벤치에 앉아 있는 놈, 가서 한 대 패주고 싶다. 지가 뭐라도 되는 줄 아나봐. 아니라는 걸 온몸으로 깨닫게 해주고 싶네. 뭐지? 저 근거 없는 자신감은?

이 건물은 사람을 병들게 만드는 것 같아. '빌딩 증후군'이라는 게 있다잖아? 내가 지금 딱 그거야. 냄새 때문인지 조명 때문인지 아님 음악 때문인지 그건 모르겠어. 여기 오면 늘 편두통이 생기면서 속이 메스꺼워져. 지금도 딱 그래. 이건 결코 정상적인 몸 상태가 아니야. 나는 병든 건물 안에 있는 병자야. 일단 원인을 알았으니 다행이긴 하지만 내가 이 빌어먹을 건물에서 잽싸게 빠져나가지 않으면 절대 좋아질 일은 없어. 아, 음악 진짜 사람 돌게 만드네. 빌어먹을 M 피플*! 아무나 잡아서 패고 싶게 만드는 음악이야. 저놈이 시비 좀 걸어주면 좋겠네. 냅다 달려가서 때려눕히고 저 이죽거리는 면상에서 웃음이 싹 달아나게 밟아줄 텐데. 사람들이 지나가다 볼 테면 보라지. 그러고 보니 저 자식 동네에서 본 적 있다. 동네에선 정말 뭣도 아닌데. 그러니까 여기가 병신 같은 데라는 거야. 저런 뭣도 아닌 새끼가 어깨에 힘주고 다닐 수 있다니. 지금 당장이라도 제 주제를 좀 알려주고 싶네. 거, 참.

자, 지금부터 딱 오 분 더 기다려주겠어. 그후의 일은 뻔하지. 나 지금 완전 돌아버린 것 같거든. 아, 씨팔. 저 꼬락서니들 좀 봐. 여긴 왜 저렇게 돼지 새끼들이 많지? 저런 새끼들은 밖에 돌아다니지 못하게 해야 돼. 보면 토할 것 같단 말이야. 푸드코트에서 기름기 철철 넘치는 걸 사다가 아가리에 꾸역꾸역 처넣어서 안 그래도 풍선 같은 배때기를 더 부풀리는 꼬락서니하고는. 뚱땡이들은 못생겼거나 병신이거나 둘 중에 하나야. 예외는 없지. 저 면상들 좀 보라고. 와, 저게 인간이냐. 똥돼지들이지. 씨팔 지금 나한테 누가 총을 준다면…… 근데 이년은 왜 안 와? 도대체 옷을 몇 벌이나 처입어봐야 직성이 풀리는데? 지가 뭘 입든 말든 내가 신경이나 쓴다고 생각하는 거야? 아니, 나 때문이 아닌지도 모르지. 이놈의 그린 옥스인지 나발인지에 오면 어떤 새끼가 그년을 여자 화장실로 밀고 들어가는 상상이 자꾸 든단 말이야. 가끔 보면 그년이 나랑 사귀는 건 나한테 벌을 주려고 그러는 것 같아. 내가 지금까지 한 잘못에 대한 죗값으로 그년이랑 사귀는 것 같다고.

---

* 1990년대 영국에서 활동한 하우스 뮤직 그룹.

이런 젠장. 저 병신이 지금 어떤 여자애랑 수다 떨기 시작했어. 계집애가 사내 새끼 면상에 넘어간 모양이야. 세상이 어떻게 되려고. 차라리 눈을 감고 말지.

아, 진짜, 제발 서두르라고. 나 정말 여기 있기 힘들어.

30

에드는 텅 빈 거실 바닥 위를 펄쩍펄쩍 뛰어다녔다. 실컷 뛰고 난 뒤에는 바닥에 길게 엎드리더니 베니어 마루 위에 귀를 가져다 댔다. 그리고 이내 행복해 죽겠다는 표정으로 벽을 두드리기 시작했다. 도대체 무슨 짓을 하는 것인지, 리사는 도통 알 수 없었다. 그 또한 자기가 무슨 짓을 하는 줄 모를 거라고 그녀는 강력하게 확신했다.

속이 메스꺼웠다. 아파트 안의 물건은 모조리 새것이었고 플라스틱 냄새와 먼지 냄새가 진동했다. 어릴 적, 아주 더운 날 오후 아버지의 차 뒷좌석에 앉아 있던 일이 문득 생각났다. 차 안에 있던, 더위에 잔뜩 녹아내린 오팔 프루츠*까지 생각나자 갑자기 토하고 싶어졌다.

* 영국의 사탕 상표명.

"모든 게 다 내 취향이야, 리사." 에드가 말했다.

리사는 멍하니 그를 보았다. 도대체 어디서부터 이렇게 된 것인지 알 수 없었다. 맞장구치면서 바라봐줄 기운도 없었다.

그는 부동산중개소에서 가져온 안내문을 집어들었다. "야, 이거 몇 번 읽어도 좋다. 럭셔리한 신축 아파트! 운하 변의 새롭고 즐거운 환경과 함께, 몇백 야드 내에 그린 옥스 비즈니스 앤드 쇼핑센터가 있어 생활이 한층 더 편리합니다. 널찍한 부부 침실에는 욕실이 별도로 딸려 있습니다. 주방과 거실에도 최고의 설비가 완벽하게 갖추어져 있으며, 발코니에서는 강변의 아름다운 풍경이 한눈에 들어옵니다!"

리사는 철제 발코니에 서서 아래를 내려다보았다. 운하의 기름 섞인 수면 위로 여행가방 하나가 둥둥 떠가고 있었다. 말할 수 없이 재수없는 풍경이었다.

"우리는 이런 이점을 모두 누릴 수 있는 거야. 와, 이런 데 사는 거 상상이나 했느냐고. 근데 살 수 있게 된 거야. 네가 포트렐 매니저에 붙으면 이 정도야 쉽잖아. 음, 네 직장이랑 통근 거리가 좀 멀긴 하겠네. 하지만 직장 바로 옆에 살고 싶지 않다고 한 건 바로 너야."

리사는 여행가방만 뚫어지게 보았다. 한 쇼핑센터의 그늘 아래 살아간다는 것, 그리고 하루에 두 시간씩 운전해서 출퇴근해야 한다는 것은 되도록 생각하지 않으려 애썼다. 아래를 내려다볼수록 확 뛰어내리고 싶어져서 겁이 났다. 그녀는 현기증을 가라앉히려고 지평선으로 눈길을 돌렸다. 저멀리 프렌즈 미팅 하우스*가 보였다. 주위의 회색 벽돌 건물들 사이에서 도드라지는 빅토리아 양식의 붉은 벽돌담과 뾰족지붕은 먼 곳에서도 눈에 띄었다. 예닐곱 살 때 한 번 그곳에 가본 적이 있었다. 어머니가 그녀를 시내 쇼핑에 데려간 날이었다. 그녀는 그날 자기가 입었던 몸에 딱 붙는 오렌지색 폴로넥 스웨터를 아주 선명하게 기억했다. 평소 그 옷을 참 좋아했지만, 같은 반 남자아이에게 '귀족 같다'는 말을 들은 후 한 번도 입지 않다가 그날 오랜만에 꺼내 입은 것이었다. 너무 멍청한 소리여서 웃는 사람조차 없었는데, 누가 봐도 그녀는 귀족 같아 보이지 않았기 때문이었다. ("청바지 입고 다니는 귀족도 있니, 제이슨?") 어쨌든 그녀는 그 옷이 싫었다. 클립보드를 든 여자 한 명이 어머니에게 다가와 말을 걸었다.

여자는 허리를 숙이더니 말했다. "안녕, 리사. 어머니 말씀이 네가 아주 착한 아이라는구나. 우리가 몇 가지 물어보면 대답을 잘해줄 거라고 하셨어. 전혀 무섭지 않을 거야. 시험 보는 것도 아니란다. 그냥 우리가 만든 새로운 디저트를 맛보고 어떤지 얘기해주면 되는 거야."

어머니는 그녀를 돌아보고 이렇게 말했다. "이건 시장조사라는 거야, 리사." 리사는 듣고도 무슨 말인지 알지 못했다. 그녀의 머릿속에 과일과 채소가 진열된 좌판들과 나일론 블라우스를 팔기 위해 목이 터져라 소리지르는 사내들 사이에서 물건을 조사하기 위해 헤매는 광경이 그려졌다.

---

* 기독교 퀘이커파의 예배 및 회합 장소.

여자는 어머니와 리사를 프렌즈 미팅 하우스 안의 커다란 방으로 데리고 들어갔다. 기다란 테이블이 여기저기에 있었고, 한 아이가 테이블에 자리잡고 앉아 알록달록한 디저트를 숟가락으로 떠먹고 있었다. 언뜻 블랑망제처럼 보였다. 리사는 학교에서 종종 블랑망제를 먹었는데 몹시 싫어했다. 문제는 어머니가 이 사실을 전혀 모른다는 것이었다. 집에서는 전혀 먹지 않았으니까.

어머니는 그녀의 손을 잡아끌며 말했다. "어머 너무 잘됐다. 정말 맛있는 디저트를 먹어볼 기회야!"

여자는 작은 플라스틱 그릇을 손에 들고 다시 돌아왔다. 그릇 안에는 분홍빛을 띤 정체불명의 물체가 담겨 있었다. 리사의 손바닥에 진땀이 나기 시작했다. 그녀는 되도록 침착하려 애썼다. 예전에도 좋아하지 않는 것을 먹어야 했던 일이 있었다. 어릴 적 유아원에서 초콜릿 다이제스티브 비스킷인 줄 알고 자파 케이크*를 집어든 적이 있었다. 그녀는 스펀지케이크에 곰팡이가 슬었고 초콜릿은 쓰디쓴데다 오렌지 젤리가 상했다고 우겨대는 수밖에 없었다. 아니면 최소한 선생님이 잠시 다른 곳을 보고 있는 동안 주머니에 그 망할 것을 쑤셔넣기라도 해야 했다. 그러나 지금은 상황이 달랐다. 용기를 내야 했다. 그리고 최대한 예의바르게 굴어야 했다.

"자, 먹어봐, 리사. 먹어보고 어떤지 우리에게 얘기해줘."

그녀는 그것을 숟가락으로 아주 조금 떠서 입에 넣었다. 끔찍했

---

* 비스킷만큼 단단한 케이크로 한 면에 자파 오렌지맛 젤리를 바르고 그 위에 초콜릿 코팅을 한다. 영국, 아일랜드에서 널리 먹는다.

다. 학교에서 먹던 것과 거의 비슷했지만 안에 이상하게 몽글몽글한 가루 같은 것이 들었다는 점이 달랐다. 그녀는 입속에 든 것을 꿀꺽 삼켜버리고는 나머지도 되도록 빨리 해치운 후 그릇을 멀찍이 밀어 치워버렸다.

"괜찮네요." 그녀는 잔뜩 굳은 얼굴로 말했다. 그리고 물컵을 집어들어 단숨에 반 이상의 물을 마셔버렸다.

"그게 다야?" 어머니가 말했다. "그냥 괜찮아?"

"괜찮아요. 잘 먹었습니다." 리사가 말했다.

"맛있니?" 시장조사원이 물었다.

리사는 잠시 망설였다. '예'라고 대답하면 더 줄까봐서였다. 그런데 그녀의 눈에 조사원 여자가 그릇을 치워버리는 것이 보였다. "네, 맛있어요."

"십 점 만점에 몇 점이나 줄래?"

리사는 좋은 점수를 줘야 한다고 생각했다. "팔 점요."

"팔 점이나? 어머, 참 맛있었나보네?"

"네. 감사합니다." 리사가 다시 말했다.

여자는 웃으며 그릇을 가져갔고 리사는 슬슬 일어나서 갈 채비를 했다.

"음, 다음 차례는 다섯 가지 맛 중에 뭐가 제일 맛있는지 고르는 거야. 해볼래?"

최악이었다. 이 끔찍한 오후는 절대 끝나지 않을 모양이었다. 리사는 테이블 끝만 부서져라 잡고 있었고, 눈앞에는 끔찍한 블랑망제들이 차례차례 등장했다. 시장조사원은 점점 실망하는 눈치였지만, 그렇다고 '괜찮네요'와 '팔 점' 이외의 대답은 절대 나오지 않았다. 어머니의 참을성은 점점 줄어 집에 가자고 보채고 있었지만 그녀의 손짓과 먹는 속도는 점점 느려지기만 했다. 그녀는 분명 예의바르게 굴었다. 그녀는 사람들의 기대대로 행동했다. 하지만 그녀에게는 최악의 결과만 돌아왔을 뿐이었다.

어느새 에드는 지하층에 있다는 스포츠센터 이야기를 하고 있었다. 리사는 그의 눈을 똑바로 보고 말했다. "난 싫어."

"뭐, 스포츠센터?"

"이 집. 난 싫다고."

"음, 리사. 이제 와서 그러면 안 되지."

"기다려…… 한마디 더 남았어. 난 널 사랑하지 않아, 에드. 아예 사랑한 적이 없어." 생각보다 말하기 쉬웠다. "너도 날 사랑하지 않아. 아니, 난 네가 최소한 날 좋아한다는 생각도 들지 않아. 우리 왜 이러고 살지? 우리 도대체 누구 흉내를 내면서 사는 거야?"

"너 어떻게 그런 말을 할 수가 있어?"

"사실이니까. 지금 이 이야기를 하지 않으면 앞으로 더 나빠지기만 할 테니까. 처음 시작할 때 똑바로 이야기하지 않으면 먹기 싫은데도 그릇을 자꾸만 가져오는 게 세상 이치니까."

커트는 개빈이 세븐업을 컵에 따라 전자레인지에 넣는 것을 지켜보고 있었다. 개빈은 혼자 작게 콧노래까지 부르고 있었다. 커트는 억지로라도 신문의 글자 하나하나에 정신을 집중했다. 방금까지 독일의 페스텐부르크 성에 대해 장장 삼십오 분에 걸쳐 지독하게 지루한 강의를 들은 터였다. 개빈은 회색 복도를 찍은 사진을 잔뜩 갖고 있었는데, 좀더 낡았다는 것 말고는 매일 순찰하는 복도와 다를 바가 없는 곳들이었다. 개빈은 그 성에도 그런 옥스처럼 비밀이 많다고 했다. 이야기들이 눈물나게 지루한 나머지, 어느 지점에선가는 말 그대로 눈물이 나와 주머니에서 휴지를 꺼내야 했다. 너무 지루하면 정말 눈물이 나는 줄은 미처 몰랐다. 전자레인지에서 신호음이 울리자 개빈은 컵을 꺼내 부글부글 끓는 물 안에 홍차 티백을 하나 담갔다. 그리고 계속 그 높낮이 없는 곡조를 흥얼거리며 사물함에서 멸균우유를 한 병 꺼낸 뒤 듬뿍 부었다. 커트는 재빨리 눈길을 다른 곳으로 돌렸고, 개빈은 평소 즐겨 앉는 가죽 회전의자에 자리잡고는 티백을 꺼내지도 않고 홀짝홀짝 마시며 커트를 뚫어지게 쳐다보았다. 또 시작이다. 커트가 지금까지 파악한 바로는 장황한 독백을 시작하기 전에 개빈은 반드시 커트와 눈을 맞춘다. 그런 기미가 보이면 커트는 되도록 장시간 고개를 신문이나 공책에 파묻어버렸다. 아니면 과자봉지 뒷면이라도 뚫어져라 쳐다보았다. 그러나 개빈이 커트보다 한 수 위였다. 그는 커트의 눈 대신 머리를 쳐다보고 떠들어버림으로써 커트의 모든 저항을 수포로 만들었다. 개빈의 승리였다. 커트는 이 공격에 대응할 방어책은 아직 찾지 못했다. 개빈의 차가운 눈초리를 견뎌낼 수 있는 것은 이삼 분이 고작이었다. 이삼 분이 지나면 그 시선이 물리적인 압박으로 느껴졌고, 눈앞의 글자들도 점점 가물가물해지기 시작했다. 결국 그는 고개를 들어 패배를 시인하고 개빈에게 시선을 돌렸다. 개빈은 처음부터 다시 말했다.

"자네, 미래에 그린 옥스가 어떻게 될지 종종 궁금하지?"

"전혀요." 커트는 조금도 주저하지 않고 대답했다.

개빈은 그런 그를 완전히 무시했다. "그 미래가 바로 그린 옥스의 5단계야. 자, 그럼 여기서 궁금한 게 생기겠지. 어디가 과연 시작인가 하고. 바로 1단계야. 그 1단계란 1983년에 개장한 원래의 쇼핑 센터야. 지금은 넓이가 이십만 삼천 평방피트를 우습게 넘기지만, 그때는 사실상 북관 아트리움뿐이었지. 지하에는 마켓 플레이스가 자리잡았고, 그 위로 체인 상점들 몇 개가 들어왔어. 다량의 흑색 유리와 갈색 대리석이 쓰였지. 경비는 여섯 명뿐이었어. 돈 벌기 참 쉬운 때였지. 애들은 좀도둑질 같은 건 엄두도 못 냈으니까. 예전에는 그놈들이 주로 하이 스트리트의 가게에서 활개치고 다녔지. 거긴 문밖으로만 나가면 도망칠 수 있으니까 도둑질하기엔 아주 좋거든. 근데 여기는 상점 밖으로 나가도 여전히 실내잖아. 사람들은 경보음이 울리면 바깥 셔터가 자동으로 내려가는 줄 알았어. 여기가 우주정거장쯤 되는 줄 알았던 거지. 아마 우리가 총도 갖고 있는 줄 알았을걸. 카메라도 사방에 달려 있고. 겁먹을 만하지. 첫 육 개월 동안은 거의 날로 먹는 직업이었어, 이 일 말야. 가끔 학교 빼먹고 놀러 오는 애도 있긴 했는데, 요즘 같지는 않았지. 조폭, 칼부림, 신문 1면에 나올 만한 폭력 사건, 이런 거 절대 없었어. 카무플라주 재킷을 입은 여자애의 신비한 출현 따위도 없었지. 내 첫 직장이었지. 나는 내 유니폼이 참 자랑스러웠어."

이 대목에서 커트는 저도 모르게 피식 코웃음 쳤다. 개빈은 반응하지 않았다.

"기억하라고. 그린 옥스는 말이지, 다른 데서는 받아주지도 않는 우릴 거둬준 곳이야. 내가 학교 다닐 때 사고를 좀 쳤거든. 그래서 꽤 오랫동안 사회사업가며 심리취료사 들이랑 친하게 지냈단 말이지."

커트는 움찔했다. 개빈이 '심리치료사'를 '심리취료사'라고 발음했기 때문이었다. 이런 식으로 커트가 진저리를 내는 개빈의 이상한 말버릇들이 몇 가지 있었다. 그는 개빈이 이런 방법으로 자기 과거를 넌지시 암시하는 것이 아주 싫었다. 무엇을 했는지 물어봐 주기를 바란다는 건 알고 있었다. 뭘 했다고 해봐야 학교 다닐 때 비실비실한 녀석들 좀 때려준 정도일 것이 뻔했다. 개빈도 다른 쓰레기 같은 경비원놈들이 늘 그러듯 자기가 과거에 좀 놀았다는 티를 내고 싶은 것뿐이었다.

"1986년 3월 12일. 신세계에 여명이 밝았지. 그린 옥스의 제2단계가 탄생한 거야. 나는 이때가 가장 야망에 불타던 단계라고 보고 있어. 그 최초의 일보는 세 개의 몰을 새로 만든 것이지. 물론 완전히 다른 디자인과 쓰임새였어. 이때 설계 총책임자를 맡았던 양반은 C. E. 글레이스토란 분이었어. 관리자 구역 복도의 환기 시스템을 엉망진창으로 만들어놓은 맥밀런이나 애스키가 아니었다고. 유리천장, 거울벽, 크롬 마감 등등 독일의 뭘러 아인카우프스첸트룸*의

* 아인카우프스첸트룸은 독일어로 '쇼핑센터'.

영향을 받아 총체적으로 산뜻한 느낌을 주게 되었지. 지금 북관 아트리움을 좋아하는 사람은 아무도 없을 거야. 나름대로 손을 봤는데도 여전히 칙칙하고 낡아 보이니 말이야. 나는 그때 유리 엘리베이터를 놓던 게 기억이 나. 미국 직수입품이었지. 그때 애들이 얼마나 난리였는지 모를 거야. 자네는 그후 몇 년인가 있다가 이 일을 시작했을 테니. 자네는 여기 경비 시스템이 얼마나 최신식인 줄 감이나 잡고 있나? 모든 게 최고야. 자네가 얼마나 복 받은 사람인 줄 알아?"

"알아요. 복 받은 거." 커트는 손으로 얼굴을 가린 채 말했다.

"자, 그럼 드디어 5단계야. 운하 주변의 모든 지역이 여기 포함돼. 이 단계에서는 종합 생활공간의 콘셉트가 도입되지. 쇼핑, 생활, 여가, 모든 것. 물론 자네는 여기서 일을 하지만 여기서 살 만한 여유는 없을 테지…… 우리는 여기로 출퇴근을 하고, 다른 사람은 여기서 출퇴근을 하게 되는 거야. 〈업스테어즈 다운스테어즈〉*의 재림이랄까. 요리사 브리지스 부인, 경비원 개빈, 청소부 아시프, 창고 잡부 사이드가 모두 어울려서 바쁘게 살아가는 거지."

개빈은 말을 멈추고 커트의 감은 눈을 보았다. "자네, 막다른 길을 무서워하지 않나?"

커트는 경기하듯 놀랐다. "뭐라고요?"

"막다른 길. 관리자 구역 복도에 있는 이상한 샛길들. 자네 그런

* 1970년대에 방영된 영국 드라마로, 한 연립주택의 위층에는 고용주가, 아래층에는 피고용인들이 사는 설정.

거 싫어하지? 난 가끔 모니터로 자네를 보곤 해. 그런 곳에 가면 절대 등을 그쪽으로 돌리지를 않더라고. 뭐랄까? 음, 그래. 퇴각한다고 하나, 뒷걸음질로. 적당히 길이 갈라지는 데까지 도착하면 그제야 뒤를 돌아서 길을 가더라고. 등을 보이는 게 무섭지 않다면 뭐하러 뒷걸음질을 치겠나? 거기 뭐 무서운 거라도 있는 거야?"

"이런 제기랄! 날 감시하는 것 중 하나가 당신이었군요."

"날 무서워할 필요는 없는데."

"뭐라고요?"

"그래, 친구. 날 무서워할 필요는 없어. 그 벽들은 비록…… 이봐, 다행인 줄 알라고. 예전보다는 막다른 복도가 훨씬 줄어든 거야. 죄 벽돌로 막았거든. 별로 쓸모가 없다, 그리고 앞으로도 쓸모 있게 바뀔 거 같지 않다면서 전부 막아버렸단 말이야. 그래서 지금 벽 중에 일부는 안이 텅 빈 데도 많다고. 무無만이 존재하는 작디작은 방. 뭐, 자네도 이미 알고 있겠지만."

커트는 시선을 피했다. "예전에 들은 것 같긴 하네요. 뭐 믿기 힘드시겠지만 전 그런 세세한 거 다 기억하고 살지는 않거든요."

개빈은 그를 뚫어져라 쳐다보았다. "그렇군. 정말 믿기 힘든 얘기로군."

31

리사는 매장 건너편에 있는 마틴을 바라보았다. 그녀는 지금 그의 일을 좀 덜어줄까 생각하고 있었다. 마틴은 클래식 코너를 지키고 있었다. 원래 담당인 이언은 오늘 휴무였다. 마틴은 카운터 뒤가 아니라 코너의 유리문 옆에 서 있었다. 눈을 부지런히 굴리며 필사적으로 그를 대신해줄 사람을 찾고 있었다. 집밖으로 뛰쳐나가고 싶은 강아지 같은 것이 진짜 불쌍했다. 그녀가 유리문을 열자마자 미처 문턱을 넘을 새도 없이 마틴은 그녀를 지나쳐 쏜살같이 뛰어나갔다. 리사는 가볍게 한숨을 쉬고 카운터로 갔다. 손님이 없는 것이 그나마 다행이었다.

클래식 코너는 도피처 같은 느낌을 주었다. 유리문도 하나 달렸고, 가짜 호두나무 벽으로 막힌데다 가죽 안락의자도 놓여 있고, 부드러운 음악까지 흘러나왔다. 종일 혼자 카운터를 본다면 잔뜩 곤두선 신경을 달랠 수 있을 것 같다. 그러나 이건 착각이다. 클래식 코너는 지옥의 상자였다.

다른 코너에는 조금 별난 사람이나 심심풀이로 음악을 들으러 오는 손님들이 주로 들락거렸다. 그러나 클래식 코너는 온 시내에 강력한 마약 냄새를 내뿜고 있기라도 하듯 온갖 상류층 손님들을 끌어당겼다. 정말 까다롭고, 짜증나게 이상하고, 끔찍하게 잘난 척하는 그런 인간들이 이 유리 상자 안으로 모여들었다. 리사는 하루 날을 잡아 문에 잠금장치를 달아볼까 하는 생각도 했다. 손님들이 들어올 수만 있고 나가지는 못하게. 그리고 유리 상자 안이 손님들로 꽉 차면 펙틴을 부어 찐득한 잼으로 만들어버리는 것이다.

리사는 난장판인 카운터 위를 정리하기 시작했다. 뒤죽박죽 산더미처럼 쌓인 도이치 그라모폰 사의 음반들과 『프라이빗 아이』* 들 사이에서 빈 술병이 튀어나왔다. 그렇다고 이언이 알코올중독자인 것은 아니었다. 위스키 병, 클래식 음반에 대한 방대한 지식, 비꼬는 듯한 신랄한 말투, 그리고 대단히 쉽게 감정이 격해지는 그 성정은 오로지 그 유리 상자 안에서 하루를 나기 위한 것일 뿐이었다. 이언은 정년인 쉰여덟 살을 얼마 남겨두지 않고 있었다. 그러나 누구도 감히 그가 퇴직할 거라는 생각을 하지 못했다.

음반들을 작곡자 이름의 철자순으로 정리하면서 그녀는 아버지를 떠올렸다.

에드는 다른 곳으로 이사 갔다. 그리고 드디어 그녀는 목록에 적어둔 것들을 실천할 수 있었다. 지난 일요일에는 정말 모처럼 부모

* 영국의 풍자 잡지.

님을 방문했다. 그녀는 오랫동안 부모님을 방치해둔 스스로에게 화가 났다. 아, 어머니는 예외였다. 어머니는 어느 종말론 교단에서 나눠준 팸플릿을 너덜너덜해질 때까지 읽고 또 읽은 뒤 기껏 들른 딸에게 내내 그 이야기만 했다. 그러나 아버지의 얼굴에는 깊은 수심이 고여 있었다. 리사는 집을 나선 후에도 그것 때문에 내내 기분이 안 좋았다. 평소 그녀는 에이드리언의 잠적에 대해 아버지를 가볍게 비난해왔다. 하지만 최근에는 의구심을 품기 시작했다. 그녀는 아버지가 너무 무심하다고 생각해왔다. 아버지가 에이드리언에게 당신이 힘이 되어줄 것이라는 확신을 심어줬어야 했다고 줄곧 생각해왔다. 그러나 지금은 과연 그런 상황에서 아버지가 할 수 있는 것이 있었을까싶었다. 그녀라면 무엇을 어떻게 할 수 있었을까. 에이드리언에게서 받은 편지를 읽고 그녀는 떠난 것도 오빠의 결정이었고, 언젠가 돌아오더라도 그 또한 그의 결정이라는 것을 새삼 깨달았다. 아버지에게는 책임이 없었다. 그녀는 아버지가 집에서 어머니의 종말론 교단 팸플릿 이야기를 듣고 있는 모습을 떠올렸다. 그리고 어쩌면 아버지도 외로울지 모르겠다는 생각을 했다. 그녀는 당장 집에 전화를 걸겠다고, 그리고 아버지만 좋다면 어딘가 가서 함께 술이라도 한잔해야겠다고 결심했다.

아버지를 모시고 가도 괜찮은 곳이 어디일까 생각하는데, 그녀의 귀에 웨이크 씨가 이 코너에 나타나서 내는 게 틀림없는 소리가 들려왔다. 웨이크 씨는 전동 휠체어를 타고 다녔는데 놀라울 정도로 조종에 서툴렀다. 그는 방문할 때마다 어김없이 경쾌한 휘파람 소리와 그가 들이받아서 떨어뜨린 CD들이 부서지는 소리를 동반

했다.

"좋은 아침이야, 리사."

"고마워요. 웨이크 씨도 잘 지내셨죠?"

"뭐 자네도 알다시피…… 살아 있지. 그래, 리사. 오늘은 물건이 왔을 듯싶은데…… 좋은 소식 없나?"

믿을 수 없게도 웨이크 씨는 이십삼 개월 전에 주문한 테이프를 여지껏 기다리고 있었다. 그가 이미 해지고 너덜너덜해진, 얄따란 특별 주문증을 펼치는 것을 보며, 리사는 그의 얼굴에서 긍정적인 표정, 즉 언젠가는 모차르트의 호른 협주곡을 카세트에 넣고 들을 수 있을 것이라는 기대를 읽었다. 그녀는 한숨을 쉬며 이언을 저주했다. 그것이 가게에 올 리가 없었다. 이미 세상에서 사라진 지 오래였다. 그녀는 웨이크 씨에게 이미 테이프는 생산 자체가 중단됐으며 모든 곡은 CD로만 나온다는 것을 애써 설명했다. 그러나 달라지는 것은 아무것도 없었다. 웨이크 씨는 예전에 주문이 가능하다는 것을 읽었고, 그러므로 일주일에 세 번씩 들러 주문한 것이 왔나 확인했으며, 매번 들를 때마다 처음 들르는 것처럼 긍정지수를 최고치로 올리고 왔다가 신속하게 매번 같은 실망으로 가슴 아파하며 발걸음을 돌려온 터였다. 이언은 이것을 무척 즐겼다. 딱히 상자를 뒤적인다거나 며칠 전 본 기억이 있다며 거짓말을 하는 등의 연극을 하려고 하지도 않았다. 그저 한껏 미소를 지으며 "아, 웨이크 씨. 아마 내일 올 것 같아요. 그렇게 오래 걸리지는 않을 겁니다"라고 말하는 게 다였다. 상대가 괴로워하는 모습을 보며 이언은 은밀한 기쁨을 느꼈다. 특별히 기분이 나쁜 날에는 한술 더

떠 며칠 전에 들어왔는데 실수로 팔아버렸다는 소리까지 하기도 했다. 웨이크 씨에게 그런 말을 한번 더 할 만큼 리사는 강심장이 못 되었다.

그는 아주 작은 남자였다. 특히 머리가 아주 작아 마치 어깨 위에 살짝 얹어놓은 것처럼 보일 정도였다. 게다가 오늘은 쪼그라든 두개골을 강조하려는 듯 커다란 사냥 모자까지 쓰고 왔다. 리사는 그의 비극적인 특별주문서에 열중하느라 그의 모자에 버스정기권이 핀으로 꽂혀 있다는 사실을 뒤늦게 알아차렸다. 말 안 듣는 전동 휠체어를 타고 버스를 오르내릴 때 조금이라도 손을 덜기 위한 방책일 터였다. 기발한 방법이 아닐 수 없었다.

리사는 버스정기권의 사진을 본 후 그것을 다시 보지 않기 위해 안간힘을 써야 했다. 몹시 인상적인 사진, 결코 흘긋 보고 지나칠 수 없는 사진이었다. 아니, 단 한 번 스치듯 보기만 해도 도저히 제어할 수 없는 반응을 부르는 사진이었다. 버스정기권이 반짝거리며 자꾸만 시선을 끌었다. 리사는 억지로 모자 아래 웨이크 씨의 얼굴로 시선을 끌어내렸다. 버스정기권과 얼굴은 수직선상에 있었다. 그것이 시야에 걸리기라도 할라치면 그때는 다른 곳을 봐야 했다. 다시 한번 그 사진을 보면 그땐 정말 참을 수 없을 것 같았다.

그렇게 몇 분이 흐른 후에야 비로소 그녀는 컴퓨터로 가서 소용도 없는 '미입고 테이프'에 대한 자료를 검색할 수 있었다. 그러나 그녀가 뒤로 돌았을 때 마침 웨이크 씨가 기침을 했고, 그 바람에 리사가 채 마음의 준비도 되기 전에 그가 빠르게 머리를 숙였다. 리사는 얼른 눈을 돌리려 했지만 한발 늦었다. 그녀는 사진을 똑똑히 보고 말았다. 그리고 눈도 깜빡이지 않고 사진을 뚫어져라 쳐다보았다.

사진의 대부분은 즉석 촬영 부스 뒷면의 커튼이 차지하고 있었다. 그러나 맨 아래 왼쪽 구석, 사진 프레임 끝에 대충 찍힌 것은 분명 웨이크 씨였다. 총살이라도 당하는 사람처럼 울먹이는 표정에 총알이라도 피하려는 모양인지 사진 부스의 딱딱한 플라스틱 벽을 어깨로 밀고 있었다. 어깨는 잔뜩 움츠리고 있고 고개는 뒤로 젖혀 카메라를 보고 있으며 눈은 공포로 커져 있었다. 플래시 불빛을 피하려 한 것이다. 그러나 얼굴에 어린 공포를 보면 플래시 불빛은 결국 그에게 비친 게 분명했다. 그의 얼굴 위로 카메라에서 터져나온 플래시 빛이 보복하듯 떠 있었고, 그 번쩍하는 하얀 빛이 반사광을 만들어내고 있었다. 그리고 그 버스정기권에는 또하나의, 조금 더 옛것으로 보이는 사진이 붙어 있었다. 똑똑히 알아볼 수는 없지만 리사는 먼저 본 것과 비슷한 사진 하나를 쉽게 상상할 수 있었다. 웨이크 씨의 얼굴이 점점 작아지며 무한 반복되는 사진 시리즈를 떠올리자 리사의 마음속 무언가가 부서지기 시작했다.

리사는 잠시 꼼짝 않고 사진만 쳐다보았다. 결국 그녀는 웨이크 씨가 부르는 것을 듣고서야 정신을 차렸다.

"리사, 리사, 괜찮아? 좋은 소식 있어? 들어온 거야?"

리사는 웨이크 씨를 다시 한번 보았다. 그리고 아무 말 없이 모차르트 호른 협주곡이 제1번부터 4번까지 수록된 음반을 꺼내고, 액세서리 코너로 가서 육십 분짜리 공테이프를 집어온 뒤 카운터로 돌아와 두 개를 동시에 오디오에 집어넣었다. 그리고 웨이크 씨에게 말했다. "십 분만 기다리세요."

끝낼 때가 온 것이다.

익명의 여성

세인즈버리즈의 주차장

일요일은 최악의 날이다. 그리고 모든 일요일은 그 전주보다 더 나쁘다. 나는 텅 빈 집에 남아 온종일 앉아 있는다. 나는 이 방에서 저 방으로, 이 의자에서 저 의자로 옮겨다닌다. 차 한잔이 마시고 싶은 것 같아 주전자를 불에 올린다. 그러나 금세 마시고 싶지 않다는 생각이 들어 불을 끄고 만다. 길모퉁이 가게에서 뭔가를 사야 한다는 생각이 든다. 그러나 막상 사러 가려니 또 귀찮다. 나는 집 안의 모든 창문으로 밖을 내다보며, 같은 거리에 있는 다른 집들의 창문을 엿본다. 그러나 밖을 내다보는 사람은 단 한 명도 없다. 사람 얼굴이라고는 씨가 마른 것 같다. 일요일에는 다들 뭘 하는 것일까 궁금해진다. 나는 그저 가만히 서서 레이스 커튼 사이로 보이는 다른 집의 레이스 커튼을 바라볼 뿐이다. 그러고 있으면 시간이 정말 느리게 흐른다.

그래서 쇼핑센터에 올까 생각한 것이다. 일요일에 사람들이 많이들 그렇게 하니까. 버스를 타고 이쪽으로 향하는 사람들을 많이 봤다. 여기가 북새통일 거라는 건 뻔한 일이었다. 이런 곳에서 아무런 목적지도 갖지 않는 것은 무척 어렵다. 나는 세인즈버리즈에 왔다. 거대한 여자가 먼저 카트를 꺼낸 뒤 내 것도 꺼낼 생각이었다. 모두들 나를 밀치고 달려들어 카트를 손에 쥐고 가버렸지만 나는 끝까지 기다렸다. 남들을 밀치고 싶지는 않으니까. 결국 그 여자는 카트를 하나 꺼내더니 나를 향해 똑바로 걸어왔다. 내가 보이지도 않는 모양이었다. 그 여자는 내 발을 밟고 가버렸다.

나는 이곳에 꽤 오랫동안 서 있었다. 움직일 수 있을 것 같지 않다. 내가 사람들의 앞길을 막고 있다는 것은 안다. 사람들의 혀 차는 소리가 여기저기서 들려온다. 누군가에게 도와달라고 해야겠지. 하지만 난 안다. 내가 말해봐야 아무도 듣지 않을 거라는 걸.

가끔씩 나는 아예 내가 이 세상에 존재하지 않는 편이 나을 것 같다는 생각을 한다. 그러나 일요일이 오면 내가 정말 존재하기나 하는 것인지, 그것조차 궁금해진다.

여기 온 것은 실수였다. 또 실수를 한 것이다. 정말 지친다.

32

저녁에 리사는 아버지에게 들르지 못했다. 일을 마치고 나서는데 공무원 두 명이 그녀를 기다리다 곧바로 경찰서로 데리고 갔기 때문이다. 시간이 오래 걸리지는 않았다. 어두워지기 전에 집에 돌아올 수 있었다. 집에 들어서자 한기가 느껴졌다. 에드가 떠나자 온종일 난방장치를 켜놓는 사람이 없어진 것이다. 그녀는 배가 고팠다. 그러나 무언가를 만들어 먹는 것, 아니 주방에 들어선다는 생각조차 불가능했다. 대신 그녀는 햇빛이 사그라지는 거실에 주저앉았다. 짙은 땅거미가 모든 사물의 빛깔을 빨아들이고 그림자와 윤곽선만을 남겨놓았다. 그녀는 미동도 없이 그저 동그마니 앉아 있었다. 마치 그녀 자신이 방의 일부가 된 것 같았다. 그냥 형체만 있는 그 무엇. 그렇게 영원히 머물 수도 있을 것 같았다.

그녀는 전화기의 어두운 윤곽선을 한참이나 뚫어지게 쳐다보다가 비로소 수화기를 들었다. 처음 두 통화는 제대로 걸리지 않았다. 첫번째는 통화중이었고, 두번째 건 것은 웬 이상한 여자가 받아서 다급하게 '캐즈?'만 외쳐대기에 끊어버렸다. 손이 떨리지 않는다면 번호를 누르는 것이 좀더 쉬울 텐데. 세번째로 번호를 눌렀을 때에야 두어 번 신호가 가더니 비로소 커트가 전화를 받았다.

"네, 어머니." 그가 말했다.

리사는 잠시 당황해서 아무 말도 못했다. 말을 꺼내려 했는데 그제야 자신이 몇 시간이나 아무 말도 하지 않았다는 것을 깨달았다. 목이 잠겨 소리가 나오지 않았다.

"어머니? 지금 전화하려던 참이었어요."

"나예요, 커트. 리사예요."

"아, 안녕하세요." 잠시 침묵이 오갔다. "음, 지금 알았겠지만 제게 전화하는 사람은 저희 어머니뿐이거든요." 그녀는 이 말에 반응하지 않았다. "번호는 그쪽 상사한테 들었어요. 기분 나쁘시지 않으면 좋겠네요."

"아, 전혀 아니죠. 오히려 목소리 들으니 좋은데요. 그동안 잘 지냈어요?"

리사는 대답하지 못했다. 어떻게 말해야 할지 알 수 없었다. 아직 되돌리기에 늦지 않았다는 생각이 들었다. 굳이 이렇게까지 해야 할 합리적인 이유 같은 건 없었다. 그러나 그녀는 기어이 말을 꺼냈다. "지금 저 좀 만나주세요."

그는 남자친구의 흔적이 없는 것을 보고 내심 안도했다. 냄새며 풍경이며 며칠 전에 대청소를 한 집이었다. 문을 열어주는 리사의 모습은 꽤 피로해 보였다. 그리고 밤이 깊어갈수록 그녀가 지난번에 만났을 때보다 훨씬 덜 쾌활하다는 것을 눈치챘다. 그는 술 탓이라고 생각했다. 그가 달위니 한 병을 가져왔고, 몸이 안 좋다는 리사의 엄살에도 두 사람은 꽤 많은 양을 마셨다. 커트가 술을 가져온 것은 긴장을 풀기 위해서였다. 이렇게 다른 사람과 마주앉아 술을 마셔본 것이 언제였는지 기억조차 나지 않았다. 아니, 딱히 그러고 싶었던 적도 없었던 것 같았다. 그는 리사가 그를 불러서까지 하고 싶었던 말이 무엇인지 아직 알지 못했다. 그러나 흘러간 영화며 음악에 대한 시시한 수다 뒤에 분명 무엇이 있다는 건 알 수 있었다. 두 사람을 이어주는 유일한 끈은 사실 그 여자아이였으니 어쩌면 리사가 그 여자아이에 대한 무슨 단서를 발견한 것일지도 모른다. 이야기는 서서히 공통의 화제에서 개인적인 것으로 옮겨갔다. 밤이 이슥하도록 둘은 위스키를 마시며 각자의 과거사를 털어놓았다.

새벽 1시. 커트

"동네에 기타를 치는 늙은 영감이 있었어요. 저는 그 영감이 거리의 악사일 거라고 생각했죠. 하지만 영감은 모자를 땅에 놓지도 않고 돈을 받지도 않았어요. 기타 연주도 아주 남달랐구요. 저는 주로 어느 상점 문간이나 교회, 버스정류장 같은 데서 그 영감하고 마주치곤 했죠. 기타를 정말 느리게 쳤어요. 엄청나게요. 코드 포지션 한 번 바꾸는 데 정말 몇 초씩 걸리더라고요. 그렇지만 손 느린 사람들에게 맞는 간단하고 느린 곡들은 절대 손도 대지 않았어요. 그가 연주하는 레퍼토리는 언제나 아주 난해하고 기술적으로 어려운 기타 곡들이었죠. 어찌나 느리게 치는지 오 분에서 십 분 정도는 가만히 서서 들어야 겨우, 무슨 곡인지 알아챌 수 있을 정도였어요. 음표 하나하나가 가진 뉘앙스며 가능성을 단 하나도 놓치지 않고 모두 표현하려는 것 같았어요. 저는 그 앞에 서서, 종종 한 시간도 넘게 그의 연주를 들었어요. 사실 멜로디에는 별 관심 없었어요. 대신 저는 음표 하나하나에 빠져들어 그 음표 각각의 소리들을 즐겼죠. 그의 얼굴에는 노력이나 좌절로 비틀린 표정이 없었어요. 손가락을 바른 모양으로 놓으려고 애쓰면서도요. 뭐랄까요, 그의 얼굴에는 행복감이 어려 있었어요. 모든 것을 초월한 듯한, 다른 이의 시선 같은 건 전혀 관심 없는 듯한 더없는 행복. 모든 동작이 다 아름답기만 했어요. 물론 그는 제 찬사 같은 건 전혀 알아채지 못했을 거예요. 그는 동네의 웃음거리였거든요.

어느 추운 날 저는 그가 낡은 극장 옆에 있는 모습을 보았어요. 아주 복잡한 아르페지오를 끝없이 연주하고 있더군요. 입 구멍이 없는 발라클라바*를 쓰고 있었는데, 그 앞 땅바닥에 흰색 종이 하나가 놓여 있는 거예요. 종이에는 이렇게 쓰여 있었죠. "앨폰소 콘서트. 오늘밤 라이브 공연. 블랙 호스 9:00pm." 전 그때까지 그의 이름도 모르고 있었더라고요.

앨폰소의 콘서트에는 저 말고 딱 한 사람이 더 있었어요. 짙은 빨강머리 여자였는데 공연하는 두 시간 내내 춤을 췄어요. 제 생각에는 정말 딱 한 곡이었어요. 저는 촛불 하나가 켜진 작은 테이블에 앉아 있었고, 제 건너편에 테이블이랑 의자가 딱 한 개씩 더 있었어요. 마치 저랑 그 여자 두 사람만 나타날 것을 미리 알았던 것 같았죠. 곡을 마치고 앨폰소는 가볍게 머리를 흔들더군요. 그때야 처음으로 저와 여자가 있다는 것을 알아챈 것 같았어요. 난감하더군요. 지금 일어나서 나가야 할지, 그에게 고맙다고 해야 할지, 아님 그가 무대에서 내려올 때까지 계속 앉아 있어야 할지 알 수가 없었어요. 그 여자도 저쪽 편에 남아 있었지만, 우리 두 사람은 계속 서로 못 본 체하고 있었죠. 그러자 앨폰소가 마치 엄청난 관중이라도 앞에 둔 양 말하더군요. '다음 곡은 오늘 이 자리에 온 젊은 연인에게 바칩니다.' 그리고 장고 라인하르트**의 대표곡을 연주하기 시작했어요. 숨막힐 정도로 유연하고 정교한 연주였어요. 손이 꼬일 것 같은 집시 재즈를 정말 멋지게 헤쳐나가면서 아름답고 섬세한 목소리로 노래도 불러줬죠.

그러니 우리가 어떻게 했겠어요? 나가서 함께 술을 마셨죠. 그녀의 이름은 낸시였어요. 그후로 오 년 동안 매일 밤을 그녀와 함께

* 얼굴을 가리고 어깨까지 덮어쓰는 방한용 니트 모자.

** 벨기에 출신의 기타리스트.

보냈어요. 앨폰소는 그후로 본 적도, 소식을 들은 적도 없었고요."

새벽 2시. 리사

"요즘 저는 뇌가 살짝 망가진 것 같은 느낌이 들어요. 제대로 된 머리라면 이럴 수가 없을 것 같거든요. 처음 느낀 건 몇 주 전이에요. 저는 컴퓨터 앞에서 그날 매상을 산출하기 위해 기다리고 있었어요. 십 분 동안 벽을 멍하니 쳐다봤죠. 그런데 그 십 분 동안 머릿속에서 떠도는 생각들이란 것이 문장 하나도 제대로 못 만들 만큼 하찮고 단편적인 것들뿐인 거예요. '벽' '게시판' '회색' '종이' '갈색 헝겊'…… 이런 게 무슨 생각 축에나 들어가느냐고요. 그냥 단순한 지각 반응 정도잖아요. 그래서 저는 아주 일반적인 '생각'이라는 걸 하려고 애를 써봤어요. 안 돼요. 거의 안 되더라고요. 사고만이 아니에요. 열의, 감정, 포부, 아무것도 생기지 않아요. 이런 상태가 얼마나 계속될지 저도 잘 모르겠어요. 아침마다 출근길에 운전하면서 머릿속으로 뭔가 한 가지 주제를 곱씹겠다고 작정을 하죠. 출발하기 전에 질문 하나를 되도록 또렷한 문장으로 만들어놓긴 해요. 하지만 출발하고 몇 분 되지 않아 머릿속은 '신호등' '파란 차' '회색 하늘' 따위로 가득차버려요. 내 머릿속에는 복잡하게 꼬인 신경계나, 나 자신을 달팽이보다 나은 존재로 만들어줄 추상적 개념 같은 건 없는 것만 같아요. 옛날 수학시간 생각이 나요. 저 정말 수학을 끔찍하게 못했거든요. 뭔가 개념 하나에 집중하려고 하면 어김없이 머릿속이 공백이 됐어요. 완벽하게. 문자 그대로 공백이었죠. 시간은 흘러가고 누군가가 시험지를 걷어가버려요.

전 오 년 내내 열등반이었어요. 열등반bottom stream, 참 이름도 잘 지었죠. 모든 것이 음침하고 저 하천 밑바닥bottom stream에 가라앉은 것 같은 분위기였으니까요. 하지만 그 엄청난 공백이 제가 벡터나 미분을 생각해야 할 때 떠오르는 유일한 것이었어요. 지금은 그 공백이 좀더 넓게 퍼진 거죠.

그리고 저는 며칠 전 깨달았어요. 그때 저는 어렸을 때 내가 얼마나 못 말리는 애였는지 회상하고 있었어요. 매일매일 바빴고 언제나 뭔가 할 일이 있었고 이것저것 찾아보느라 정신없고…… 아, 찾는 대상은 주로 음악이었어요. 저희 오빠는 저보다 나이가 한참 많았지만 어린 여자애가 리 스크래치 페리의 이력을 줄줄 외우거나 데이비드 보위의 음악이 구려진 것이 언제부터인지 정확히 집어내거나 왜 조니 캐시는 위대하며 도어즈는 시시한지, 또는 왜 밥 딜런은 빨갱이인지 등을 알면 안 될 이유가 없다고 생각한 사람이었어요. 오빠는 저에게 이런 뮤지션들의 음악을 편집 음반으로 만들어주었는데, 일부러 간간이 거지같은 곡들을 끼워넣어 저의 비평 재능을 시험해보기도 했어요. 그때 전 여덟 살이었는데 오빠는 저를 괴물로 바꿔놓았죠. 처음에는 그냥 테이프 안에 있는 노래는 다 좋다고만 했는데 조금 지나자 개중 좀 못한 곡들을 가려내기 시작했어요. 그리고 더 나중에는 오빠가 진짜 좋아하는 곡들에 대해 제가 터무니없을 정도로 난해하고 신랄하게 공격을 하기도 했어요. 그럴 때 오빠는 크게 웃고 말았죠. 가끔은 제가 이 곡은 사실 무언가를 모방한 것이라는 둥 인위적이라는 둥 초기 작품들의 그림자에 지나지 않는다는 둥의 이야기를 하면 오빠가 고개를 끄덕이기도 했어요. 그 나이 때 음악이라는 게 그렇잖아요. 그 어느 때보다 심장 깊숙이 파고들잖아요. 저는 앨범이나 싱글 들이 보여주는 풍경 속에서 기꺼이 길을 잃곤 했어요. 언제나 음악은 저와 가장 가까운 곳에 있었죠. 저는 버스를 타고 시내로 나가 낡은 버진 스토어*에서 한참 책을 읽기도 했어요. 도움되는 정보나 조언을 찾기도 하고 가사를 진지하게 읽고 그 안에 숨겨진 의미들을 찾아보기도 했어요. 오빠는 종종 콘서트에도 데려가주었죠. 누가 보면 정말 이상하게 생각했을 거예요. 오빠는 스물둘이었고 저는 열셋이었거든요. 하지만 그때가 가장 좋은 시절이었어요. 제 인생에서 가장 좋은 시절이었죠. 그때 공연장에서 밴드를 보며 그랬던 것처럼 무언가에 열중하거나 집중할 수 있을 것 같지 않아요. 모든 것을 다 잃은 것만 같아서 지금은 한없이 그립기만 해요. 지금은 하루에 열두 시간이나 일하고 뇌는 점점 망가져가요. 그러고 보니 요즘은 음악도 전혀 듣질 않네요."

새벽 3시. 커트

"그녀가 죽기 전부터 이미 저는 슬퍼하고 있었어요. 그 자동차 사고가 있기 석 달 전부터 말이에요. 가끔은 그 차가 우릴 향해 내내 다가오고 있었던 것 같은 생각이 들어요. 천천히 속도를 올리더니 갑자기 한방에 모든 것을 잃게 만들었죠. 그런 말 있잖아요. 자고 일어나보니 모든 것이 달라졌더라…… 그거 정말이더라구요.

---

* 음반 매장.

밤에 둘이 꼭 끌어안고 자는 동안에도 일어나요. 그리고 모든 것이 영원히 뒤바뀌어버리죠. 어느 날 잠자리에서 눈을 뜨니 그녀의 뒷모습이 달라져 있었어요. 낯설고 수척해 보였어요. 그날은 그녀의 생일이었어요. 저는 침대 밑으로 손을 뻗어 준비해둔 선물들을 모두 집어올려 그녀 옆에 두었어요. 그녀가 선물상자에 잔뜩 둘러싸여 잠에서 깼으면 했거든요. 그래서 저는 햇볕으로 따뜻해진 누비이불 위에 조심스럽게 선물들을 올려놓았어요. 누워 있는 자세를 보니 아무래도 그녀가 잠에서 깬 것 같더군요. 하지만 조용히 이름을 몇 번 불러봐도 그녀는 대답이 없었어요. 햇빛이 침대 위로 내리쬐었어요. 평소의 그녀였다면 몇 분 안에 일어났을 터였어요. 우리는 언제나 몇 분 차이로 일어나곤 했거든요. 하지만 그녀는 미동조차 없었어요. 전 그녀에게 선물을 풀어보라고 해야 할까 아니면 끝까지 기다려야 할까 고민했죠. 한 시간쯤 지났나, 갑자기 그녀가 몸을 돌렸어요. 눈을 뜨고 있더군요. 계속 깨어 있었던 거예요. 아마 그렇게 몇 시간이나 저에게 몸을 돌리고 벽만 쳐다보고 있었던 것 같아요. 물론 제가 알아챘다는 것도 그녀는 알고 있었죠. 참, 그런 직감은 잔인하리만치 빠르게 오더군요. 그녀는 더이상 저를 사랑할 수 없게 된 거예요. 그녀는 아무 말도 하지 않았죠. 그녀도 저만큼이나 충격받았을 테니까요. 그녀는 익숙한 몸짓으로 사랑한다고 말했어요. 아마도 그 사랑이 다시 돌아오기를 바랐을지도 모르겠어요. 우리 둘 다 아무 말도 하지 않았어요. 가끔 밤이 되면 저는 정말 견딜 수가 없어 울고 울고 또 울었는데 그럴 때면 그녀가 저를 따스하게 품에 안아주었고 둘 다 아무 말 없이 가만히 있곤 했어요. 저는 그녀의 품속으로 파고들며 몸을 더 밀착하고 그녀를 더 바짝 끌어당겼죠. 오랜 확신, 완전함, 그런 것들을 느끼고 싶었어요. 하지만 그곳에는 아무것도 없었어요.

그렇게 석 달이 흘러갔어요. 그녀의 마음이 떠난 게 언제였는지 이젠 생각나지 않아요. 나는 언제부터 줄곧 착각하며 그녀가 나를 더이상 사랑하지 않는다는 사실을 망각하고 있었던 걸까요? 도대체 언제부터 나는 그런 사실을 외면했던 거죠? 석 달 뒤 그 차가 그녀를 세상에서 완전히 지워버렸고 제 슬픔은 갑자기 매우 정당한 것, 전혀 부끄럽지 않은 게 되었어요. 진부한 청승이 아닌, 비극이 된 것이죠. 그리고 장례식에서 사람들은 모두 이렇게 말했어요. '그녀는 당신을 참 많이 사랑했어요. 알겠지만, 당신은 그녀의 전부였답니다. 전부였어요.' 저는 고개를 끄덕이며 이렇게 이야기했죠. '네. 맞아요. 저도 압니다. 저는 그녀의 전부였죠. 우린 완벽했어요'라고.

그래서 저는 진실을 아주 깊숙이, 잠과 꿈 속 가장 깊은 곳에 묻어버렸어요. 그 마지막 몇 달에 대해 꿈을 꾼다면 아마 끝까지 사랑하는 꿈일 거예요. 진실이 영원히 지워버리기에는 너무도 크고 생생하니까, 그냥 저 스스로를 속여버리려고 한 거예요…… 하지만 이제 당신이 진실을 알게 되었네요. 저 대신 꼭 기억해주세요. 가끔은 기억해내는 것이 너무 힘들어요. 기억해내기에는 너무 힘겨운 일이거든요. 제가 그냥 잊어버리게 내버려두진 말아줘요. 지금처럼 제 손을 꼭 잡아줄 거라 믿어요. 지금처럼 당신의 차가운 손으로 꼭 잡아주세요. 그럼 저도 이것이 현실이라는 것을 알 거예요. 그리고 다음에는 잠으로 도망치지 않을 거예요."

새벽 4시. 리사

"여덟시에 윔피에서 오빠와 만나기로 약속했었어요. 종종 둘이 함께 시내에 나가곤 했거든요. 그런데 그날은 오빠가 선약이 있다면서 집을 먼저 나섰어요. 아버지가 저를 시내까지 태워주셨죠. 저는 열세 살이었고 아버지는 저 혼자 밤중에 버스를 타고 나가는 것을 탐탁지 않아 하셨거든요. 윔피야 안전했지만요. 저는 그곳에 앉아 오렌지 탄산음료를 홀짝거리면서 티켓을 한 백 번쯤 쳐다봤던 것 같아요. 우리는 크라프트베르크*의 공연을 보러 갈 예정이었어요. 공상과학소설을 보는 기분이었죠. 너무 흥분해서 거의 토할 지경이었어요. 정말로. 그들의 공연을 직접 보게 될 줄은 꿈에도 몰랐거든요. 그들이 인간인지 전자 기기인지 실물로 확인할 기회가 오다니! 크라프트베르크는 제 머릿속의 한 부분이랄까, 제가 숨쉬는 공기랄까, 하여간 그런 존재였어요. 크라프트베르크가 세상 어디엔가 진짜 있다는 것이 놀라웠어요. 그리고 그보다 더 멍청하게도, 이 도시의 다른 사람들도 그들을 알고 그들의 음악을 듣는다는 것에 놀랐죠. 등줄기가 서늘할 정도의 충격이었어요. 그래서 저는 창밖을 바라보며 지나가는 사람 중에 과연 누가 그 공연에 갈지 맞혀보기도 했어요. 하지만 도통 알 수 없었어요. 그곳에는 온통 쇼핑백에 우산을 들고 울 코트를 입은 사람들, 바지 자락을 발목 밴

---

* 독일의 일렉트로닉 밴드.

드로 동여맨 곱슬거리는 갈색 머리의 사람들, 여행가방을 든 사람들이 바글바글했어요. 이 세상에 공통분모 같은 건 없더군요. 믿어지지 않아 마음이 아프기까지 했어요. 그런 사람들과 공연을 본다는 것도, 그리고 제가 곧 크라프트베르크를 본다는 것도요. 어쩌면 일종의 직감이었을 수도 있겠네요. 그리고 정말로 느리고 끔찍한 고문이 이어졌어요. 시간은 가는데 오빠는 나타나지 않는 거예요. 그날 밤 가진 돈이라고는 달랑 음료수 한 잔 사먹을 정도였거든요. 전화 한 통 걸 돈도 없었어요. 게다가 먹고 있는 오렌지 탄산수에서 플라스틱 통 맛이 나는 것이 또 절망과 충격을 안겨주었어요. 실망스러웠죠. 일 분마다 저는 혼자 가버릴까 고민에 고민을 거듭했어요. 하지만 이내 머릿속에 오빠가 유리창 너머로 달려와 저를 찾는 모습이 그려져 차마 행동으로 옮기지는 못했죠. 참 우스운 게, 그날 창문으로 달려오는 오빠의 모습 같은 것은 결국 보지 못했는데도 그 이미지가 마치 정말이었던 것처럼 머릿속에 또렷하게 박혀 있어요. 저는 지금도 당황해서 사과하는 오빠의 모습이 눈에 그려져요. 마지막에 달려와서 저를 데리고 갔던 것은 아버지였지만요.

오빠는 경찰서에 구류되어 있었어요. 케이트 미니라는 여자아이가 오빠가 일하는 곳 근처에서 실종됐거든요. 그리고 오빠가 그 사건의 유력한 용의자였어요. 물론 오빠가 그런 건 아니었어요. 하지만 다른 용의자도 없었고 시체도 나타나지 않았죠. 그다음 주 내내 경찰이 제게 오빠에 대해 물었어요. 주로 저희의 '관계'에 대해 물었죠. 얼마나 해괴한 소리였던지…… 남매니까 혈연 '관계'인 것은 당연하잖아요. 그게 뭐 어쨌다는 거죠? 그들은 제게 끔찍한 질문들을 했어요. 그들은 계속, 잘해주는 오빠가 있어서 참 좋겠다고 이야기했지만 사실 속뜻은 그게 아니라는 걸 알고 있었죠. 전 심지어 대놓고 말하기도 했어요. 그치들은 음악에 대해서도 정말 깡통이더라구요. 경찰서에서 집으로 돌아올 때 저는 오빠에게 그 멍청이들이 떠들어댄 헛소리들을 꼭 이야기해주고 싶었어요. 한 바보가 크라프트베르크의 철자를 'Craft Work'*로 썼다는 이야기며 제가 우리는 함께 잡지 『NME』를 본다는 이야기를 꺼내자 그게 '적enemy'이라는 말인 줄 알고 괜히 흥분하더라는 이야기 들을 꼭 해주고 싶었어요. 너무 머저리 같잖아요? 하지만 오빠는 제게 말을 걸지 않았어요. 제 눈을 보려고 하지도 않았죠. 제가 경찰들 때문에 이상한 생각을 할 거라고 생각했던 거예요. 그래서 저는 솔직하게 말해줘야 했죠. 그들 때문에 생각이 바뀐 것은 없다, 하지만 이것 하나만은 확실한 것 같다, 그 사람들 이야기 속에는 오빠에 대한 의심이 묻어 있다, 하지만 그 의심은 내게 아무 영향도 못 미쳤다, 라고. 전 변한 것이 없었어요. 하지만 오빠는 아무도 믿지 못했죠. 알아요. 얼마나 힘들었을지. 이웃에서는 수군수군 욕하죠, 아빠는 입 다물고 있죠, 엄마는 하루종일 울어댔으니까. 하지만 저는 어디까지나 오빠 편이었어요. 오빠 눈에는 그게 보이지 않았던 것 같지만요.

오빠는 사라졌어요. 아마 처음에는 소녀가 나타나거나 범인이

---

* 크라프트베르크(Kraftwerk)를 영미권에서는 '크래프트워크'라고 부른다.

자백할 때까지만 숨어 있을 생각이 아니었을까싶어요. 물론 그런 일은 없었죠. 그래서 오빠는 다시 나타나지 않았어요. 저는 오빠를 이십 년 동안 못 봤어요. 오빠도 그 여자아이처럼 사라진 거예요. 어떻게 그럴 수 있었는지 아직도 궁금해요. 오빠는 왜 그렇게 믿지 못했던 걸까요? 제 눈 속에서도 믿음을 보지 못했나봐요. 어떻게 오빠는 제 믿음에 대해서 그렇게 무책임한 포기로 대답할 수 있었을까요?"

오전 다섯시였다. 하늘이 검은빛에서 어스름한 푸른빛으로 바뀌고 새들이 시끄럽게 지저귀기 시작했다. 커트는 리사를 똑바로 쳐다볼 수 없었다. 속이 울렁거렸다. 위스키 기운에 두려움과 수치심이 뒤섞였다. 그녀는 알았을까? 그녀의 오빠를 용의자로 몰아넣은 것이 다름아닌 그의 침묵이라는 것을 눈치챘을까? 머리가 핑 돌았다.

리사는 몸이 지쳐 있긴 했지만 머릿속만은 개운했다. 이제 진짜 하고 싶었던 이야기를 털어놓을 때가 되었다는 생각이 들었다.

"저, 지난주에 당신이 주차장에서 자살 사체를 발견했다고 하던데, 맞죠?"

커트는 눈길을 바닥에 꽂은 채 고개를 끄덕였다.

눈물이 리사의 얼굴에서 흘러내려 무릎 위로 툭 떨어졌다. 하지만 그녀는 목소리의 떨림이 가라앉기를 기다려 말을 이었다.

"경찰서에 다녀왔어요. 당신이 발견한 사람이 제 오빠 에이드리언이에요."

커트는 의자를 뒤로 밀고 도망쳐나왔다.

익명의 청소년
세인즈버리즈 옥상

센터 정문은 밤이면 잠긴다. 하지만 안으로 들어가는 건 쉽다. 일단 영화 보러 온 사람인 양 UCI* 옆 주차장으로 들어간다. 그러나 영화관은 가뿐히 지나친 후 주차장을 가로질러 쇼핑센터로 직진한다. 여기부터는 장애물 몇 개를 헤치고 나가야 하지만 그다지 어려운 일은 아니다. 감시카메라가 어디 있는지는 전부 꿰고 있으니까, 경비원들 눈치만 잘 보면 된다. 일곱 살 때 경비원들이 기르는 개한테 물린 적이 있는데, 그놈들이 내 다리를 너덜너덜 걸레로 만들어놨다. 이번엔 칼을 가져왔으니 한 놈이라도 가까이 오기만 하면 모가지를 끊어줄 것이다. 제이슨은 개를 무서워한다. 그래서 우리는 놈에게 독일산 셰퍼드 한 마리가 숨어 있다고 구라를 쳤다. 녀석은 입으로는 낄낄 웃으며 우리에게 꺼져버리라고 했지만, 몸은 움찔하며 도망갈 폼이었다.

어느 날인가 트레이시가 옥상으로 올라가는 엘리베이터 안에서

* 영국 및 아일랜드의 극장 체인.

뭔가 낙서하던 것이 생각난다. 자기에 대한 얘기랑 그 옆에 '영원히 사랑해 마크' 따위를 적었다. 그리고 나한테 몇시인지 물었다. 그 밑에 시간을 적겠다는 것이었다. 나는 시계를 보았다. 그리고 말해주려고 뒤를 돌아보니 마크와 그녀는 부둥켜안고 키스중이었다. 어쨌든 내 기억에는 일곱시 이십분이었다.

여름철 일요일이 최고다. 어두워질 때까지 기다릴 필요가 전혀 없으니까. 직원들은 저녁 여섯시 반이면 모두 집에 간다. 옥상에 올라가니 아직 대낮처럼 환했다. 롭은 옥상 모서리마다 뛰어가서 경비원이나 개가 없는지 내려다보며 감시했다. 제이슨이 본드를 꺼내자 우리는 좋아하며 웃어댔다. 크레이그는 준비해온 라이터 가스를 꺼냈다. 녀석은 본드를 싫어한다.

우리가 얼마나 누워 있었는지는 모르겠다. 나는 하늘에 떠가는 탱크 바퀴처럼 생긴 구름을 하염없이 쳐다보고 있었다. 주위에 그곳보다 높은 빌딩은 없다. 그래서 우리를 내려다보는 사람은 아무도 없었다. 어느새 제이슨이 엘리베이터 옆에 버려져 있던 쇼핑카트를 타고 내 옆으로 다가왔다. 우리 모두가 그걸 타고 옥상 위를 신나게 질주했다. 그러자 롭이 모두 한꺼번에 타보자는 얘기를 꺼냈다. 마크랑 트레이시 둘이 바구니 안에 몸을 욱여넣고, 크레이그랑 제이슨이 양쪽에 걸터앉았다. 그리고 롭은 재규어 자동차 앞에 달린 강아지처럼 앞쪽을 바라보고 맨 앞에 자리를 잡았다. 내 자리는 없었다. 제이슨이 말했다. "밀어줘, 스티브!" 나는 그들이 탄 쇼핑 카트를 힘껏 밀었다. 카트 철망에 눌린 트레이시의 얼굴이 눈에 들어왔다. 그녀는 신나게 웃고 있었다. 예전에 나랑 사귈 때 보여줬던 미소가 기억났다. 햇빛과 본드 기운 때문에 머리가 지끈지끈거렸다. 그리고 카트를 미는 것도 여간 기운 빠지는 일이 아니었다. 그래도 나는 트레이시가 나에게 키스해주었을 때의 느낌을 떠올리며 괜찮다고 스스로를 다독였다. 그녀는 우리 둘의 사랑이 영원할 거라고 했었는데 그 사랑은 겨우 육 주만에 끝났다. 한참을 그렇게 밀며 뛰어다니다보니 갑자기 이건 병신짓이 아닌가 하는 생각이 들었다. 마크랑 시시덕거리는 트레이시에게 여전히 미련을 갖고 있는 내가 너무도 등신 같았다. 다른 애들은 다 타고 있는데 나만 못 탄 것도 등신 같았다. 그래서 나는 멈춰버렸다. 하지만 그후에도 카트는 제 무게 때문에 내 생각보다 훨씬 더 멀리 힘차게 굴러갔다. 카트는 경사를 따라 점점 더 빠르게 굴러갔고 나는 아이들의 이름을 소리쳐 불렀지만 깔깔거리며 웃어대는 아이들에게 내 목소리는 닿지 않았다. 앞바퀴가 옥상 가장자리 턱에 부딪쳤고 나는 소리를 질렀다. 그리고 카트가 넘어가면서 모든 풍경이 사진처럼 멈춰버렸다. 마크와 트레이시는 거꾸로 뒤집힌 카트 안에 있었다. 롭은 공중에 수평으로 멈춰 있었다. 크레이그와 제이슨은 공중에서 무언가를 잡으려는 듯 손을 버둥거렸다. 그들은 내 머릿속에 한 장의 사진처럼 박힌 뒤, 모두 사라졌다.

33

집은 티끌 하나 없이 완벽했다. 그녀는 그렇게 믿었다. 매일매일 청소기를 돌리고 걸레질을 하고 먼지를 털었다. 그리고 일주일에 한 번은 완전히 뒤집어엎고 대청소를 했다. 거의 봄맞이 청소에 가까운 대청소였다. 일주일에 한 번이라는 것이 다를 뿐. 커튼을 떼어서 빨고 오븐 안팎을 박박 닦고 냉장고 뒤의 부스러기들을 싹싹 쓸어내고 조미료 통들을 비워서 깨끗이 닦아 다시 채워넣었다. 청소를 모두 마치는 데 일곱 시간 넘게 걸렸다. 그녀는 티크 무늬 식탁에 퍼즐 잡지를 펼쳐놓고 앉았다. 창유리 세제 냄새가 집 안에 진동했다. 그녀는 정원의 빨랫줄에 널린 커튼이며 시트 들을 바라보았다. 빨래가 바람에 나부끼는 모습을 보니 기분이 상쾌했다. 그 바람이 그녀를 어딘가로 날려보내줄 것만 같았다.

그녀는 주방으로 가서 평소 좋아하는 스타일로 차를 한 잔 만들었다. 그래도 된다는 것이 무척이나 좋았다. 설탕을 두 숟가락이

나 넣어도 얼굴을 찌푸리는 사람이 없다는 것이 못내 즐거웠다. 전날 저녁에 만들어놓은 커피 케이크를 한 조각 큼직하게 잘라냈다. 이제 조용히 앉아 케이크를 먹고 차를 마시며 연예인들에 관한 퀴즈를 풀 것이다. 그녀의 기분을 상하게 만드는 사람은 아무도 없을 것이다. 집 안은 고요했다. 그는 늘 앉는 의자에 앉아 창문을 바라보고 있었다. 그녀는 그의 시선이 닿지 않는 거실 뒤쪽 테이블에 있었다. 그녀는 완벽하게 행복했다.

처음 커트의 아버지가 뇌출혈을 일으켰을 때는 그야말로 난리였다. 그녀는 남편 수발을 위해 커트의 손까지 빌려야 했다. 먹이고 옷 갈아입히고 씻기고 그 노려보는 듯한 눈빛에 적응하고. 그러나 시간이 지나자 모든 것이 한결 수월해졌다. 그리고 얼마 전부터는 어쨌든 남편과 함께 있는 편이 더 행복하다는 것을 깨달았다. 몇 년간 그녀는 마치 새가 펄럭이듯 그의 곁에서 신경질적으로 부산을 떨며 아내로서의 의무를 다했다. 하지만 남편은 결코 좋아하는 기색이 없었다. 이제는 남편의 쌀쌀맞은 불만도 가셨고 그녀는 하고 싶은 것을 할 수 있게 되었다. 설령 그것이 차에 설탕을 넣어도 된다거나 이상한 잡지를 사도 괜찮다는 정도에 불과할지라도 말이다.

그녀가 여전히 그린 옥스로 쇼핑을 가지 않는 건 사실이었다. 그러나 그것도 남편과는 아무 상관 없었다. 물론 그녀는 남편이 직장에 대해 거짓말한 것도 알고 있었다. 그가 그곳에서 일을 시작한 지 얼마 안 되었을 때 이웃이 귀띔을 해주었다. 그러나 그녀는 자기가 알고 있다는 것을 당장 남편에게 알릴 만큼 우둔한 여자가 아니었다. 게다가 그녀는 그곳이 싫었다. 왜 사람들이 그런 곳에서 쇼핑을 하고 싶어하는지 이해조차 되지 않았다. 왜 사람들이 그곳에만 몰려드는지, 왜 손님의 이름을 일일이 기억해주고 가족의 안부까지 물어봐주는 동네 가게들이 나날이 망해가는지 이해할 수 없었다. 그렇게 호되게 당했음에도 그녀는 여전히 동네 가게만을 고집했다.

그녀는 컵과 접시를 씻으며 주방 창문에 비친 자신의 모습을 바라보았다. 남편을 처음 보았을 때 그녀는 그가 그레고리 펙 같다고 생각했다. 키가 크고 그을린 피부에 우울한 그늘이 드리워 있었다. 사귀기 시작했을 때 그녀는 그를 자기 마음속의 로맨스 영화 주인공으로 캐스팅했다. 그녀는 차가워 보이는 그의 외모 속에 깊은 열정이 숨어 있을 것이라 생각했다. 첫날밤 그녀 자신이 그 숨겨진 열정을 열 단 하나의 열쇠가 될 거라고 생각했다. 이 근사한 사내를 반하게 해 온전히 자기만의 것으로 만들면 너무도 행복하고 자랑스러울 줄 알았다. 그러나 그녀의 생각은 틀렸다. 차가워 보이는 외모 속에 자리잡은 것은 외모보다 더 차가운 성격과 무뚝뚝함뿐이었다. 첫날밤에도 그는 어디서 매뉴얼이라도 주워읽은 듯 일을 치렀다. 기계적으로 밀어붙이고 몰아가는 동안 그녀의 얼굴은 보지도 않았다. 나중에 한 말이라곤 별것 아니더라는 것뿐이었다.

그들은 한 가지 패턴으로 빠져들었다. 그녀는 그를 즐겁게 해주기 위해 눈물겨울 정도로 자신의 시간을 바치고, 그는 하나도 즐거워하지 않는 것으로 보답했다. 아이를 낳으면 남편이 좀 바뀌지 않을까 생각했지만, 아이들도 금세 아버지 눈치만 보게 됐다. 커트는 말을 더듬었고 로레타는 테이블 밑에 숨기만 했다. 그래서 로레타가 나중에 반항을 했을 때는 왠지 모르게 장하다는 생각이 들었다. 다른 엄마들 같았으면 딸의 행실이 부끄러워서 고개를 들지 못했을 수도 있건만 팻은 그저 자랑스럽기만 했다. 그녀가 걱정한 것은 오히려 커트였다. 그 아이는 자기를 너무 많이 닮았다. 아버지의 인정을 받기 위해 언제나 전전긍긍했고 존재하지도 않는 것 때문에 삶을 버리고 있었다.

늘 그러했듯 초인종이 울리자 그녀는 커트를 떠올렸다. 그리고 그곳에는 그녀의 아들이 서 있었다. 그의 모습은 오래전 그의 아버지를 많이 닮아 있었다.

"어서 와라. 안 그래도 네 생각중이었어."

커트가 그녀를 보았다. "세상에, 어머니. 이 얼굴이 뭐예요? 왜 저한테 말 안 했어요?"

"뭘 말이냐? 해봐야 걱정만 하지. 좋지도 않은 일을 뭐하러 굳이 사람들한테 떠들고 다니겠니."

이게 우리 가족의 신조다. 커트는 생각했다. 그는 아버지를 보았다. 아버지는 커튼 없는 창문을 통해 날카로운 눈으로 커트를 바라보고 있었다.

"오늘 아버지는 좀 어때요?"

"늘 그렇지 뭐. 아침 먹을 때 좀 움직이긴 했다."

"어머니는요?"

"나야 좋지. 우리 아들. 아주 좋아. 멍든 건 그다지 걱정 안 해도 돼. 곧 없어질 테니까. 그런 꼬맹이들 하나도 안 무섭다. 그애들 이름도 다 알고, 경찰한테 벌써 이야기도 다 해놨어. 그 녀석들 한 놈도 무섭지 않아."

커트는 빙그레 웃었다. "우리 어머닌 정말 철의 여인이라니까."

"그럼 너는 뭐니? 톱밥을 풀로 붙여놓은 거라도 되니? 그런데 넌 무슨 일이야? 영 안 좋아 보이는구나. 밥은 잘 먹는 거야? 잠은 잘 자고?"

"괜찮아요. 요즘은 잠을 잘 못 자긴 하지만, 그래도 괜찮아요."

"걱정이 돼서 그러지. 알잖니."

"알아요."

"사랑해, 아들."

"알아요, 어머니."

"안 좋은 일 있으면 꼭 말해줘야 돼, 알았지?"

"좋지도 않은 일 뭐하러 굳이 이야기하겠어요." 커트가 어머니의 목소리를 흉내내며 대답했다.

그녀가 웃었다. "나 우체국 문 닫기 전에 돈 좀 찾으러 나갔다 오마. 차 한잔 마시고 갈래?"

"네. 조금 있다 봐요."

팻이 나가며 문을 닫았고 커트는 의자를 하나 끌어다 아버지 앞에 앉았다. 그는 아버지의 눈을 아주 오랫동안 들여다보았다. 그가 평소에 견뎌낼 수 있었던 것보다 훨씬 더 오래. 이윽고 그는 아주 조용한 목소리로 말을 꺼냈다.

"어머니는요, 아버지가 해준 거에 비해 훨씬 괜찮은 사람이에요. 정말로 훨씬 좋은 사람이죠. 어머니가 한 말 들었어요? 아무것도 어머니를 막을 수 없어요. 어머니는 정말 철의 여인이에요…… 그런데 우리는 뭐죠?

잠을 못 자겠어요. 아버지. 한숨도 못 자요. 그냥 누워서 천장 위에 지나가는 차 불빛만 바라봐요. 그리고 생각해요. 지금 나는 도대체 뭔지, 내가 어쩌다 이렇게 됐는지. 그리고 아버지 생각을 해요.

자라는 동안 아버지와 저, 한 번도 제대로 대화를 나눈 적이 없다는 거 아세요? 아버지는 해야 할 것과 하지 말아야 할 것을 알려주셨어요. 지침을 내려주셨죠. 그렇게 한다고 좋은 아버지가 되는 것은 아니라고 생각해요. 아버지가 저를 강하고 좋은 남자로 키웠다고 생각하지도 않아요. 저를 좀 보세요. 저는 그냥 똥덩어리예요.

며칠 전에 로레타 누나를 만났어요. 누나가 아버지의 비밀에 대해 얘기해줬어요. 예전에 청소부로 일하셨던 거. 웃을 수밖에 없더라구요. 그렇게 계속 거짓말을 해오셨다는 게 믿기지 않았어요. 딱히 이유도 없이 거짓말하고 진실을 숨기다니. 그렇다고 아버지를 미워하지는 않아요. 제가 아버지를 미워하는 건, 그런 나약함을 제게 물려줬다는 거예요. 아버지의 나약한 유전자를 제게 준 것 말이에요. 저도 몇 년 동안이나 진실을 숨겨왔어요. 너무도 깊숙이 숨겨서 저 자신도 잊어버릴 뻔했죠. 그게 밝혀지면 어떤 불상사가 일어날지, 그것마저 까맣게 잊어버렸어요. 저는 말이죠, 아버지를 실망시켜드릴까봐 늘 걱정했어요.

저는 오렌지색 불빛이 천장을 지나가는 것을 보면서 그녀에게 이야기해줘야 하나 생각해요. '좋지도 않은 일 뭐하러 굳이 얘기를 해' 하고 스스로한테 말하죠. '그런다고 내가 그녀의 오빠를 돌아오게 해줄 수 있는 것도 아닌데.' 하지만 그것이 제 진짜 생각은 아니에요. 사실 정말 생각하고 있는 건, 제가 얼마나 그녀를 좋아하는지, 그녀가 절 얼마나 행복하게 해주는지, 그리고 제가 너무도 심약하고 이기적인 놈이라 이런 걸 잃고 싶지 않아 한다는 것이에요. 입다물고 있는 편이 낫죠.

저는 아버지를 닮았어요. 거짓말쟁이에 겁쟁이죠. 자랑스러우세요?"

34

솜사탕 비슷한 달콤한 냄새가 실내에 가득했다. 리사는 전시물을 바라보았다. 개빈은 센터의 인적 드문 부속 건물 안의 잊혀진 매장 하나를 허락받아 '그린 옥스 21회 생일 축하 전시회'를 열었다. 원래 그녀는 분수 앞에서 여섯시에 커트와 만나기로 했다. 그가 전화를 해서 그녀와 이야기하고 싶다고 했다. 그녀도 그와 이야기하고 싶었다. 그녀는 곧 일을 그만둘 작정이고 그 또한 그래야 한다고 말하고 싶었다. 그녀의 감정에 대해 말하고 싶었다. 그리고 지금, 커트를 만나기 전에 잠시 시간을 보내다가 우연히 개빈의 전시를 발견한 것이다. 그린 옥스를 영원히 떠나는 작별인사로 몹시 적절한 음울한 행사였다.

댄에게는 벌써 이별의 인사를 건넸다. 그가 출국하기 전에 만난 자리에서 그녀는 모든 것을 잘 처리했다는 이야기를 전했다. 직장도 집도 에드도. 댄은 마구 웃으며 오랫동안 사람 잡아온 고든 터너가 드디어 매장을 시찰하는 바로 그날 집어치워주는 것이 어떻겠냐고 말했다. 먼저 그에게 매장을 한 바퀴 돌며 안내를 해준다. 상자로 가로막힌 화재 비상구도 보여주고, 여자 화장실에 숨겨둔 악성 재고들도 보여준다. 그리고 보너스로 창고의 그레이엄을 소개해주는 것이다. 고든이 시찰하는 동안 집에 숨어 있으라고 크로퍼드에게 지시받았던 바로 그 그레이엄 말이다. 댄은, 여행 전 많은 조사를 통해 나중에 레게 머리와 줄무늬 바지에 민속 장신구를 주렁주렁 걸고 집에 돌아오게 만들 나라들은 모두 뺐다고 했다. 그렇게 안전지대로 선택된 곳이 환태평양 일대였다. 그는 절대 돌고래와 함께 헤엄치지 않겠다고 그녀에게 약속했다.

전시장으로 꾸며진 공간은 한때 팬시상품점이던 곳이었다. 싸구려 사탕을 반짝거리는 핑크색 줄무늬 포장 봉투에 넣어주고는 보통 가게보다 열다섯 배나 비싼 가격에 파는 가게들 말이다. 그러나 그 음침한 막다른 복도의 가게를 찾는 이는 화장실 찾다 길을 잃어버린 사람들뿐이었다. 그런 사람들이 코코넛 머시룸을 사기 위해 이십오 펜스나 돈을 낼 리는 만무했다. 리사는 발밑에 무언가 부드러운 것이 밟히는 것을 느꼈다. 신발 밑에 오래된 새우 모양 사탕이 붙어 있었다. 그녀는 사탕을 떼어낼 겸 그곳에 있는 동안 얼마나 많은 과자 부스러기가 그녀의 신발에 들러붙었는지 확인하기로 했다. 부스러진 플럼스*니 비행접시 모양의 과자들 잔해 위를 돌아다니는 것은 왠지 마음에 드는 일이긴 했다.

* 영국의 마시멜로 과자.

개빈은 구석에 앉아 있었다. 전시물들을 감독하기 위해 그는 휴가까지 받았다. 일전에 커트로부터 그에 대한 경고의 말을 들은 터라 리사는 귀에 이어폰을 꽂아 그의 설교를 차단하고는 끝없이 늘어선 사진과 청사진 들을 보았다. 한곳에 너무 오래 머물러 있으면 개빈이 달려와서 떠들 것이라는 것도 잘 알았다. 그녀는 스모그의 음반을 듣고 있었다. 빌 캘러헌의 씁쓸하고 절망 가득한 목소리가 황량한 사진들과 꽤 잘 어울렸다.

오빠의 죽음은 그녀에게 살면서 한 번도 접해보지도 가늠해보지도 못한 깊은 슬픔을 안겨주었다. 그녀는 상실감에도 여러 단계가 있다는 것을, 대다수는 느끼지도 못할 정도로 미묘한 차이의 단계가 있다는 것을 알아가는 중이었다. 누군가를 자살로 잃는 것은 실종으로 잃는 것과 차원이 달랐다. 그녀는 이것을 누군가에게 꼭 이야기하고 싶었다. 커트에게 말하고 싶었다. 그날 밤 그가 왜 그렇게 황급히 그녀의 집을 떠나버렸는지는 알 수 없었다. 그녀는 마치 다시 시작하는 듯한, 수년간의 긴 잠에서 이제 막 깨어난 듯한 기분이었다. 이 모든 상황에서도 커트와 같이 있을 때면 그녀는 자기 안에 강하게 타오르는 찬란한 빛이 있는 것을 느낄 수 있었다. 그녀는 빌의 바리톤 음색을 조용히 따라 흥얼거렸다. 그렇게 긴 세월 음악을 들어왔는데도 이런 일은 처음인 것 같았다.

그녀는 이 사진에서 저 사진으로 옮겨다녔다. 언론 배포용으로 찍은 공식 사진도 있었지만 개빈이 직접 찍은 것이 분명한 사진들도 있었다. 그녀는 관리자 구역의 사진들로 구성된, 특히 더 따분한 쪽으로 자리를 옮겼다. 뒤쪽 구역은 음산하기까지 했다. 문이나 도관에는 페인트칠조차 되어 있지 않았다. 사실 쇼핑센터가 영업을 시작한 후에도 직원들이 사용하는 공간은 미완성인 것이 보통이었다. 개빈은 초등학생 같은 대문자 글씨로 아주 시시콜콜한 사항까지 모두 설명해놓았다. "쇼핑 구역은 현재까지 총 열일곱 번이나 개보수를 했지만 관리자 구역은 1984년에 단 한 번 페인트칠을 했을 뿐입니다." 흰색 작업복을 입은 남자가 복도 벽을 회색 페인트로 칠하고 있었다. 저 회색 페인트는 전에 주운 원숭이 인형 등에 묻어 있는 것과 같은 것으로 보였다. 그렇다면 그 원숭이 인형은 그곳에서 장장 이십여 년을 누군가 찾아주길 기다렸다는 이야기다. 그녀는 적잖이 충격을 받았다. 사진을 보면 볼수록 그린 옥스에 대한 혐오감은 커져만 갔다. 사진 한 장 한 장이 그린 옥스의 악한 면 하나하나를 고스란히 보여주었다. 한 구급대원이 크리스마스 장식 가게 밖에서 다쳐 쓰러진 아이 하나를 안고 있었다. 옅은 푸른색 바지 정장을 입은 시장 부인이 두번째 쇼핑몰의 개장 기념 리본을 자르고 있었다. 본드를 흡입한 아이들이 추락한 자리를 경찰이 테이프로 둘러막고 있었다. 팔 피트짜리 벅스 버니가 눈에 초점이 없는 아이들을 팔에 매달고 워너 브러더스 스토어 앞에서 있었다. 멀리서 찍은 엘리베이터 내부의 흐릿한 사진도 있었다. 키스 첵윈*이 엄지손가락을 세우고 쓰레기통 같은 옷을 입은 노동자들에게 둘러싸여 있었다. CCTV의 정지 화면인 듯한 흐릿한 사진 속에서 커트가 어두운 주차장을 가로질러 걸어가고 있었다.

* 영국의 텔레비전 쇼 진행자.

그녀는 얼른 밝은 곳으로 나가고 싶었다. 당장 떠나서 두 번 다시 돌아오고 싶지 않았다. 그녀는 즉각 돌아서 뛰어나와버렸다. 그래서 어느새 개빈이 없어졌다는 사실조차 알아차리지 못했다.

35

이 거리에 서 있는 건물들의 밑동은 모두 개 오줌으로 절어 있었다. 커트는 자신이 그것에 민감한 사람이 아니라는 점에 조금 안심했다. 개를 앞세운 사람 하나가 옆을 지나쳤다. 개는 새로 난 오줌 자국 위로 코를 킁킁댔다. 커트는 저 개가 과연 눈을 들어 오줌 자국 말고 그 위의 빌딩을 본 적이나 있을까 조금 궁금했다.

그는 경찰서 맞은편의 카페에 앉아 차를 마시며 들어갈까 말까 망설이고 있었다.

이틀 전 그는 리사를 만났다. 그리고 케이트가 실종되던 날 그녀를 보았다는 이야기를 모두 털어놓았다. 그 순간까지도 그는 망설였다. 그러나 계획은 바뀌었고 모든 이야기가 흘러나왔다. 그는 리사에게 전화를 걸어 만나자고 했다. 그들은 함께 서턴 파크의 숲속을 거닐었다. 해가 구름 뒤에서 얼굴을 드러내 숲 전체에 그림자를 드리웠다. 커트는 멈춰 서서 리사에게 키스했다. 사랑한다고 말했다. 언제나 그녀 곁에 있고 싶다고 말했다. 그리고 그가 사실 그녀 오빠의 죽음에 책임이 있다는 이야기를 꺼냈다. 행복과 공포가 뒤섞인 묘한 감정이 일었다. 두 사람은 통나무 더미 위에 앉았다. 그는 그녀의 손을 잡았지만 그녀는 다른 곳을 바라보고 있었다. 그는 그녀의 살갗 위로 움직이는 나뭇가지 그림자만 바라보았다.

드디어 그녀가 입을 열었다. "그러니까 에이드리언하고 헤어진 뒤의 그 아이 모습을 보았다는 이야기네요. 그때 당신이 진실을 말했다면 에이드리언은 용의자에서 제외됐을 거예요. 그렇게 숨어서 살지 않아도 됐겠죠. 죽지 않았을 수도 있고요." 그녀는 팔 위로 기어오른 개미를 손으로 쓸어 떨어뜨렸다. "무슨 말을 해야 할지 모르겠어요. 화가 안 나요. 왜인지는 모르겠어요. 왜 이런지 진심으로 알고 싶어요. 당신 이야기를 듣고 나서 어떤 느낌이 드는지 보려고 잠시 기다렸어요. 하지만 화가 안 나요. 그때 당신이 어린 아이였기 때문인지도 모르겠어요. 어쩌면 다른 과거를 전혀 상상할 수 없기 때문일지도 모르겠어요. 그것도 아니면 당신이 내게 키스했기 때문이에요. 그다음부터는 당신이 무슨 말을 하든 다른 미래는 상상하기 싫어졌거든요. 슬퍼요. 우린 이걸 한 달 전에 알았어야 해요. 아니, 이십 년 전에 알았어야 했죠. 언젠가 알게 될 거라고는 생각했어요. 증거가 나타날 거라구요. 그렇다고 내가 바뀌는 것은 아무것도 없겠지만요."

커트는 운동복 위로 기어오르는 개미를 바라보았다. "경찰에 가고 싶어요. 그게 좋을 것 같아요."

리사는 한숨을 쉬었다. "가고 싶으면 가요. 하지만 별로 따뜻한 대접은 못 받을 것 같네요. 최근에 일어난 사건 처리만으로도 충분히 바쁠 테니까요."

지금 그는 흰 대기실에 앉아 그녀가 옳았다는 생각을 하고 있었다. 텔레비전에 나오는 것과는 딴판이었다. 아무도 그에게 차를 가져다주지 않았다. 녹음기를 들고 앉아 있는 사람도 없었다. 천년같이 길고 지루한 시간 동안 형사가 그의 이름을 부르기만을 기다렸다. 드디어 바빠서 정신없어 보이는 남자 한 명이 등장했다. 잠시 후 그의 얼굴에서 따분함이 가시고 불쾌함과 의심이 그 자리에 들어섰다.

"그러니까 지금 케이트 미니가 실종되던 날 그 아이를 목격하셨다는 이야기를 이제 와서 하시겠다는 말씀이죠?"

"네. 맞습니다."

"그리고 이 원숭이 인형이 그애가 그린 옥스에 있었다는 증거라고 하시는 거구요."

"네. 거기서 찾았어요. 관리자 구역이죠."

"이 원숭이가 케이트 미니와 관계가 있다는 사실을 어떻게 알죠?"

"제가 그날 그애가 이걸 갖고 있는 걸 봤어요."

"음, 그리고 원숭이 인형을 발견한 사람은 리사 파머, 그러니까 이 사건 용의자의 여동생이네요?"

"네."

"그리고 리사 파머는 당신 친구고요?"

"네."

"사람이라면 친구를 돕고 싶은 게 당연하겠죠. 그렇죠?"

"뭘 도와요? 그 친구 오빠는 벌써 죽었어요. 전 거짓말하는 게 아니라구요."

"이보세요. 친구분 오빠가 죽어서 더 의심스러워요. 안 그래요? 당연히 친구분은 평생 괴로움에 시달리면서 살고 싶지 않을 거 아니에요. 당신도 마찬가지고요."

"모든 목격자를 이런 식으로 대하십니까?"

"시간 낭비를 하기 싫으니까 언제나 꼼꼼하게 따지기는 하죠."

"시간 낭비 아니에요. 이 원숭이 가져가세요. 이것저것 검사를 해보라구요. 섬유도 조사해보고 지문도 조사해보고 탄소 연대도 조사해봐요…… 하여간 뭐든 해봐요. 내가 거짓말인지 아닌지 확실히 밝혀낼 수 있을 테니."

"아, 네. 그렇겠죠."

형사가 벌떡 일어날 때까지 그들은 서로의 눈을 보았다.

"기다려요. 서류 적을 것 좀 갖고 올 테니."

그가 나가며 문이 쾅 닫혔고 커트는 자기의 머리를 테이블에 세게 박았다. 이렇게 오랫동안 입을 다물고 있었던 자기 자신이 너무도 싫었다. 형사의 비틀린 생각을 부추기기만 한 것 같아 스스로가 원망스러웠다. 무엇보다 그는 리사에게 한 자신의 모든 행동이 혐오스러웠다.

형사가 돌아왔다. 조금 전보다 더 짜증이 가득한 얼굴이었다.
"이봐요, 커트 씨. 안됐지만 여기서 좀더 기다려야 되겠어요. 당신 오늘 참 운 좋은 겁니다. 형사과장님이 당신의 신고에 대해 들은 모양이에요. 어떻게 그랬는지는 하늘만 알겠지만. 지금 오시는 중이에요. 당신하고 이야기하고 싶으시답니다."

1984, 도시에 남기 위해

36

"지금 얼마나 된 거야?"

케이트는 손목시계를 보았다. 아빠가 돌아가시기 전 마지막 크리스마스에 선물로 사준 것이었다. 디지털시계였다. 기능도 스물네 가지나 있었다. 밤에는 검은 단추 위로 빨간 글씨가 빛났다. 야간 미행에 가장 완벽한 시계라고 케이트는 생각했다.

"이십칠 분."

에이드리언이 한숨을 쉬었다. "966번. 미리 알았어야 했어. 내 말 좀 들어, 케이트. 200번 넘어가는 번호의 버스는 잡을 생각도 하지 말아야 해."

"왜?"

"하루에 두 번 오거든. 아무도 가고 싶지 않은 곳으로 가지. 그곳에는 이상한 인간들만 살아. 시골로 가는 버스란 말이야, 케이트."

케이트는 코를 찡긋했다. "난 시골이 맘에 안 들 것 같아."

"넌 아마 미칠걸. 칙칙하고 우울해. 진흙밭에 회색 하늘에 못생긴 사람들에 고압선 철탑에."

케이트는 잠시 생각했다. "그런 데는 도끼 살인마도 살 것 같아. 어디선가 읽었어. 내 책 중에서."

"내 생각에도 그럴 것 같아. 도끼 살인마, 총기 소지자, 모자 쓴 사람들, 소. 끔찍한 곳이지. 그리고 너 이거 알아? 거긴 가게도 없어."

케이트는 잠시 생각한 후 말했다. "가게는 있을 거야. 안 그럼 물건은 어디서 사란 말이야?"

"아니, 가게 같은 건 없어. 거기 사람들은 스파*라는 데서 물건을 사. 가게 같아 보이기는 하지만, 파는 물건이라고는 순무 조금이랑 커스터드 크림 한 봉지밖에 없어. 다른 건 없냐고 물으면 주인이 총을 들이대지."

"거짓말하지 마." 케이트가 말했다.

에이드리언은 굳이 대꾸하지 않았다. 그 또한 스스로의 말 같잖은 소리에 실망한 참이었다. 그는 온기를 느끼려고 연신 손을 비볐다.

케이트는 또다시 손목시계를 보았다. 입학시험에 늦으면 어떻게 될까? 아예 시험을 못 본다면? 그러면 그녀의 모든 문제가 해결될 것이다. 하지만 할머니에게는 가겠다고 말해둔 터였고 그녀는 약속을 지켜야 했다. 오늘은 금요일이고 시험은 오전 내내 진행될 것이다. 케이트는 안절부절못했다. 요즘 그녀는 주중에는 저녁

* 세계적인 슈퍼마켓 체인.

때, 그리고 토요일에는 온종일 그녀의 용의자를 기다리며 보냈다. 지난주에는 굉장히 흥미로운 발전이 있었다. 점점 그의 범행 날짜가 가까워지고 있음을 알 수 있었다. 그녀는 입학시험이 끝난 후에도 학교로 돌아가지 않기로 결심했다. 버스를 놓쳤다고 할 참이었다. 그린 옥스에 가야 했다. 그날 아침 그녀는 아빠의 낡은 카무플라주 재킷을 입고 집을 나섰다. 쇼핑센터와 어울리는 차림이 아니라는 건 잘 알았다. 하지만 카메라며 녹음기, 수첩, 여러 개의 펜을 담을 주머니가 꼭 필요했다. 미키는 그녀의 가방 안에 무사히 자리잡고 있었다. 에이드리언은 그녀가 혼자서 버스를 세 번이나 갈아타야 한다는 이야기를 듣더니 자기가 꼭 따라가겠다며 고집을 부렸다. 평소의 케이트라면 자기를 독립적으로 두지 않는 제안을 당연히 거절했겠지만 이번엔 기꺼이 받아들였다. 그러나 시험이 끝날 때까지 기다리겠다는 제안은 확실히 거절했다. 그녀는 시험이 끝난 후 곧바로 그린 옥스에 갈 작정이었다. 그리고 이것은 미키와 그녀만의 기밀이었다. 그녀는 혼자서 잘 찾아갈 수 있다고 에이드리언에게 못박았다.

십오 분이 훨씬 지난 뒤 드디어 버스가 눈앞에 나타났다. 에이드리언과 케이트는 2층 맨 앞자리에 앉았다. 그러나 넓은 창으로 보이는 풍경은 무척 실망스러웠다. 도시의 풍경이 점점 사라지고 음산한 갈색 벌판이 조금씩 넓어졌다. 끝없이 달려가는 버스 안에 앉아 멀미를 견디며 케이트는 중요한 사실을 깨달았다. 그녀는 지금 삶의 중요한 것들에서 멀어지고 있었다. 그녀는 자신이 그 학교에서 생활하는 모습을 머릿속에 떠올렸다. 상점, 거리, 아파트, 이런 것과 떨어져 살아가는 삶을 상상해보았다. 에이드리언과 테리사와 떨어져서 살아가는 것을 상상해보았다. 그녀는 눈물을 감추기 위해 눈을 감았다. 그리고 조금 후 에이드리언에게 기대어 잠이 들었다. 꿈속에서 그녀는 용의자를 보았다. 복도를 따라 그의 뒤를 밟고 있었다. 그는 커다란 가방을 들고 있었는데, 자꾸만 돈이 가방에서 떨어졌고 케이트가 그것을 주우려 허리를 굽히자 지폐가 수첩의 페이지로 바뀌었다. 그녀는 증거들을 주우려 사방을 기어다녔고 그동안 용의자는 멀리 도망가버렸다. 갑자기 그녀는 무언가가 자기를 당기는 것을 느꼈다. 깨어보니 에이드리언이 옆에 서서 그녀의 팔을 부드럽게 당기고 있었다.

"일어나, 케이트. 다 왔어."

37

에이드리언은 학교 진입로 앞에서 작별 인사를 했다. 사실 작별 인사는 건네지 않았다. 그냥 이렇게 말했다. "싸워서 이겨. 기억해. 혁명은 텔레비전에 나오는 게 아니야.*"

케이트는 무슨 뜻인지 전혀 몰랐지만 그냥 잘 가라는 말인가보다 하고 받아들였다. 그녀는 힘없이 미소 지으며 정문 안으로 걸어 들어갔다. 진입로를 따라 빗속을 터벅터벅 걷다보니 고딕 양식의 학교 건물 외곽선이 점점 커지며 위압적으로 다가왔다. 차들이 케이트 옆으로 물을 튀기며 지나갔다. 그녀의 존재를 전혀 눈치채지 못하는 듯했다. 주차장에 도착하자 케이트는 우물쭈물 자전거 세우는 곳 아래로 가서 잠시 서 있었다. 주차장은 스테이션왜건이나

---

* 미국의 싱어송라이터 길 스콧헤론이 1970년에 발표한 곡 〈The Revolution Will Not Be Televised〉의 제목이자 가사.

레인지 로버 같은 차들로 가득했다. 흥분한 부모들이 자기 아이들을 학교 강당으로, 황금빛 미래로 데려가려고 부산을 떨었다. 케이트는 다른 여자애들을 보았다. 파스텔 핑크색에 털실 방울이 달린 옷을 입은 아이들은 자기와 전혀 다른 종족 같았다. 쟤들은 혼자 버스를 타고 오지 못하는 걸까? 아이들의 아무 생각 없는 듯한 얼굴에서 그녀는 그 대답을 찾을 수 있었다. 도망가버릴까 하는 충동이 열일곱번째로 그녀를 찾아왔다. 그러나 이미 약속했다. 음, 약속은 어디까지나 약속이었다. 절대 어길 수는 없었다.

케이트는 강당 안에 들어섰다. 그곳은 혼돈의 도가니였다. 귀에 거슬릴 만큼 자신만만한 부모들의 목소리가 나무 바닥의 홀에서 뒤틀리며 증폭되어 사방으로 울려퍼졌다. 아이들은 자기 부모가 아이의 이름을 찾겠다고 데스크로 돌진하는 동안 그 옆에 변비 걸린 모양새를 하고 붙어 서 있었다. 케이트는 첫째 줄 책상으로 다가갔다. 책상은 이름의 철자순으로 놓여 있었다. 그녀는 일부러 천천히 걸으며 이 책상 저 책상 사이를 지나다녔다. 책상 위에는 컨드Cund, 덕Duck, 디애스De'Ath, 어웨이커Earwaker, 어니언즈Onions, 스패먼드Spammond 같은 이름이 적혀 있었다. 매일 아침이 초현실적인 이름들에 둘러싸여 출석 점검을 받는 모습이 머릿속에 그려졌다. 그녀의 생각은 '몰드Mauld'와 '몬가Mongah'의 책상을 찾아낸 후 끊기고 말았다. 그 사이에 '미니Meaney'는 없었다.

부모들은 키가 작은 시험 감독관을 케이트 앞으로 밀어붙이며 무어라 소리를 지르고 있었다.

"우리 딸이 연필을 안 챙겨왔어요."

“어니언즈Onions가 아니라 오니언스O'Nions예요!”

“우리 애는 매시간 화장실에 보내줘야 해요. 꼭 좀 챙겨주세요. 저 스스로 말 못할 테니까요.”

“우린 어디서 기다려야 돼요?”

시험지가 배포되기 바로 직전이 되어서야 케이트는 시험 감독관에게 말을 걸 수 있었다. “제 책상이 없는 것 같은데요.”

“찾아봤니?”

“네. 그러니까 없다는 것을 알았죠. 제 이름은 미니예요. 그런데 책상은 몰드에서 몬가로 바로 넘어가요.”

“그래, 음, 그런 게 너 하나가 아니란다.”

“네, 알겠습니다.” 케이트는 시험 감독관이 정신의 겨우 오 퍼센트만 자신에게 할애하고 있음을 알 수 있었다.

“그래, 올해 등록에는 뭔가 문제가 많았던 모양이다. 브레빌 선생은 이 문제에 대해 해명해야 해. 우리는 수험생이 다니는 학교 목록을 갖고 있어. 사람 이름이 아니라. 그게 있어야 일이 한결 쉬울 것 같은데. 그렇지? 너는 어느 학교에서 왔니?”

“세인트조지프예요.”

여자는 갖고 있는 목록을 죽 훑어보았다. “아, 그래. 세인트조지프에 수험생이 한 명 있긴 하구나.”

“네.”

“그래.”

둘 사이에 잠시 아무 대화가 없었다. 이윽고 케이트가 말했다. “전 그럼 어디 앉아야 돼요?”

"그래, 음…… 너도 다른 애들이 했던 것처럼 해야지. 저기 맨 뒷줄에 있는 애들 보이지? 저기 앉아서 원서를 하나 작성해. 그리고 그 원서를 네 시험지에 스테이플러로 붙일 거야."

케이트는 맨 뒷줄까지 천천히 걸어갔다. 부모들은 이미 시험장 밖으로 나가 있었고 그녀는 단 하나 남은 빈자리를 찾아 앉았다. 다른 아이들은 자기 이름을 채워넣는 데 집중하고 있었다.

케이트는 절대 레드스푼에 들어가고 싶지 않았다. 옆에서 타마라 오니언스가 연필을 찾는 모습이 보였다. 진흙탕에서 펼쳐지는 지루한 하키 경기를 보는 것 같았다. 그린 옥스에서 수백만 파운드의 강도 사건이 났다는 신문 머리기사가 머릿속에 그려졌다. 최선을 다하겠다는 할머니와의 약속이 생각나자 갑자기 속이 메슥거렸다. 다른 아이들을 보고 나니 자기가 최선을 다하면 이 학교에 입학할 수 있을 것이라는 확신이 그 어느 때보다 강하게 들었다. 그녀는 펜을 집어 원서를 작성했다. 학교, 성명, 집주소. 그리고 세인트조지프 학교의 이름을 적었다. 갑자기 모든 것이 분명해졌다. 해결책은 시작부터 분명히 존재했다. 결코 약속은 깨지 않지만 절대 레드스푼에는 들어가지 않는다. 이 두 가지를 확실하게 해결할 수 있었다. 이름난에 그녀는 깔끔한 대문자로 적었다. '테리사 스탠턴'.

2004, 감시

38

어느 날이었다. 한밤중에 일어나보니 케이트가 침대 끝에 앉아 묘한 표정으로 화장대를 바라보고 있었다. 테리사는 손만 뻗으면 그녀를 잡을 수 있었지만, 그러는 대신 남편을 깨워 그녀가 보이는지 물었다. 물론 남편의 눈에는 보이지 않았다.

우스꽝스러운 실크 잠옷을 입은 남편은 몸을 일으켜 앉은 뒤 그녀에게 말했다. "당신 유령 같은 거 안 믿잖아. 안 그래?"

이것 또한 그들이 틀렸다는 또다른 증거이리라. 그녀는 한동안 이런 증거들을 열심히 모았었다.

그녀는 유령의 존재를 믿지 않았다. 그러나 유령들은 그녀를 신뢰했다.

케이트는 언제나 그녀와 함께 있었다. 그녀가 순환도로에서 교통 체증에 붙들려 있을 때 케이트는 그녀의 뒤에 앉아 있었다. 그녀가 보고서를 읽고 있을 때 케이트는 그녀의 왼편, 책상 불빛이 닿지 않는 곳에 있었다. 테리사가 지쳐 있을 때 케이트는 뾰족한 연필 냄새로 그녀에게 다가왔다. 케이트는 그녀의 존재를 믿었다.

그녀는 뒷좌석 머리받침에 머리를 기대고 차창에 스쳐지나가는 도시의 풍경을 바라보았다. 각종 형상과 불빛이 차창 위로 흘러갔다. 어두운 빌딩숲 가운데 자리한 불 밝혀진 작은 광장, 술집 밖으로 쏟아져나오는 사람들, 망가진 크레인, 더는 움직이지 않는 시계. 그녀는 그런 것들을 보았고 그것들은 그녀를 뚫고 지나갔다. 그녀는 그것들을 생각할 필요도, 처리할 필요도 없었다. 그녀는 늘 지나가는 사람이고 싶었다.

차가 퀸스웨이로 접어들었다. 먼지 더께가 앉은 터널의 불빛이 그녀의 눈에 잠시 들어왔다가 이내 서서히 멀어졌다. 분홍색 낯빛으로 차 안에서 발견된 그 남자가 머릿속에 떠올랐다. 거울을 보고 싶은 욕망을 더는 참을 수 없었다. 진실은 그를 살릴 수 있었을 것이다. 그러나 그 진실은 그녀의 친구가 아니었다. 지금의 위치로 그녀를 끌어올린 것은 진실이 아니었다.

그녀는 늘 알고 있었다. 에이드리언 파머의 진술이 사실이었음을.

이 사건을 담당했던 형사들은 그가 범인이라고 생각했다. 그래서 그들은 이 사건이 종결되었다고 생각했다. 그녀는 사건 파일을 백 번쯤 뒤져보았고 그때마다 그들의 적당주의와 무능, 억지에 견딜 수 없어졌다. 케이트를 찾지 못한 것은 모두 그들 때문이었다. 테리사는 당시 사건에 관련된 형사들과 커피 자판기 앞에서 마주치거나 그들이 복도에서 신발을 질질 끌며 거만하게 걷는 모습을 볼 때마다 끓어오르는 분노와 경멸을 감춰야만 했다.

물론 그녀는 그들을 훨씬 능가하는 이점을 갖추고 있었다. 그녀는 그들이 갖지 못한 증거를 갖고 있었던 것이다. 지금은 그냥 보류해둔 증거. 그녀는 케이트가 레드스푼 입학시험장에 앉아 있었다는 것을 알고 있었다.

차는 버밍엄 순환도로를 따라 터널로 들어갔다가 다시 고가도로를 타고 올라갔다. 테리사는 몸은 피곤했지만 정신은 날카로운 상태였다. 인터뷰 준비 때문이었다.

그 옛날 멍투성이였던 소녀, 쇳조각을 먹던 소녀, 규칙 따위는 모르던 소녀가 있었다.

케이트는 그 소녀에게 기회를 주었고 소녀는 그 기회를 두 손에 받아들고 주위에 아무도 없을 때까지 달리고 또 달렸다. 사립학교를 졸업한 후 대학에 들어갔고 경찰이 되었다. 곧 신문기자가 와서 그녀를 인터뷰할 것이다. 그녀는 이야깃거리였다. 피부색, 성별 그리고 계층. 이 조합이 그들에겐 끝없는 흥밋거리였다. 그녀는 본보기가 될 만한 사람이었고 찬란한 빛이었다. 경찰 내에 스탠턴 형사과장만큼 성과를 내는 사람은 없었다. 그러나 기자들은 가장 중요한 한가지 성과에 대해서는 절대 묻지 않았다. 그것은 늘 숨겨져 있었다. 그들은 무엇이 그토록 그녀를 몰아세우느냐고 물을 것이다. 그러나 그녀는 절대 유령 이야기는 하지 않을 것이다. 지금의 그녀를 만든 것은 무엇이냐고 물을 것이다. 그러나 그녀는 절대 비밀을 말하지 않을 것이다. 그것이 누구냐고 물을 수도 있다. 그러나 절대 케이트 이야기는 하지 않을 것이다. 대신 질 낮은 가죽점퍼를 입은 지방경찰에 대한 애매한 홍보나 할 터였다. 그녀가 만일 진실을 말한다면 기자들의 시간과 기사 분량을 모두 구제해줄 수 있을지도 몰랐다. 사실 단 한 줄짜리 이야기였다. 그녀에게는 하나의 계획, 하나의 목표 그리고 갚아야 할 하나의 빚이 있다고. 그녀는 케이트를 찾아낼 거라고.

그러나 그녀에게는 운이 없었다. 그녀는 계속 조사했고 탐문했고 정보 제공자들을 닦달했지만 케이트를 본 사람은 아무도 없었다. 케이트는 눈에 띄지 않는 아이였다. 테리사는 지난 이십 년간 매번 똑같은 막다른 길에 봉착했다. 케이트는 입학시험이 끝나고 펜을 내려놓은 뒤 공기중으로 사라져버렸다.

그것도 오늘까지의 이야기다. 테리사는 들었다. 한 남자가 원숭이 인형을 하나 들고 경찰서로 걸어들어왔다는 것을. 그 오랜 시간 진실을 숨겨온 사람이었지만 그렇다고 그를 미워할 수는 없었다. 운전사가 경찰서 주차장 입구의 가로대가 들릴 때를 기다렸다. 테리사는 아드레날린이 솟구치는 것을 느꼈다. 곧 진실을 알게 될 것이다. 케이트가 수면 위로 떠오를 것이다.

39

수사의 초점은 케이트의 실종 당시 그린 옥스에서 일하던 사람들에게 맞춰졌다. 커트의 새로운 목격자 진술에 의하면 케이트는 누군가를 따라 그린 옥스의 관리자 구역으로 들어갔던 것이다. 직원 기록부를 모아 전과 기록에서 이름을 대조해보며 이런저런 가능성을 따져보았다. 한 쌍의 운 없는 형사들이 커트의 아버지를 면담하기 위해 파견되었지만 그들은 팻이 미리 귀띔해준 대로 보람 없는 경험만 하고 돌아왔다.

개빈의 이름은 아주 일찍부터 거론되었다. 그에게는 여러 번의 소년 범죄 전과가 있었지만 너무 먼 과거의 이야기라 센터 경비원으로 채용되는 데는 그다지 영향을 주지 못했다. 십대 시절 그는 상습적인 가택 침입범이었다. 물건을 훔치거나 범죄에 이르는 해를 끼친 것은 아니었다. 그저 남의 집에 들어갔을 뿐이었다. 마치 구경하는 것처럼 말이다. 더욱 미심쩍은 것은, 케이트가 실종된 다음

날 그가 업무시간에 제멋대로 자리를 비운 적이 있다는 점이었다.

그를 만났을 때 테리사는 뒷목의 털이 쭈뼛 서는 것을 느꼈다. 무언가 감을 잡았을 때면 늘 그랬다. 그를 취조하기 전, 그녀는 그가 찍어놓은 관리자 구역의 비디오를 보았다. 그녀는 비디오테이프를 자기 아파트로 가져가서 보았다. 흔들리는 카메라가 잿빛 복도 이곳저곳으로 움직였다. 가끔씩 개빈의 숨소리도 들려왔고 단편적인 설명도 나왔지만 들려오는 소리란 대부분 그의 발이 딱딱한 지면에 닿는 소리뿐이었다. 테리사는 화면 속으로 빨려들어갔다. 화면이 콘크리트 복도로 보이는 곳에 멈추었지만 그녀는 왠지 거대한 유기체 속으로 빨려들어가는 것 같았다. 화면 속의 발걸음이 마치 자기 자신의 것같이 느껴졌다. 스스로도 어딘지 알지 못하는 곳으로 데려가는 그런 발걸음.

그렇게 한참을 꼼짝 않고 비디오를 보았다. 어느새 걸음이 멈추었고 화면 속의 장면도 한참 정지된 채로 있었다. 머릿속에 그녀와 케이트가 열 살이던 시절의 기억이 가득찼다. 지금의 그녀에게 그 시절은 마치 태양처럼 찬란했다. 밝고 누구도 감히 없앨 수 없는 에너지가 가득했다. 그렇게 멍하니 화면을 바라보고 있었다. 흐린 회색빛 화면 속에서 형체 하나가 모습을 보였다. 그녀는 그 형체의 주인이 누구인지 알아차렸다. 오랫동안 사라졌던, 정말 오랫동안 모습을 감추었던 인물이 화면 속에 나타나고 있었다. 케이트는 아마 오래전에 죽었을 것이다. 그러나 그녀는 마치 별처럼 반짝이며 여전히 테리사에게 빛을 비추고 있었다. 테리사를 인도하고 있었다.

테리사가 이십 분 정도 깊은 생각에 빠져 있을 때였다. 화면의 정지된 영상에 노이즈가 생기고 지직거렸다. 그러더니 관리자 구역이 다시 나타났다. 어디쯤인지는 알아볼 수 없었다. 이번에는 카메라 앞에 개빈이 나타났다. 그는 콘크리트 바닥에 누워 한쪽 얼굴을 땅바닥에 대고 정면을 똑바로 바라보았다. 그것을 보는 테리사의 눈에 눈물이 가득 고였다. 그녀는 깨달았다. 드디어 케이트를 찾았다는 것을.

40

"저는 전부터 그 여자애의 시선을 느꼈습니다. 그런 데에 익숙하지 않았어요. 오히려 제 쪽에서 남들을 지켜보며 살았죠. 절 보는 사람은 그때까지 없었습니다.

저는 제 등에 꽂히는 시선을 느꼈고, 그 여자애가 제 뒤쪽 어딘가에 앉아 있다는 것을 알았습니다. 그애가 누군지, 무엇 때문에 쳐다보는지는 알 수 없었죠. 하지만 그애가 절 선택했다는 것만은 알았습니다.

전 그다지 다른 사람들과 보조를 맞추며 살아온 것 같지는 않습니다. 심지어 아주 어렸을 때도요. 언제나 다른 사람들하고는 달랐죠. 그래서 학교 다닐 때 참 어려웠어요. 감시도 그 적절한 예가 될 것 같네요. 혹시 스토킹 '피해자' 이야기 들어보신 적 있나요? 지켜보는 사람이 가해자고 당하는 사람이 피해자라고들 하죠. 저는 그렇게 보지 않아요. 그냥 쳐다보는 것만으로는 상대방이 어디로 움직이든 모든 곳에서 지배할 수 없어요. 그들은 하고 싶은 대로 행동하지만 지켜보는 사람은 그저 그늘 속에 숨어서 볼 수밖에 없어요. 굉장히 무력감을 느끼죠. 하지만 누군가 당신을 보고 있다면, 당신이 그 사람을 잡고 흔드는 겁니다. 당신이 움직이면 그쪽도 움직이거든요. 그렇게 감시당해본 적 있어요? 그게 어떤 기분인 줄 모르죠?

그애는 늘 거기 있었던 것 같습니다. 저는 어린이놀이방 근처에 앉아 아이들을 보고 있었죠. 그렇게 몇 시간씩 지켜보고 있었지만 아무도 신경쓰지 않았습니다. 조금 뒤 저는 그애의 눈길이 저에게 꽂히는 것을 느꼈습니다. 굉장히 샅샅이 관찰하면서 제 움직임 하나하나를 기록하고 있다는 것을 느낄 수 있었죠. 더는 보이지 않는 존재가 아니게 된 거예요. 그애는 센터 여기저기로 저를 따라다니기 시작했죠. 저는 가게의 쇼윈도나 거울에서 언뜻언뜻 그애를 봤습니다. 그애를 지배하는 제 힘이 점점 커지는 것 같았어요. 매일 매일 그애는 저와의 거리를 조금씩 좁혀왔고 따라오는 시간도 점점 더 길어졌어요. 그리고 어느 날, 그애는 거울문을 넘어 관리자 구역까지 따라 들어왔습니다."

긴 침묵이 이어졌다. 그러나 테리사는 아무 말 없이 그가 말을 이어나가기를 기다렸다.

"저도 저 자신이 어디로 가는지 전혀 몰랐어요. 아무 생각이 없었습니다. 그저 복잡하게 꼬여 있는 복도 어딘가로 그애를 끌고 가고 있다는 느낌밖에는요. 제 뒤로 그애의 발소리가 들렸습니다. 한 번도 돌아보지 않았어요. 그렇게 하면 그 재미가 끝나버릴 테니까요. 별로 끝내고 싶지 않았거든요.

저는 서관 상층의 비상구를 통해 밖으로 나갔고 그애는 그때까지 따라왔습니다. 비상구 앞에서 잠시 머뭇거리더군요. 저는 이제 정말 끝인가 해서 좀 무서웠죠. 하지만 지금 생각해보니 자기 인형을 거기다가 두었던 모양이네요. 그 여자분이 찾아낸 것 말이죠. 그걸 알아차렸어야 했는데. 그러지 못했죠.

아마 모르시겠지만 그때는 그 일대 전체가 건축용 부지였습니다. 센터 확장 부지로 정해진 곳이었는데 그때껏 제대로 개발이 시작되지 않았죠. 건물을 짓기 좋은 땅이 아니었던 거예요. 어떤 곳은 기초공사를 하기 위해 땅을 파야 했고 반면에 다른 곳은 땅을 돋우기 위해 매립을 해야 했어요. 공사는 한꺼번에 중단되었죠. 센터가 처음 생각만큼 성공적이라는 것이 증명되지 않아서 투자자들이 이후 들어갈 개발 비용 앞에서 발을 빼는 중이었거든요.

밖으로 나왔는데 그애가 거기까지 제 뒤를 쫓아오자 기분이 이상하더군요. 바깥에는 그애가 몸을 숨길 만한 곳도, 갈 곳도 없었어요. 몸을 돌렸다면 그애가 바로 보였겠지만 저는 그러고 싶지 않았습니다. 계속 걸어가며 그애가 뒤를 쫓아오는 상황을 즐기고 싶었죠. 저는 한 공사장 안으로 뛰어들었고 맨 밑바닥에 닿을 때까지 계속 내려갔습니다. 바닥이 미끄럽고 고르지 않은데도 그애는 잘 따라오더군요. 다른 선택의 여지도 없었겠지요.

맨 밑바닥은 굉장히 넓었습니다. 그리고 한가운데 야트막하고 평평한 둔덕이 있더군요. 저는 그 위로 뛰어내렸죠. 그곳에 판자와 돌덩이가 놓여 있더군요. 저는 홀린 듯 그쪽으로 갔고 발로 판자를 치웠습니다. 판자 밑으로 더 내려갈 수 있더군요. 옛 공장의 지하층이었던 모양이에요. 좁은 수직 통로에 사다리가 붙어 있었습니다. 그 아래는 한없이 깜깜했고요. 전 그냥 어둠 속에 있고 싶었던 것 같아요. 그렇게 어두운 데서도 그애의 눈길을 느낄 수 있을지 알고 싶었을 뿐입니다. 그냥 지금 생각에 그랬던 것 같다는 거예요. 그 당시에는 제가 딱히 무슨 생각을 했던 것 같지도 않아요. 둘 다 마치 미리 설정된 것처럼 움직였습니다. 그애가 따라오고 저는 이끌고. 다른 선택의 여지가 있었던 것 같지 않네요.

저는 사다리를 타고 내려갔습니다. 그리고 벽을 찾을 때까지 더듬거리며 돌아다녔죠. 벽에 기대어 앉아 그애가 내려오기를 기다렸어요. 내 눈에는 그애가 사다리를 타고 내려오는 모습이 보이지만, 그애에게는 내가 보이지 않는다는 게 꽤나 마음에 들더군요.

입구로 걸어오는 그애의 발소리가 들렸습니다. 이제 곧 그애가 내려올 거란 소리였죠. 그애와 저 사이의 끈이 아직 끊어지지 않았던 거죠. 그애가 오른발을 조심스럽게 내려 사다리 위에 올려놓고 다음 발을 한 칸 아래 내려놓는 모습을 모두 지켜보았어요. 그런데 그 왼발이 미끄러진 거예요. 아직도 그 모습이 선명하게 기억나요. 무언가를 밟겠다는 듯 발이 허공에서 움직이던 모습을요. 그애가 떨어지던 찰나, 저는 잠깐 동안 빛살 속에서 그애의 모습을 똑똑히 보았죠. 그리고 그애는 다시 칠흑 같은 어둠 속으로 사라지고 말았어요.

그애가 땅에 떨어지면서 난 소리로 그애가 죽었다는 것을 알았습니다. 저는 그애에게 다가갔어요. 그애 옆에 앉았죠. 그애가 누워 있는 곳에는 아주 조금 빛이 있었어요. 그애는 숨을 쉬지 않았지만 여전히 그애가 저를 보고 있는 것만 같았습니다. 저는 그애 옆 콘크리트 바닥에 머리를 누였어요. 그때까지도 그애는 날 보고 있었어요. 그애의 눈을 들여다보자 시간이 멈추었죠. 날이 점점 어두워졌어요. 그리고 얼마 후 새벽이 찾아왔죠. 제 인생에서 가장 행복한 시간이었어요."

개빈의 시선은 먼 곳을 향해 있었다. 그곳이 취조실이라는 것도 잊은 눈빛이었다.

테리사는 몇 분간 조용히 기다린 후 그에게 물었다. "왜 아무에게도 말하지 않았습니까?"

개빈은 그녀를 한참 동안 바라보았다. 그리고 말했다. "그애가 제게 왔어요. 아무도 그애를 빼어갈 수 없었어요. 그애는 거기서 저를 바라보고 있었어요. 저와 함께 있었죠. 그애는 제 것이었어요.

저는 그 일이 사고라고 생각하지 않습니다. 그애가 떨어진 것에는 이유가 있어요. 제가 그애를 그곳으로 끌어들인 것에도 이유가 있고요. 불도저가 와서 그 지하실을 메워버렸을 때도 저는 그애가 언제나 저와 함께 있다고 느꼈어요. 그 일이 있은 후 얼마 되지 않아 사람들이 그런 옥스로 수없이 몰려들기 시작했습니다. 규모도 나날이 커졌고 매상도 급증했죠. 분석가들은 소비 붐의 일환이라는 말들을 했습니다. 하지만 제 생각은 전혀 달라요.

혹시 그거 아세요? 중세 독일에서 있었던 일이에요. 필름니츠의 교회를 짓는데 건물을 지어도 지어도 계속 무너졌어요. 낮에 지어놓으면 밤에 무너지는 식이었죠. 그래서 사람들은 아이를 하나 꾀어내어 한 손에 빵을, 다른 한 손에는 불을 쥐여주고 건물 토대의 움푹한 곳에 넣고 회반죽으로 벽을 만들어 막아버렸습니다. 그후로 건물은 튼튼하게 세워졌죠. 페스텐부르크 성도 마찬가지예요. 벽 속에 아이를 위한 특별한 자리를 만들어두었죠. 아이가 너무 심하게 우니까 사람들은 아이에게 사과 하나를 쥐여주었고 그다음에 아이를 가둬버렸어요. 그렇게 묻혀버린 아이들이 이 유럽 땅에 부와 안전과 행복을 가져다준 거예요.

저는 그런 옥스로부터 선택받은 사람입니다. 일을 시작할 때부터 그 사실을 알았어요. 제 목적과 사명에 대한 특별한 느낌이 있었어요. 복도를 따라 걸을 때마다 마치 이곳이 저를 위해 세워진 것 같은 느낌을 받았습니다. 모든 것이 알맞은 크기였고 모든 것이 적절한 감촉이었습니다. 벽은 제 말을 듣고 거울은 제게 말을 걸었죠. 저는 모든 것의 속삭임을 듣고 모든 비밀을 알았지요. 그런 옥스가 저를, 그리고 그애를 선택한 겁니다."

41

일급비밀. 탐정 수첩.

본 기록의 소유권은 케이트 미니 요원에게 있음.

12월 5일 수요일. 아주 중요한 날.

오늘은 야간개장을 하는 날이라 늦게까지 그린 옥스에 머무는 중. 용의자는 오후 4~5시 사이에 평소 위치에 모습을 보임. 그가 떠난 후 쇼핑몰을 돌아다니며 다른 수상한 행동의 징후가 없는지 찾아봄. 전동 휠체어를 탄 남자가 에너지 드링크의 선전 가판대를 무너뜨림. 오후 7시 정각에 버거킹 옆 거울문에서 용의자가 나타나는 것을 목격. 경비원처럼 위장하고 나타남!!! 미키는 할말을 잃었음.

12월 6일 목요일

오늘 저녁은 용의자를 보지 못함. 어쩐지 걱정됨. 그 위장은 지금까지도 믿기지 않을 정도로 책에서 예측한 그대로임. 나는 지금 범죄에 아주 가까이 있음. 이런 비밀을 털어놓을 수 있는 상대는 미키뿐임. 아빠도 우리를 자랑스러워하실 것임.

12월 7일 금요일

레드스푼의 입학시험이 끝난 후 최대한 빨리 쇼핑센터에 도착. 오후 2시에 용의자가 4층에서 경비원 복장으로 돌아다니는 모습을 목격. 우리는 최대한 조심스럽게 뒤쫓음. 언제쯤 그가 은행에 접근할까?

오후 3시. 용의자가 은행 옆 거울문으로 사라지는 것을 목격. 그를 따라가야 할 것 같음. 은행 뒤쪽부터 부수고 들어갈 예정인 듯. 그가 문으로 들어가며 거울에 비친 나를 본 것 같은데 뒤를 돌아보지는 않았음. 탐정은 용감해야 함. 미키가 항상 내 곁에 있어줄 것임을, 나를 위해 망을 봐줄 것임을 믿음. 지금 들어감.

42

눈을 감으면 아직도 나는 경찰서에 있는 것만 같아. 취조, 서류 작성, 짙은 빛깔의 차, 소음이 나는 형광등 불빛이 마구 내리쬐는 방. '정지'를 눌렀다가 '녹음'을 누르기도 하고, 테이프가 뒤로 감기는 소리를 듣기도 하고, 테이프가 언제 덜컥 멈출지 걱정도 해보고.

그 경비원이 리사 파머와 손을 잡고 방을 나서는 것을 보았어. 그의 뒤를 쫓아나가 진술에 대해 감사 인사를 했어야 했는데. 그가 다시 돌아올 것 같지는 않아.

나도 이제 이곳을 떠날 때가 됐어. 더는 여기 있어야 할 이유가 없거든. 난 오랫동안 열심히 해왔어. 어딘가 머나먼 북쪽으로 떠나고 싶어. 밤이 오지 않고 추위가 정신을 번쩍 차리게 만드는.

길이 밀리지만 별로 개의치 않아. 나는 서명된 자술서를 갖고 있으니까. 그리고 케이트, 난 너의 수첩도 가지고 있어. 증거물 주머니에는 네 충성스러운 파트너가 있고. 석양을 향해 운전하며 집으로 가는 중이야. M5 고속도로를 따라가고 있는데, 낮은 햇살이 선팅된 차 앞 유리로 들어오고 있어. 그 빛이 나를 감싸고 있어.

옮긴이 **정숙영**
중앙대 광고홍보학과를 졸업했으며, 현재 여행작가 겸 번역가로 활동중이다. 지은 책으로 『앙코르와트 내비게이션』『금토일 해외여행』『도쿄만담』『노플랜 사차원 유럽여행』 등이 있고, 옮긴 책으로는 『세계를 움직인 과학의 고전들』『옵티미스트』『고양이가 기가 막혀!』 등이 있다.

문학동네 세계문학
사라진 것들

초판인쇄 2014년 4월 25일 | 초판발행 2014년 4월 30일

지은이 캐서린 오플린 | 옮긴이 정숙영 | 펴낸이 강병선
책임편집 여승주 | 편집 김경미 오영나 | 독자모니터 강은영
디자인 고은이 이원경 | 저작권 한문숙 박혜연 김지영
마케팅 정민호 이미진 박보람 양서연 | 온라인마케팅 김희숙 김상만 한수진 이천희
제작 강신은 김동욱 임현식 | 제작처 한영문화사

펴낸곳 (주)문학동네
출판등록 1993년 10월 22일 제406-2003-000045호
주소 413-120 경기도 파주시 회동길 210
전자우편 editor@munhak.com | 대표전화 031) 955-8888 | 팩스 031) 955-8855
문의전화 031) 955-1927(마케팅) 031) 955-1917(편집)
문학동네카페 http://cafe.naver.com/mhdn | 트위터 @munhakdongne

ISBN 978-89-546-2478-7 03840

www.munhak.com